落霞孤鹜

民国通俗小说典藏文库·张恨水卷

张恨水◎著

中国文史出版社

小说大家张恨水（代序）

张赣生

　　民国通俗小说家中最享盛名者就是张恨水。在抗日战争前后的二十多年间，他的名字真是家喻户晓、妇孺皆知，即使不识字、没读过他的作品的人，也大都知道有位张恨水，就像从来不看戏的人也知道有位梅兰芳一样。

　　张恨水（1895—1967），本名心远，安徽潜山人。他的祖、父两辈均为清代武官。其父光绪年间供职江西，张恨水便是诞生于江西广信。他七岁入塾读书，十一岁时随父由南昌赴新城，在船上发现了一本《残唐演义》，感到很有趣，由此开始读小说，同时又对《千家诗》十分喜爱，读得"莫名其妙的有味"。十三岁时在江西新淦，恰逢塾师赴省城考拔贡，临行给学生们出了十个论文题，张氏后来回忆起这件事时说："我用小铜炉焚好一炉香，就做起斗方小名士来。这个毒是《聊斋》和《红楼梦》给我的。《野叟曝言》也给了我一些影响。那时，我桌上就有一本残本《聊斋》，是套色木版精印的，批注很多。我在这批注上懂了许多典故，又懂了许多形容笔法。例如形容一个很健美的女子，我知道'荷粉露垂，杏花烟润'是绝好的笔法。我那书桌上，除了这部残本《聊斋》外，还有《唐诗别裁》《袁王纲鉴》《东莱博议》。上两部是我自选的，下两部是父亲要我看的。这几部书，看起来很简单，现在我仔细一想，简直就代表了我所取的文学路径。"

　　宣统年间，张恨水转入学堂，接受新式教育，并从上海出版的报纸上获得了一些新知识，开阔了眼界。随后又转入甲种农业学校，除了学习英文、数、理、化之外，他在假期又读了许多林琴南译的

1

小说，懂得了不少描写手法，特别是西方小说的那种心理描写。民国元年，张氏的父亲患急症去世，家庭经济状况随之陷入困境，转年他在亲友资助下考入陈其美主持的蒙藏垦殖学校，到苏州就读。民国二年，讨袁失败，垦殖学校解散，张恨水又返回原籍。当时一般乡间人功利心重，对这样一个无所成就的青年很看不起，甚至当面嘲讽，这对他的自尊心是很大的刺激。因之，张氏在二十岁时又离家外出投奔亲友，先到南昌，不久又到汉口投奔一位搞文明戏的族兄，并开始为一个本家办的小报义务写些小稿，就在此时他取了"恨水"为笔名。过了几个月，经他的族兄介绍加入文明进化团。初始不会演戏，帮着写写说明书之类，后随剧团到各处巡回演出，日久自通，居然也能演小生，还演过《卖油郎独占花魁》的主角。剧团的工作不足以维持生活，脱离剧团后又经几度坎坷，经朋友介绍去芜湖担任《皖江报》总编辑。那年他二十四岁，正是雄心勃勃的年纪，一面自撰长篇《南国相思谱》在《皖江报》连载，一面又为上海的《民国日报》撰中篇章回小说《小说迷魂游地府记》，后为姚民哀收入《小说之霸王》。

　　1919 年，五四运动吸引了张恨水。他按捺不住"野马尘埃的心"，终于辞去《皖江报》的职务，变卖了行李，又借了十元钱，动身赴京。初到北京，帮一位驻京记者处理新闻稿，赚些钱维持生活，后又到《益世报》当助理编辑。待到 1923 年，局面渐渐打开，除担任"世界通讯社"总编辑外，还为上海的《申报》和《新闻报》写北京通讯。1924 年，张氏应成舍我之邀加入《世界晚报》，并撰写长篇连载小说《春明外史》。这部小说博得了读者的欢迎，张氏也由此成名。1926 年，张氏又发表了他的另一部更重要的作品《金粉世家》，从而进一步扩大了他的影响。但真正把张氏声望推至高峰的是《啼笑因缘》。1929 年，上海的新闻记者团到北京访问，经钱芥尘介绍，张恨水得与严独鹤相识，严即约张撰写长篇小说。后来张氏回忆这件事的过程时说："友人钱芥尘先生，介绍我认识《新闻报》的严独鹤先生，他并在独鹤先生面前极力推许我的小说。那时，《上海画报》（三日刊）曾转载了我的《天上人间》，独鹤先生若对我有认识，也就是这篇小说而已。他倒是没有什么考虑，就约我写一篇，而且愿意带一部分稿子走。……在那几年间，上海洋场章回小说走着两条路子，一条是肉感的，一条是武侠而神怪的。《啼笑因缘》完全和这两种不同。又除了新文艺外，那些长篇运用的对话并不是纯粹白话。而《啼笑因缘》是以国语姿态出现的，这也不同。在这小说发表起初的几天，有人看了很觉眼生，也有人觉得描写过于琐碎，但并没有人主张不向下看。载过两回之后，所有读《新闻报》的人都感到了兴趣。独鹤先生特意写信告诉我，请我加油。不过报社方面根据一贯的作风，怕我这里面没有豪侠人物，会对读者减少吸引力，再三请我写两位侠客。我对于技击这类事本来也有祖传的家话（我祖父和父亲，都有极高的技击能力），但我自己不懂，而且也觉得是当时的一种滥调，我只是勉强地将关寿峰、关秀姑两人写了一些近乎传说的武侠行动……对于该书的批评，有的认为还是章回旧套，还是加以否定。有的认为章回小说到这里有些变了，还可以注意。大致地说，主张文艺革新的人，对此还认为不值一笑。温和一点的人，对该书只是就文论文，褒贬都有。至于爱好章回小说的人，自是予以同情的多。但不管怎么样，这书惹起了文坛上很大的注意，那却是事实。并有人说，如果《啼笑因缘》可以存在，那是被扬弃了的章回小说又要返魂。我真没有料到这书会引起这样大的反应……不过这些批评无论好坏，全给该书做了义务广告。《啼笑因缘》的销数，直到现在，还超过我其他作品的销数。除了国内、南洋各处私人盗印翻版的不算，我所能估计的，该书前后已超过二十版。第一版是一万部，第二版是一万五千部。以后各版有四五千部的，也有两三千部的。因为书销得这样多，所以人家说起张恨水，就联想到《啼笑因缘》。"

不论张氏本人怎样看，《啼笑因缘》是他最有影响的作品，这一点毫无疑问，可以随便举出几件事来证明。《啼笑因缘》发表后，被上海明星公司拍成六集影片，由当时最著名的电影明星胡蝶主演，同时还被改编为戏剧和曲艺，在各地广泛流传；再有《啼笑因缘》被许多人续写，迫使张氏不得不改变初衷，于1933年又续写了十回，张氏在《我的写作生涯》中说："在我结束该书的时候，主角虽都没有大团圆，也没有完全告诉戏已终场，但在文字上是看得出来的。我写着每个人都让读者有点儿有余不尽之意，这正是一个处理适当的办法，我绝没有续写下去的意思。可是上海方面，出版商人讲生意经，已经有好几种《啼笑因缘》的尾巴出现，尤其是一种《反啼笑因缘》，自始至终，将我那故事整个地翻案。执笔的又全是南方人，根本没过过黄河。写出的北平社会真是也让人又啼又笑。许多朋友看不下去，而原来出版的书社，见大批后半截买卖被别人抢了去，也分外眼红。无论如何，非让我写一篇续集不可。"这种由别人代庖的续作，出书者至少有四种：惜红馆主《续啼笑因缘》、青萍室主《啼笑因缘三集》、康尊容《新啼笑因缘》和徐哲身《反啼笑因缘》。虽然远不如《红楼梦》续作之多，但在民国通俗小说中已经是首屈一指了。张氏在《我的小说过程》一文中还说："我这次南来，上至党国名流，下至风尘少女，一见着面便问《啼笑因缘》。这不能不使我受宠若惊了。"

《啼笑因缘》使张氏名声大振，约他写稿的报刊和出版家蜂拥而至，有的小报甚至谣传张氏在十几分钟内收到几万元稿费，并用这笔钱在北平买下了一所王府，自备一部汽车。这自然不是事实，但张氏当时收到的稿酬也有六七千元，的确不能算少。这样，他就可以去搜集一些古旧木版小说，想要作一部《中国小说史》。就在此时，日寇侵华的"九一八事变"爆发，张氏的希望随之化为泡影。作为一位爱国的作家，在国难当头的状况下自不会沉默，张恨水在1931 至 1937 的几年间，先后写了《热血之花》《弯弓集》《水浒别传》《东北四连长》《啼笑因缘续集》《风之夜》等涉及抗敌御侮内容的作品。

1934 年，张恨水到陕西和甘肃走了一遭，此行使他的思想发生了很大的变化。张氏在《我的写作生涯》中说："陕甘人的苦不是华南人所能想象，也不是华北、东北人所能想象。更切实一点地说，我所经过的那条路，可说大部分的同胞还不够人类起码的生活。……人总是有人性的，这一些事实，引着我的思想起了极大的变迁。文字是生活和思想的反映，所以在西北之行以后，我不违言我的思想完全变了，文字自然也变了。"此后，他写了《燕归来》，以描写西北人民生活的惨状。

抗日战争全面爆发后，张恨水取道汉口，转赴重庆，于1938年初抵达，即应邀在《新民报》任职。抗战八年间，他除去写了一些战争题材的小说外，还有两种较重要的作品，即《八十一梦》和《魍魉世界》（原名《牛马走》），均先于《新民报》连载，后出单行本。抗战胜利，张氏重返北平，担任《新民报》经理，此后几年他写了《五子登科》等十来部小说，但均未产生重大影响。1948年底，张氏辞去《新民报》职务。1949年夏，他患脑溢血，经过几年调治，病情好转，张氏便又到江南和西北去旅行。1959年，张氏病情转重，至1967年初于北京去世，终年七十三岁。

张恨水一生写了九十多部小说，印成单行本的也在五十种左右。说到张氏作品的总特色，一般常感到不易把握，因为他总在不断地变。其实，这"变"就正是张恨水作品最鲜明的总特色。

张恨水是一个不甘心墨守成规的人，他好动不好静，敢于否定自己，这正是作为开创者必须具备的素质。读一读张氏的《我的写作生涯》，就会发现他总是在讲自己的变，那变的频繁、动因的多样，在民国通俗小说作家中实属仅见。……待到《金粉世家》《啼笑因缘》相继问世，张恨水的名声已如日中天，他在思想上的求新仍未稍解，他说："我又不能光写而不加油，因之，登床以后，我又必拥被看一两点钟书。看的书很拉杂，文艺的、哲学的、社会科学的，我都翻翻。还有几本长期订的杂志，也都看看。我所以不被时代抛得太远，就是这点儿加油的工作不错。"

追求入时，可说是张恨水的一贯作风，不仅小说的内容、思想随时而变，在文字风格上也不断应时变化。仅就内容、思想方面的变化而言，在民国通俗小说作家中也很常见，说不上是张氏独具的特色，但在文字风格上也不断变化，就不同于一般了。张氏在《我的写作生涯》中经常提到这方面的事例，譬如他曾提及回目格式的变化，他说："《春明外史》除了材料为人所注意而外，另有一件事为人所喜于讨论的，就是小说回目的构制。因为我自小就是个弄辞章的人，对中国许多旧小说回目的随便安顿向来就不同意。即到了我自己写小说，我一定要把它写得美善工整些。所以每回的回目都很经一番研究。我自己削足适履地定了好几个原则。一、两个回目，要能包括本回小说的最高潮。二、尽量地求其辞藻华丽。三、取的字句和典故一定要是浑成的，如以'夕阳无限好'，对'高处不胜寒'之类。四、每回的回目，字数一样多，求其一律。五、下联必定以平声落韵。这样，每个回目的写出，倒是能博得读者推敲的。可是我自己就太苦了……这完全是'包三寸金莲求好看'的念头，后来很不愿意向下做。不过创格在前，一时又收不回来。……在我放弃回目制以后，很多朋友反对，我解释我吃力不讨好的缘故，朋友也就笑而释之，谓不讨好云者，这种藻丽的回目，成为礼拜六派的口实。其实礼拜六派多是散体文言小说，堆砌的辞藻见于文内而不在回目内。礼拜六派也有作章回小说的，但他们的回目也很随便。"再譬如他在谈及《金粉世家》时说："以我的生活环境不同和我思想的变迁，加上笔路的修检，以后大概不会再写这样一部书。"诸如此类的变化不胜列举。

张氏的多变还体现在题材的多样化。他说："当年我写小说写得高兴的时候，哪一类的题材我都愿意试试。类似伶人反串的行为，我写过几篇侦探小说，在《世界日报》的旬刊上发表，我是一时兴到之作，现在是连题目都忘记了。其次是我写过两篇武侠小说，最先一篇叫《剑胆琴心》，在北平的《新晨报》上发表的，后来《南京晚报》转载，改名《世外群龙传》。最后上海《金刚钻小报》拿去出版，又叫《剑胆琴心》了。"第二篇叫《中原豪侠传》，是张氏自办《南京人报》时所作。此外，张氏还写过仿古的《水浒别传》和《水浒新传》，他说："《水浒别传》这书是我研究《水浒》后一时高兴之作，写的是打渔杀家那段故事。文字也学《水浒》口气。这原是试试的性质，终于这篇《水浒别传》有点儿成就，引着我在抗战期间写了一篇六七十万字的《水浒新传》。""《水浒新传》当时在上海很叫座。……书里写着水浒人物受了招安，跟随张叔夜和金人打仗。汴梁的陷落，他们一百零八人大多数是战死了。尤其是时迁这路小兄弟，我着力地去写。我的意思，是以愧士大夫阶级。汪精卫和日本人对此书都非常地不满，但说的是宋代故事，他们也无可奈何。这书里的官职地名，我都有相当的考据。文字我也极力模仿老《水浒》，以免看过《水浒》的人说是不像。"再有就是张氏还仿照《斩鬼传》写过一篇讽刺小说《新斩鬼传》。张恨水的一生都在不停地尝试，探寻着各色各样的内容及表达方式，他甚至也写过完全以实事为根据、类似报告文学的《虎贲万岁》，也写过全属虚幻的、抽象的或象征性的小说《秘密谷》，他的作风颇有些像那位既不愿重复前人也不愿重复自己的现代大画家毕加索。

张恨水写过一篇《我的小说过程》，的确，我们也只有称他的小说为"过程"才最名副其实。从一般意义上讲，任何人由始至终做的事都是一个过程，但有些始终一个模子印出来的过程是乏味的过程，而张氏的小说过程却是千变万化、丰富多彩的过程。有的评论者说张氏"鄙视自己的创作"，我认为这是误解了张氏的所为。张恨水对这一问题的态度，又和白羽、郑证因等人有所不同。张氏说："一面工作，一面也就是学习。世间什么事都是这样。"他对自己作品的批评，是为了写得越来越完善，而不是为了表示鄙视自己的创作道路。张氏对自己所从事的通俗小说创作是颇引以自豪的，并不认为自己低人一等。他说："众所周知，我一贯主张，写章回小说，向通俗路上走，绝不写人家看不懂的文字。"又说："中国的小说，还很难脱掉消闲的作用。对于此，作小说的人，如能有所领悟，他就利用这个机会，以尽他应尽的天职。"这段话不仅是对通俗小说而言，实际也是对新文艺作家们说的。读者看小说，本来就有一层消遣的意思，用一个更适当的说法，是或者要寻求审美愉悦，看通俗小说和看新文艺小说都一样。张氏的意思不是很明显吗？这便是他的态度！张氏是很清醒、很明智的，他一方面承认自己的作品有消闲作用，并不因此灰心，另一方面又不满足于仅供人消遣，而力求把消遣和更重大的社会使命统一起来，以尽其应尽的天职。他能以面对现实、实事求是的态度对待自己的工作，在局限中努力求施展，在必然中努力争自由，这正是他见识高人一筹之处，也正是最明智的选择。当然，我不是说除张氏之外别人都没有做到这一步，事实上民国最杰出的几位通俗小说名家大都能收到这样的效果，但他们往往不像张氏这样表现出鲜明的理论上的自觉。

张恨水在民国通俗小说史上是一位名副其实的大作家，他不仅留下了许多优秀的作品，他一生的探索也为后人留下了许多可贵的经验。

目　录

自　序

　　吾人做事，理智常有与感情冲突之日，而一涉儿女私情，尤所不免。当此时，苟非圣贤，恒踌躇无以救其穷，能决其趋向者，私人之利害而已。然即此利害趋避，人亦多取快于一时，而忘其将来，弥缝不善，终于身败名裂者，盖比比是。故求超人难，求完人难，求明于利害之人，亦无不难也。

　　或问如何可谓之可人？则吾书所举数主角，庶几近之。至其结果不同，则由于各人之个性者半，由于各人之环境者亦半。有甲乙二人于此，甲逞才，乙藏拙，甲贪功，乙守成，甲投机，乙率真，则成败之分，自乙多而甲少。然有人明知才不可逞，而环境逼之不能不逞；功不可贪，而环境诱之不能不贪；机不可投，而环境逆之不能不投。盖利害当前，即可儿亦无从别辨之矣。此老子所谓，造化不仁，以万物为刍狗者也，岂仅社会之罪恶而已哉！吾于是乎作《落霞孤鹜》。

二十年五月十日张恨水序于旧都

第一回

雪巷遗金解囊感过客
妆台调粉对镜惜华年

这是一个冬天的早晨。天气阴暗暗的，天上不见太阳，也不见云彩，只是雾沉沉的。旧京的东城，离城墙不远，有一条冷静的胡同，空荡荡的，家家都关闭着门户。似乎这胡同里的居民，都像这天气一样，萎靡不振。胡同尽头，有个成衣铺，铺外挑出一块布市招，在空气中微微摆动着，这可以知道有点儿风了，在这风里头，忽然撒鹅毛片似的，撒上一阵大雪。地面上立刻铺上了一层薄的白毡。这雪片落在地下，不曾有人踏破，整整的一片白色，非常之好看。全胡同里，一点儿声息没有。两边人家墙里头，权权丫丫的树枝，各伸出来，互相地望着。这雪一阵一阵涌了下来，向瓦上树上盖掩着，仿佛这树上也有点儿瑟瑟之声，如春蚕吃桑叶似的，然而这越显得这胡同是寂静的了。

许久许久，轰的一声，有一处人家把大门开了，接上大门闪动，自摇着门环响，这才打破了这胡同的沉寂。那大门楼下，跟着走出一个女孩子来，看那样子，也不过十六岁上下，虽然是大雪的天气，她身上还只穿了一件极薄的灰布棉袄，袖子短短的，露着两截光胳臂在外。那胳臂溜圆，倒显出筋肉的美，只是也不白，也不黄，冻得变成红色了。她那童花式的短发，不曾梳光，蓬松着满头，前面的头发，一直罩到眉际。不过虽是这样，她那鹅蛋脸儿，在憔悴的当中，终于还带了三分秀气。她右肘上背了一个小菜篮子，倒插了一把秤，稀梭稀梭，一步一步踏着地上的干雪，向胡同口外走来。她身上没插兜，两只手便插在短袄子衣襟底下取暖。她大概是冷得很厉害，只看她鼻子里呼吸出来的气，一阵一阵如水蒸气一般，知道空气严寒，她体温抵抗的程度了。她尽管这样低头走着，忽然停

1

住了脚，想起了一件什么事。一想之下，立刻两手浑身摸索一阵，一面摸索，一面回转身来，低头向雪地里寻找。

在她这样寻找的时候，旁边小胡同里，恰好走出来一个短衣的汉子。那人行走极快，向胡同中间一步抢过来，弯着腰在雪地上捡了一样什么东西，起身便走。这女孩子看见，连忙大声喊道："那位先生，那是我买菜的钱，你不要拿去。你做好事，不要捡了去，捡去了，我没有钱买菜，我就不能回家了。"那个汉子回头看了一下，向前跑得更凶，立刻就不见了。这位小姑娘眼望追赶不上，站在雪地里发愣。一步动不得，那鹅毛片子似的雪花，没头没脸向她身上乱盖。她却丝毫也不觉到，只是手挽了一个小菜篮，呆呆地站着。

这时，她身边来了一个二十五六岁的少年，他穿了件西服大衣，将领子高高竖起，将脸遮了大半边。胁下夹了一个破旧的皮包，两手插在大衣袋里，人缩成一团，在雪地里低了头只管向前走。他走过了这女孩子面前，有点儿奇怪，怎么这大雪，站在胡同中间不动？原先还不十分注意，走过了几步，再回头一看，见那女孩子还是不动。这样一来，不由得他不注意了，便回转身来，遥遥对她看了一看，便问道："喂！这位姑娘，你怎么了？"那女孩子望了他一望，似乎恢复了知觉，对他摇了一摇头，意思是叫他别过问。那少年道："姑娘，你是迷了方向呢，还是受了冻？"她依然摇了一摇头，不肯说出来。

这少年倒为难了，置之不问吧，已经是和她说话了；要问出一个底细来吧，然而她总是不肯说。正自犹豫着，旁边小门里，出来一个老妇人，身上倒穿得整齐，也挽了一个菜篮子，先呀了一声道："落霞大妹子，你这是怎么了？"那少年倒奇怪，这样一个寒酸的女孩子，倒却有如此漂亮的一个名字，这是什么人呢？那落霞这才开口，就走近一步，迎着那老妇道："冯家姥姥，你瞧，我今天倒霉极了。一出大门，把一块五毛钱的菜钱丢了。丢了倒也算了，我亲眼看见一个人捡着跑了。"那老妇听说，两道眼光，不由得就向那少年身上射了过来。少年笑道："姑娘，你总认得那人，不是我捡了吧？"落霞道："先生，我没有说你呀。"冯姥姥道："大妹子，你丢了钱怎么办？回家去不挨打吗？"落霞道："挨打？那是好了我了，恐怕还要在雪地里罚跪呢！姥姥，你修修德，送我回去一趟，给我们太太讲个情，别说钱是丢的，就说有人在我手上抢去的得了！"她说这话，两眼望了人家，一汪眼泪，几乎要掉了下来。

冯姥姥道："送你回去也不要紧，但是这个时候，你们老爷太太不见得都起来了吧？若是他们没有起来就去说情，把他们吵起来了，更是替你加上一分子罪，那又何必呢？"她想这话是对了，站着说不出话来。冯姥姥道："我是极愿帮你的忙，可是我真拿不起那一块五毛钱，要不，我真给你垫上，免得你今天回家去受罪。"落霞道："我昨天揍了两个茶杯，一顿打还记在账上呢。今天再丢了这些钱，我真别想活着了。我也不回家了，我想法子逃命去了。"冯姥姥道："小姑娘，别瞎说话！你要逃命，往哪里逃？"

那少年夹了一个旧皮包，依然站在雪地里呆望着，见她两人说了这久的话，依然没有结果，就对那老妇道："老太太，我要多一句话，若是有了一块五毛钱，这姑娘就没有事了吗？"那冯姥姥道："那自然。要不，先生你借给我一块五毛，你告诉我府上在哪里，明天我儿子发下工钱来了，我让他送到府上去。"那少年道："这样一个小忙我还算帮得起，也用不着谈什么借不借、还不还。"说时，在身上掏出一卷票子，也有钞票，也有铜元票，胡乱卷在一处的。他掏了出来，数了一元五角，交给老妇手上，笑道："二位这可不用为难了。"冯姥姥接着钱，不觉打了一个蹲，口里连声道谢。一回头，见落霞还是呆望着，便道："大妹子，你也谢谢人家，别发愣啦！"落霞这才和那少年微鞠着躬，道了一声谢。那少年只说一声："很小的事。"也就转身走了。

冯姥姥将钱交给落霞道："你造化！遇到这位……哟！你瞧，我们一对糊涂虫，萍水相逢，要人帮了忙，怎么连人家高姓大名都不问上一声，这真有些说不过去了。"落霞道："不要紧，这个人常走这里过的，我碰见过他多次，下次遇见了他，我请教他就是了。"冯姥姥道："下次知道碰得着碰不着。就是碰得着，也要今天问人家才合理。"落霞道："机会反正是错过去了，悔也来不及，现在我们一块儿上菜市去吧。"冯姥姥空抱怨了一阵子，没有法子补救，也就算了。

一个钟头以后，落霞和冯姥姥由菜市上买了菜回来，那胡同里的雪已是落有好几寸厚，刚才自己站着发呆的地方，剩下的脚印让过路的踏成了一片，又薄薄地盖上一层雪了。冯姥姥到了家门口，叮嘱道："好好回去做事吧，可别把这话说出来。说出来之后，你更有一顿重打，我还要招怪呢。"落霞道："你老人家放心，我哪有那样不懂事，这样的话，我都去告诉人吗？"说着，又向她道了谢，然后回家。

　　这时已有十点钟了。落霞的主人赵重甫，已经起来了，正披了大衣，吩咐包车夫拉车，要去上衙门，一见落霞回来，便正着脸色向她道："你今天买菜怎么去这样久？事情都没有人做，你太太叫了你好几遍了。"落霞听了这话，赶忙提了菜篮子进厨房。女仆杨妈抄了两手，坐在灶前烤火，便道："你这孩子今天去这样久，有许多事我都替你做了。阎王婆等着你温牛乳喝，还不上前做去。"落霞道："我今天……"杨妈道："你不必和我说了。你赶快做事去是正经，有什么大理，和阎王婆说去吧。"说毕，倒笑起来了。落霞见她如此说，恐怕女主人赵太太有什么要紧的事相找，也未可知。只得拍了一拍身上的碎雪，又伸手摸了一摸头上蓬乱的头发，然后忙向太太房子里来。但是刚走到屋子门口，只听到赵太太在屋子里咳嗽了一声，就不觉胆子向下一落，脚顿了一顿，然后慢慢地挨门而进。

　　一进屋子门，只见赵太太拥了棉被，斜靠了床坐着，手上拿了一支烟卷，很自在地抽着，一见落霞进来，便骂道："死东西，上街一趟你就忘了回来了。不定偷了我多少钱，在街上买东西吃。你说，你今天为什么去了这样久？"落霞道："因为下雪……"赵太太也不等她说完，就向她大喝一声道："下雪怎么样？下雪的时候，不要吃饭了！无论你做错了什么事，你总有话说。"落霞见太太这样批评，就不敢再说什么了，就是赵太太要她做什么事，也不敢去过问，只望了赵太太发呆，两只手放在衣服底下也不好，垂下来也不好，抬起来也不好，两只光手臂轻轻抚摸了一番，向后退着，靠了一个桌子角，也不知道怎样好。

　　赵太太瞪了眼睛骂道："死东西，又变成这种死相了！"说时，弯了腰在床前捡起一只鞋，向落霞劈头抛了过来。落霞将身一闪，那鞋子不偏不倚，啪的一声，反而打在脸上。落霞抽出怀里一块旧手绢，将脸上的一块青灰擦了一擦，依然站着。赵太太道："该死的东西，你怎么又变了死相了，还不把那只鞋子给我捡了过来，我不要下床吗？"落霞看看那情形，不捡过去是不行，只得一弯腰将鞋子捡了，轻轻地送到床面前，放在踏脚的地毯上。赵太太下了床，踏了自己的鞋子，用手向落霞一推道："滚了过去吧，我看见你就要生气。"她这一下推得非常用力，落霞几乎向前一栽。但是落霞对于这件事，不但不恨她太太，反觉得是受了皇恩大赦一样，连忙走了出去。自己心里对于今天失钱的事，却也无所谓，心里先只惦记着昨天打破两只杯子的事情，今天不知道要怎样地交账。现在见太太并不追问，这真是平平安安逃出了一个关劫，不能不庆幸了。

出了女主人的房，自己就溜到自己屋子里去，用温水洗了一把手，全手臂抹了一些冻疮药。一张破茶几当了洗脸架子，就放在一个窄窗户前。在这里，窗户直梁上有一个钉子，挂着了一面一裂两开的镜子，可以照着自己一个不全的影子。自己对了镜子忖度了一番，心想：就凭我这种样子，是哪里有贱相，应该给人当丫头奴才的？那个拐小孩子的拐子，只图着几块钱，就害了我一生，今天那个送钱给我的人，不知道他猜我什么人？但是凭我这种衣服，又装出那种可怜的样子，他未必不知道我是个丫头。一想到这里，把原来不很大挂心的事，不由得要细细地玩味起来。心想那个人决计不是中下等人，是个中等以上的人。常是看见他夹了一个皮包，由这胡同过去，或者由胡同那边过来，似乎是个文墨中人。但是也不像是个学生，有时他穿长衫，也加上一件青呢马褂，或者是个机关上的人吧？那人说话，也带些南边口音，当然不是北边人，也不是个久住北京的人。只管把这个人的情形，细细推想着，对着镜子看自己的影子，影子看着了人，人却没有看着影子，眼睛所看到的，恍惚是一胡同雪，自己站在雪地里呢。她的屋子便是杨妈的屋子，她不过有一扇小门板，搭了一个小铺，住在一边罢了。

这时，杨妈进来了，先还不曾注意，以为她在照镜子，后来见她老对镜子望着，不曾离开，这事可有些奇怪了。因道："喂！你在做什么？早上的事，你做完了吗？为什么老望着这面镜子？"落霞这时才醒悟过来，笑道："我告诉你一件事。"只说了这七个字，向着杨妈摇了一摇头道："算了，我还是不说吧。"杨妈道："去吧，去做事是正经，哪个要听你那些不相干的话。还有好几间屋子里的地不曾扫呢！"就在这时，早听得有人叫了一声落霞。杨妈道："你瞧，大小姐在叫了，就是她屋子里的地还没有扫，你真不怕她麻烦吗？"落霞也来不及和杨妈说什么，已是飞步向赵小姐屋子里而去。

这赵小姐芳名婉芳，为人却又是不一样，不婉不芳。这时她坐在一张梳妆台面前，已是梳洗完了，两手正调着香粉，满脸地搽抹，在镜子里看到落霞进来，回转头，恶狠狠地对她瞪了一眼道："你还记得到我这里来？这样冷的天，炉子里的煤，添一回你就想了事。"落霞料着是叫来向铁炉子里添煤，一看盛煤块的铁斗已是空了，就提了煤斗要去装煤。婉芳道："谁要你忙着去装煤，给我倒一杯热茶来。"落霞听说，于是放下了煤斗，给小姐倒茶去。倒了一杯热茶，两手捧着，兢兢业业放到梳妆台上。

婉芳右手拿了一把小牙梳，正在梳理她额前的刘海发，左手拿了茶杯的把子，很随便地就将这杯茶向嘴里送，只呷了一口，哟了一声，将杯子向下一放，骂道："叫你倒热一点儿的，你就倒这样滚热的，把我的舌头都要烫焦了。"落霞不敢作声，只待在一边。但是她将刘海梳了几下之后，慢慢地也就把这杯茶喝下去了，因道："我要看报去，把我桌上的东西给我收拾收拾。那两小瓶子香粉给我并拢装到那个空的大瓶子里去。这粉要值两块钱一瓶，你不要撒了我的。我知道了可不依你。"说毕，她自走了。

落霞见梳妆台上一二十样化妆品，弄得乱七八糟，只得慢慢地清理了一番。清理过了，留着两个香粉瓶子在一边。真怕装粉的时候，一会儿把粉撒了，因之先拿了两张干净纸铺在桌上，然后在梳妆台屉子里，取出了个银挖耳扒子，对着那纸，将粉由小瓶子里缓缓地向大瓶子里灌。手里装粉，偶然一抬头，看见那面大圆镜子里自己的影子，这比自己那面破镜子照得更清楚了。情不自禁，用手指头蘸了一点儿香粉，就要向脸上擦。手指刚挨到脸，连忙放下来，自己心里自骂道："还高什么兴，打算擦香粉？知道了，不打也要挨一顿重骂。擦香粉，你这脸配吗？"

想到这里，又不免再向镜子里仔细看看自己的脸。看过了一番，觉得自己虽不怎样美丽，然而以小姐而论，她是一张马脸，而且皮肤也很黄，她每天几次用脂粉和润皮肤的化妆品去搽抹，也未见得美。她知道自己是马脸，把前面的刘海发，梳得长长的，来盖住她脸的长度，这也不算什么别出心裁的装饰。她是今天这样一件新衣，明天那样一件新衣，只拣新式样做，居然有人称她美丽，她自己也很自负。天下的女子，没有不觉得自己长得美丽的，有衣服穿，有化妆品用的小姐们，在"美丽"两字上，还要自加上"特别"两个字，纵然有缺点，她也以为那可以掩饰过去，无关大体的。像当丫头的，就不然了。一天到晚，受人家的糟蹋，自己也觉头来不及梳，衣服来不及洗，总是让人说着寒碜。设若我也是人家的小姐，现在正是鼓儿词上的话，年刚二八，换上好衣服，配上好化妆品，我们小姐这样子总也有，何况我就比她小个四五岁哩！咳！这样好的青春年少，我就是搽着煤烟，裂着手臂过去，说起来真也可惜。人生一世，草生一春……啪的一声，手上拿的那小玻璃瓶，也不知怎样地会脱了手，向地板上一落。玻璃瓶子打碎了不要紧，若是把香粉泼了，这可不得了。立刻打断了一切的念头，一阵阵身上冒着冷汗，正是：

已到情天将凿候，不经意处有愁来。

第二回

濯帕心深情人劳素手
追踪路渺戏雪蹴蛮靴

却说落霞正在调弄香粉，想到了自己的年岁与身份问题，只管出神，不觉把玻璃瓶落在地板上了。连忙弯腰一看，所幸瓶子是装满香粉的，虽然跌落下来，还只跌了一道纵的裂痕，未曾破开，连忙捡了起来，匆匆忙忙，换个玻璃瓶装了。这个玻璃瓶子，不能让大小姐看见，便揣在衣兜里，以便等到出门时，丢到大街上去。大小姐也因为她的表弟朱柳风要来，将小书房里检点了一番，拿了一本新出版的翻译小说坐在沙发上看，落霞漫说是打碎了一只小玻璃瓶子，就是打碎了她再大些的东西，她也来不及过问了。

过了一会儿，大门外按着电铃响，婉芳连忙喊道："落霞落霞，开门去，开门去。"她一面说着，一面跑进来找人。落霞听到她那样急促的呼声叫去开门，便知道是朱家表少爷来了。因为这样两种暗号，可以识别，第一是那铃声响得非常长久。第二是婉芳来叫去开门，因为若是别人来了，小姐是绝对不去注意的。落霞抢着去开门，婉芳也抢着到书房里去。

刚坐下，拿起那本小说，便听到外面皮鞋响声，是表弟到了。分明听到他拉着门，已是进来了，却把两只眼睛，死命盯住在书本上，似乎一点儿也不知道有客进来似的。柳风道："真用功呀，人进来了都不知道。"婉芳一抬头，哟了一声道："这真对不住，我看书看糊涂了。"一面说着，一面站起身来，将书向沙发上一扔，伸了一个懒腰，向着柳风笑道："外面大雪停了没有？天气冷得很，我怕你不会来的呢。"柳风笑道："我从来不肯失信的，说了来我准来。"婉芳道："那么，可以奖励一下子，就在我这里吃午饭吧。我叫他们给你蒸上一腿南京鸭子，再扇上一个火锅，好不好？"柳风沉吟着

8

道："照说是极优待了，但是我十二点多钟，还约会了一个朋友，恐怕来不及在这里吃饭了。"婉芳道："你既然有事，那就不敢强留了。"一面说着，一面坐下来，懒懒地把那本书又捧起来看。柳风笑了一笑，便道："我去看看姑母去。这个时候，也不知道她老人家起来没有。"他说着，自向上房里走。

赵太太坐在堂屋里，围了炉子坐着，看到玻璃窗外院子里的雪，已经慢慢衰微下来，落得不是那样大，便道："咳！可惜一场雪，只下了七八成，再下一两个钟头大的，这雪就好看了。"柳风一推门进来，赵太太见他穿了格子花呢大衣，脖子上围了一条白绒绳围巾，便道："你不是到书房里去了吗？怎么大衣也没有脱？"柳风道："我就要走的，由门口经过，顺便进来看看。"赵太太道："下雪的天，在家里烤烤火多好，就不必到处乱跑了。"柳风笑道："做男子的，哪里能够像太太小姐一样，可以平平安安在家里烤火？"说到这里，杨妈进来了，笑道："表少爷，这样冷天还是穿中国衣服好，西装受不了呀。"柳风道："我穿了西装，也就不觉得冷了。"杨妈抿嘴笑道："既是不觉得冷，为什么不脱大衣呢？"柳风道："我就要走的。"杨妈道："那不好，你要吃了午饭去。小姐给你预备了咸鸭子，又预备下了火锅，你不吃了去，太对不住人了。"柳风道："落霞怎不来说话，她一开门，就不见了。"再要说时，婉芳进来了，对杨妈微微瞪了一眼道："你知道什么？乱留客。你想想是吃火锅咸鸭要紧呢，还是去做事要紧呢？表少爷很忙，你拼命地留住人家，他就是吃了饭，心里也是挂记着他的事，吃得一点儿不舒服。"柳风笑道："表姐越来越会说，叫我真没有法子分辩。"一面说着，一面脱大衣。大衣脱下来，杨妈接过来了，他就除下围巾，随手要交给杨妈。婉芳道："杨妈，你可别接着表少爷的大衣，人家真有事呢。你瞧，帽子都忘了摘了。"柳风取下帽子，向婉芳拱了一拱手道："得！表姐，你包涵一点儿，我认错了。"赵太太先只坐在一边微笑，见柳风有一种讨饶的样子，这才道："婉芳是怕你不吃饭，所以把话气你，你不要信她。我也是无聊得很，你就在这屋子里烤火，陪着我谈谈吧。"

杨妈见表少爷已经留下来了，用不着站在这里，就把大衣和帽子，一齐送到婉芳卧室里去。一个人自言自语地道："饭都预备好

9

了，又要添菜，死冷的天，只管找了事给人家做。"落霞在屋子里拿东西，便道："你骂哪个？听到了可是祸。不是你在堂里留客吗？背后又说别人，谁叫你做那本人情账？"杨妈道："我才管不着呢。我在表少爷头上做什么人情？我是话匣子，替人家说的，不说也得成啦。"

落霞有一句话正待要说，婉芳却匆匆忙忙地跑来了，接过大衣，在大衣上几个袋里都搜索了一遍，在里面袋里，掏出了一封信，半张电影院的戏票，都仔细地看了一看。看过之后，似乎没有得着什么成绩，将票子和信，依然向袋里揣进去。这才回转头来一看，杨妈走了，落霞还在这里。因问道："刚才你们两个人说些什么？"落霞道："我没有说什么，杨妈说这大衣的呢子很好。"婉芳笑道："朱少爷的东西，哪里有坏的，他是一个最爱美的人呢。你看，他比秋天长得更清秀不是？"落霞虽没有仔细去看表少爷的丰采，但是小姐肯和自己谈话，那就是极端高兴的时候，一个月也难碰一次的，这个可以见好的机会，不可错过了，便笑道："可不是，他穿西装最好看。"

婉芳很高兴，就复身到堂屋里来，望着柳风笑。柳风道："表姐望着我笑什么？"婉芳道："你们男子爱说女人俏皮不怕冻，现在看看你们男子怎么样？不也是只要俏，冻得跳吗？"赵太太道："冷倒罢了，还有一件要紧的事，我也要劝柳风暂时不穿西装为妙。"柳风道："还有一件什么事呢？"赵太太道："现在军警机关，捉革命党捉得很厉害，穿西装在满街跑的人，都要受一点儿嫌疑。"柳风笑道："捉革命党？不要笑死鬼了。你们这附近，就有个革命党窠子，军警机关可曾正眼看人家一看？"赵太太瞪了眼，呀了一声道："什么？我们这里有革命党窠子，在什么地方？"柳风道："就是这胡同前面的求仁中学。"婉芳道："这可见得你是瞎说了。那学校只办了一两个学期，学生全是些小孩子。他们哪里会做革命党？"柳风道："学生不革命，教员不能革命吗？本校教员，不许借这地方做机关吗？"婉芳道："只要你不混进去冒那个危险就是了，管他怎样闹。"朱柳风听了这话，却望着婉芳微笑。

婉芳虽不知道他笑的命意何在，反正是对着自己笑，不由得心里一阵痒，也向柳风笑起来。可是一看母亲在这里，这笑笑得有点儿尴尬，连忙将笑容收了，就对他道："你看你口袋里那条手绢，脏

10

得那样，我给你洗一洗吧。"柳风听说，便笑着道了一声"劳驾"，将上下口袋里两条手绢都交给了婉芳。婉芳笑着接了，就问还有没有，柳风笑道："有是还有两条，放在大衣袋里，劳你的驾，在大衣袋里给我拿一拿。"婉芳笑道："那不好，你袋里恐怕有我不能看的东西，若是我掏了你的衣袋，很犯嫌疑的。"柳风道："没有关系，我袋里绝对没有什么秘密。就是有的，对于姑丈家里，也没有不能公开的。"婉芳笑道："你这话说得真大方，那么，我不能不一齐拿去洗了。"说着走出堂屋来，将落霞叫到自己屋子里来，拿出四条手绢，交给她道："用我的香胰子，使劲把这手绢擦一擦，回头我对表少爷说是我洗的，你可不许多嘴!"落霞答应，就在屋子里洗，婉芳自在一边看守着，洗得干净，她就接过，带上堂屋，放在炉子边烤。

落霞随后跟到堂屋，只见柳风尽管向婉芳道谢。眼光可不住地向落霞射来，落霞以为他或者知道内容，也不理会有别意。婉芳道："这又谢什么？哪回你脱下的衬衫，送一件来，我给你洗洗看，包是不亚于洗衣房里出来的东西。"落霞在一边听见，心想，这倒好，四条手绢刚洗得，又给我下了一件衬衫的定钱了。但是这四条手绢的魔力，果然不小，柳风已是欢欢喜喜地在姑母一处吃饭。

吃饭的时候，赵太太又说："你姑丈这几天很忙，老是不能回家来吃饭。总长很听他的话，有升任司长的希望，那个时候，我一定给你姑丈说，给你也在部里找个位置，不要在洋行里混那三四十块钱的小事了。"婉芳便插嘴道："那是的。我想一个一等科员表弟总可以担任，父亲名下有自己一个亲信的人办事，也可以放心些，妈，你说是不是？"赵太太点头道："那是当然。你父亲的事情发表了，我一定对他说，要把这事办成功的。"柳风听她母女两人，谈来谈去，都是对自己一番好意，陪着吃过了饭，就不好意思再说要走的话，就陪了她母女俩，有一句没一句地向下谈着。

在他们自己当事人，却也无所谓，落霞在一边看见，心里便添上了一个疙瘩。我们小姐真有本事，表少爷进门之后，大衣也没有脱，本来马上就要走的，不料她三言两语就把客留下了。不但留下了，而且还把他留下了这样久。这样看起来，男子究竟是容易软化的，就看女子的手段如何罢了。表少爷虽不是什么美少年，总比我们小姐高上一两个码子，然而他一见着了她，就加倍地迷恋，可见得女子在颜色以外，另外还有一种制男子的手腕。心里这样地想着，对于婉芳的行动，也就不住地注意。日里看见了，晚上睡到床上去，就情不自禁地把这些男女问题，慢慢想了起来。

然而转身想到自己，一个当丫头的，哪里有男女问题可谈，连身家性命，完全都是缥缈的，还去想这些闲风情做什么？因此，每每想到半夜，又把想了大半夜的心事完全推翻了。脑筋里从来没有留过男人的影子，有之，便是最近那个帮助一回钱的少年。对于他虽没有情字可谈，然而萍水相逢，得了他慨然地帮助我，而且连姓名也不曾说，心里未免过不去，怎能一点儿影子没有？可是看他那情形，钱并不是交到我手里，当然是无意于我的。我虽是个苦孩子，岂能为着人家这一点儿小小的帮助，就记在心里？这样说来，彼此却不应有什么痕迹在脑筋里。可是这话又说回来了，钱虽少，人家的情不可忘。你看，小姐只和表少爷洗几条手绢，他就把来的原样子变过来了，那帮助更小了。她自那一天起，只管把自己的事，人家的事，不断地向下想着。为了这样想，每日清晨上街去买菜，经过那少年帮助的地方，便会突然地想起那件事，有时候发了呆，还不免站在那地方，向两边望了几望。

约莫过去了一个礼拜，又是一个人雪的清晨，落霞提了菜篮子，在雪里走着，又在发呆，猛然一抬头，那个帮助钱的少年，又夹了一个皮包，又由这胡同穿过。他头戴着一顶盆式帽子，罩到眉毛边。大衣的领子又高高支起，将两边脸都挡住了，他似乎没有注意到有人站在路边。落霞见着人家觉得未便置之不理，连忙和他点了一个头。但是在她点头时，人家已走远了。这时忽然想起，冯家姥姥说了，怎么不问问人家的姓名，今天遇到了，就该问一声才好。于是跟着走下去，就要问他。

无如这人只是一味低头地走，却不曾理会到身后有人问他。落霞轻轻地叫了一声"先生"，那人不知道是叫他的，脚也不曾停上一停，只管向前走。落霞一声叫不应，一股子勇气就挫下一半去了。在他身后伸手招了一招，一句先生好久不曾出口。那人到了胡同尽头，身子一转，落霞怕他要回转身来，这第二句先生，待要喊出，又忍回去了。只在她这样不住地犹豫，那人已经走远了。

这转弯的所在，是个冷胡同，这样大早上，还不曾有人走过，那人由胡同里过去，犹如在白玉板上，留下一道痕迹。落霞追上来，见那皮鞋脚印，深深地印在雪里，试着将自己的脚，补着那脚印，一个一个地踏着，不知不觉地，一步一个脚印踏了去。心里想着，我这样地踏他的脚印，不知道他也有什么感觉没有？但是，我这个思想太怪了，人在他身后叫着先生，他都不知道，留下来的脚印尽管让人踏，那有什么关系。我正要追人家，怎么想这样不相干的事情？猛然一抬头，这一条短短的冷胡同，已经走完，现在到了大胡同里来了。

这条胡同是由西往东的要道，来往的人不少，雪地里脚印车辙很是杂乱，哪里追踪去？附近原有转弯的胡同，那人已转到哪里去也不可知了。胡同转角处有一支电线杆子，落霞将身靠了电线杆子，看到脚下堆了一堆雪，将穿的一双破皮鞋踢着雪团，向胡同中间乱飞。心里想着事，脚不住地将雪向路中间踢。忽然之间，也有一块雪，冰冷地直扑到脸上来。抬头一看时，只见两个上十岁的孩子，一个人拿了一块雪向自己打来。

落霞停了脚，笑道："小兄弟，你为什么拿雪打我？"那两个孩子，各人身上，背着一个书包，分明是两个小学生。有一个小些的道："你用雪踢我们，你倒反问我们啦。"落霞忽然省悟过来，低头一看，见自己皮鞋口里还积了许多雪没化，便走上前，给那个孩子身上，拍了一拍雪。笑道："小兄弟，真对不住你，我是踢着雪好玩，可就没有看到你两个人。你两个人在哪个学校读书？"大孩子道："我在求仁中学附小读书。你是上菜市去，你走我们学校过去，也不绕道，我们一块儿走，好不好？"落霞刚才把这两个孩子得罪了，也极愿敷敷衍衍他们，于是将菜篮挽在手臂上，一只手牵了一个孩子，自向前走。转过两个胡同，便是求仁中学的大门口。落霞老远地看见，停了脚，不禁失声啊呀了一声。这一声啊呀，却大有缘故，正是：

失色易传心上事，惊呼莫是意中人？

13

第三回

忍泪受淫威鸡群独活
叩阍施急智虎口亲援

却说落霞走到求仁中学的门口，远远地就啊呀了一声。原来这一来，便是得来全不费工夫，那个帮助自己的少年，正和一个人站在学校大门口说话。落霞也不知道这啊呀两个字，为何而出。只是见了他以为出于意料以外，很是惊讶的，所以就自然地失声了。两个小学生见她突然失惊，以为她有了什么意外，连问是怎么了。落霞在身上摸了一摸，笑道："我以为钱丢了，可是还在这里呢。"那两个孩子听说没有丢东西，放了手正要走，落霞却拉住一个，弯着腰，将嘴向前一努，然后低了声音问道："那个穿西服，戴灰呢帽子的，也是你们的老师吗？"小学生望了一望道："是的，他是江老师。"落霞道："他叫什么名字，你知道他叫什么名字吗？"小学生道："你怎么不知道，他就是江秋鹜，学校里谁不认识他？"落霞道："我又不是你们学校里的学生……"那小学生因同伴已经走了，不等她说完，早已追了过去。那个江秋鹜也就转身进学堂里面去了。

落霞一听江秋鹜这个名字，却猜不透字是怎样写？江姜两个字，北京人念成一个音的，不知道是哪个字。秋字或者是春秋的秋，这个鹜字就不知道了。当年婉芳小姐读书，跟在旁边，也认识了几个字，这个名字，纳闷在心里，实在写不出，站着出了一会儿神，有一阵雪花扑在脸上，让冰醒了。手一垂，自己手臂上挽着的那个菜篮落下来了。心里又啊呀了一声，自己是上菜市买菜的，怎么倒在这里出了神呢？转着身，一点儿也不敢停留，就直向菜市而来。今天这一趟菜市，比上次大雪那一趟菜市，耽搁的工夫更多，这次回去，一定是要挨上一顿臭骂的。但是已经晚了，只有赶快地回去。

但是到了家里，她却出于意料以外，提了菜篮，由堂屋门口过去，赵太太口里叼了一支烟卷，又在隔着玻璃窗赏雪，笑嘻嘻地看着人。赵太太有时得意起来，也常常忘了责罚人的，今天总算逃过这一难关了。落霞自己怪着自己大意外，又觉得今日这事，可以庆幸，将菜篮送到厨房里去以后，便决定了主意，重到堂屋里去，也可以让赵太太更喜欢一点儿。于是提了一把开水壶搭讪着走进堂屋，看太太说些什么。

赵太太见她进了堂屋，还是在那里看雪，直等她走到身边，望准了她的左边脸，啪的一声，右手便是一个大耳光子扑了过来。落霞不曾提防，猛然向右边一歪。赵太太趁着她这一歪，一伸左手，向她右脸又是很猛的一下，落霞抵制不住，复又向左边一歪，这一下子，脚步已乱了，打得人跟着脚向前一栽。所幸前面就是板壁，连忙用手撑住，算是不曾栽倒，然而手上提的那把开水壶，经这样一撞，便撞在壁上，扑通一声，开水打泼了，水泼在地上，便溅了一脚。虽然有破棉裤和袜子挡住了，然而这是开水，直透入里面去，痛得只将脚乱跳。赵太太伸了手出来，本想将耳刮子继续地向下打。一看地上泼的水，还是热气腾腾，直向上涌，这分明是开水泼到身上，大概不很大好受，有了这种责罚，这一下打就可以免了。便站着骂道："混账东西，你越过越不像话，你去买一顿菜，倒会买上这样一早，你泼了这一地的水，该死的东西，你还不给我赶快扫了起来？你再不扫，我又是大耳刮子打你。"

落霞脸上，突然受了这一下重打，打得头脑发晕，只觉天旋地转，不是扶了壁子，非倒下不可。现在刚是清楚一点儿，又要她去扫地，不去扫地是怕再挨骂，若要去扫，身子实在支持不住，于是勉强站立起来，晃了两晃。赵太太道："你装成这种美人胎子做什么？没有男子汉在这里，没有人心痛你，你赶快去给我扫，要不然，我给你医治医治。"落霞知道再加一下，绝受不了，振作精神起来，一挺胸出去找了扫帚，便将地上的水扫干净了。

扫完了地，还依旧地做事。她到了自己房里去，杨妈便问道："你脸上红得这样，又是挨了打了吗？"落霞道："我早就知道免不了一顿的。"杨妈笑道："你倒是练出来了，挨了打，眼泪水都不曾落下一点儿来。"落霞道："我哭什么？哭死了，也没有人心痛我，

15

我有眼泪，还留着哭我那生死不明的爹妈哩。"杨妈道："你今天脸都打红了，这一下子，大概打得不轻。"落霞道："打倒罢了，可是我还让开水烫了右脚。不说我也不留心，现在倒真觉得有些痛了。"于是坐下来，将鞋子脱去，继续地将袜子向下一拉，只这一拉之间，哎哟一声，线袜子翻转过来，将脚上的浮皮，带下许多块来了。脱了皮的地方，便显出大一块小一块的红疤痕。杨妈弯腰一看道："我的天！烫了脚，你怎么也不言语一声？赶快弄些药面搽一搽吧。"落霞道："不用搽，我们这贱命，脚也烂不了的。"她将一只白脚提了起来，半蹲在椅子上，一手拿了袜子，一手抚了膝盖，就在这样望呆了。

杨妈看时，见她两行眼泪，如抛沙一般直流下来。因拍着她的肩膀道："大妹子，你忍耐一点儿吧。反正也不能在赵家过一辈子，至多再熬上个三年两年的，也就有出头之日了。"落霞扶着膝盖，索性将头也枕在上面，更哭得厉害了。杨妈看着点了点头，倒为她叹了口气，就偷到街坊冯姥姥家去，为她讨了一些烫伤药来，给她轻轻敷上，随便找了些旧棉花，给她包上了。不料这脚当时烫着，没有什么痛苦，过了几个钟头，就痛得厉害，这只右脚，简直不能下地走了。

起初赵太太还要她做事，后来杨妈私下对她说，落霞实在烫凶了，让她休息两天。若是勉强要她做事，她残疾了，也是老爷太太的累。赵太太对于她最后一句话，却是有些中听，便道："那好过了她，让她休息两天就是了。但是走不动，坐着做事总可以的，还是找两件破衣服，让她缝上一缝吧。省得她一人坐在那里也是烦闷，她没有那种福气，闷会闷出病来的。"杨妈听了这话，只放在肚子里，却不肯告诉落霞。落霞虽是脚上有点儿痛，省了做事，倒无所谓，只是一人躲在屋子里，免得挨太太小姐的骂，耳朵也就清静，心里也就平安了。

这样地休养了四天，到了五天头上，赵太太就到她屋子里来看了好几回。单看了表面还不放心，又一定要她将袜子脱了，解开裹的棉花看了一看，一见果然有伤，这才瞪眼骂了两声道："佛菩萨保佑，你这伤一辈子不要好吧，你就可以坐在炕头上享这一辈子清福了。"落霞看那情形，太太是不会再容休息的，只得挣扎起来，找了一个矮凳子，坐在堂屋里犄角上，以便随时做些小事。

又过了两天，赵老爷重甫由衙门回来得早一点儿，恰好表少爷朱柳风也来了，靠近着火炉，二人坐着闲谈，重甫叫落霞买了一大堆落花生和炒栗子，沏了一壶好茶，一面谈着话，一面剥花生栗子，吃得香香的。重甫笑道："这样冷天，也不要取什么乐子，能在家里这样烤火剥花生吃，就很好了。"柳风道："正是这样，姑丈衙门里，像这样冷天，也只好马虎一点儿了。"重甫道："那也看上司如何？有那种认真的上司，就是没有事，也不肯让你先走一步的。各科里的人，坐着无事，谈些嫖经，赌经，吃馆子，听戏。最好的现象，也不过是把报上登的消息摘了下来，批评讨论一阵。"柳风道："做官真是舒服，上衙门也是这样清闲。像我们在洋行里做事的人，一点钟有二点钟的事，要坐下来闲谈，那可不行。"重甫笑道："现在大家都要提倡八小时工作，研究什么劳资问题，你们是吃洋饭的，更可以占洋气，大可以把这时髦文章做一做了。"柳风正了一正颜色道："这个时髦不做也罢。现在军警机关，拿革命党正拿得厉害，时髦文章那犯危险性的。"

重甫道："我也听到这个消息，恐怕这一两天之内，就要动手了。"柳风道："我所知道的，这个求仁中学，今天晚上就要动手，现在恐怕是便衣侦探，已经布满了那一条胡同了。"重甫两个手剥着花生，将一粒肥大的花生仁，放在右手掌心里摇荡了一阵，然后张着口，将这花生仁向嘴里一抛，身子向沙发椅子背上一靠，表示那很不在乎的样子，摇曳着两脚，微笑道："我就知道那里是革命党窠子，但不知为首是哪一个？"落霞在一边听了这话，心里不觉扑通乱跳了一阵。求仁中学捉革命党，明明与自己无关，不知是何原因，却比任何事也放心不下，加倍地注意向下听，眼睛望着柳风，看他是怎样地答复。

柳风道："为首一个叫江秋鹜。"只这三个字一出口，就听当啷一阵。原来落霞靠了茶几坐着，茶几上放了好几个茶杯，茶几猛然受了一下震动，几个茶杯互相撞着，便歪倒了。落霞赶忙站起来，将茶杯扶着，所幸尚未落到地下来，一个也没有打碎。再行坐下，就见重甫再剥着花生吃，笑道："什么时候动手呢？你倒知道得清楚。"柳风道："有两个侦探，是我的朋友，他们告诉我的。因为知道每晚七点钟，这个姓江的一定要到学堂里去开会，他们打算一网打尽，所以总在他们开会的时候动手。"重甫道："我虽不大赞成革命党，但是也与他们无仇无怨，你可别和侦探们通消息，一捉就是许多条性命，我们良心上也说不过去。"柳风脸一红道："我还劝他们，何至于漏消息？而且他们说，也就是为首的罪重一些，其余的人是不要紧的。"

落霞听了这话，抬头一看壁上的挂钟，已经是五点三刻，便慢慢地起身，走到重甫面前，皱了眉，弯了腰，用手隔着棉裤摸大腿。重甫道："你这脚怎样了？"落霞道："这一会儿痛得厉害。冯姥姥家里有搽烫伤的药，我想去讨一点去搽上一搽。"重甫谈话正谈得高兴，就随便点了一点头。柳风笑道："去吧，我又不是客，不用你伺候的。好好地休息去吧。"

落霞慢慢地走出大门，就带跑带走，赶快向求仁中学来。到了那学校门口，远远地先站了一站，四周一看，没有什么形迹可疑的人。这就走进学校，到号房里对号房道："劳你驾，我要找这里的江秋鹜先生有句话说，请你给我通知一声。"号房对她浑身上下看了一看，问道："你是这里平民学校新来的学生吗？"落霞道："是的，你把江先生请来，他自然认得我。"那号房对于这些顽皮的学生却也经验惯了，以为这学生或者是有事，就把落霞一直引到教员休息室里。

这个屋子里，恰好只有江秋鹜一个人，他忽然看到一个粗衣蓬首的女子走了进来，未免一惊，仔细看时，却又十分面熟。号房道："江先生，这个学生，她要见你。"说着，自退出去了。江秋鹜站了起来，对落霞道："姑娘，那回我帮助你，已是很勉强，怎你又来了。你要知道彼此有许多不便。"落霞道："我不要你先生再帮助了。那个老太太，那天由你手上拿了钱，倒交给我了，可是现在她说那钱是她借给我的。我若不还，她马上就要去告诉我们太太。请你做个好事，三人当面去说一声，这事就过去了。这里路很近的，顶多耽搁你十五分钟工夫。我是偷出大门来的，千万请你就去一趟，若是不去，那老太太对我们老爷说了，我是罪上加罪。无论如何，请你去一趟。"

秋鹜看她着急的颜色，照着情理上去推测，她这话也就不能说是不真。便点头道："好吧，我去和你说一声，但是我原来不愿意出面的。"落霞道："你别说了，赶快去，在这里多耽误一分钟，我就多冒一分钟的危险。"说了这话时，望着秋鹜，脸上红一阵白一阵，只管掀起一只衣裳角，不住地卷着搓着。江秋鹜被她催不过，又怕同事的人来看见，说破了缘由，也是不便。因之帽子也来不及戴，跟了她就向外走。

走到大门外，落霞两头一看，还没有什么形迹可疑的人，也不及仔细探望，见对面有一条冷静的小胡同，首先就向里面走。江秋鹜当然也是由后面跟了来。落霞一见他跟进小胡同来了，忘其所以的，将他的大衣袖子拉住道："江先生，你赶快逃走吧，你有性命之忧了。"秋鹜道："什么？我有……"落霞也不让他再说，又向前走，一直跑过了几个胡同，到了落霞家门口，她先不进家，将冯姥姥的门，连敲了几下。这冯姥姥家中人口不多，只有一儿一媳，一个小孙子，这时儿子不在家，她便自己来开门，落霞拉着秋鹜的袖子就向里拖，把他拖进来了，替冯姥姥关上大门，将背向门上一靠，右手连连拍了几下胸，喘着气道："好了，好了，我真吓死了。"冯姥姥和江秋鹜，看了她这种情形，都呆了，不知道她为何这样受吓。

落霞定了一定神，对冯姥姥道："姥姥，这件事，我有点儿对不住你，我没有先通知你，就把这位先生带来了。我真对不住！"冯姥姥见她说着话，又连喘了两口气，便道："你不要忙，有话尽管慢慢地说。"落霞定了一定神，才把自己听到的话，和自己将江秋鹜引出学校来的意思，说了一遍，因道："我心里想着，这话不能在学校里说的，所以把姥姥当了一个恶人，把他引出来了。引出来了，我又不知道把他引到哪里去，所以请他到这里藏一藏。"说着，望了江秋鹜道："现在我可没主意了，你哪里可以藏起来，你赶快就走，这儿到你学校里可近。"

江秋鹜真出于意料以外，不想这样重大的事，却是由这个毫无关系的女子通知了信。但是她听得这种消息，可靠不可靠，却是难说，若是凭了她这句话就藏躲起来，未免笑话，便沉吟着问道："姑娘，这不是闹着玩的，你这话没有听错？"落霞道："我们表少爷绝不敢骗老爷，话又是我当面听到的，哪里会错？"冯姥姥道："先生，你有地方，你就藏躲起来吧，我这地方可是不行啦。"说着话，浑身只管抖颤。江秋鹜昂着头想了一想，便对落霞道："姑娘，多谢你这番好意，我后来再报答吧。"说毕，推开落霞，拔闩打开大门，竟自回学校来。他不但不逃走，反要向学校里跑，这事很可怪了。正是：

立定脚跟临大难，男儿看得死生轻！

第四回

难报美人恩驰怀远道
欲烦青鸟使托意微资

却说江秋鹜出了冯姥姥家，一直就向学校这条路上来。对于落霞这一番话，究竟也不知道可靠不可靠？但是照理说，落霞固然是不至于撒谎，究也不至于有什么错误？不过这事让她来报告，这可出于意料以外的了。他心里这样想着，只管向学校里走，路也就越走越近。

猛然间，一个人一伸手将他一把拉住，问道："江先生，你向哪里去？"秋鹜抬头一看，却是学校里的小听差万有。正要答应到学校里去。万有道："先生，你千万不要到学校里去。我刚才一出胡同口，见学校门口，前前后后，围满了侦探。他们有装着拉车的，有装着卖零星担子的。他们那一种情形，我一瞧就知道。还有两个人，我是认识的。现在我们学校里，只能进去人，可不能出来人，我在远处，亲眼看见两个人让他们带走了。我都不敢过去，你还去做什么？"秋鹜道："那不行！我们同事的，应该有福同享，有祸同当。明明知道有人来抓他们，我们怎不去送个信？我早半点钟就知道这事了，我是特意来送信的。"

万有一把将他抓住，无论如何，不让他向前走，他正要挣扎时，只听噼啪噼啪一阵皮鞋声音。万有道："你听，抓人的都来了，你还要到那里去？"一言未了，只见街灯下，一群武装警察，约莫有一二百人，蜂拥而来。万有一手抓了秋鹜的手，回头一看，身边有一扇大门，门上钉着两个大铜环，于是一伸手，啪啪啪就把铜环乱打了一阵。那警察走这里过，看到这两人是在这里打门的，料是这家的人，也就不过问了。

万有等他们过去了，低声问秋鹜道："我还能冤你吗？只差五分钟，你就跑不掉了。"秋鹭这才觉得危险到了头上，万分前进不得。这里拍了两下门，有人出来开门，秋鹭随说了一个人的姓名，算是找错了人家，就走开了。万有道："江先生，听说他们最注意的是你，现在他们没有找着你，一定还要到别地方去找你的，北京你是待不住了，趁着他们还没有通知车站，你赶快就搭这趟八点三十分的车到天津去吧。"这一句话提醒了他，便道："你这话对，我身上还有七八块钱，到了天津再说。"小听差道："这还不妥，请你先到我家去，咱们换了一换衣服再走，那更妥当了。"秋鹭一想，这再加谨慎一点儿的事，也未始不可，于是跑到万有家里去，将衣服脱下，取了万有的衣鞋穿上。所幸万有虽住在大杂院中，他只夫妇俩住了两间东厢房，晚上有人进出，同院的也未曾理会。

秋鹭将衣服换了，一看戴的表，已是七点三刻，非急上车站不可。本当要去谢谢那位姑娘救命之恩，问问她的主人何家、她姓什么都来不及了。加上她那里离学校又近，事实上也不容再去探望，只得摆除一切，直向东车站来。到了站上，买票上车，平安到了天津。

这个时候，广州已经有了革命政府，秋鹭到了天津，自然得着一切接济，安然地南下了。到了南方，无论做什么事，心里就这样想着，这个落霞姑娘与我并没有多大关系，仅仅是那一块多钱的小帮助，不料她对我竟是这样大大地卖力，把我救出来了，无论如何，我要报答她一下。她不是一个寄人篱下，无以自存的女子吗？无论如何，要帮她一个忙，把她从火坑中救出来。但是自己在南方，她在北方，这个问题怎样去解决呢？想来想去，总想不出一个什么好办法，还是想了个笨主意，写了一封白话信给万有，告诉他认识那姑娘的经过，托他到冯姥姥家里去探问。冯姥姥家住在多少号门牌，他也不曾知道，只告诉万有到天香胡同一带去打听，而且还在信上打了许多的密圈，要万有务必去查问一番，自己也好写一封信给人家，道谢道谢。

万有接了这一个难题目，可不好做文章了。有名有姓，女子还嫌不便去找，仅仅有个名字，既无姓而且无详细地址的人，到哪里去找？弄得不好，真还要犯嫌疑哩。万有心里踌躇着，这事却没有

22

着手去办，不过偶然经过天香胡同的时候，却不免四处张望着，看看有像江秋鹜所说的这样一个女子没有。然而天下绝没有这种巧事，经过了几次，都不曾碰到，意思也就淡下来了。不料只在半个月之间，这位江先生又来了一封信，汇了十块钱给他做车费，催他再打听那落霞姑娘的下落。不但催万有而已，在给万有的函中，还有一封信给落霞的，信封上写明探交落霞女士亲启。万有得了这封信，便想到秋鹜对于这个人是十分注意的，不能不把这封信给他投到了。

于是，趁一个天气晴和的时候，就顺便在天香胡同经过，在胡同路口上，停了几辆等主顾的人力车，几个车夫站在太阳地里，笼着袖子，将两只脚不住地踏着，在那里取暖，口里可就随便地说着闲话。万有慢慢地走上前，故意对胡同口上挂的胡同牌名看了一看，口里自言自语地道："哦！这就是天香胡同，胡碰胡撞，就让我碰上了。"做人力车夫的，都是喜欢说闲话的，一看万有并不是一个上中等社会的人，一个站着靠近一点儿的车夫就答言道："嘿！这个大胡同的名字，都会不知道，那可怪了。"万有一听，就赔笑道："可不是？我没有来过嘛。这胡同里有个姓冯的，不知道还住在这儿没有？"那车夫道："姓冯的，那是冯老大，你怎么会认识他？他可是在工厂里做事的？"万有道："不，我不认识他。我妈和他妈认识。"那车夫微笑道："冯姥姥，那是广结广交的人，老人家认识她的多说哩。"万有听到这话，不觉心里一喜，便道："我知道这老人家很好，可是我还没有拜会过她，她住在哪一个门牌呢？"车夫将手向前一指道："哟！那个小黑门儿就是她家。我瞧见她刚刚买了东西回去的，你这就去找她去吧。"万有不料三言两语的，把这人的消息探出来了，对那车夫拱拱手说了劳驾，就向那小黑门边来。

到了门边，将门一敲，一个老太太出来。穿了一件长到膝盖的大袄子，一条黑棉裤，却用宽带子，宽宽地系着脚。下面穿着白布袜子，黑鲇鱼头鞋。一把头发，挽了一个大抓髻，戴着一个大银扁簪子，看那样子竟完全是个旗下老太太。万有心里一机灵，就向着那人蹲了一蹲，请了一个安，叫了一声冯姥姥。她见万有走来就请了一个安，心里早是一喜，便问道："你这位大哥上姓？我记性坏，可记不起来啦。"万有道："我和大哥同过事，姓万。"冯姥姥道：

23

"哦！他的朋友。请到家里喝一碗水吧。"万有巴不得这一声，就趁了机会，和她走进屋去。

　　冯姥姥让他在正屋子里坐下，便喊道："小二他妈！小二他爸爸的朋友来了。煤炉子上有开水没有？沏一壶茶。"万有将手摆了一摆道："你不用张罗，我有个上司，要我带个好儿来了，给你问好。"冯姥姥道："你的上司，谁？我倒想不起来。"万有笑道："他姓江，你不能忘了，他幸得你救了他一救。"冯姥姥本坐着的，这时突然站了起来，两手一拍大腿道："你这一提我明白了，是那个穿洋装的江先生吗？你提起了这事，真把我吓着了，现在我还要出冷汗，不知道这位江先生，现在怎么样，事情好吗？"万有在身上掏出三块现洋来，手上拿着，笑嘻嘻地道："江先生现在不错，他除了问你的好而外，他还寄了三块钱给我，叫我买些东西送你。我拿了钱，也不知道买什么东西好。干脆，我就把钱带来了，你爱什么自己去买什么吧。"冯姥姥笑着啊呀了一声，望后退了一步，向着洋钱拍手一笑道："这怎样使得，我是待人家一点儿好处没有，真不好意思花人家的钱。"说时，将右手在衣服上摩擦了几下，这时她虽不笑，然而她满脸的皱纹，一层一层像中国画家画的披麻山皱一样，那一条一条痕内，都充满了笑意。

　　万有将三块洋钱伸出来，笑道："姥姥，你留下吧。人家在南方，你不用，老远的，也没有法子退回去。"冯姥姥又把手在衣服上摩擦了两下，笑道："这么说，我只好收下了。"接着钱，就向袋里一揣。又嚷道："小二他妈！开水得了没有？给人家客人沏上一壶茶来呀！你看小二他爸爸有烟卷留在家里没有？"那小二妈在里面屋子里答应着，始终也没有出来。万有心里想着，或者是没有茶叶，这就不必老在这里抵人家的相了，便道："你不用张罗，我还有一件事要托重你呢。"冯姥姥道："大哥，你说吧。只要是我能办的。"万有道："据江先生来信说，这回他逃走，还有个落霞姑娘，对他忙帮大了。他连这姑娘姓什么都没有知道，要答谢人家都答谢不过来。你知道……"

　　冯姥姥道："哟！你问的是她？她姓什么，连我也不知道。"万有道："你不是天天和她见面的吗？怎么会不知道？"冯姥姥道：

24

"她姓什么，我看她自己也许不知道呢。再说我们也不天天见面，现在她的东家搬到西城住去了。不过住的地方，我倒是知道，搬过后，我在她东家门口走过一趟。"万有道："那姑娘大概很认识字吧？"冯姥姥道："大概认识几个字，当使女的，认识字又怎么着？"万有笑道："认识字就好，我们这位江先生，有一封信给她，请你转一转，不知道你哪一天有工夫？"冯姥姥道："在早几年，一个大姑娘，给人通信，这可是笑话。现在改良的年头儿，这倒也不稀奇了。你说是不是？要不然，说给人传书带信的活，我可不能干。再说这孩子，心眼儿不坏，我就怪可怜她的。可是我又穷得什么似的，烂泥反正糊不上壁。有人能帮着她一点儿，我也乐意。再说……"

万有听她夹枪带棒，闹上了一阵，底下还有再说，这就没法子可以谈入本文了。因在身上掏出那封信来交给冯姥姥道："你肯劳驾去送一趟，那就好极了。过了三五天，我来听你的回信。"冯姥姥接了信，拿在手上掂了一掂道："这信上可不知道说了些什么？"万有道："这个你放心，那江先生是个规矩人，绝不能瞎说八道，要不是那么着，我也不能带来。这儿到西城，路真也不少，不能让你贴车钱。"说着，在身上掏出一小叠铜子票，向冯姥姥手里一塞。冯姥姥笑道："这真不像话，连车钱还得人家垫上。"万有道："你别客气，反正这钱，也不要我贴出来。你不要，若是不坐车耽误了事，反为不美。"冯姥姥听他这样说，也就把钱揣到袋里去了。万有见事已妥，就叮嘱再来等回信，告辞走了。

冯姥姥将他送到大门口，便将那叠铜子票取出来，背了身先点了一点数目，共是十二吊，照市价，又合四毛钱，人家这种礼，总算是送得不算薄了。当时关了门走进来，就埋怨道："小二他妈，来了客，怎么半天也做不出一点儿开水来？"小二妈道："你不想想，家里喝白开水两天了。我的袍褂子洗了，大袄子破了两个窟窿，怎么见人？"冯姥姥道："刚才我们说的话，你听见没有？你瞧这件事能办不能办？"小二妈道："我那大妹子，真可怜，要是这位真看上了她，咱们做个现成的媒人，让他拿出几百块钱，把她讨了去。"

小二妈说着话，由套房里走出来，她抱着一个黑胖男孩子在怀里，一件蓝布棉袄，除了脖子下两个纽襻儿扣着而外，其余的纽扣，一律敞着，把一个肥白的胸脯，全露在外。那孩子口里衔着一只大乳，还有一只大乳，像一只大布袋似的，在胸面前只管摇摆着不定，冯姥姥道："我的大奶奶，你这够多么寒蠢！"小二妈笑着将大衣襟在胸前掩了一掩，笑道："人家正乳着孩子呢，所以刚才我没有出来。听那人说话，好像是还送着礼呢，你这媒不会白做。"冯姥姥道："这是咱们娘儿俩自己说话，拦不住你直说。这要是让别人听见，什么话，我们图着钱财，拿纤来了。再说这位江先生是好意，要报答报答人家，像他那样人，倒找不着媳妇，老远地惦记着一个穷丫头？"小二妈道："现在的年头儿，可别那样说，情人眼里出西施哩！你哪里不行好，真要把他们弄成一对儿，那可是一好两好的事情。就是我，将来也多这么一个大妹子家里做亲戚呢。"冯姥姥笑骂道："你是种下麦子，就预备吃打卤面，把话早说完了。小二爸爸回来了，你可别嘴快，又对他说了。他知道了，又得要了钱去，死醉两天。"小二妈道："这件事我准不说，我也望你把事情办成功呀。"冯姥姥道："只要不是这件事，你可就说了。"这一句话，说到小二妈心眼里去了，就不由得哈哈大笑起来。不过冯姥姥知道儿媳绝不告诉儿子的，倒在心里放下了一个大疙瘩。

这天过了，到了第二日，小二妈一早地把早饭做得，吃了。将冯姥姥一件干净些的袍褂拿了出来，催着她换上。又将报纸包着插在墙柱子上的一朵红纸花，将纸解开了，亲自给她戴在头上。这就笑道："现在可以去了，我给你雇车去了。"冯姥姥道："真怪，这碍着你什么事？要你这么样子上劲？"小二妈笑道："碍着我什么事？还不是那一句话，哪儿不做好事呢！"冯姥姥这天真没有打算去找落霞的，让她儿媳催不过，只得带着那封信向西城而来。

这时，那赵家搬在西城偏西槐树胡同，恰好和原来的地方，成一个两极端，冯姥姥不是有亲戚在这边去，连地名都会不知道，更不要说来找了。她前些时候，在这里经过，遇到了落霞，她指给大门看了。当时匆匆一看，现在是哪个门楼子，却有点儿仿佛了。她是坐车子来的，直将这条槐树胡同穿过去了，还记不起是哪一个，于是下了车子，再行走回，走到了胡同当中，自己徘徊着，正想找一个人问问，忽然身后有人连连叫道："姥姥，你怎么来了？我早就想着你啦。"冯姥姥一回头看时，抢上前一步，拉着她的手道："落霞姑娘，你好，这久不见，你可瘦了许多了。"落霞微微地摇了一摇头道："我还胖得了啦！你今天怎么有工夫往这边来？这几天，我正想着你。"冯姥姥道："你连说两遍想着我，这不是客气话，你有什么事要我办的吗？要不然，也犯不着想我啦。"这句话一问，倒问得落霞发起愣来了。正是：

含情无限缠绵意，只在心虚怯语时。

第五回

折柬储愁无缘劳鲍叔
挑灯温梦何计托朱家

却说冯姥姥反问一声，有什么事找我办的吗？这一句很平常的话，她倒难为情起来了。冯姥姥以为她怕惹祸，不敢招待，便道："姑娘，我是老远地跑了来，特意看你的。咱们在小胡同里走走，我有两句话对你说一说。你能不能抽开一点儿工夫？"落霞道："凭怎么忙，说两句话的工夫，总有的。"

冯姥姥于是携着她一只手，慢慢地转弯抹角地在小胡同里走，先看了一看身后无人，便笑道："你救的那个人，在南方做了官了，你这份功德不小。"落霞道："哦！做了官了，这也谈不上什么功德，天下事就是这么样，人家敬我一尺，我敬人家一丈，谁让我受过人家恩的呢！"冯姥姥点了点头道："姑娘，你这份心眼儿不错，他有信到北京来，派人问候问候着我，也问候问候着你。"落霞道："这倒不敢当，我心里就惦记着，这人逃出命来没有？既然是很好，这件事揭过去了，也就不必谈了。因为我可和旁的人不同，弄得不好，容易生出麻烦来的。"冯姥姥道："不，人家可忘不了你的好处。他写了一封信，托我转交给你。"说着，把身上带的那封信掏了出来，向落霞手里一塞。

落霞一看那信皮上写着"落霞女士亲启，江缄"几个字，不觉两朵红云，在脸上泛了出来，且不看信，向衣襟底下一塞。塞在衣襟下一会儿，又掏了出来，交还给冯姥姥道："这个不好，我长这么大，没有和外人通过信，再说，我也认识不了三个大字，还瞧个什么信？"冯姥姥道："哟！姑娘，你这是什么话，我老远地送了来，你瞧也不瞧，你交给我做什么？我带回去吃呢？我带回去穿呢？人家寄来了，反正我也退不回去。"落霞道："由哪儿来的由哪儿退，还有什么退不了的?"冯姥姥道:"为什么?你恨那个写信的人吗?你瞧瞧也不要紧,他说的是好话,你就听着,他说的不是好话,你就当没有接着这封信,那不就完了,也许他信上有什么要紧的事哩!"落霞道:"那我就留下吧。可是这位先生,也太多事,写个什么信。幸而这封信是请你交给我的,我不怎样认识他,你是知道的。若是这封信落在别人手上,这可会成了笑话了。"说时,把这一封信,又很不在意的,揣在身上去。

冯姥姥道:"你先瞧瞧好不好,也许……得,你拿回去慢慢地瞧也好,恐怕你还有不认识的字,慢慢猜着去。你若是得闲的话,可以到我家里去坐坐,我们小二妈,老惦记着你,盼望着你去谈谈呢。"落霞道:"我倒也想着这位大嫂子,你见着她,替我问好。我要回去了,怕家里人找我呢。"冯姥姥握着她的手,望着她的脸道:"你好好地做事,耐着吧!一个人总有个出头之日的。"落霞真也怕家里有人找她,便道:"我要回去了,有空我一定去看你。"说着,抽转身,向回路就跑。

跑了十几步,她又跑回来,叫道:"姥姥,姥姥,我还有话说。"冯姥姥看她那样着急的情形,连忙就转过身来,站着问道:"姑娘,我叫你别忙,有话尽管说,你又忙着要走。"落霞站到冯姥姥身边,低了头,眼光下垂,却将一只脚在地上涂抹着,画椭圆形的圈圈。冯姥姥道:"姑娘,你有什么事,别为难,我一定给你去办的。"落霞低了头,低声说道:"这一封信的事,你可别对人说。"口里说着,脚下依然在地上不住地乱涂。冯姥姥道:"这个你放心,我长到这一大把年纪,难道这一点儿事情,我都不明白吗?"落霞道:"这信没贴邮票,是封在你的信里呢,还是有人送到你那儿的?"冯姥姥于是把万有送信的话,略略说了几句,落霞道:"唉!这可不好,别种人知道还好一点儿,这种人知道,飞短流长,可别出乱子。"冯姥姥道:"你就放心吧,我也不能瞎说什么。要不,他要来问回信的话,我就说我没有找着你就是了。这样一来,以后也就不会有什么麻烦了。"落霞道:"对了,千万不能把我这里的住址告诉他,知人知面不知心,也许将来他借着缘故找上门来,那我可受不了。"冯姥姥也觉她这话顾虑得是,连连点了几下头,笑道:"你回去,我心里明白

29

就是了。"落霞听冯姥姥所说，非常的诚恳，这才放心回家去了。

到了家里，所幸家里还没有什么人叫她，马上向自己屋子里一溜，闩上了房门，将那封信从身上掏出，背对着窗户，伏在床上，将信展开来看。那信几乎完全是正楷字，写的是：

落霞女士惠鉴：

我写上这一封信，恕我冒昧了。我上次有了生命的危险，蒙你不避嫌疑来救，我用不着说客气话，实在是感激到一万分。我的良心责备我，不许我对女士置之不理。但是离开北京几千里，没法感你的大德，所以只好写一封信来问候。你若是用得着金钱帮忙的地方，请你不客气，转告着送信的人，要把钱寄到什么地方，我一定尽我的力量帮助。钱虽是万恶的东西，用之得法，也可以帮人做好事，帮人做好人。我想你是个有热血的女子，一定不会为一点儿不相干的嫌疑，以及施恩不图报的话，拒绝了我这点儿敬意。我现在是在南方漂流着，有时候在上海，有时候在香港，有时候又在广州，不过我和送信人是常通信的，这人也很老实可靠，有信让他转，绝不误事。我这封信字字是真言，所以不谈那些写信的虚套，当不见怪。祝你平安。

受恩人江秋鹜上言

落霞看完了这封信，才知道"江秋鹜"三个字原来是这样写。当时草草看了一遍，觉得人家的意思，原不算坏。将信捏在手里，一听屋子外，并没有什么响动，于是忍不住把信纸展开，又重新看了一遍。起初觉得信上的字，有十分之七八可以认识。再仔细地斟酌一番，把不认识的，也慢慢猜出，也就很明白了。将这张信纸放到信皮里面去，然后叠了好几叠，放到身上小衣袋里，信是不看了，便坐在床沿上默想那信中的话。设若我真和他要钱的话，几百块钱，或者可以帮助我的。有了几百块钱，我就可以跳出这个火坑了。像这样的冬天，我真冷得够受，第一件，我就要做上一件大棉袍子穿。长了这么大，没有盖过一条新棉被，有了钱，也得尝尝新。我屡次

30

想找我的娘家，总无法子可找。假如有了钱的话，我在南方几省的大报上，到处登广告。好在我是云南人，我总是记得的，我在云南报上，更把广告登得久久的，把我四五岁时匪人拐走以前的情形，记得的都说出来，或者我父母知道了，把我寻了去也未可知。到了那父女重逢之日，真是乐事了。

这样想着，便觉得十分高兴，索性拉了那两个破枕头，叠着一叠，放在旧被上，自己横着向床上一躺，将头高高地枕起，把这有味的事，更仔细想上一想。第一层所想到的，便是怎样地摆脱赵家呢？若要说是用钱来赎身，也许这里的主人，要大大地讹诈我一笔。而且我自己出钱赎自己，人家问我钱自何来？若是托别人来赎，谁又是可托之人？再不然，便是偷跑了，跑出去了，哪里可以托脚呢？若是不找个固定的所在，一个六亲无靠的女子，无钱是行动不得。有了钱，行动也是处处担心。若是不走不跑，单要人家一些钱来，那么，又在哪里存着？难道也像这封信一样，藏在小衣袋里吗？那么未免不像话了。若是让人知道了，说我偷的，倒也罢了，反正主人翁说丫头做贼，那是常事。若人家说我是用身体换来的，那就跳到黄河里也洗不清了。我要钱有什么用？一个人到了有钱都无用处，这活着还有什么意味？

自己只管这样一层一层想着，由有办法，想到无办法，由无办法，更想到用不着要有什么办法，这个人的心事就灰透了。就是这样地呆想着，渐渐地不知不觉在脸泡上挂着两行泪珠，翻了一个身，将脸偎在破棉被中间，正想大哭一顿，忽听得一迭连声地叫着落霞，她一听之下，一面答应来了，一面赶紧用袖子擦着眼泪，就向外走。

赵太太在屋子里躺在沙发上，很自在的样子，口里衔着一支烟卷，一见落霞便板了脸道："我口渴得要命，快给我倒杯茶来。叫了你这大半天，你到哪里去了？"落霞哪能说是在屋子里想心事，只有不作声，倒了一杯热茶来。赵太太道："看你这死样子，倒一杯茶，好像都不服气，怪不得我叫上了你的脸，都不答应了。我喝我自己的茶，为什么要看你的颜色？放在茶几上吧。哪个要喝你倒的丧气茶？"落霞听了，心里倒好笑。人讨厌罢了，怎么倒的茶也丧气？既然是知道我倒的丧气，那不该叫我去倒。心里这样想着，因为忍住笑，就淡淡的样子，将那茶杯在茶几上放着，脸也就不向着赵太太。

赵太太道："我越说你不服，你倒真给我不服起来了。你要不服，就给跪下去。"落霞道："我又没作声，怎样是不服？"赵太太道："你口里没作声，我猜着你心眼里，这会子也不知在怎样骂我哩。你就是不作声，难道我看你的颜色，就看不出来吗？我告诉你，你那种手段，不必用到我面前来玩，我比你会得多呢。"

落霞知道太太要打起人来，就是突然而来的几下，不屑于先骂起来做通知。现在她骂个唠唠叨叨，这是往骂的一条路上办，索性不作声，让她一人叽叽咕咕骂去。自己低了头，便挨挨蹭蹭，也要往房外走。不料赵太太今天却变了态度，突然走上前来，一把揪了落霞的短头，就向怀里一拖，骂道："贱人！你往哪里走？你好好给我跪倒！你若不跪倒，今天不要想活命。"说着，咬了牙齿，将脚一顿，把落霞的头，就向下一按。落霞一看赵太太发了恶，若要再执拗着，免不了皮肉受苦，便趁着势子跪了下去。赵太太见她已经跪下，才把揪头发的手松了。鼻子哼了一声道："我看看是你强得过我，还是我强得过你？"两手一抄，向沙发上落了下去。那沙发是个半新旧的，直把她半截身子吸了下去。落霞见她的气生大了，哪里还敢作声，跪在地上抬头不得。赵太太嘴里又叼了一支卷烟，斜瞟着。落霞跪在地上，她倒清闲自在的那样躺着。

落霞约莫跪了半小时，那个表少爷朱柳风却来了。他在堂屋里张望了一下，见屋子里地上跪着一个人，觉得一走进来，这个跪的人，未免有点儿难堪，就不曾进来，在外面屋子里坐下了。

赵太太道："柳风，你为什么不进来？"柳风见姑母见召，不能不进来。便笑着走进来道："你老人家又发雷霆之威。"赵太太道："并不是我生气，这东西她存心和我闹别扭。我就和她闹一闹，看是谁闹得过谁？"柳风笑道："你老人家，犯得上和她一般见识？高兴教训她几句，不高兴随她去。这大的人了，跪在地上也真不矮，我讲个情，放她起来吧。"赵太太便向落霞喝道："看在表少爷面上，饶你这一次，滚起来吧！"落霞实在不好意思见人，听了一声说起来，两腿一起，头也不抬，向屋外就钻。赵太太道："你忙什么？人家和你讲了情，也应该谢谢表少爷，怎么一拍腿就走了。"落霞知道表少爷在这儿是个红人，更不敢得罪他，因之复又转身来，向朱柳风微微一鞠躬，然后出门而去。

当时受了这番羞辱，把新仇旧恨，一齐兜上心来，心想，正合了表少爷那一句话，跪在地下，还是不矮。我这样大年岁的人，又不是三岁两岁的小孩子，为什么动不动就要我罚跪？我若有一天认识了大总统，必定和他建议，把拐匪都定成死罪，买丫头的人家，都要受罚。但是我怎样会认识大总统？这也奇怪，做官的人，怎么也就没有人会想到这一层？哦！是了，做官的人家，哪个不买丫头，他们怎么又会反对呢？自己把这样不相干的思想，只管放在心里，事情是照样做，饭也不想吃，茶也不想喝，做完了事，便是坐在屋子里呆想。

这一天晚上，直到头靠了枕头，还依然想着，糊里糊涂地思索，也不知如何就天亮了。自己提了菜篮，又去上街买菜，还走不到胡同口，就碰到了那个江秋鹜迎面而来，彼此似乎是极熟了，他抢上前一步，执着落霞的手道："你怎么还在赵家？我不是寄了一封信给你，约你逃走的吗？"落霞一阵害羞，不觉低了头，这话可答不出来。江秋鹜见她不说话，拖了落霞的手便走。落霞也情不自禁，只管跟了他走。

约莫走了好几个胡同，走到一个似乎宫殿的大屋子，一进门，便看到有几十层台阶，在台阶最上层，有人在那里招手。落霞看时，便是江秋鹜，不知他是什么时候，跑到那最上一层去了。自己慢慢地向上爬，好容易爬了上去，出了一身大汗。走到那上面一看，原来是个很平坦的地方，遍地铺着大石板，光滑平整，像镜子一般。上面正屋，八根红柱落地，四角飞檐的一所大殿。落霞正这样想着，姓江的怎么把我引到这个庙里来了。这句话不曾出口，秋鹜笑道："这不是庙，这是侠客家里，专门和天下可怜的孩子们报仇雪恨。你看，你的仇人也捉来了。"只这一声，门边拥出七八个人，将一个穿灰衣的短装汉子，拖了出来。那人在地上滚着，大叫饶命。落霞认得那个人，正是十年前，拿着一块糖哄了自己，抱着跑的。那些人都说，这种拐匪，一个个要把他治死。说着，几个人抬了他的手脚，就向平台的下面一丢。那平台下面，是个万丈深坑，只听扑通一声，那个拐匪就抛沉到水里去了。那些人鼓着掌大叫痛快，落霞也不觉地鼓起掌来。

秋鹜喊道："诸位慢着鼓掌，还有那个姓赵的妇人，没有处治她。"那些人说，打死她，打死她。于是几个人跑到屋旁边，七手八脚，果然将赵太太拖了出来。那赵太太一见落霞，跪到她面前，双手抱了她的脚道："落霞，落霞，你救我一救。你从小在我家长大，你就不念我一点儿抚育之恩吗?"说时，又哭又喊，拖了落霞的脚，死也不放。落霞见她说得可怜，也不免坠下两点泪。两只脚又让她拖得累死，难受极了，自己撑持不住，也向地下一倒，这一倒，自己一惊，睁眼一看，不是倒在地上，是倒在床上，原来做了一个梦。

赵家下屋子里，是没有电灯的，只有一盏点一根灯草的小煤油灯，屋子里昏暗无光，真也有些像梦境。于是坐了起来，将灯芯扭着大了一些，坐起来一想道："梦境真算是痛快，然而天下哪会真有这样一个地方? 但是这话也难说，江秋鹜这种人，无缘无故，能把许多钱相助，而且官厅又要捉他，这不是侠客是什么? 也许他们做侠客的，真有这样一个，那就好了。"就是这样不断地想着，猛一抬头，窗户翻作白色，原来天真大亮了。落霞心里想着，这和梦境差不多，不要江秋鹜真在门外等着我，赶忙披衣下床，开了大门，就向胡同里走，这时天色刚亮不多时，哪里有什么人走路? 走在胡同中间一望，空荡荡的，只有那砭人肌肤的寒风，带着地上的黄沙石子，刮起来四五尺高，向人身上乱扑。风吹在脸上，已是冷如刀割，再加上石子打在脸上，痛上加痛，更不可挡了。落霞连忙向大门里面一缩，心想道:我这人太傻了，怎么把梦境当真事呢? 这才回转屋子里去了。正是:

欲平积恨除非梦，醒后还思入梦来。

第六回

银饼学梭投狂奴折齿
鸩胶和蜜饮少女轻生

却说落霞开门寻梦，落得吹一身寒沙回来，想到了这一番傻劲，也是好笑。但是不知道因何缘故，自从这一梦之后，凭空添了许多心事，见着了赵太太，仿佛也是仇人一样，心想，我没奈你何，总有一天像梦里那种日子。那个时候要我来救你，我可是不管了。不要看你现在这样作威作福，大概真到了祸事临头，一定会捧着丫头的脚的。赵太太哪里知道她有那样一个梦，自然还是照常很严厉地管着她，她心里为了真事和梦境的引诱，遇了打骂，就更气愤着哭泣了。

有一天，赵重甫去上衙门之后，赵太太和婉芳小姐，也都出门去了，大门口只剩了一个听差守着大门。杨妈的工夫，每天多半消磨在厨房里，这时也是一人在厨房里拣菜。落霞一人，呆坐在堂屋里烤火，静默默地又想着了那封信、那个梦。

正自这样想着，堂屋门一推，那个表少爷朱柳风来了。他一进门，便道："太太小姐，都不在家吗？"落霞想起那天罚跪，他讲情的那回事，不免有点儿害臊，笑着红了脸，叫了一声表少爷。柳风一说太太小姐不在家，见她就是一红脸，便道："落霞，你一个人坐在这里，不寂寞吗？"落霞道："我们这种人，有什么寂寞，有什么热闹？无非挨命过日子罢了。"她怕朱柳风再会谈起那天罚跪的事，不如先谢谢他，便倒了一杯热茶来。他正在炉子边烤火，这杯茶又无别处可放，就一直送过递到他手上。朱柳风一点头，笑道："劳驾。"落霞道："我们一个当丫头的，你何必这样客气？"柳风道："丫头就不是人吗？不过少了两个钱，把身体卖了罢了。再说你也不是因为家里穷了就卖你的，是拐人的拐匪把你拐出来的，也不能用

35

卖儿卖女的眼光来看你们家呀。"落霞道："这件事，表少爷怎么也知道？"柳风道："我姑母对我说过的。我就常对我姑母说，既然知道人家是可怜的孩子，遇事就看松些吧，何必打了她，骂了她，自己又受气。不知道我姑母现在可对你好些？"落霞道："这也无所谓，看她高兴罢了。"

朱柳风喝完了茶，手一伸，落霞自把杯子接了过去。他又笑着点了一点头，然后在火炉靠近的一把椅子上坐了。笑道："你在这里，烤火烤得很好，我一来，倒把你轰走了。你只管坐着烤火，只当我没有在这里一样，好不好？"落霞笑道："那可不敢当。"柳风笑道："那要什么紧？我刚说了，大家都是人，为什么我坐着，你就要站着。你若不坐，我也只好站起来了。"说着，果然就站起来。落霞这却不好意思再和人家为难了，也就只好羞羞答答的，远远地坐在一把矮椅上。

柳风因她已坐下，这才坐下来，便道："你又何必坐得那远呢，靠近些坐着烤火不好吗？"落霞见他那笑嘻嘻的样子，很有些不诚实，这就有些不以为然起来，就站起来，随手找着一把鸡毛帚，满屋子里掸灰，只管将背来对着柳风。柳风道："太太小姐不在家，你何不闲闲呢？"落霞只当没有听见，依然掸她的灰。

柳风道："你坐下来，我有几句话和你说。"落霞道："表少爷，你就请说吧。我还有事要去做，可不能陪着你谈天呢！"柳风笑道："干吗发急呀？我问你，你是知道你小姐性情的。她在我背后说过我什么没有？"落霞道："没有说过什么。"柳风道："不能够，她和我的交情，总算不错，在我背后，岂能一句话都没有？"落霞道："纵然是有，与我又没有什么相干，我没有留心去听过，我一时也说不上来。"柳风点着头笑道："你这孩子太聪明了。这样说着，就谁也不得罪。"落霞道："这实在也是实情，我何必去管别人的闲事哩？"柳风道："固然不能管别人的事，就是说说闲话也不要紧。我还请教你，你们太太很有意思让我做姑爷，但是我并不爱你们小姐，你看这件事应该怎么办？"

落霞正着颜色道："表少爷，你可别把这些话来问我们下人，说起来可大可小的，我当丫头的，可受不了。"柳风笑道："你倒着恼

36

了，我还是很高兴的哩。老实一句话，我倒很相信你的，设若你愿意我帮忙的话，我是极力帮你的忙，你什么时候要脱离赵家都绝对不成问题，趁着今天无人，把我的心事和你谈上一谈，你看好不好？"落霞听了他这话，不由得脸色勃然一变。连忙跑了出去，砰的一声，反手将堂屋门关着。

就在她这关门砰的一声之间，便有无限的怒气，由这里面发泄出来。但是朱柳风以为她是个丫头，纵然生气，也抵抗不了一个表少爷，因之也就开了堂屋门，由后面追了来。落霞跑回她自己屋里，柳风就也追到屋外，因道："落霞，你何必这样，我是一番好意，无论怎样，凭我这个人，还配你不上吗？"落霞真不料他还会追到屋子里来，一闻他的声音，连忙就将门关了起来。但是落霞有了这关门的意思之时，柳风已经到房门边了，这里房门不曾关上，那边已经插进了一只脚，这要关的一扇门，恰是和朱柳风的身子相碰，这却关不起来了。

落霞索性将门向里一拉，大大地掀开，抵住了门中间，两手一叉腰，迎着朱柳风，板了面孔问道："表少爷，你这是做什么？青天白日，你这样欺负人，当真我们做丫头的人，就一点儿骨气都没有吗？这屋子是我的，我有权不让人进来，你走远些，不然我就要嚷了。"柳风将手连连摇着，笑道："你别嚷别嚷，干吗呀，生这大气。青天白日要什么紧，我又不做什么坏事，不过要你说一句罢了。"落霞道："要我说一句，那容易。要我说一句什么话，请你吩咐。"柳风笑道："别生气，别生气，有话慢慢地说。说一句话，你已经答应了，说两句话，怎么样，你答应不答应？"落霞道："表少爷，你有多少话都请说吧，我这里洗耳恭听。"

朱柳风这才笑嘻嘻地道："别多心，我要说的，都是好话。我看你在我们姑母家里，哪一辈子是出头年，不如瞒着姑母，我在外面赁下几间房子，和你住上家，将来……"落霞一听话说得很远，也犯不上和他决裂，把他推走了就是。因道："表少爷，这些话，请你不必对我说，我也不爱听。我只知道多做事，少挨打。我这里是是非之地，请你走开。"柳风将肩膀抬起，耸了两耸，笑道："这些话，不对你说，对哪个说，还去对我姑母说不成？"说着，在身上一摸，摸出了四块银币，一伸手远远向落霞睡床上一抛，笑道："这四块钱，送你买一点儿东西，你让我进你房来坐着谈一谈，行不行？"口里说着，不问落霞怎样已经是挤了进来。

落霞见抵挡不住了，将那四块钱抢在手里，指着柳风道："瞎了你的狗眼，你以为我们当丫头的，就是随便拿你几个钱，可以把人格卖掉的吗？你这当洋奴卖人格卖来的钱，留着自己享福吧！"只这一句话，将手一扬，把那四块钱，向柳风迎面抛了去。双方相距很近，这钱不偏不倚，正打在他嘴唇上，噗的一声，他嘴里的鲜血，向外流出来。他哎呀一声，将手按了嘴，却按了一手的鲜血，手向下一落，只见一颗雪白的门牙，落在手心里，便顿脚骂道："不识抬举的东西，你为什么下这种毒手？我今天要你的命。"随手摸了一把破茶壶，向落霞就砸了过来，落霞身子一闪，茶壶砸在砖墙上，砸了一个粉碎。

柳风见这下没有砸着，又拿了一张方凳子在手上，高高举了起来，就要向落霞砸去。落霞身子向后一缩，口里大叫救命。杨妈一脚踏进屋来，一伸手在柳风身后，将方凳子接了过去，忙问道："这是做什么？这是做什么？"说着话时，看地上撒了几块钱，又是在落霞屋子里，心中就猜中了个八九分。

柳风指着落霞，顿脚骂道："这东西太可恶了，她居然动手打我。我今天非打死她不可！"杨妈拉着柳风的手道："你怎么和她一般见识，你到外面去坐，我打水给你洗脸。太太回来自然要把她重重治罪一顿。你若是动手打她，那就有些不便，你是个聪明人，还不明白吗？你瞧我了，你瞧我了。"说着，连向柳风蹲了两蹲身子，给他请了两个安。也不容柳风不答应，两手一伸，将他带推带送，送出了落霞的门。

真是事情凑巧，柳风由里向外走，恰好赵太太和婉芳小姐，由外面进来。双方在堂屋会面，赵太太一见柳风满嘴角是血，门牙掉了一个，连忙问道："哟！这一下不当玩，哪里碰的？"柳风先顿了一顿，只见落霞由后面跑了出来，口里叫道："杨妈，这是他的四块臭钱，叫他拿了去。"一面说着，一面跑出来，猛抬头看见了太太小姐，不由得不向后一退，便将钱放在桌上。

38

柳风一看这事情大概隐瞒不了，便对赵太太道："姑母，落霞这东西，太无廉耻了。今天你们不在家，她和我要几块钱，说是在外面买东西吃，拖了债不少，不还债不得了。我看她说得可怜，就给了她四块钱，她就把我拉进屋去，说要跟我逃跑。我骂了她几句，她倒动手打起我来了。"婉芳小姐手扶了茶几，将牙咬了下嘴唇皮，点了头，只管冷笑。赵太太站在屋中间，浑身乱抖，望望柳风，又望望落霞。

落霞冷笑道："姓朱的，你说这种话，你不屈心吗？我怕什么？拼了一身剐，皇帝拉下马。你纵然冤枉我，我也不怕。"赵太太哪里忍耐得住，抢上前去，劈头劈脑对落霞就是几下。落霞也是气极了，便跳着脚哭起来道："太太，今天的事我没有错，你不能打我，你们做主人的太偏心了。"赵太太因她嘴硬，索性两手并起，向着她一顿乱打。婉芳在一边看见，咬了牙，顿着脚道："打，着实地打。这贱东西当了人的面，装出那规矩样子，一背了人，什么事都做出来。不要脸的东西，着实地打。以后还打算在我面前夸嘴吗？"柳风听了这话，不由得脸上红一阵，白一阵，恰好杨妈打一盆洗脸水来了，就借着洗脸，避了开去。

赵太太对落霞道："究竟是怎么回事？你说你说。"落霞哭着道："打了我一个死去活来，现在再来问我什么事，我有理也是挨了打了。你不用问，你们体面人家的好亲戚。"赵太太道："好哇！今天这贱东西真是泼辣，我索性打死她。"一回头见茶几后面，放了一柄鸡毛帚，顺手拿了过来，倒拿在手上，又打算上前来打。杨妈抢了上前，将赵太太拦住，便道："太太，你平常打落霞，我不敢说情，不过今天这件事，你打得她冤屈一点儿，请想，若不是她这样大闹，不声不响地过去，那不定闹什么笑话，和你的名誉更有碍了。表少爷虽然碰掉了一个牙齿，这并不要紧，他愿意镶金的镶金的，不愿意镶金的就镶磁的，那更是好看了。"一面说着，一面将她拉到屋子里去。赵太太向沙发上一坐，一拍腿道："这还了得，我只出去这一会儿，就闹出这种笑话来。柳风哪里去了？叫他滚进来，我有话问他。"杨妈道："表少爷洗完了脸，已经走了。"赵太太先是又骂又说，这时，也不说也不骂，只是靠了沙发躺着发呆。外面屋子里，落霞放声大哭，婉芳小姐也嘤嘤垂泣。

过了一会儿，赵重甫回来了，他一见这种情形，也呆了，便问道："这又是落霞闹了什么乱子吗？为什么大家这样丧气？"这一问，婉芳小姐更呜呜咽咽，哭得厉害。落霞也窸窸窣窣哭着未了。赵太太躺在沙发上，叼着烟卷，板了脸，望着屋顶。这三个在屋子里的人，都像没有听见，谁也不肯答复。赵重甫道："你们说呀，究竟是什么事？无论有什么问题，总得说明白了才好解决，难道哭闹一会子就算了吗？"赵太太道："丑事罢了，我还闹不清呢！你叫杨妈来问吧。"赵重甫于是将杨妈叫来，先问了一阵，然后又问落霞，最后赵太太把柳风的口供也说了。

赵重甫听了这话，也是气得要命，嘴上几十根胡子，根根撅着，一伸手向落霞两巴掌，骂道："你这东西，你这东西。"落霞向后退了两步道："老爷，你做官的人应该是讲理的，怎么你也打我？"赵重甫道："不管你有理无理，我先打你出出气。"落霞冷笑道："原来如此，我是你们出气的。好，我用不着讲理了。"说着，一转身，自跑回屋子里去，又伏在床上哭了，心想，我这人太命苦了。有钱无用处，有理无讲处，生定了是做一辈子的牛马。与其如此，不如一死了之，倒也干净。自己心里，突然间有了一个死字的感想，便觉得这一生的确是毫无意味，只有一个死，能解除一切。老爷抽的鸦片膏子，放在他书房后那间小屋子里，这个时候，他或者无心去抽烟，不如趁此偷他一些来。

这一想，便拿了一个茶杯，悄悄地溜到那屋子里，将床底下竹箱里用报纸包着的一个大瓷罐，拿了出来，将茶杯向膏子里一舀，舀了大半杯。舀好了，急急忙忙仍旧将瓷罐子包好，送到小竹箱子里去，因听到赵重甫一声咳嗽，似乎是要进来，拿了茶杯子，赶忙就由后房门溜了出来。到了自己屋子里，所幸还没有人知道。当时拿了一张纸，将茶杯盖上，便塞在枕头下。

这日白天，依然忍着眼泪，照样地做事。赵太太心里想着，重甫原是很赏识柳风的，这样一来，当然要把这个偶像打破。不但打破偶像而已，经营许久的婚姻，恐怕要废约。就是以自己而论，娘家有了这样一个不争气的侄子，和自己的体面也有关。因此一口咬定落霞所说完全是谣言，她因为得不到表少爷，就反过来一口，说表少爷调戏她，来遮盖她的羞耻。这种女子既不要脸，心里又狠毒，留在家里真也是祸根，不如把她取消吧。落霞都听得了，只是不作声，也不再哭。

到了晚上，大家都睡觉了，只有赵重甫这个烧鸦片烟的人，依然还在书房后面抽烟。落霞听得人声渐寂，就把自己藏的那半杯烟膏取出，然后拿了梳头镜屉子里一盒搽脸蜜汁，向里面一倒，用右手一个食指，插进烟膏里，和弄了一阵。手指头在膏子里搅弄时，那膏子很稠，预想喝到嘴里，一定是黏黏答答，不好吞下。鸦片烟是最苦的东西，若吞不下去，岂不是一种痛苦？想了一想，就悄悄地溜到厨房里去，见炉灶上正放了一壶开水，因是取了一只饭碗，将这壶开水，一路带到屋子里来。先把房门关好，然后倒了一盆水，先洗一把手脸，其次便将身上的旧衣服脱下，换了一套干净衣服。事情都忙着停妥了，就把茶杯里的烟膏和蜜汁，一齐倒在碗里，将开水一冲，在镜台抽屉里，找了一根骨头针，插到碗里去和弄。当她和弄的时候，自己侧了身子，斜靠在桌子一个犄角上，眼睛望着碗里出神。

这个时候，屋子外头，一点儿声息都没有了，西北风从天空上吹过，把树枝吹着，微微有点儿作响，跟着那院子咿咿呀呀，仿佛有人在那里偷着走路一样，但是并不听到一点儿脚步响。落霞一想，这是接我灵魂的小鬼来了吗？小鬼，你只管来，我不怕你，你又何必偷着进出呢？望了那碗烟膏水，心想，不料我活到十六岁，就是这一碗东西送命。人生迟早总是有一死的，死早一点儿有什么关系？只是我这人，自从出世以至于现在，没有享过一天福。我是哪县人？姓什么？今年究竟是不是十六岁？一律不知道。这个人活在世上，有什么意味？我现在要死了，我那失了女儿的娘老子，远在云南一个县城里，恐怕还念着他女儿，现在长大成人，已有出头之日了。想到这里，一阵心酸，不由得要坠下几点泪，有几点眼泪，直落到那烟膏碗里去，手里的骨头针，也只管在碗里乱搅着，不知所云地，一味地发愣。

猛然间，听到屋外的挂钟，当地响了一下，便自己埋怨自己道：

我这是做什么，打算寻死，就快快地寻死得了，这样犹豫些什么？现在一点钟了。若不早喝下去，明天早起，他们赶救得及的，今晚上岂不是白白忙了一阵？这样想着，放下骨头针，将那一碗烟膏，两手捧起。一生的结果，便在此一举手之间了。正是：

　　生不逢辰何惜死，刹那当作百年看。

第七回

坠泪登车叹无家可别
倾心握手早有梦相亲

　　却说落霞在这里用开水冲烟膏喝的时候，赵重甫在他小书房后面，正在过鸦片瘾，还不曾睡觉呢。但烟瘾只过到一半，烟膏罐子里的烟膏，已经没有了。他于是下了烟榻，去挪床下那个竹箱，以便取出积蓄的烟膏来。他这一移竹箱不打紧，自己猛然地吃了一惊，这烟膏罐子经人打开过了，烟膏也经人挑了一大块去了。家里并无第二个人抽烟，向来也不曾丢失过烟膏，这是谁人，把烟膏挑许多去了。怕不有二两吗？有偷烟膏嫌疑的，第一就是……想到这里，恍然大悟，今天落霞那样大闹，也不怕打，不要是她早有定见，预备寻短见吧？莫不是她把这烟膏子拿去了。这且不用惊动于她，看她现在是一种什么情形。因之悄悄地打开了后房门，向落霞屋子这边来。

　　走到窗户边，用一只眼睛，向里面张望了一番，正是落霞将骨头针搅动烟膏，在那里出神之际，及至落霞捧着饭碗，端起来要喝之际，赵重甫先叫了两声："使不得！使不得！"两手将门使劲一推。进门的枢斗，本来也就腐朽了，不大十分结实，经不住他忘了情，拼命地一顿乱捶，于是连人带门，一齐扑在屋子里地上。一只门角，恰好碰在落霞手上，手一颤动，那碗脱手而去，噗的一声，便泼了一地。赵重甫见烟膏已经打泼了，心里安了一半，便对落霞道："你这孩子，怎么做出这种事来，我总没有十分待错你，你岂能这样害我？还打算连累我去吃官司吗？"说了这话，才慢慢地扶着方凳子，站了起来。落霞这倒不像白天的态度，见着主人那样强硬，现在却是呜呜咽咽哭将起来了。

　　这一遍声音，早把全家人惊醒。第一个便是赵太太，连忙跑了

43

来，问是怎么一回事。赵重甫将事说明，赵太太不料这个小女孩子，倒真舍得一死，白天为了她白气一顿，浑身抖颤不定，晚上又有了这一件事，也不知什么缘故，只觉一阵寒气由心窝里直冒出来，一嘴牙齿乱相碰撞，咯咯作响，半晌，望了落霞，说不出话来。赵重甫道："这也该应不出事情，恰好我要补膏子，一寻床底下，知道她动手了。若是不然，等到明日发现，笑话就大了。我为这事，少不得还跟着司法巡警上法庭。她现在既然起下了这个念头，我是不能放心的了，太太，这个人，交给你了。"这一句话，把赵太太的话逼了出来，先哟了一声道："这件事，我负不了这大的责任呀。"赵重甫道："当然也不是永久交给你，暂过今天晚上，到了明天，我就想个办法。再说，她也有这大的年纪，留在家里，迟早总是也免不了出事。"

落霞已是停了哭声，便道："老爷，你这话可得说明白一点儿呀。我纵然死去，也是一条干净身子，并没有在府上出什么事。我并不是拿死吓人，反正我死是不怕的，打呀骂，我更是不管的了。随便你怎样对待我，可是你不能冤枉我，不能说我不干净。你若是怕我死在你们府上，你们既要贴棺材，又要犯法，这件事我倒可以原谅，我就到外面去死得了。"赵太太往常空有许多摆布她的法子，到了今天，她总是向死路上想，可没有她什么法子了。还是杨妈出来说："太太和老爷，尽管放心，这人交给我，让我劝劝她，好在只有今天一晚，我总可以保着无事。"依着赵太太，还要落霞在她屋子里搭铺睡，无如落霞不肯，只好捏着一把汗，让杨妈伴着她睡了一宿。

到了次日，落霞起来，依旧做事。杨妈说："不定他们要怎样处治你，你就休息着等消息吧。"落霞道："不能那样说，我在这里一天，吃他们的饭，住他们的房子，我就得给他们做事。至于怎样处治我，我可以不问，我反正是等死的人呢。"杨妈笑道："你这孩子，真可以的。"只说了这八个字，也就由她了。

到了这天中午的时候，赵重甫却带了两个警察、一个穿长袍马褂的人到家里来，先让他们在客厅坐着，然后把落霞引了出来相见。落霞一见两个警察，便料着是官司到了。那个穿长袍马褂的，脸上挂着一副大框眼镜，又是一把苍白胡子，倒不像是恶人。重甫便告诉落霞道："这是妇女留养院的黄院长，行个礼。"落霞万不料会把这个妇女留养院长找来，早就听见人说，若是受主人翁逼迫不过，可以投到那院里去，只是自己还没有下那个决心。现在真把院长请了来，这倒是一条活路了，于是行了一个鞠躬礼。

那黄院长用手摸了一把胡子，向落霞点了点头道："这孩子倒也不像怎样坏的孩子。"因道："你们老爷说，你在宅里淘气，要把你送到我们院里去，你愿意不愿意？"落霞毫不考量地答道："哪里我都可以去的，院长只要是……但是我也不必说了。"黄院长道："我当然要把内容告诉你，然后让你安心，你对着里面不满意，也就可以决定不去。我们那里供你衣穿，供你饭吃，而且还让你在里面读书做工，只是有一层，进去之后，不容易出来的。你们老爷说，你很认识几个字，那很好，我身上带了有一份章程，你自己拿了去看。"说着，随即在身上掏出一张铅印的东西，就交给她看。

落霞接过来，从头至尾，仔细看了一遍，觉得章程上所定的，和自己意思很合，便道："院长，我看了，多很好，我愿意去。"黄院长道："若是要去的话，马上就同了我们走，不许反悔的。"落霞向前走了一步，便靠近黄院长一点儿，就点了一点头道："绝不反悔，求你救救我。"那黄院长又摸了一摸胡子，倒向着赵重甫笑了一笑。赵重甫道："那就好极了，请你去检点检点自己的东西，马上就跟了院长去。他们有马车，你可以带了东西，坐他的车子去。"落霞道："我哪有东西，东西都是老爷太太的，我既然要走，自然要把东西都退回老爷太太去。只是身上的东西，脱不下来，这个要和老爷讲个情，让我穿去的了。"赵重甫道："你这孩子，脾气也太倔强了。既然你不带去，我也不勉强。"黄院长微笑着道："那么，我们可以走了，让她进去辞一辞太太。"只说了这一句，杨妈由里面跑出来道："太太小姐说了，不用她进去辞行。"落霞便对赵重甫深深地一鞠躬道："老爷，多谢你抚养我十几年，我不报你的恩了。"赵重甫点了点头道："我也有些地方对你不住，你既然是去了，好好做人。"落霞抬起头，望了一望屋子四周，又对里面院子，向自己屋子里去的那个门凝视着一会儿，不觉垂下几点泪。

黄院长问道："你们还有什么讲的没？若是没有什么话，我们就走了。"赵重甫道："落霞，你还有什么话说吗？"落霞抄起一只衣襟角，擦了一擦眼睛，又摆了一摆头，却没有答复。两个警察一见无话，已是先动脚，黄院长对落霞道："那么，我们可以走了。"落霞低着头，又点了一点头，便跟着黄院长一路走去。

　　走到大门口的时候，却停住了脚，又回头向里面望了一望。然而黄院长的马车正横着停在大门口，车门敞着，等人上去，落霞也就不能徘徊，一脚踏上去了。黄院长原坐着正面，落霞就只好坐在倒座儿上，车子走了，正好用不着回头，眼望着旧主人家，一步一步地离开，也不觉心里哪里来的那一阵难过，扑扑簌簌，只管向怀里落下泪珠儿来。

　　黄院长道："怎么回事？你倒舍不得离开你主人家里吗？我看你们那位太太厉害得很，对你恐怕是十分虐待吧？你为什么倒留恋着这里？"落霞将衣襟擦着眼泪，叹了一口气道："院长，我长这么大，就不知道什么是亲人，东飘西荡，就只管跟着老爷太太跑。我没有家的人，靠了我们老爷太太，也就好像是家。虽然他们虐待我，我和他们住在一处许多年月，在世界上没有比他们再熟的人了。我又离开他们，再和生人住到一处，我总觉是心里有点儿不大合适。其实，我自己真不愿哭，眼泪硬要下来，我也没有法子。"黄院长道："这是什么话？"不由得先笑了。

　　说着话，不觉路途多少，已经到了留养院门首。落霞一下车，就看到大门外，站了一个手上扶着枪的警察，大门外有这样严的门禁，这一进去，里面是怎样地要守规矩，可不得而知，心里这样想着，就暗下捏了一把汗。那黄院长一到这里，便先进去了。一个同车来站在车后的警察，便带着落霞进门，先引到一个办公室里，让一个办事员录了姓名籍贯年岁，然后再引她到会长室来。半路上经过一个小礼堂，是间四柱落地的大屋子，四壁上悬着几副对联，正面交叉着国旗，拥着一个横额。旗下有一张大餐桌子，供着几瓶鲜花，一对高烛台，插着一对红烛兜子，兀自点着呢。礼堂后面便是院长室，黄院长坐在一张写字台内，由办事员引到台子外，将写的供词呈了上去。黄院长念了一遍，问落霞道："都对吗？"答："都对的。"黄院长道："我们的章程你都知道了，我们这里，待人是公平，教人是勤苦，你可记着。"落霞点头说是。

黄院长向门外一招手，说了一声进来，却进来两个人，一个是五十多岁的妇人，高高的个儿，倒也强健，一个是十七八岁的姑娘，雪白的一张脸，却配着一头的黑发。她并没有剪发，后面左右分梳两个小圆髻，将鬓发挽成两只蝉翼，由耳朵上抄过去，越显得那张脸白了。加上她脸上微微有点儿红晕，黑白分明的眼睛只向着人一溜，充分地现出她的聪明来。她只穿了一件旧蓝布袍子，非常单薄，然而因为单薄，便觉得她好看。落霞心想，这里头原来有这样好的人才？黄院长道："这是你们的班长冯玉如，你们见见。"落霞便和她对行了个礼。黄院长又指着那妇人道："这是你们的看守邓妈，以后你就是她照应了。你照着规矩，好好地去读书做工，下去吧。"冯玉如就携着落霞一只手道："跟我来吧。"落霞随着她，穿过几重院落，有些地方，好多小女孩子玩，有些地方，好多姑娘们谈话，其中也有些年纪大的，也夹杂在一处。她们看见来了个新伴侣，都在身后指着说笑着。

冯玉如把她一直引到一个大院子门首，向里一折，便有一个小厢房。因引了落霞进去，见里面有一张小土炕，另外一条木板架的小长桌，和一个小方凳子，此外什么都没有了。炕上一大方芦席，上面只一条蓝布薄被，叠着一小条，另外一个小布包袱，一张炕，只有这点儿东西，分外显着萧条了。所幸炕头有一个白炉子，倒不怎样寒冷。冯玉如向她微笑道："照规矩，我是可以一个人住一间房的。不过我看你这人倒很爽直的，用得着你这样一个人做朋友，你就和我住在一处吧。这里的规矩，两个人可以共一条被，你若是住在我这里，我至少还可以去讨一条褥子。"落霞道："姐姐，我初来，什么也不懂，你怎说怎样好。"

正说到这里，那邓妈却在窗子外道："玉如姑娘，院长说了，就让来的这人和你睡一屋子，也好加你一条被。天气还冷着呢，也用得着呀。"玉如握了落霞的手，摇撼着两下道："你看这事，有多么凑巧。这里院长不错，就是说——"将眉毛一皱，低了声音道，"就是有一位女堂监牛太太，实在麻烦，今天还没来，一会儿你就知道

47

了。但是你也不要怕，遇事都有我照应着你，但不知道你贵姓？"落霞红了脸道："不瞒你说，我把姓丢了，我十年以来，就是跟着主人姓。"玉如笑道："一个人怎么会把姓丢了？"说着，只管向落霞浑身上下打量，又点了一点头道："你说这话，一定有缘故。"

只在这时，便听到轰的一声，接上一阵脚板响，直拥到窗户边来。立刻便有一阵唧唧哝哝之声。玉如向着窗户外道："都是谁？要看就进来看，在外面捣破了我窗户纸，我是会告诉堂监的。"只这一句话，立刻跑进来七八个人，前面两个，年纪在二十开外，倒像是个妇人，后面跟着五个姑娘，有一个嚷起来道："班长，那不行，那不行，你怎么和这一个新来的在一处睡？我早就说要陪你，你可不肯呢！"她也梳的是童花式的头发，一说一蹦脚，头发楦起来。玉如道："小桃，你若是不爱闹，我早就答应你了。今天可是院长的命令。"那两个妇人，走到落霞身边，上下一看，笑道："班长，你找个对儿了，除了你，恐怕要算她漂亮了。"屋子外有人跳了进来道："新朋友来了，咱们——"这一句话不曾说完，只听到远远有个妇人，说着四川口音道："一下了堂，你们就造反了。"在屋子里和屋子外的，便一阵清风似的，一齐走了。

那四川口音的妇人又在窗外问道："冯玉如在屋子里面吗？"玉如答应着，将手轻轻拉了落霞一把，低声道："牛堂监来了，出去行礼。"于是拉了落霞一只手，一路出来。落霞看那堂监牛太太时，是一个矮胖子，一张柿子脸，倒在眼皮下搽了两块胭脂。她穿了一件短旗袍，上面的手胳膊，下面的大腿，都露出来，真有饭碗那样粗细。左手腕上戴了一只藤镯，一只玉镯，只管叮当作响。落霞见大家都那样怕她，这却不能不加以小心，因之对着她深深地行了一个鞠躬礼。

牛太太将那一双肉泡细眼，向着她浑身上下，打量了一番，便道："你是新来的吗？叫什么名字？"落霞道："叫落霞。"牛太太道："哪个和你攀朋友不成？倒好像报台甫一样。连姓都不说出来。你怎么初来的人，就向班长屋子里跑？你是哪里送来的人？这样不懂规矩。"落霞不料走来就碰了这样一个大钉子，半晌作声不得。

玉如怕这事会弄僵，便走上前一步，轻轻地道："牛太太，这是

48

院长亲自带来的，他吩咐着在我屋子里住。"牛太太听说是院长亲自带来的，脸上那两块气得向下一落的肉腮，复又平复上去，便道："原来如此，你认识院长吗？"落霞一想，说认识院长，总也不会差，便道："院长从前到过我们主人那边去过……"牛太太笑道："是了，院长他倒是和我提过，他有一个人要带进来，原来就是你。你既是院长带来的人，就是我也要让你和班长住在一处。你初来的人，哪里摸得着这里头的头脑，你有什么事只管来问我，我不在这里，就问班长。我对于在这里的女孩子们，就看成家里人一样，你倒不必见外。院长若在你面前问我什么话，你总说很好就是了。"落霞连答应几个是。

正好邓妈抱了一床被来，说是院长给落霞的，牛太太笑道："果然院长和她好，邓妈，你对落霞另眼相看一点儿，院长容易知道的。你是不是挑一床厚些的被？"邓妈道："只有这一条了。"牛太太道："那就是了。玉如屋子里分煤球笼火的时候，可以多给她们一点儿。"说着，听到别个屋子里有喊声，摇着手镯子去了。

玉如握着落霞的手，一同到屋子里去。落霞道："姐姐，难得你的好意，只两句话，就把这位太太的恶脸翻转过来，不然，我这钉子可碰大了。"冯玉如笑道："说起来真怪，我们俩好像有缘。前两天我做了一个梦，梦到我有一个妹妹寻来了，我欢喜得什么似的。其实我并没有一个亲骨肉，哪来的妹妹？醒过来自己倒哭了一场。今天我和你一见面，我心里疑惑着，我莫非真有一个妹妹。梦里那个妹妹的样子，我又记不清，我一点儿疑心，真把你当妹妹了。"说时，紧紧地握了落霞的手不放。正是：

相逢沦落兼同病，便不知心也互怜。

第八回

夜话缠绵可怜儿女意
深居寂寞无奈管弦声

却说玉如执着落霞的手，呆呆对立着，似乎有万种心曲要说，而又说不出来的样子。落霞对于她这一往情深的情形，也不觉受了莫大的感触。因道："若是你不嫌弃的话，我就拜你做姐姐。"玉如笑道："我还不知道你多少岁呢？不见得我就是姐姐。"落霞道："我十六岁，看你这样子，似乎要比我大一两岁。你就是不比我大一两岁，你实在能照顾我，我也是要做你妹妹的。"

玉如见她如此，便承认是十八岁，笑着以姐姐自居了。因告诉她道："这里面大大小小，有三四百人，可良莠不齐。有的是从小在这里面长大的孤儿，有的是从拐子手上救下来的，有的是灾民，有的是从警察厅打官司，分拨过来学好的。以后你和这些人可少往还，可也别得罪谁，在这里头，总是可怜的人，说句文，总也是同舟共济的患难之交，留点儿想头给人吧。"落霞道："听姐姐的话，大概很读过一些书，不知道是怎样落到这里面来的？"玉如道："我原认识几个字，到留养院里来，又读了三四年书，自然能说两句不通的文话。"落霞道："进来三四年了吗？进来的时候，那比我小哇。为着什么呢？"玉如长叹了一口气，摇了一摇头道："今天咱们新会面，别谈这伤心的话，将来我慢慢告诉你吧。"

落霞见她不说，也就不便再问，只随便问问这里面的情形，原来这里分做工、读书和半工半读三种工作，看人的情形而论，每天不过五六小时的工作，其余便是休息了。衣服若不是自己带来，便是人家施舍的，什么样子的都有。说到饮食，玉如却摇了两摇头，笑着又不肯说。不一会儿，只听到几声钟响，玉如笑道："吃饭去，你可以尝尝新了。"于是带着落霞同上食堂来。

这食堂是很大的一间屋子，用木板搭着几丈长的条案，也用木板搭着几丈长的条凳相配，一排一排地，由东至西列着，每排桌上，都摆下几十只粗饭碗。远望去，碗里堆着淡黄色的东西，可不知是什么？这时，许多人拥了进来，纷纷坐定，玉如也拉着她同在一个犄角上坐下，向东边一招手道："谁值日？今天这里添一份。"东边墙下两只大木桶放在地上，一个女看守捧着胳膊，站住监视着，就有一个女子，在桶里盛了一碗黄东西，又在旁边藤篮里拣了一小块东西，放在碗头，又拿了一双漆黑的竹筷，送了过来。

　　落霞起身接着，一看那碗，粗糙得像瓦钵一样，有两道裂痕，一个小缺口。碗里盛的黄东西，原来是小米饭，但是煮得稀烂，黏成一堆，一粒也分不出来。碗头上放着一块五分宽一寸长的东西，用筷子夹起来一看，有些脚泥臭，好像是咸萝卜条。这东西吃倒无所谓，只是气味难受，于是依然放下，用筷子将小米饭一挑，正待尝一尝。这一尝不要紧，一条一寸多长的米虫，随着筷子向外一翻。虫的头是红的，尾是黑的，身子一节一节，倒有些像野蚕。落霞吓得将筷子一缩，人也一闪。玉如微微一笑，低了头轻轻地道："你把虫挑了去，还是吃吧，这里每餐都是这样的。你若是不吃，那就会饿死。"落霞一看四周的人，大家都是行所无事地吃着。隔座一个女孩子正用筷子夹了一条虫向地下一摔，她依然低了头，挑着小米黏块，继续地向下吃。落霞一想，这样子是很不足为奇的，大家都吃，我又怕什么虫？因之只当闭了眼睛，勉强吃几口。

　　那小米饭吃到嘴里，水沾沾的，不但清淡无味，而且有许多沙子，硌着牙齿，哪里吃得下？只吃小半碗，就放下筷子了。玉如虽然是个苗条的个子，她吃起来，倒胜过落霞，那一大粗碗，几乎都吃下去了。她见落霞早放了碗，却对她微笑了一笑，然后牵一牵她的衣服道："走吧，不吃饭，仔细人家说你是小姐。"落霞自信是个能吃苦的人，不料到了这里，还会成了小姐，这也只好加一步地忍耐了。所幸自己所派的工作，完全是读书，终日和玉如在一处，倒不寂寞。

　　同班有五十个女子，都是姑娘们，上完了课，大家找一点儿游戏，精神上却也得着不少的安慰。只是自己来的时候，一身之外，别无长物，这换洗衣服，可发生了问题。呈明了院长，发下一套黄色单军衣，一双破蓝布袜，都是又大又脏的东西。落霞拿来，洗了又晒，晒了又洗，足足忙了两天，然后才拿到屋子里自去剪裁缝补。玉如看她忙得那样，也帮着给她缝褂子。落霞道："你不必管，让我自己慢慢来吧。好在在这里是混光阴过。军衣平常有四个袋，偏是这件褂子破得奇怪，连一个袋都没有。"玉如道："里面当小褂子穿的，没有袋也就罢，非把它缝上不可吗？"

落霞盘了两腿坐在炕沿上，两手抄着一条缝的裤子，半晌停了针，向着玉如微笑。玉如道："这有什么可笑的，难道穿这种衣服，还爱什么漂亮吗？"落霞摇了一摇头，眼皮一撩道："照说，我是不应当瞒你的，可是我也不好意思自己说出来，你要知道，我在小衣里缝两个口袋，那是有用意的。"玉如也坐在炕沿上，却站了起来，拍着她的肩膀道："看你这小鬼不出，你倒藏着有私财呢。多少钱？打算留着做什么？"落霞道："我哪来的钱？若是有钱，小米粥把肠子都吃糙了，我也要买一套麻花烧饼换换口味了。我这东西可以给你瞧，可是——"说着，她一笑道："好姐姐，你可千万别告诉人。"玉如见她这副神情，就猜着必定另有缘故，因道："我几时说过你多少事了，你倒怕我说。"落霞于是伸手在怀里摸索了一阵，将江秋鹜写的那一封信，递给玉如，自己却突然抄起自己手上做的东西，将脸蒙着，伏在玉如的肩上。

玉如一看信封上的字，就明白了。笑道："小鬼，你倒会，别闹，等我仔细地研究研究。"于是将落霞一推，向房门外看了一看，然后将门掩上，坐在炕的一个犄角上，将信抽出来，从头至尾，仔细看了一遍，将信筒好，向炕上一扔道："这也无所谓，也值得随身法宝似的，这样看得重。"落霞本躺在炕上，捡起那封信，在炕上打了一个滚，笑道："你别藐视人，这样的信，你有几封？"说着，又跪在炕上，抱了玉如的脖子。玉如笑道："这大丫头，说出这种话来，你也不害臊。"将嘴一撇，用一个食指，在脸上扒了一扒。

落霞放了手，正襟坐在炕上，对玉如道："姐姐，你别那样说呀！我长这么大，有哪个能像他这样照顾我的？我也是一个人，怎么不懂好歹？"玉如笑道："这样说，你把姐姐都比下去了。"落霞笑道："你别绕着弯说话，我们是患难之交，可不能和人家打比呀。"
玉如笑道："我真不料你还会有这样一档子事，你既然说我比他的交
情还厚，你就把这事说给我听听看，你若是有一字相瞒，你就算对
我不住。"落霞道："我当然愿意告诉你，让我们睡觉的时候，细细
地谈着，也不怕人听见，你看好不好？"玉如笑着点了点头，这天巴
不得马上就晚了，好来问一问这详细情形。

　　到了晚上，各房里的灯火，还依然亮着，玉如便催着落霞睡觉。
一面将被展开，将衣服卷了一个长枕头，二人睡在一个枕上，就喁
喁细语起来。落霞将江秋鹜第一次相识，以及自己救他出险，他又
来信道谢的话，说了一个彻底。玉如道："这样说，你是很爱他，他
也很爱你了。"落霞道："我不够资格，他也未必会爱我一个丫头出
身的人。"玉如道："那是难说的。你这人有点儿自暴自弃，你有那
样一个好机会，为什么不回他一封信？与其到这里面来吃苦，何不
让他接济你一点儿款子，你自谋出路呢？你想，他能接济你的钱，
自然会给你找一个安身之所的。"落霞道："其先我得了他的信，我
只是发愁，有钱也没有办法。后来我也想求佛求一尊，请他给我找
个出路，可是来不及写信了。现在转到这里面来了，他做梦也不会
想到，今生今世，唉！只好算了。"玉如将手伸过去，在落霞身上捶
了一下，笑道："你真是不害臊，十几岁孩子，想爷儿们想得叹气。"
落霞道："好哇！你骗着我把话说了，你倒来笑我。那不行，你非把
你的事情告诉我不可，那不行，那不行。"说时，两脚一蹬，在被里
滚将起来。玉如将手按着道："别闹别闹，我不笑你就是了。"落霞
道："不笑也不行，你得告诉我你的事情。"说着，又滚起来。

　　玉如按着她道："你别闹，听我说。"于是起来将被盖好了，重
新睡下道："你想想，我是十五岁进里面来的，一个十五岁的孩子，
懂得什么？可是天下事也难说。"说着，咯咯地笑起来了。落霞道：
"这笑得有原因，一定有原因，你说不说？你若不说，我就胳肢你。"
说着，一伸手，就向玉如胁下伸来。玉如一翻身，滚出了被外，睡
到了芦席上了。落霞倒很自在地躺着，笑道："我看你说不说？你若
是不说，你今晚晌别想睡觉。"玉如道："你千万别动手，我说就是
了，你再胳肢我，我就要恼的。"说着，牵了一只被角，缓缓伸进腿

来。落霞道："你躺下吧，只要你肯说，我又何必闹呢？"

玉如躺下来，咯咯地又笑了一阵，身子向后一缩。落霞道："你瞧，被让你一个人卷去了，你安心躺下吧。"玉如躺在枕上，半晌，笑道："等我想一想吧。"落霞道："你真不肯说吗？我又要——"玉如道："我告诉你，我告诉你，你别动手。从前，我们这留养院，地方很小，原不在这胡同里的。去年夏天，由那个老地方，搬到这新地方来，我跟着几个女看守向这边搬东西，接连跑了四五天的路。我在半路上，老遇到两个人，都在二十多岁。一个人满脸长着红酒泡，穿着绿绸长衫，很轻佻的；一个穿着白长衫，可比那人老实得多，年纪也轻些。有一次，那个穿绿绸衫的说：'喂！你瞧，那和你桌上那个相片，不差不多吗？不要就是她？'那穿白衣服的说：'别胡说，让人听去什么意思？'"

落霞道："就是这样一句话，你也当作是一件得意的事吗？"玉如道："自然还有哇。就是搬到这里来的第二个月，院长带了我们去参观各处的学堂。参观到一个第十中学，是最后一个学堂了，这事真凑巧，我说的那个人，他也在这里。"落霞笑道："那就好极了，你可以知道他姓甚名谁了。"玉如道："可是凑巧之中又有些不凑巧，因为我去参观的那一天，他自己并不在那里，我们参观教员的卧室，看到墙上挂着一张很大的半身相片，那正是他。在大相片下面，玻璃里面，夹着一张四寸小照片，那照片上的人就是我了。我这张照片是夹在旧书里的，后来失去了，我猜着一定是倒字纸篓换洋取灯儿（注：即火柴）换掉了，自己只可惜呢。不知道怎样会落到他手里，又不知道他何以这样地看得起我那张相片？从此以后，我总会想到这件事，自己也不解什么缘故，我就记着那人了。这是我平生一件傻事，你可真别告诉人。"

落霞道："你真比我还傻呢。你没有知道那人姓什么吗？"玉如道："参观的那一天，我听到有人说，这是密斯脱李的房子，大概那人姓李了。"落霞道："真不凑巧，那天倘若是遇见你，他知道你是留养院的女生，那一定会来领你的。但是，你不会写一封信给他吗？"玉如笑道："你也是女孩，把女孩子看得这样不值钱，凭什么我写信去找他？再说，我不知道他叫什么名字？若是把信寄错了，寄到别人手上去了，那岂不是一场笑话？"落霞道："照你这样说，你白发一阵傻，可没有什么办法了。"玉如笑道："别胡说了。睡吧，有办法怎么样？没有办法又怎么样呢？"说着，她掉转身去，用背朝着落霞，就睡觉了。

落霞自知道玉如的事情以后，两个人更是无话不谈，光阴易过，不觉已是春末夏初的日子。一日，正在教室里上课，正是一个老先生讲修身课，谁也不听，都在唧唧哝哝地谈话，和平常大家谈话的样子，大不相同，似乎是发生了一件新鲜事情一样。玉如虽然也在这教室里上课，因为是分级教授，座位隔着很远，落霞却无法子去问她，向她看时，她只是点着头微微地笑。

及至下了课，大家向外蜂拥而出，好像是抢着去看什么、拿什么似的。同班的董小桃，是个喜欢蹦跳，没有脱童心的孩子。落霞一把抓住她道："今天大家乱什么？你准知道。"小桃道："你怎么会不知道？今天照相啊。你的相片，挂到招待室里去，一定是吃香的，不定有多少人要找你呢！"落霞道："你是个机灵鬼，什么全知道，照了相让人家瞧去，这事我可不干。"小桃道："你不干也得成啦。这留养院里的小米饭，可不让你吃一辈子呢。走吧，都上前面礼堂上照相去。"

落霞先不理她，自向里面去，恰是那堂监牛太太由里面迎了出来，因道："大家都要照相，你到哪里去？"说着，伸了两手一拦。落霞遇到这位堂监，可不敢不去，只好随着她后面，一同到礼堂上来。大家可不进礼堂，就在礼堂外面台阶下，摆着一架照相机，一个照相的站在旁边。台阶下，站了一排女生，走过去一个，就照一个，照完一个，走开一个。这些照相的女生，没有一个不含羞答答地。但是那黄院长正颜厉色地站在院子当中，只管向大众望着，大家也不敢不照。落霞因牛太太监督着，低了头向排着班的队里一挤。后面的人，一步一步向前推着，走到照相机前，胡乱照了一下，掉头就向里面走。走到屋子里，只见玉如用一只手放在那条木板桌上，撑着头，只管看了窗子外的天。

落霞笑道："姐姐，大家都去照相，为什么你一个人躲在屋子里？"玉如道："我上次冬季就没照相，这次更可以不照了。"落霞道："刚才小桃对我说，留养院里的小米饭，不能养我一辈子，难道又能养你一辈子吗？"玉如道："明知道是不能的。可是你还不知道吗？每到这院里招领的时候，只要相照得不错，一天就有好几遍人请了出去说话，麻烦死了。一个做姑娘的人，送出去给人家看，让人家挑，这事我有点儿不服气。"落霞道："就是为这个吗？可是找你出去，是让你看人家，不是让人家看你，你的相片，已经让人家看过了。看看就让人家看看，要什么紧？你不答应，他还能捏了一块肉下去不成？"玉如笑道："你这丫头，统共进来多少时，就关得想外边想发疯了。"落霞道："我发什么疯，到了这步田地，没有法子罢了。譬如我今天不去照相，牛太太能答应吗？倒不知你上次怎样躲过的？"玉如道："我是装病躲过的，其实我也并不是要一定躲过。我就是心里想着，没有一个合意的人来领我，我是不出去的。但是关在这里头，哪儿找合意的人去？找不着合意的人，挂了相片出去，是白多一道麻烦。"说毕，深深叹了一口气，然后向炕上一倒，倒着身子睡下了。

落霞道："你说我疯，你才是疯了呢！我想你指的合意人，不必就是你所说那个姓李的，至少也要和他差不多。但是你不把相片拿出去，又怎样引得了合意的人来？天下事是难说的，也许你相片子挂出去，有一天大风把那姓李的刮了来参观，一下子看到了，一个锅要卖，一个要买锅……哈哈。"落霞没说完，自己倒先笑起来了。玉如对于她的话却不理会，站了起来，靠着门框，呆呆地望着天，一声也不响。落霞笑道："越说你越装疯了。"玉如道："我才不装疯哩。你听听这外面，是一些什么响声？"

落霞听时，原来这院墙外有幢洋楼，常常有一种音乐合奏的声音，送了过来，这时，音乐又响了。这音乐里面，有些像胡琴琵琶，有些像笛子笙管，隔着墙，声音虽是不大，却非常好听。落霞道："这是什么人家，这样快活？"玉如道："据邓妈说，她天天走那门口过，是个歌舞团的练习所，里面也全是女孩子。她们出门，打扮得花蝴蝶子似的，常常坐汽车，也常看见许多穿了西装的青年人，当听差一样，在后跟着。同一样的女子，为什么我们就锁在这老屋深院子里……"落霞笑道："别说了。歌舞团我看过的，人家正能在台上露出白腿子给人家看，你连相片也不肯挂，也想穿西装的当听差吗?"玉如倒不理会她开玩笑，又偏着头听了下去。正是：

悠然神往非无意，路断昭阳自古愁。

第九回

索骥一仇人追尚囚凤
牵丝三月老故献藏珠

却说玉如靠门站定，只管听出神了。落霞笑道："老听些什么？反正也飞不出去，依我说，你还是依了我的话，去照一张相，难道你愿把青春年少，在这里面消磨掉吗？"玉如将脚一顿道："好！我依了你去照相了。"说毕，就走向前院去了。不多一会儿，她走了回来，两脸通红，落霞笑道："恭喜呀！你这相一挂出去……"玉如道："连你也笑起我来了吗？你呢？"落霞道："我反正是愿意照的，那没有什么，你原来可是不愿意照的呀。"玉如道："你别高兴，过两天瞧麻烦吧。"说着，她脸上有一种愁忧之色，好像新有什么心事似的，竟自睡觉去了。落霞自照了相，也觉得心里添了一件心事一样，有点儿不自然起来。过了一个星期，果然慢慢地感到麻烦，前面传达的警察，一天进来四五遍，说是有人请出见。玉如也是一样，忙得像要人一样，倒为见客所困。

原来这留养院的规矩，每逢春秋冬三季，发出招领的布告，同时也把发配女生相片，挂在接待室隔壁一间屋子里。来领女生的人，看好了相片，然后填明姓名年龄籍贯职业，请女生到接待室来，当面接洽。女生有女看守陪伴，男生有警察陪伴。见面之后，女看守代女生盘问一切，若是不同意，女生自走。若是同意，领女生的就要备三家殷实店保，捐款呈领。女子们自然爱青年的，可是留养院为着女生的终身安全起见，只注意领女生者的人品与职业，为了这个，她们对于婚约的承诺，也不能不十分考量，免得答应了批驳下来，反而没有意思。玉如和落霞又都是沧海曾经的人，到这里来领取女生的，哪有多少英俊人物，因之有一星期下来，她们每次出去，都是一见面，问话不终场，就回转来了。到了后来，玉如、落霞都假装着有病，不肯出去。

她们有三天不出去了，这天前面的传达警察，又同着女看守邓妈，要落霞出去。落霞道："我病了三天了，你们不知道吗？"警察道："姑娘，你今天可得出去一下子，好在同意不同意是你的事，难道人家和你为难不成？这个人是警察厅督察长介绍过来的，总得给他一点儿面子。不然，人家照着我们章程打官话，我们可说不过去。"邓妈道："你去一道吧，省得牛堂监来了，又要说闲话。"落霞一想，他们的话也对，就跟了他们一路到接待室来。

照规矩，女生和来领取的男子，相隔着一张大餐桌子，这是早有警察知会好了的。这次，那男子却不然，早早地站在门口等候，落霞一进来，就和他对面相撞，这一下子，倒不由得她不向后一退，口里也失声突然吐出一个呀字来。定了一定神，不待人家开口，马上转身就向里院去。

邓妈一伸手将她一把抓住，问道："姑娘，姑娘，你这是做什么？不怕人家笑话吗？"落霞忽然脸色一变，两行眼泪，由脸上直滚下来，指着那男子道："他，他，他……"邓妈执着落霞的手道："怎么了？你别急，慢慢地说。"落霞道："他叫朱柳风，是我们老爷的内侄，在老爷家里，他害得我要自杀，怎么他又寻到这里来了？"朱柳风不料她一见之后，倒乱嚷起来，先是愣住着一声作不得，顿了一顿，才含着笑意道："落霞，过去的事，我很对你不起。我姑母表姐，都回南去了。现在我特意来和你道歉。你是因为我到这里来的，设若你愿意和我和解了，我可以——"落霞顿着脚只管哭，指了他道："这是有规矩的地方，你少来，你这种胆大脸皮厚的人，你有脸见我，我还没有脸见你呢！"说时，拖了邓妈，哭着进去了。

朱柳风手上拿了帽子，两手向外一扬，肩膀耸了两耸，冷笑道："这丫头，好厉害！但是我姓朱的也不是好惹的，你躲在这留养院里，我就没奈你何吗？"说着，将帽子向头上一盖，两手向裤袋里一插，冷笑着走了。这传达警察，倒替落霞捏了一把汗，忙进去报告，落霞还在里面屋子里哭呢。警察道："姑娘，你这件事，可做得冒失，你不想想，我们这里归警察厅管吗？他有督察长介绍着来，一定还可以请督察长和你为难。"落霞道："不要紧,这是慈善机关,反正慈善机关不能害人,也不能把我抢出去!"警察是个老头子,听了她的话,摸着胡子,摇摆着头出去了。依了落霞,还停不住哭,还是玉如骂道："你这是什么意想?非要引得大家来围住你看个稀稀罕儿不止吗?"落霞也觉她的话不错,这才停止不哭了。心里对于朱柳风一来,就也云过天空,不留一点儿痕迹。

又过了一天,院长却派了人来,叫落霞到办公室去问话。黄院长一见,便皱了眉道："你到院里来了这样久,怎样还不懂得规矩。人家来领你,对你总是好意。答应不答应在乎你,为什么开口就伤人?"落霞道："我明白了,院长不是说的那个朱柳风吗?院长,你是不知道这件事的内容,你若是知道,恐怕也不肯答应他吧?"于是就把上次朱柳风闹的笑话,从头至尾说了一遍。

黄院长点了点头道："这事也难怪你生气。这种人还有脸到这里来见你,这也就不可解了。不过他和警察厅督察长的交情,很是不错,督察长通了一个电话给我,说女生这样对待来宾,坏了规矩,非严办不可。若是不办,将来大家都这样子,这留养院还有谁敢来呢?我在电话里答应了重办,可是据你一说,我又怎能重办呢?现在只有一个法子,并不怎样办你,对外说话,可是已经重重地办了你了。怎么样办呢?就是把你的相片收回一些时候,当你是罚着留院了,你愿意不愿意呢?"

落霞先听到要重办,不知道要怎样地重办?站着一边,心里只管扑通扑通地跳。现在听说是不过收回相片一些时候,这太不成问题了,便道："这样办我,我是很感谢院长的了,至于要收回相片的时候,长久一点儿也不要紧,只望那姓朱的再不来捣乱就是了。"黄院长以为她对于这种处分,必定是十分不愿意,所以事先说明,时候不久,现在她倒愿意把时候放长些,这个孩子也真是强项。当时就点了点头,让她回去。就在这一天,将相片陈列室里落霞的相片,给她取消了。也就从这天起,落了一个清净,落霞不用得到接待室来见人了。

玉如本来就懒于出来,为了落霞这件事,她很抱不平。以后有人来要求接谈的,就先问问传达是怎样一个人,说得不大对劲,就推说病不好，懒得见了。一连有了一个星期，这事让黄院长知道了，也把她叫到公事房里去，问道："玉如，我看你是个很聪明的孩子，难道这一点儿事，你都不懂？在我们留养院里的女生，总要择配，才能出门的，你不愿择配，难道就在留养院里住上一辈子吗？"黄院长靠住椅子背斜坐着，望了她，不住地摸着胡子。

玉如也没有什么话说，只将一只右手，把大襟上的衣扣，一个一个用指头拧着，却只望了黄院长桌上的文具出神。黄院长见她目光射在文具上，也就跟着看看，但是这文具上面，并无若何可以注意之处，倒反为她一看呆住了。再看她时，她还是用手拧着纽扣，一句什么也不说。黄院长将右手伸在桌上，指头是轻轻地拍着桌面。左手的肘拐子撑了椅靠，手牵住几根下巴下的长胡子梢，也就只管向玉如望着，忽然笑着点了一点头道："我明白了。你自负还不错，不肯随便找一个人就算了，对不对？可是你要想学在外面的女孩子一样，要找一个白面书生，这事可不容易。因为是白面书生的人，他不至于到这里来找人才呀。不过我觉得你要跟一个俗不可耐的人去，也是可惜。这样吧，我来拿你两张相片，托托我的朋友，给你去找一找看，在外面介绍好了，只到院里来过一套手续就行了。有了你的相片，再把你写的字，做的手工，给一两样人家看，我想真有眼睛的人一定可以打破阶级的念头来领你的，不过个个人要这样办，我院长办不到，公事上也说不去。只给你一个人办，我院长可有点儿心不公。我把话告诉你，你还得保守秘密呢。"玉如依然不作声，却是咬着牙，抿了嘴唇笑。

黄院长道："现在我的话都说了，你也应该说一句，你究竟乐意不乐意呢？你再要不乐意，我可没有法子了。"玉如勉强忍住了笑道："既是院长这样说了，就照着院长的话办得了。"黄院长道："这样说，你是同意了，那就很好，你回房去吧。"玉如听了他的话，不但不回房，倒踌躇起来，站在那里只是微笑。黄院长道："怎么样？你有什么要说的吗？"玉如笑道："没有什么话。"黄院长道："没有什么话，你可以走了。我知道的，你们见着我规规矩矩说话，可是一件苦事。"

玉如于是慢慢走了一步，却又回转身来笑了。黄院长道："怎么样？你有话说吗？你有什么话尽管说，不要紧的。"玉如道："我有一……"黄院长道："有什么？你说呀。你若不说，倒是一件障碍了。"玉如笑道："我倒有……"这三个字以下，又说不出来，又摇着头道："没有什么，不必说了。"黄院长看她那样子，无非是害羞，她既是不肯说，也就不便逼着她说，便道："你不必说了，你的意思，我都明白，反正我给你找着了人，还要得你的同意呢，我又不是父母，可以胡乱给你做主。"玉如笑道："院长，你误会了，我不是那样说，可是我要说的话，也是白说。"于是笑着去了。黄院长自笑道："这个孩子也不知为了什么？只管这样语无伦次地说着。嘻！一个人到了婚姻发动的时候，总会糊涂的。"不过他虽这样说，对于玉如的婚事，却依然是留意。当天就拿了玉如一张相片，一张文稿，和一件绣花的手绢，放在自己皮包里。这皮包是自己常带出去的，以便遇到了相当的可托之人，就托人去介绍。

当这皮包带在身旁的第三天，就遇到一个介绍人了。这人叫李少庵，是大学里一个穷讲师，为人却还老成。黄院长因在公园里散步，无意中碰到了他，一把将他拉住，在一个大树后露椅上坐下。笑问道："你的及门弟子，自然不少，我有一头婚姻要来撮合，能不能给我找个少年老成，能解决生活问题的人？"李少庵笑道："这种人才，可不易得呀。要说我的及门弟子，一来我是个讲师，二来又是个不出名的讲师，对学生没有多大往来。少年老成的人，尽容易找，能解决生活问题的，就不容易了。"黄院长听他如此说，就把相片文稿手工，一齐交给少庵看，笑道："这样的人才，悬着我说的一个目标去找丈夫，不算唱高调吧？"

少庵将东西接过，一样一样地看了，又拿着相片，仔细在手上端详了一会儿，笑道："这的确是个人才，你先说有一头婚姻撮合，我以为还是哪里的小姐，原来是你们那里的女生。你们那里的规矩，不是有人上门自荐的吗？为什么还要院长亲自出来找呢？"黄院长道："这就因为是你所说的，是一个人才了。不过虽然由我出来找，但是自荐的那种手续，还是要的。我之所以先要找人介绍，也无非是免得老是待价而沽的意思。是我们那里的女生，就不愿撮合吗？"少庵道："绝不，绝不！可惜我已经有了太太。若是我还没有太太的话，我就要毛遂自荐了。你所悬的目标，学生里面没有，朋友里面或者有，把东西留在我手里一个礼拜，待我的回信，你看如何？"黄院长笑道："你存留着可以，但是不要逢人就拿出来。"少庵道："当然，至多我是露出来三次而已。"黄院长拱了一拱手，连说谢谢。谈了一会儿，各别而去。

李少庵将这三样东西，带了回去，拿着和他夫人同观，又把拿来的意思说了。他夫人静文笑道："这个姑娘很好，你可别乱做媒，东西放在家里，不许带出去。男子汉没有好的，总是把女子当玩物，你要带在身上，又会当玩意儿似的逢人现宝了。若是有人愿进行的话，可以引到家里来看相片，我也可以当一个参谋呢。"

少庵对于他夫人的话，向来是极端遵从的，夫人既是这样说着，就把相片放在家里，不曾带出去。不料自己事又忙，这种非业务上的事，最容易忘了。过了一天又一天，一直过了五天，少庵忽然想起来了，答应一星期将东西交还人家的，现在只剩两天了，事情忘了和人办，东西却放在家里。因笑对夫人道："都是你要我将东西放在家里，你瞧，把人家一件好婚姻耽误了。"静文笑道："你自己为人谋而不忠，倒说起我来。你瞧我终日坐在家里不是？我倒给人找着一个主儿了。"少庵道："你找的是谁？不见高明吧？"静文笑道："不见高明吗？是你的好朋友呢。我提的是江秋鹜，你看怎么样？"少庵笑道："胡闹了。他在上海，这边在北京，两下不接头，怎样谈得起来？这不是平常的婚姻，可以用书信介绍的。"静文道："这个我有什么不知道，他已经回北京来了三天了。昨天来访你的，匆匆地就走了，我没有来得及和他提，我约了今天晚上在我们家里便饭，回头我们一面吃饭，一面和他说起，大概他能接受的。"少庵道："这却有点儿困难，秋鹜很自负的，未必肯到留养院去找人吧？"静文道："我也是这样想，不过有这种人才，加上我这三寸不烂之舌，"说着，她眉毛一扬道，"真许能成功呢。"少庵笑道："但愿如此，我们是一好两好。"

当时夫妻俩商量了一阵，到了下午六点钟，江秋鹜果然来了。少庵听到他在院子里相唤，便迎了出来，握着他的手，深深摇撼了几下，笑道："你上次匆促出走，我很替你担心，所幸平安无事了。

63

我知道你在广州上海，很可以安身，不料你会北上的。"秋鹜道："我也不曾自料到会北上的，为了一个朋友，不能不来，可是到了这里，打听得我那朋友，前几个月全家南下了。为了他来，偏遇不着，扫兴得很。"少庵笑道："不要紧，我可以给你找一件极高兴的事，就把兴致提起来了。"于是携着他的手，一直到上房里来坐。

静文由内房里先笑着出来道："好极了，江先生居然来了，若是不来……"少庵望了他夫人一眼，笑道："有话慢慢地说吧，说快了，减少兴趣的。"秋鹜道："你二位今天有什么事可以增加我的兴趣？这样欲擒故纵的，我想绝不是嫂子做的几样好菜而已。"静文一只手拿了一个纸包，正放在背后，就拿了放在桌上，用一只手按着，笑道："先说破了，吃饭时候，你更高兴了。"于是将纸包里一张文稿，先抽了出来，递给秋鹜道："你看看，这篇文章怎么样？"秋鹜看时，乃是一张窗稿，题目写着《北海游记》，通体倒也清顺，还套了不少的成句。最后有几句道：

于时也，夕阳西坠，红霞满天，残荷浅水之外，有一水鸟戛然而起，斜拂东边树丛而去。鸟既云归，予亦游倦知还矣。

秋鹜笑道："是了，你们说着文字里面道着了我了。后面这几句话，不明是'落霞与孤鹜齐飞'的成句套下来的吗？倒难为他，化得一点儿痕迹没有。我这秋鹜二字，也很容易说着的，也不见得有趣。"静文道："你看看那字，多秀嫩，那是女学生做的呢！"秋鹜道："女学生做大文学家、大文豪……"静文连连摇着手道："不对，不对！说出来，你要大吃一惊，人家是留养院里一个留养的女孩子。"秋鹜本坐在一张软椅上，呀了一声，站起来道："这可了不得，这起码要初中毕业的学生，才做得出来，真是何地无才了！"

静文依然手扶了桌子，将脚在地下轻轻地敲着，望着少庵微笑，少庵也就微笑点了点头。静文道："这还不算，你再瞧瞧她的一双小巧手。"于是抽出那条绸手绢，向秋鹜面前一掷。秋鹜拿起来看时，一条白绢子，上面绣着金鱼水藻，非常的细致，于是又坐下来，将那块花绢，用手托着细细地看。静文笑道："你看这女孩子怎么样，不错吗？"秋鹜道："以留养院里的女孩子而论，当然是极优秀的分子，大概岁数不小了。"静文向着少庵咯咯地笑起来。笑了一阵，又坐下来，将手枕着头，伏在椅靠上笑。

秋鹜道："我这一句话，也问得极是平常，何至于笑成这样？"静文这才抬起头来，用手推着少庵笑道："成功了，成功了。"秋鹜愣住了，倒莫名其妙。少庵道："你还有第三步没做呢，怎么就说成功了哩？"因在纸包里拿起那张覆着的相片，先向秋鹜一照，然后将相片送到他面前去。他接着相片一看，突然站了起来道："呀！是她！"摇摇头道："不见得吧？"两手捧了相片，偏着头，凝神看了许久，一拍桌子道："是她，是她，决计是她！"少庵夫妇这倒反为他呆住了。正是：

　　众生颠倒何从问，玄妙无如造化儿。

第十回

艳影重窥姻缘原是巧
灵犀暗合姓氏却疑同

  却说江秋鹜捧了相片，连说是她是她，把少庵夫妇都呆住了。少庵道："是她是她，这个她是谁？难道说你还认识这一位吗？"江秋鹜笑道："若果然是她，我不能不佩服造化弄人之奇了。"少庵笑道："慢来慢来，据你这番话，似乎这里面，还藏着无穷的奥妙，你且不要一口道破，把这事从从容容地说给我听一听。"说着，望了夫人静文道："我们还是先吃饭后谈呢，还是先谈后吃饭呢？"静文道："当然是先谈后吃，有话不谈，要吃也会吃不下去。"说着，就倒了一杯热茶放到桌子上，将手向沙发上一指，笑道："江先生请坐，我们俩都是喜欢研究男女问题的。"

  秋鹜果然坐下，端着茶杯，先喝了一口，笑道："这个谈不到男女问题，不过是一种奇遇罢了，等我想想看。"他手上拿了茶杯，便只管昂着头出神。静文坐在他对面，两手抱了左膝盖，正待向下听，见他又出了神，便道："在时间上，我们是不去研究的，反正我们也不订年谱，你就随便说吧。"

  秋鹜放下茶杯，一拍腿笑道："我记得更清楚了，是旧历的三月三日，恰逢着礼拜，我也无事，想到小市上去收买一点儿旧书。我见一个卖画片的地摊子上，有个小姑娘的相，是市上最近的普通装束，和那些伶人的相，明星的相，完全不同。因就拿在手上，问摆摊子的：'这是一个什么人？'他笑说是也不晓得，因为看见长得很漂亮，在卖字纸的手上收来的。这要是个戏子的话，这张相片不能考第一，也要考第二呀。我听他说得有趣，出了五分洋钱，把这张相片子买回来了。初买之时，我看那相，也不过清秀而已。后来我越看越美，就用了一个镜框子放在桌上，同事问我，我就瞎说，是我的小情人，已有三年不见了。"

静文笑道："三年不见这个谎，撒得不大好。因为有三年之久，那相片上人的装束，和纸的光色，都不同的。"秋鹜笑道："对了，这一句，人家都不相信。但说她是我的小情人，朋友都相信的。我也因为没有情人，借此聊以解嘲，索性夹在我的大相片里。"少庵笑道："不见得完全是聊以解嘲的吧？恐怕你真爱上这画中人呢。"秋鹜道："我不撒谎，当然有一点儿，但是人海茫茫，我知道这姑娘在哪里？纵然是想，也不过空想而已。天下事，真是难说，在去年上半年，我兼一个中学校的课，因为离寓所不大远，总是走了去。有一天，回寓的时候，居然把这个小姑娘遇到了。一看之下，不但我看着像，就是和我同走的一个朋友，他是常看到那张相片的，也说像极了。我仔细看那本人，比相片上还要好，而且还是一个读书种子。只可惜我朝夕与她相对，我对她熟极了，她却一丝也不认得我，我有一肚子的话，也无从对她说一句。"少庵笑道："你又何妨对她说两句呢？把你这一遍至诚的爱慕告诉她，也许她要怜惜呢。"

秋鹜笑道："你不要以为这是笑话，你若设身处地，有个不想表出心迹来的吗？最奇怪的，就是接连几次都遇着她，她似乎也感觉到我很注意她似的，在有意无意之间，也打量我一下。这时我心里发着狂，恨不得上前和她一点头，请问她贵姓大名，住在哪里。然而在理智一方面，自己又警戒着自己，不要做出流氓的态度来。把人家一张相片，朝夕供着，已是存心不好，见了本人，还要去冒昧说话，也觉得侮辱女性。只在我这样踌躇的时候，她就走过去了。等她去了，我觉得机会失却可惜，后来料得她是识字的，我又打算写一封信揣在身上，相遇的时候，我塞在她手上就跑，然而这只是我私人的妄想，转身便想到出之以书面，那更是荒唐了，把我那个想入非非的妙计，就完全打消。"

少庵笑道："你这种色情狂的态度，亏你还老老实实地画出口供来。"秋鹜先看了一看静文，然后又回转脸来，看着少庵笑道："恕我冒昧了。当你和嫂嫂将认识未认识的时候，你的态度是怎么样？"静文摇着手，连嘿了两声，笑道："江先生，你爱说什么，只管自己说，可不要飞了流弹伤人。"秋鹜向少庵笑道："我因嫂嫂命令的缘

67

故，我就不说了。"静文道："我请你不要说别人的事，至于你自己的事，我们当然欢迎谈完的。"秋鹜道："我所要谈的也完了，自从那时见过她几面之后，又不见她了。我曾发过呆，在那条胡同前后，不时地散步，以为或者还可以遇着她。虽然不能谈话，也要遥遥地跟着她走了去，看看她究竟住在什么地方？但是自此以后，一点儿踪影没有，过了一些时，我自己也骂我自己，是傻瓜一个，把这事就完全丢开不问了。在我这度南游之后，当然是更忘了干净，不料今天，突然在你们这儿发现了她的相片。虽然这相片照着已大了些，然而原来的相貌，并没有失去，我相信决计是她，你们怎么把她的相片拿来了，她怎么又在留养院里？请你把这缘由告诉我。"

少庵笑道："那都不必问，反正有这个人在就是了，设若我们介绍这个人给你的话，你打算怎么样呢？不但是介绍，简直我们就是做媒，这女孩子并无什么眷属干涉，只要她答应就成了。若是由我们介绍，又是你这样一个人，她也是决计能答应的。"秋鹜禁不住嘻嘻地笑了起来道："你还要拿我开心。"静文道："绝不拿你开心，我们不过看了这人不错，想同你介绍，绝不知道你心眼里早已有了她。你想，我们是在你未报告之先，就露出了介绍之意的，我们岂能未卜先知，知道你是醉心于她的呢？"

秋鹜偏着头想了一想，由沙发上跳了起来道："你二位果然把这事办成了，我重重地相谢，我在家里供着长生禄位牌，一辈子也忘你不了。"少庵笑道："一个人想老婆，想得到了这种田地，实在也可笑了。天下岂有为媒人供长生禄位牌的。"秋鹜笑道："我这样说着，正见得我是出于十分诚意，我心眼里的话都掏出来告诉了二位了，现在应该二位把所知道的来告诉我了。"

少庵让他夫人去预备着饭，自己就陪着秋鹜，把留养院黄院长所托，以及冯玉如的人才，都说了一遍，因道："我就怕你嫌她出身低，若是你不嫌她出身的话，这事完全包在我身上。不过这留养院是社会慈善机关，应办的手续，总得去办。我们一边将你的为人，和你的相片，私下去告诉她。一面你照着院规还到院里去接洽一趟，那么，这事就解决了。"秋鹜道："第十中学的校长，今天会着了我，正要我恢复工作，我原在考量中，这样一来，我不能不立刻答应了，不然，我是个无业的人，措辞上或者会有点儿困难。"少庵笑道："你真想得周到，这真足以表示你是诚意的了。那么，我明天就和你去说，再过两三天，你自己去看人，当面接洽。这样的内外双管齐下，我想不出十天，这事就完全办妥了。"秋鹜笑道："且不要那样乐观，设若这位冯女士不同意，那就根本推翻了。"

少庵笑道："你放心，那是不至于的。像你这一表人物，求一个留养院的女生不得，也无此理，况且里面还有我们疏通哩。这要成为多大问题，我们且不说，那个做主的院长，未免太没有面子了。"秋鹜一想，这话也是极对，有了他们的大老板做主，难道她还能有什么推诿吗？这样看来，古人所谓种瓜得瓜，种豆得豆的话，的确是大有来历的。这样一想，自己高兴极了，快快乐乐地在李少庵家里吃过了这餐晚饭，自己如何去固定生活，如何去盖好新居，和少庵夫妇商量了一个够，直到十二点，方始告别回寓。少庵这边原有一张江秋鹜的相片，是他前几个月由上海寄来的，上面还有他题的两行字，是少庵兄惠存，弟江秋鹜赠寄自上海。少庵只把寄自上海四个字，用水洗去了，就把这张相片和黄院长原拿来的三样东西，一齐送到留养院去。

黄院长看了相片，又听说秋鹜是教育界的人，极力赞成，因为自己是院长，不便出来主持婚姻，就把那张相片交给女看守邓氏，并把自己的意思说了。院长做主支配的婚姻，就是男方不大高明，也不能不赞同。何况这男子所备的条件，又样样不错，这还有什么可说的。

当时邓看守，拿了这相片到玉如屋子里来，恰好是她一人在这里，邓看守便笑着进来道："冯姑娘，大喜呀！"玉如正盘了腿坐在炕上补衣服，抬头只一撇嘴道："大喜？我是一年三百六十五日，天天大喜。"邓看守笑道："这回你真大喜了。刚才院长把我叫了去，他说给你左访右访，访到了学堂里一个教员，人才的确不错。"玉如听说是学堂里一个教员，就未免有点儿动心，笑道："人才的确不错，你怎么知道？你看见吗？"邓看守笑道："是看见啦。没看见，我就能说的确不错这句话吗？啰！你瞧这人。"说着，她就将相片向玉如怀里一扔。玉如一看相片子上的相，就觉得很熟，当了邓看守的面，不好意思去仔细看，将相片随手向炕上一扔，笑道："不要胡闹。"邓看守也知道姑娘们的脾气，当了面说是不干，但是到了无人的时候，就要偷着看了。因之笑着走开，别耽误了人家的事！

玉如在看相片一刹那之间，已经想起来了，这正是去年搬家所遇到的那个人，自己一片痴心，正恨着自己关在留养院里，无从去打听这个人，不料他倒绕了这大的弯子，将自己找着了。只等邓看守走了，张望外面，见她并不曾向屋子里张望，于是拿了相片在手，仔细地看了一看。

这一看之下，发现江秋鹜三个字，心里一惊，这很怪呀，我以为他姓李呢，原来他就是江秋鹜。这江秋鹜不就是落霞自认的情人吗？若他就是为落霞所救的那个少年，何以他不来领娶落霞，倒要来领娶我哩？若说是姓名相同，不见得有那样巧。而且姓名同罢了，职业也同，不至于会是两个人吧？若这个江秋鹜就是落霞心里的江秋鹜，我一说出来了，她应当怎么样？她失望之下，不要恨我吗？若照时间说，江秋鹜认识她，是去年冬天的事，江秋鹜认识我，是去年春天的事，纵然是一个人，而且他真来要娶了我去，我们是有因在先，决计不是我抢了她的爱人。照情理说，当然我没有什么对她不住。况且他是自己找着来的，并不是我去运动来的，那我有何可恨？终不成我发痴想着两年的人，倒让给她。老实说一句，这姓江的居然会把我找着了，这真比读书的人中状元，买彩票得头奖，还要难些，我哪有让人的道理？自己拿着相片子，看了只管出神，忽然听到屋外有落霞说话的声音，连忙将相片子向炕席下一塞，然后还坐着补衣服。

过了一会儿，落霞进来了，笑道："这好的天气，怎么也不到外面去运动运动？横竖是两件破衣服，无论怎样补，也补得好不到哪儿去。"玉如皱了眉道："我今天也装病，明天也装病，现在真装出病来了。一走出去，许多人集在一处瞎起哄，我闹不惯，你陪了我在这儿躺着，我们大家谈谈吧。"落霞道："你真是病了吧？你的颜色不对。"说时，注视着玉如的脸，见她脸上如火烧的一般红。就伸着手，向她脸上摸了一摸。玉如连忙抢了执着落霞的手道："别胡闹。"落霞道："真的！你脸色有些不对，我想你安静着躺一会儿吧。

在这种地方生病，是活受罪，我们反正不能一辈子在这里面待着，不能不保重我们的身体，预备出去做人啦。"

玉如听了她这话，越是心里恐慌，便笑道："你不要乱七八糟瞎说，让我好好地睡上一觉吧。"说着，就侧着身子躺了下去，将脸向着里面，并不理会。落霞见她如此，越以为她病了，就牵了被，轻轻给她盖上。看了窗子外的太阳，因道："这个时候，正是烧得了开水的时候，我去给你预备下一点儿开水吧。"说着，出门去了，一会子工夫，用粗饭碗倒了一碗开水来，碗上面用一只缺口的碟子盖上。这还怕透了凉气，又把自己一件夹袄，将碗和碟子一齐裹上。

玉如缓缓地坐了起来，看到她这样地细心，觉着就是自己同胞妹妹，也就不过如此留意罢了。这样的人，似乎不应该瞒着她做什么事。再说自己这事，正与她一生利害有莫大的冲突，更不应该占她的便宜了。不过江秋鹜这个人，自己所需要的，和落霞所需要的究竟是一是二，不得而知。若是拿出相片来问落霞，当然这一件事就揭穿了。若不拿相片给她看，又没有什么法子可以证明，这事蕴藏在心里，就更苦恼了。

落霞见她沉沉地垂着头傻想，便道："姐姐，你又想起你的家了。身体不好，不要想吧。"玉如叹了一口气道："我怎样不想，像你呢，还有一个人老远地写了信来，愿救你出去，我连这样一个人都没有的。"落霞道："提他有什么用，他不知道我在什么地方，我也不知道他在什么地方了。"玉如道："你好好地保存那封信吧。将来总有用处。你那一封信，现在放在哪里？"落霞笑道："我说了，你会笑我的。"玉如正着脸色道："规规矩矩说话，我笑你做什么？"落霞向屋上的顶棚纸里一指道："我用一个纸包包着，放在那里头。省得让人家看见。"玉如道："这顶棚上耗子多，仔细耗子将那纸包咬了。"落霞道："这屋子除了一张炕，还有什么，你叫我放到哪里去呢？"玉如也就忍不住笑了。当时谈了几句，又说到别的问题上去，这事就揭过去了。

到了这天晚上，玉如在炕上翻来覆去，老是睡不着。落霞问道："姐姐，你病得怎么样？退了烧吗？"在黑暗中，玉如随便哼着答应道："没有什么病，不过心里有一点儿难过罢了。妹妹！我有一句话要对你说，设若我有事得罪了你，你能原谅我吗?"落霞道:"你这是什么话? 像姐姐遇事这样指教我，反倒要我原谅吗?"玉如道:"虽然这样说，但是我总不免有事得罪你的。"落霞道:"绝不会。纵然你有事得罪了我，我也可以原谅。"玉如道:"我有一句话要说，说了……唉! 不说吧，等明天我再和你说吧。也许明天不必和你说了。夜深了，不要谈话了，吵了别人，明天牛太太知道了，又要罚我们。"说了这句话，玉如就寂然了。落霞因她不作声，也就不提了。

到了次日早上，玉如只觉有病，便没有起来。落霞上课去了，玉如自己起了床，便将房门闩上，站在炕上，兢兢业业的，在顶棚的犄角上，摸索了一阵，将一个纸包掏了下来。那纸包外面是几层报纸，将几层报纸打开，里面又是两层白纸，把这白纸打开，才发现了那封信，匆匆地看了那信一遍，最后看到江秋鹭三个字，便把炕席下的那张相片拿出来一对，果然笔迹相同，尤其是那个鹭字下半截的鸟字，笔墨飞舞，像一只鸟在那里站着。这不用说了，相片上的江秋鹭，就是信上的江秋鹭，自己是极端钦慕这个人，落霞也是钦慕这个人，这一个人，决计不能共嫁，就是愿意共嫁，也是留养院的章程所不许。一晚晌所希望能有一线转圜的路子，又没有了，手上拿着相片和信，这样看看，又那样看看，口里不觉失声说了出来道:"怎么办? 怎么办?"正是:

伦理情兼儿女债，人生常是两全难。

第十一回

所举非人叨叨空弄舌
相知者我脉脉已倾心

　　却说玉如将相片上的字，和信上的笔迹一对，双方一样，这已证明是一个江秋鹜无疑。自己若是答应了这一头婚姻，不但这一生得着快乐，也不枉天公这一番作合。可是自己那个可怜的义妹，朝思暮想，也想的是这个人，若是把她这个人抢了过来，她这一生的希望，完全化为乌有。不但在良心上说不过去，以后姊妹们见了面，这话怎样地解释？想着，又把江秋鹜写的信，重看了一看，心想，这还是我进行吧？他这一封信上，并没有提到有娶落霞之意，不过说在金钱上帮她的忙罢了。既是如此，我若是嫁了姓江的，更可以叫他在金钱上多帮一些忙，对于她也就不亏了。老实说，我对于姓江的，已是倾心两年了，姓江的对我，倾心还在二年以上，那么，我们是一点儿诚心，盼得天缘巧合，这样的婚姻，哪有牺牲之理呢？

　　玉如越想越对，于是将落霞那个纸包包好，依然还到顶棚之内去。还是一人坐在土炕上呆想……落霞下课回来了，见玉如依然发闷，摸着她的手，问她怎样了？她不说什么，只摇了一摇头。落霞道："你昨天晚上说，有一句话告诉我，是一句什么话，现在可以告诉我了。"玉如道："我没有什么话告诉你，我不过逗着你好玩罢了。"落霞看她那种神情，觉得她心里有二十分难过，虽然她坐在炕上，还装出那种很淡然的样子，只是脸上满布着一层忧愁之色，绝不能说她无所谓的。不过她既不肯说出来，自然有她的难言之隐，也不必去苦苦追问了，因之坐在一边，也就默然不响。

　　在二人这样默然对坐的时候，那堂监牛太太却笑嘻嘻地由外面走了进来，对玉如道："你瞧，又弄成林黛玉这副形相似的，怎么弄的？害了病了吗？"玉如和落霞都站了起来，心里不知道她又有什么公事要来宣布，都低了头，不敢作声。牛太太对落霞望了一望道："你出去玩一会子，我有几句话和玉如说。"落霞看那样子，大概是有什么秘密，自己就应当避上一避了，一声也不作，就走出去了。

牛太太执着玉如的手道："我听到院长说，正在和你找主儿，说是你的眼界高，到这儿来相亲的人，你都不中意呢。"玉如一见牛太太今天进门，那种春风满面的样子，就是向来所未有，料得必有所谓。及至她说出这套话，心想，一定是江秋鹜走了路子，要她来运动我了。其实，我已是巴不得如此的事情，何必还要你来费这些手续。当牛太太问了这话，自己也用不着再做儿女之态了，便道："这都是院长的好意，我可没有敢这样要求过。"牛太太笑道："女孩子怎么好要求这事呢？我也是个女孩子出身，还有什么不明白的。这倒用不着院长亲自出马，我已经给你物色到一个人了。我现在不说别的，让你先看一看人才。据我看，你一定中意的。"说着，便在身上摸出一张四寸半身照片，交给玉如。

玉如听说又有一张相片，便觉此事有点儿不对，及至拿了相片一看，哪里是江秋鹜？那人约莫有二十上下年纪，清瘦的脸儿，梳着光滑的分发，鼻子上架了一副大框子眼镜，倒像是个学生的样子。因随手将相片放在小桌上，也没有说什么。牛太太道："你看这人怎么样？当然配得你过。他父亲在东城开了一家很大的成衣铺，东交民巷的外国人若要做中国衣服穿得好玩，都是在他铺子里做，生意极好。我们家里有许多衣服，都是归他家做，你若是跟着他们，我保你一生不愁穿，不愁吃。"玉如真不料牛太太特自介绍的一个人物，不过是个小成衣匠。做生意买卖的，做工的，并不是就不能嫁，但是这种人，到留养院来探望的，也不知有多少，何必还要费这些手续，另外去找人，这样说来，分明是牛太太受了人家的运动来做说客的了。一个在留养院里的女生，多半都是毫无幸福，颠沛流离而来的。那一线希望，就是可以择配自由，能找一个如意郎君。现在连这一点儿幸福，也要剥夺，那么，这一生还有多大的意味哩？她这样想着，对于牛太太的话，就没有去回答。

牛太太见她不作声，以为女儿家对于婚姻问题，都是这样以默然无语做允许的，以这样青年的郎君，还有堂监做媒，她自然也不会拒绝，便笑道："你若是没有什么问题的话，我给他一个信，让他明日到院里来，你们再当面看一看，然后我再和院长去说，准保半个月内，你就去做大奶奶了。"

玉如这才醒悟过来，便道："牛太太，请你等几天再提吧，因为我——"牛太太道："你怎么样？你还有什么为难之处吗？"玉如道："那倒不是，因为我这几天身体不大好，我没有心绪。"牛太太扑哧一笑道："你身体不好，这有什么关系。你出去之后，有好茶好饭调养着，不久，自然好了。"玉如皱了眉，斜靠着墙道："我身体实在不行，设若人家真要到院里来上公事的时候，我病得不能动，那又怎么办呢？"牛太太道："看你也并没有什么大病，何至就到那种地步？"玉如见无法可推诿，忽然急中生智，便道："照留养院的章程，照例是不能这样的，总要请示院长以后，这话才好说。"牛太太笑道："这是当然的事，我就是十分赞成，我也不能一个人做了主，自然还要请示院长的。我这就去对他说明，包管他也很赞成呢。"说毕，她高高兴兴就向黄院长的办公室里来。

黄院长倒先笑道："牛堂监，你今天看见冯玉如没有？大概她很高兴吧？"说着，用手摸了他那下巴下的长胡子梢，表示他那一份得意的情形来。牛太太道："她并没有什么高兴的样子，而且还说害病呢。"黄院长笑道："我给她找了一个人家了，这人是个中学堂的教员，那总可以配得她过的了。"牛太太一听这话，心里才明白原来这小鬼头，只是推延，又叫我来请示院长，倒是院长给她找了一个好的了，便笑道："那自然是好，就怕年纪会大一点儿。"黄院长摆着头道："不！不！人家也不过二十多岁哩。我已经把相片子给她看了。"牛太太预备了一肚子的话，到了这时，就一个字也说不出，只是站着点点头。

黄院长道："我还有一件事，正要请牛堂监来交代一声，今天晚上，我要到天津去一趟，说不定耽搁多少天，院里的事，请你多负责。"牛太太道："院长给冯玉如介绍的这个人，若是来呈文领娶呢？"黄院长道："当然照准。"牛太太道："他姓什么？叫什么？设若他不来领娶呢？"黄院长摸着胡子想了一想道："他姓江，名字我记不清楚了，仿佛有个春字，据我的朋友说，他看相片子的时候，是非常满意的，二人接洽之后，不见得反不同意。"牛太太道："这人是个教员，怕不有时髦的女学生可找，他一时高兴答应了，事后他要有什么阶级观念，就怕不肯来了。"黄院长点点头道："这也顾虑得是。一说到是留养院的女生，就不能引起人家重视了。他不来就罢，终不成我们把他用帖子请了来。漫说我们给女生找人，就是自己亲生的女儿，也犯不着这样去俯就呀。"牛太太笑道："那就是了。我猜错了，以为是院长什么有关系的人呢。"黄院长道："这个嫌疑，我们可是要闪避的，就是偶然给她们之中一二个人介绍，也要经过正当手续，让她自己去取决，有关系的人，却是介绍不得，既怕人家说我们做人情，又怕女生说我们用势力来压迫人，好意倒会弄成恶结果呢。"牛太太听说一句，答应一声是，更无话可说了。

黄院长因为要上天津去，交代了一番，先走了。牛太太心里，自道了一声惭愧，幸是不曾把所要说的话说出来，若是说出来了，准要碰一个大大的钉子，那才无味哩。当时把这一件事忍了回去，就不曾再提。在玉如自己，原也不放心，猜定了牛太太介绍成功了的话，必定还要回来再说，现在并没有来，可见这事已经打消了，心中好个欢喜。

又过了一日，门外的老警察传了信进来了，说是有个姓江的要你出去，你见不见呢？玉如一见落霞不在屋子里，连忙向警察摇着手道："别言语，别言语。"警察以为是她怕羞，笑着站在院子门外等。邓看守匆匆地跑了来，将玉如拉到屋里，低声道："是那个人来了。"玉如笑道："请你别作声，在院子里等着我，我一会儿就来的，去吧去吧。"说着，两手将邓看守向外乱推。邓看守笑道："这孩子发疯了，怎么把我乱推，把我推摔倒了，你也就是一个麻烦。"玉如藏在屋里笑着，一会儿出来，只见她脸上将擦面牙粉，擦得雪雪白的，头发也拢得溜光。邓看守一见，不由得抿嘴一笑。但是怕女孩子们害臊，便将头偏到一边去。警察道："走哇！别让人家在外面尽等了。"

于是三人出来，一同走到接待室来。玉如一出里院门，一双明如秋水的目光，早似两道闪电一样，一直射到接待室。及至快要走到接待室门外了，也不知何缘故，脚步放慢了，头也低下去了。只在门外一撩眼皮，向里一看，便见一个穿淡青纺绸长衫的少年坐在椅子上，已迎面站立起来，一点儿不错，就是从前所遇到的那人，只是稍为有点儿清瘦了。警察在前，邓看守继之，走进屋子来。

玉如在门外停了一停，然后垂着头，挨门而进。只一进门，玉如就不向前了，头越是低得很，邓看守知道她往常很大方的，今天忽然变了态度，却是猜想不到。一看江秋鹜时，他也是绯红着两脸，扶了桌子站住。邓看守一看这情形，心中便猜透了十分之八九，便问道：“你这位先生姓江？”江秋鹜答：“是。”问：“是什么职业？”答：“是教书。”问：“多大年纪了？”答：“二十五岁。”问：“照说，这大年纪，还在念书啦，怎么教书了？”答：“我已经毕业了，为生活问题，不能不找事做。”问：“你既是教书的教员，也不愁对着相当的亲事，怎么到敝院来领人？”这一句话，问得有点儿费解释了。江秋鹜心想，实说是不妥，不实说，一刻工夫，又找不出一个谎来撒，笑着答道：“因为——”望了玉如很迟钝地答道：“因为——我知道这位冯女士很好。”这句话，本也就极平常，而且玉如靠了邓看守站着，那脸也绷得像铁板一样地紧，不让笑容透出一丝丝来。自听了这话，也不知道她心里，怎么会受了麻醉，头刚刚抬起一点儿来，突然又低了下去。一阵笑意，由心窝里直飞上两腮，万分忍耐不住，只得将身子一偏，藏着笑了一笑，然后才赶紧回转头来。邓看守明知两下里已十分愿意的了，看他们这情形，倒也有趣，索性逗着玩玩，便对江秋鹜道：“你府上还有什么人呢？”答：“就是一个母亲。”问：“家里有产业没有？”答：“有一点儿。”问：“在此地每月挣多少钱薪水？”答：“不一定，多则一二百元，少则三四十元，目前由南方初回来，自然是少一点儿，但是我相信小家庭的生活，总不成问题的。”说着话，便偷看玉如的情形。玉如两手都牵着衣裳角，用手指头抢着。

邓看守又问道：“江先生以前在北京待过吗？”答：“待过。”问：“到我们这里来参观过没有？”玉如心想，怎么问上许多话，便用手拉了一拉她的衣襟。邓看守就低了头轻轻地笑着问道：“这人说得样样都合适，太好了，恐怕话靠不住吧？”玉如低声答道：“人家都是实话。”邓看守笑着点了点头道：“那么，你完全同意了？”玉如微微点了一点头，在点头的时间，不觉又向这边射了一眼过来。邓看守低声道："这不是害臊的事情，你终身大事，就是一句话了。你可得说出来。"玉如微微瞪了她一眼道："你这是存心——"邓看守笑了，便对江秋鹜道："我们姑娘同意了。你去预备公事吧。"于是一步先走了出去，玉如也慢慢地跟了出来。

邓看守引她走进了里院门，笑道："我这该恭喜了，你们真是一对儿。"玉如微笑走着，却不作声。邓看守笑道："我刚才是和你开玩笑的，其实这种人，样样都好，还有什么话说。"玉如笑说："我知道。"邓看守道："他让我一问，问得说不出所以然来，只说是因为你很好。这话听着不懂解，可是他很有意思的。黄院长介绍的那一层，都说在里头了。"玉如笑道："这个我知道。"邓看守道："哟！说这个你也知道，说那个你也知道，刚才那何必要我们絮絮叨叨问上那一大段呢？"玉如笑着，便向屋子里头跑。邓看守拍着手笑道："这孩子来这么些个年，要算今天是她最快乐的日子了。"只这一句话，后面就有人问道："什么事，她有这样地快活？"邓看守回头看时，乃是牛太太，因把刚才的事说了。牛太太道："这个姓江的倒真来了，便宜了他。"邓看守不知她这句话作何解释，也就没有去问。

牛太太蹑脚走到玉如窗子外边，在纸缝里向里头一张望。只见玉如在炕沿边，半立半坐在那里。手上拿了一张相片，看得很是出神。许久，她自言自语地说了一句道："我早知道你相知的就是我了。"说着，把那相片子，又举着远远地看了一看，眉飞色舞地笑了一笑。牛太太在窗子缝里看见，这一股子气，也不知由何而来，心想，现在的姑娘们是这样地见不得男子，只见了一面，她就疯过去了。本想进去说她几句，身后却有人叫牛太太，回头看时，原来是学校团体来参观，办事员请她出去招待，这只得把这事丢开，招待来宾去了。乃至来宾走了，因为黄院长走了，自己代理着院长的职务，依然是不得空闲。玉如虽然不对，其过甚小，也不必去专责她，自然也就不记在心上。

这天公毕回家，她的丈夫牛勇生，是在警察厅做事的人，已经早回来了。笑问道："你今天回来得晚多了，再不回来，我要一个人吃晚饭了。"牛太太将大拇指一伸，一双肉泡眼睛，眯着一笑，很得意地道："这几天，我是院长了，还不忙吗?"因把代理的事说了一遍。牛老爷笑道："这更是一个好机会了，王裁缝这个礼，算是送着了。"牛太太道："王裁缝又送了什么礼，我并没有收到呀?"牛老爷道："你回你自己的屋子里去一看就明白了。"

　　牛太太走到卧室里去一看，只见红红绿绿，床上堆着好些块子绸料，拿起来点了一点，又用尺量了一量，共是七幅料子，也有做裙子用的，也有做衣服用的，也有做裤子用的，这虽然是王裁缝给人做衣服，偷下来的料子，然而一算起钱来，就要值好几十块了。人家这一个人情，总算不小啊!牛老爷也跟了进来，笑道："有两块料子，还是外国货，很值钱的，那孩子也不错，你就给他圆成这一段婚姻吧。"牛太太手上拿着料子看了几遍，向床上一扔，一扬手道："不行了，让人家捷足先得去了，王裁缝若是一定要在留养院里找儿媳，我和他另挑一个吧。这个姓冯的孩子，现在姓了江了。"因把大概情形说了一遍。牛老爷道："那不要紧，这也不过是口头上一句话罢了，姓江的还没有呈文到留养院去呢。就是呈去了，你不会说他没有固定的职业，批驳掉他吗?"牛太太笑道："厚一个，薄一个，我又何必呢?"牛老爷道："不光是这几件料子，还有好处呢。"只这样一说，无中生有地，又起了风波了。正是:

　　　　世间最是人心险，一语风波指顾间。

第十二回

钿盒朝供求凰配犬子
铁窗昼闭入狱避狮威

却说牛太太对于王裁缝运动婚姻的事，正自踌躇着，牛老爷说："不光是几件料子，还有好处。"牛太太却惊异起来，问道："除此之外，还有什么好处？"牛老爷笑道："那个王裁缝，也不知道他在什么地方弄来一盒珠子，大的也有，小的也有，据我看，大概可以值上二百块钱。上次他想托我去给他卖掉，我留着没有卖，打算送总监的礼。现在若是把这件事给他办成了，这一盒珠子，把它没收起来，我想他也不好意思和我们要回去了。要不然，这次总监的少爷娶少奶奶，我们要掏腰包子送礼，这一笔款子，可不当玩。"牛太太道："珠子在哪里，我怎么没有看见过？"

牛老爷一听说，连忙打开自己所用的小皮箱子，取出一个蓝呢扁盒子来，伸到牛太太面前，将盒子打开，大大小小，精光溜圆的珠子，都装满了。牛太太笑道："这可好，我可以挑上几粒，做一副耳坠子，别全拿去送礼了。"牛老爷道："你也看着好不是？那么，你想做一副耳坠子，就得把这婚事说成了。有了这样一件事，珠子在我们手上，不给他钱，他也不好意思来要了。"牛太太听了这话，索性接过盒子去，一手托着盒子，一手拣着珠子，坐在床沿上，只管看。牛老爷笑道："我正愁着呢，总监这一笔礼，咱们这科长的位分，送轻了怕有人挑眼；送重了，可真有些送不起，现在有人给我们代送了，这不轻了一个累吗？"牛太太道："珠子倒是真的，只是大小不匀一点儿。"牛老爷道："礼品有这样重，那就凑敷着吧，难道还要王裁缝调一盒匀整的来不成？"

夫妻二人，正对着这一盒珠子打主意，只听见听差在窗子外嚷道："太太，那个王裁缝来了，有衣服给他做吗？"牛老爷对着牛太

80

太一笑，牛老爷道："叫他进上房来吧，我们有话和他说。"于是二人就坐在堂屋里等着，一会儿工夫，王裁缝手上拿了草帽子，在门口就点着头进来。牛太太坐在椅子上，也起了一起身子，笑着点头道："今天还要送那些东西，多谢你了。"

王裁缝捧了帽子，又拱一拱手道："我小孩子的事，都请太太帮忙，不敢说是送礼，只是报答太太的恩典。"牛太太那双肉泡眼睛，向着牛老爷睐了一笑道："这王掌柜的眼力不错，把我们那里的头儿尖儿要弄了来哩。"王裁缝抬了一抬肩膀，露着一口乱牙，笑道："这是小孩了一点儿痴心，事先他看过相片了，后来又到贵院去参观过，他极力说这个姓冯的孩子好。"牛太太摆了一摆头道："这一块天鹅肉，怕不容易到手，有人抢了去了。"王裁缝脸上立刻现出失望的样子，眉毛头和眼睛角，几乎皱到一处去。一进门那笑嘻嘻的样子，也没有了，颈脖子软了下来，好像是撑不住那颗倭瓜形的脑袋。

牛太太料得他一定心痛送礼的那些绸料，便道："抢虽有人抢了去，有我在里面做主，未尝不可以抢回来，只是这样一来，就费大了劲了。你们早说三天，也不至于这样地为难了。"王裁缝作了一个揖道："若是还有法子可想，那就好极了。"说着，掉过脸来，又和牛老爷作了一个揖，笑道："请牛科长在太太面前，多帮两句忙吧。"牛老爷笑道："娶老婆的人，为着娶不到手，和人求情下礼，那还有之。一个做公公的人，为了找儿媳，这样地上劲，我还是第一次听见。"王裁缝把一张黄脸，加上了一层紫色，成了陈酱的颜色，越发是难看，笑道："也不过为了家里人口少，店里事又忙，想找一个粗细皆知的人物罢了，你倒开玩笑。"牛太太道："别开玩笑，说正经话吧。我若是果然架起手来和你办，要担些责任的，事成之后，你怎样地谢我呢？难道那几块碎料子，你还是做衣服落下来的，只凭这一点，你就想换一个美人去吗？"

王裁缝让她这一句话说破，黄脸又紫起来了，笑道："若是太太要什么东西，在我力量可以办得到的话，我总是去办。"牛太太听说，向牛老爷一笑。牛老爷便道："好吧，我和你讲个人情，让我们太太去把这事办成。上次你托我代卖的珠子，全是些散碎的，人家都不爱要，就是你拿回去，恐怕也卖不掉，干脆，你就送给我们太

81

太吧？”王裁缝道："可以可以，这原不值什么。不瞒牛科长说，我有个朋友，原在旧王府里做事，弄出来的珍珠玉石很多，都是作很低的价钱卖的。我那里还存放着许多翡翠小件东西，明天我一齐拿来，请太太看看。"

牛太太得了一盒珠子，已经觉得礼太重了。现在王裁缝又说要送翡翠，不由得心窝里发出一阵奇痒，烘托出一阵笑容，直上脸来，笑道："事情还没有说成，你怎么就送我这重的礼？"王裁缝笑道："只要牛太太肯替我们孩子做主，事情就成功了，我还要顾虑什么呢？"牛太太向着牛科长笑道："王掌柜倒会说话，不说事情不成，只说我做主就行。"牛老爷也笑道："本来他的话也不假，有你做主，事情就行了。太太，你就帮他一个忙，把事情给他办成吧。"

牛太太将肉泡眼斜着看了牛老爷一眼，几乎变成了一条缝，笑道："好哇，你也帮起王掌柜的忙来了，好吧，过两三天，王掌柜再来听我的回信吧。"王裁缝笑道："这事很紧急，再过两三天，这事就不行了，明天我一早就把那翡翠送来。"牛太太笑道："哟！你这是什么话，难道我还要先收礼，后才给你帮忙吗？这样说，你的礼，我倒不好意思收下了。"王裁缝笑着拱了拱手道："太太，你别见怪，我们做手艺人不会说话。"牛太太笑道："哪个怪你？我是九点钟以前，一定要到院里去的。你若是要来，最好八点钟就来，我可以在家里等你一等。"王裁缝听了这话，连说是是，又高兴回家去了。

到了次日早上七点钟，他就来了，牛太太还没有起床呢。牛太太起床之后，早就看到桌上放了好几只扁平的盒子，连忙打开来一看，里面有戒指，有秋叶耳坠牌子，有玉搔头，都是绿荫荫的玉色，东西的确不错。牛太太仔细地看了一看，拣起这样，又爱那样，看了那样，又爱这样，只管看了出神。听差在窗子外问道："王裁缝在外面候着信呢，太太有什么话说吗？"牛太太笑道："你叫他进来吧，我还有话和他说。"

一会儿工夫，王裁缝就在堂屋里叫着太太。牛太太笑道："我是叫你早一点儿来有话说，并不是叫你一早就送了礼来。照这样说，倒好像我们把礼物看得过重，非把礼物先收到手不办事。"王裁缝笑道："不是那样说，这一点儿薄薄的礼物，牛太太也不看在眼里。我留在家里，也是搁住，何不早些送来？"牛太太道："这样，我们倒却之不恭了。我看你们小掌柜的，人长得很清秀，不像一个手艺人。你们的宝号，生意又很好，将来不知道要发达到什么地步。我们院里的女生，有了这样一个婆婆家，那还有什么话说？我到院里去，详详细细和她一说，她自然愿意的了。"

王裁缝见牛太太已经担保她自然愿意，大概就有十之八九可靠，用不着把话再来叮嘱着说，便道谢走了。牛太太又进房，将那些翡翠看了一遍，牛老爷也就起床了，看见一副秋叶环子，就拿了在手上，在牛太太两只耳朵眼里，胡乱地塞上，拖着她走到梳妆台前，对了镜子笑道："你耳朵上穿上这一对耳坠子，就更漂亮了。"牛太太斜吊了他一眼道："你又瞎说，一个人就漂亮，也不靠一副耳坠子来帮助。"牛老爷道："你这话才不妥呢，你想：若是耳坠子并不能增助漂亮，人家又何必要花钱买这东西，还得穿了眼，才能挂上。不说别个，我老牛就爱看女人戴了环子，穿了高跟鞋走路，走一步，身子一扭，耳朵下两只环子一摆，自然现出那袅袅婷婷的样子来。"

牛太太听了这话，对着镜子，真个将头微摆两下，将两片秋叶晃动起来。只是自己看着镜子里的脸，自己有些信不过心去，关于脸的轮廓臃肿而又圆扁，这或者可认是镜子不好，走了模样，可是脸色既黄且黑，这不能认为是镜子走了样了。不过牛老爷看着那样欢喜，绝非无故，只是自己看不出来而已。因笑问道："依你说，我穿了这耳坠子，就好看吗？"牛老爷笑着点了头。牛太太道："我先还想，这亲事若说不成，这耳坠子还退回王裁缝去，据你这样一说，是不宜退回的了。"牛老爷道："我也估计了一下子了，这些翡翠，就作是中等的，也要值一百五六十块钱，连那珠子，三百块钱是挺值。有了这些钱，人家就规规矩矩娶个媳妇，也不差什么了，凭了这个，还弄不到留养院一个女生？那可真冤。"

牛太太笑道："我倒真不料王裁缝会送这样重的礼，说不得了，我只好担一点儿责任，给他办成。不过据你说，把这些东西拿去送总监的礼，我有些不大赞成。"牛老爷笑道："我已经打好算盘了，将来送礼的时候，科里一些人，大家凑份子，礼品可是由我办，我把这些翡翠配上两个新盒子，珠子呢，穿耳环的穿耳环，做鬓花的

83

做鬓花，做领针的做领针，稍为加一点儿工钱，我就可以开好几百块钱账，你看我们不是稳赚一笔吗？"牛太太板着脸道："我办的事，钱倒让你拿了去吗？"牛老爷道："这钱自然是归你拿，我怎能从中占便宜哩？我以为若把这些东西放在家里，何如变了钱来得方便哩！我这全为的是你呀。"牛太太这才笑了起来道："你倒有这样一番好意思，我是几乎埋没了呢。我就帮他一个忙吧。"夫妻二人将重礼都看够了，然后牛太太才到留养院里来。

这留养院本是社会捐钱立的慈善机关，并不受什么政治机关管辖，关起大门来，自是一个天下。黄院长到天津去了，院里就是堂监为大，牛太太又是受了黄院长面谕的，代理院长事务，所以这两天，牛太太的威风，更了不得，一到了院里，便风雷火炮似的，把要办的事情，很痛快地一下子就办完了。到了最后，就叫人把冯玉如传了来问话。

玉如一听是牛太太传话，知道就是前天说的那一件事，心里便计划着要怎样地回答。慢慢地走到了办公室，看牛太太脸上笑嘻嘻的，一点儿怒容也没有，倒放了三分心，便问道："堂监叫我有什么事？我的病还没有大好呢。"牛太太笑道："你也别机灵过了分了，我叫你来，并不是要你做事，你干吗先说着有病封了门？"玉如皱眉道："实在是病没有好，并不是说假话，我怕要躺下了。"牛太太道："躺下不躺下，那没有关系，只要你一句话就行了。"玉如更明白了，但是依然装成不知道，故意笑道："我这人说话算什么呀，倒只要我一句话。"牛太太道："可不是就只要你一句话吗？前天我给你看的那张相片，你看那人的人才如何？"玉如道："哦！堂监说的是这一件事。"说到这里，脸色就是一怔，然后又道："堂监介绍的人，我哪敢驳回呢？可是在堂监说话的前一天，院长也介绍一个人了，你和院长的命令，我都得听，我只有一个人，叫我怎么办呢？再说，院长介绍的那个人，昨天也来过一次了。"牛太太道："这个我知道，我已经由办事员的报告单子上看过了。他来过了就来过了，这些日子，差不多每天都有领女生的人来的，这又算什么？难道来了一趟，人就算是他的吗？"玉如低了头，低低地说道："我已经答应他了。"牛太太道："嗐，你这孩子粗心，我听说是个野鸡教员，并没有一定的职务，产业更不必说了。你别瞧他身上穿得漂亮，我怕除了他身上穿的那一套而外，什么也就没有了。跟着这种人，一辈子是穿在身上，吃在肚里，过那漂流的生活，今天晚上上了床，还不知道明天的早饭米在什么地方，乃是常事，你这样冒昧答应下来，将来可仔细后悔呢。"

玉如一听，心里就觉有些愤愤不平，不过她是一个代理院长，对于女生的婚姻，她就能做九成主。她只要说一声无一定职业，或者无赡养家室能力，马上就可以取消。因之默然着许久不作声，低了头，站在一边，只管是要向后面退了去，停一会儿，脚向后移一点儿。牛太太道："你仔细想想看，我的话对不对？你不像平常的女孩子，那样不懂事，以为只要出了院去，就得着自由了。出院以后，终身的日子很长很远，可没有顾虑到了。我说这话，完全为的你好，而且因为我很喜欢你，我才肯说这话，若是第二个人，我才管不着呢，你这也应该回答我了。"

玉如心里想定了，忽然一抬头道："堂监的意思，我明白了，是要我嫁那个裁缝吗？你就直说吧，何必绕着弯子说出来呢？"牛太太不料她倒用先发制人的手段来抵抗，便道："难道一个手艺人还配你不上吗？"玉如道："我不敢说配不上，但是我的志愿，愿嫁一个读书的人。你若是爱我，你一定把我这段婚姻凑成功。你若是要我嫁那个裁缝，我情愿在留养院里守一辈子也不出去。"说着，把脸绷得紧紧的，偏了头，望着窗户外。

牛太太道："好哇！我和你好好地商量，你倒不给我面子，和我硬挺起来。"玉如望了窗子外，很淡地答道："婚姻大事，不能做人情，讲面子。"牛太太看那样子，就是极端地抵抗，咚的一声，将桌子一拍，便道："你敢违抗我的命令吗？那姓江的固然不成问题，我非把他的资格取消不可。就是你，我也一定要你嫁王裁缝。"玉如红着脸道："牛太太，这是慈善机关，趁着院长不在这里，你要把势力来压制人，把我的身子去送礼吗？"牛太太道："你这贱丫头，倒来冲犯我，我要叫人打你的手心！"她说一句，将手在桌子上拍一下，同时脚也在地上一顿。

外面两个女办事员和三四个女看守，听到屋子里大闹，都跑进来了。牛太太发了疯似的，跑到里边屋子里去，拿了一条短板子，向地下一掷，望着看守们道："将这贱丫头重重地给我打一百手心！"玉如哭着道："打是尽管让你打，打死了我，也是不嫁那王裁缝的！"大家都骂玉如道："你这孩子发了狂吗？怎么和堂监对吵起来？"牛太太道："你们别和她说，先给我打，打！"说着，又拍了几下桌子。

女办事员讲情道："堂监念她往日还好，饶她一次吧！"牛太太道："不行，非打不可！"大家又道："这顿打，暂时记着，等她自己去想想，回头再来和堂监赔罪。"牛太太道："让她回房去吗？没有那便宜的事，把她锁到黑屋子里去，饿她一天，看她愿不愿在留养院住一辈子？"几个看守，得了这句话的机会，不问三七二十一，连推带送，将玉如推出房门去了。

依着几个看守，就要把玉如送到她自己屋子里去。玉如道："不行，堂监说，要把我送到黑屋子里去，我一定得遵命到那里去，省得她回头看我没有去，给我罪上加罪。我在院长没有回来以前，我情愿在黑屋子里躲着不出来。"有人便道："你这是什么意思，还想和堂监拼上吗？"邓看守知道玉如这一段姻缘，她说情愿到黑屋子里去，那就是躲牛太太的雌威。等到院长回来了，依然可以进行江家那头亲事，便道："堂监气大了，让玉如到黑屋子里去坐一半天，那也不要紧。"大家见玉如自己愿意，邓看守又赞成，也就附和着，将玉如送了去。

原来这黑屋子，在大堆房之边，一所大楼之下，四面砖墙，只有一个小小的铁栏杆窗户，向外通着光。屋子里什么也没有，只有一个光光的小土炕。凡是犯了罪的女生，都关在这里面，再重一点儿，连饭也罚了。邓看守把玉如送进黑屋子来时，牛太太余怒未息，亲自追了来，将房门锁上，接着把铁栏杆外的小百叶窗子，也关上了。当窗子啪的一声关上，那屋子里就一点儿光线不透，犹如黑夜一般。

屋子里多久没有人来了，霉气阴森，触在人身上，还似有一股凉气。玉如在黑暗里探索着，等脚碰到了土炕，就在炕上坐下。因为眼睛里一点儿什么也看不见，索性坐着不动，只在黑屋子里发呆想，坐了许久，由门缝里窗子缝里，才漏进一丝光，仿佛在屋子里分得出上下四向来。这一分出上下四向，不但不能减少烦闷，只觉半空中有些飘飘荡荡的黑影子晃来晃去，原来那是蛛丝网子，由屋顶垂下来的。听听屋外，又一点儿声音没有，心里未免有点儿害怕起来。正当害怕的时候，却又听到窸窸窣窣，有一阵脚步声在门外走着，心里更害怕了。正是：

　　但图苦尽甘来日，拼过魔缠祟袭时。

第十三回

听雨度凉宵怀人不寐
破门突火阵救友忘危

却说玉如一人，关闭在黑屋子里，看见半空里黑影幢幢，不免有些害怕。偏巧这时有人在门外逡巡着，似乎来窥探自己似的，这就惹得心里扑通一跳，因问道："谁？是人吗？"接着门外有人低低地答道："姐姐，是我，你怎么飞出这样一件天外来的大祸！"玉如一听，是落霞的声音，胆子就大了，便道："大妹子吗？你来做什么？牛太太正大发雌威哩。你来了，仔细连累着你。"落霞道："我想你一定怕黑，给你送了洋蜡和取灯儿来。"玉如走到门边，用手上上下下一摸，因道："一点儿窟窿没有，这东西怎样送进来哩？"落霞道："外面这间屋子，也够黑的，我也看不出哪儿有窟窿。这样吧，我在外面点着火，你在里面看着，哪里漏光，哪里就有窟窿，你用手敲着，我就把东西塞进来。"说着，擦了取灯儿，将洋蜡点上。

玉如在下面喊道："门底下有光了，你由门底下塞进来吧。"落霞听她的手在门里拍着响，就把三个洋蜡头和一盒取灯，陆续塞了进去，因道："这都是我偷来的，吃饭的时候，我自会给你偷下两个窝头（注：以高粱玉蜀黍粟米等杂合粉为之，北方穷人之吃物），邓看守答应回头给你送些开水来。"玉如道："多谢你，你别和我担忧，我想院长回来了，她就不奈我何了，你去吧。"落霞道："姐姐，你一个人在屋子里不怕吗？"玉如道："堆房外就是大厨房，我听得到大厨房里人说话，倒不怕。"落霞道："白天罢了，晚上一个人在这里也寂寞呀。"玉如道："那也没有法子，好在门倒是锁了的，门户紧，我胆子也大些。"落霞在外面连叹了两口气道："怎办呢？我又不能在这里多陪着你。"

玉如在门里头，两手扶着门，人伏在门上，低声道："你去吧，你在这里，让她们查出来，说我们犯了规矩，两个人都不好。"落霞在门外，也用手扶了门，伏在门上道："你一个人锁在老后面这一间黑屋子里，我正替你发愁哩。"玉如捶着门道："你去吧！"落霞伏在门上，流了几点泪，捶着门道："姐姐，我去了，回头我再来。"说毕，轻轻悄悄的，走回前面宿舍里来。其实，女看守们，都也知道她一人溜到后面院子里去了。不过玉如在这里面，很有人缘，落霞这种举动，也很有义气，开一只眼，闭一只眼，也就不去管她。落霞这一天忙坏了，连到后面院子来了几回。

关了一天，到了次日，牛太太一人，却来看玉如，站在外面屋子里，连叫了两声，玉如慢吞吞地答应了。牛太太道："你恨我吗，冯玉如？"玉如道："牛太太现时是一院之主，爱怎么样就怎么样，怎么敢恨你？"牛太太听她的口音，似乎有些软化了，便道："关于你自己婚姻的事，你就是不听我的话，我还可以原谅你年轻，不懂好歹。你为什么在公事房里那样和我发脾气？你想，这里二三百女生，大大小小都有，若是全学了你的样子，我还能办事吗？我把你关起来，实在也是不得已。"玉如道："牛堂监的恩典，我全知道。"牛太太道："恩典不恩典，你也不用说那俏皮话，只要你能答应我的话，我马上把你放出来。"玉如道："堂监，别的什么事，我可以委屈点儿，这是我的终身大事，你要我屈着心答应，那办不到。"牛太太一顿脚道："好！贱丫头，我就把你关着。不但你嫁那个姓江的不成，我这里的女生，就关到一百岁，也不能让姓江的讨一个去。他不来便罢，他若再来，我说他是拆白党，报告到区里，让警察把他抓了去。"玉如轻轻地道："我不是三岁两岁的孩子，吓我不倒的。"牛太太隔了壁子，顿着脚又骂了一阵。玉如抱定了主意，与她多废话也是无用，就让她骂，让她问，并不作声。

牛太太一人自骂，也感到无味，就走回公事房去了。到了公事房，就把门口两个警察叫来，因告诉他们，若是那个姓江的来了，就说这个冯玉如，已经有人领去了，叫他不必再来捣乱，若要麻烦，我们会报告警区的。警察一听，从来也没有这种手段对待领娶女生的，也只好含糊地答应着出去。

当牛太太在公事房里骂人的时候，落霞曾偷着到窗子外面，听她说些什么。及至听到牛太太说，不许姓江的再来，心想，哪里有什么姓江的？前两天，玉如曾到外面去了一道，听说有人领她，双方都合意了。因为她不肯对人说，自己也不便去问，自从那天以后，她就是喜欢一阵子，又发愁一阵子，倒真个有些失了常态，莫非就是这个姓江的？女子的心肠，真是容易变动，平常她什么人也不看在眼里的，现在遇到一个姓江的，马上就认为了终身的倚靠，非嫁此人不可，牛堂监介绍的人，都移动她志愿不得。

落霞尽管呆想着，忽然有人在肩上拍了一掌，回头看时，乃是邓看守，她指了一指屋子里，低低地道："你这孩子，胆子不小。"说着，扯了她就走。落霞走到里院，便问道："玉如的事，是为了一个姓江的吗？这个姓江的，人怎么样？"邓看守笑道："你打听得那样详细做什么？难道说，你也打算闹到一处去？现在的小姑娘们，是专长小心眼儿。"这句话一说，落霞倒犯了嫌疑，什么话也不能说了，笑道："又关我什么事，我不过看到她们闹得昏天黑地，白问一声罢了。"说着，便溜进屋子去了。

但是她嘴里虽然是这样说，心里这一份奇怪念头，可就不能打消，心想，这姓江的，不是人才出众，便是有钱的主儿，或者是和玉如原来有约的。但是玉如不是爱财的人，她说除了一个两下不相识的一个李某人而外，她也没有情人。怎么遇到这个姓江的，就突然颠倒起来，真是不可解的事了。像她这样稳重的人，说变就变，其他的女孩子，行动更不必说了。落霞为了别人的事，一个人坐在屋子里倒只管沉沉地想起来。

这天傍晚的时候，忽然下了一阵急雨，雨过之后，出着满天的星斗，那仿佛中的星光，照着院子里栽的一些夏天花木，黑魆魆的左一丛右一丛，在空荡的院子里，便是增加寂寞的意味。因为天气凉，各宿舍里的女生，一齐都入梦了。落霞有了一腔心事，加上两个人睡一间房子，有多半年了，现在忽然少一个人，自然也觉得孤单起来。一个人在屋子里，对着一盏电灯，静静地望着。这院子里的规矩，一到十点钟，便一齐熄电灯，只有班长屋子里的灯，和办事员的灯，另供一条线，还可以亮着。落霞静静地望了一盏灯出神，只觉今晚的灯光不同，发出那凄凉白中带青的颜色。同时破的窗户纸眼里，有不断的凉风吹进来，更觉人身上有些凉飕飕的。

落霞坐不住了，便由屋子里走出来，靠了房门站住，闲看天上的星斗。这也不知是何缘故，人是无故地添着怅惘，思想不断地彼起此落，没有了时。夜静了，一切声音，都寂寞起来，那外院一棵大槐树，叶上积了不少的雨水，这时由树叶子上积流到一处，成了水点，向地面滴下来，一滴一滴的声音，都听得很清楚。

落霞自己也不知道有什么心事放不下，也不一定想着哪一件事，只是远从幼年失落，以至昨日玉如的被罚，都漫无秩序地想着。仿佛间，听到有钟声响了二下，这钟声在后院向来是听不到的，现在听到了，正可见这夜深寂寞，已然到了什么程度了。自己摸一摸自己的手臂，凉得像冷水洗过一般。心里自骂着，我这是发什么傻哩，有什么大问题，明天就要解决吗？不然，何以要这样地急着思想，并睡不着呢？于是自己觉悟过来，关上了房门，熄了电灯，勉强到炕上睡了。

不料一到炕上，头一落枕，又想了起来，翻来覆去，无论如何，也睡不着。夜是这样的寂寞，那槐树上滴下地来的雨点，更一声一声，可以听得清清楚楚的了。自己也不知是在做梦，也不知是依然在思想着，只觉心里的幻境，还在仿佛之间。忽然一阵狂号的声音，由外院达到里院，落霞醒过来一听，在狂呼的声音中间，听出来三个字，就是起了火。这一惊非同小可，猛然间一个翻身，由炕上滚到地下。睁眼一看，窗子外通红一片，红光由窗户纸透了进来，屋子里虽不曾扭电灯，一切都看见了，连忙在地上摸索着鞋子穿了，踏着一只，拔上一只，连忙跑出屋子来。

这时，抬头一看，火焰冲天，在黑暗的夜色里，这火光反映得更是清楚，只觉那火焰直冲入云汉，火光再上，便是一团一团的黑烟，在黑烟里面，火星乱飞，到处都溅的是。在火光下，只见那些女生们，一个个抱着零碎东西，向外乱跑。落霞一看人家抢东西，自己想起来了，也跑进屋子去，赶着在棚顶内，把那个纸包拿了下来，在炕上抢了几件衣服，包着一卷，也跟随大家向外院子里跑。

到了这时，所有院里的人，自然都出来了，只忙坏了那几个女看守，把那些十岁以下的女生，叫的叫，拉的拉，简直忙不过来。办事员在院子里人丛里乱喊着救小孩子要紧，你们大些的女生，也可以帮帮去。有些人听了这话，果然跟着女看守，跑向小女孩的宿舍里去救人。

落霞胁下夹着一个衣包，望了半空中的火焰，浑身只管抖颤。明知将留养院全部烧了，自己也没有一丝一毫的损失，但是不明是何缘故，只是胆怯得厉害。一刻儿，那些小女孩子们，哭哭啼啼地来了。前面几个院子，都站满了。有两个负责的办事员，就前后嚷着道："你们大家分开班来，找找人看，别丢了小孩子在里面了。"说着话时，火势更大了，半空里呼呼地作响，加上大人喊，小孩儿哭，哪里分得出来办事员说些什么话。加上消防队已首先到了一批，一个消防队长，在人丛里叫道："你们留养院东西不关重要，最要紧的是小孩呀。"有一个队兵在旁边接嘴道："不要紧，这是厨房里失火，烧着了后面的堆房，离小孩住的地方远着哩。"

这一句话把站在一边的落霞，忽然提醒了，大叫起来道："玉如姐姐关在黑屋子里呢，你们救人哪！"队长问道："黑屋子在哪里？"落霞道："就在大楼底下。"队长哎呀了一声道："大楼正烧着呢。你们赶快去！"两个队兵，跑进去了，复又转身跑回来了道："黑屋子在哪里，我们找不着。"落霞跳着脚道："那屋子是倒锁着的。"这话一说，大家都哎呀着说不得了。那位代理院长的牛堂监，也赶来了，喊道："你们救人，救人！我重重有赏。"但是她虽这样说着，消防队都走了，四处乱找，别人又不敢向前。

落霞抬头一看，楼房已经烧了一角，玉如正在楼下，若是消防队找着了黑屋子的话，她一定出来。到现在她没有出来，一定是没有找着她。落霞一顿脚道："我不要命了，要死死在一处吧。"看到一个消防队员，拿了一柄长斧，由里面出来。于是将衣包交给邓看守，抢了上前，拼命似的，把斧子夺在手里，向里院便跑。分明听得后面有人叫着："落霞！去不得！"她哪里管，提了斧子，像发了狂一般，只管向里跑。

到了堆房前面，那火势就烘得四周滚热，人犹如到了火炉子里一般。黑烟由上向下钻来，雾气腾腾的，简直看不出去路。自己急于要前进，不管脚下高低，连连跌了几跤。当走到堆房后面时，那楼房上面，已烧了一大半，火势熊熊，四面乱射，几次上前，都逼着退回来。看看那黑屋子上面，已经有一部分着了火。落霞忍住了一口气，闭着眼睛，就连蹦带跳，跑了过去。走到黑屋子外边，黑烟已熏得分不出四向。落霞大叫道："姐姐！姐姐！你在哪里?"叫了几声，并没有人答应。这时也不知是哪里来的一股神力，举起斧子，向黑屋子门一阵乱砍。所幸只有三两下，就把那门左右两扇，连在一处砍倒。跳进屋子一看，炕上点了半截洋蜡头，玉如已晕倒在地上。走上前叫了两声姐姐，玉如才睁眼看了一看。落霞大喜道："好了，好了，快逃命！"于是一手提了斧子，一手拖了人就向外跑。玉如心里有点儿明白了，死命挣扎起来，跟着向外走。

这时楼房的火势更大了，连堆房也延烧着了一部。半空中几支救火的水头，正向着堆房狂射。落霞走到堆房下，正遇着一支水柱射了过来，自己已然是筋疲力尽，再被这水柱一打，人几乎打死过去。然而这就在火焰中逃命，哪里敢耽搁片刻。咬着牙齿，依然拖了玉如跑。然而跑到堆房外的小院子门时，火已封了门，断住去路了。站着一看，东角一堵白粉墙，尚不甚厚，外面便另是一个院子，于是丢了玉如，抢上前去，举起斧子，对墙上一顿乱砍，不久的工夫，居然砍了一个窟窿。有了窟窿，就好砍了，拼命似的捣了一个洞。玉如更明白了，也站在一边，助着扒土。落霞道："姐姐，你先过去，火来了。"丢了斧子，将玉如从洞里塞了过去。接上自己也由洞里钻了出来。钻过洞这边看时，与火势已隔了一堵高墙，这就不怕了，口里喊着道："好了，好了，逃出来了。"于是手扶着墙，休息一下。她不休息，倒也罢了，当她一休息，不觉四肢气力全无，哎哟一声，人就向下一倒，便睡在地上了。

这个地方，是个墙外的小跨院，正可以绕路通到前院。前面的消防队，见落霞冒火冲了进去，正也分路来找，火光下看见两个姑娘在墙下喘息着，都抢了上前，来看是什么人，便喊道："人有了，在这里找着了。"消息传出来，人就一拥向前。

当时大家用软床将玉如、落霞抬到前面，就围上好几层人看。玉如终究不曾受什么累，定了一定神，就把被救的事说出来。大家都道："你是两条命了。那高楼已经坍下来把黑屋子压倒了，你有这样一个姊妹救了你，真算造化呀！"玉如回想当时在黑屋子里乱叫乱撞，打不开门来的情形，犹如做了一场梦一样，一看落霞，已经有人放了一把藤椅子让她躺着。虽然没有死过去，头发蓬得像乱草一样，脸上左一块黑迹，右一块黑迹，身上全身衣服，都是水淋淋的。火光下看得清楚，她睁了眼望过来，还发着微笑哩。玉如心里，这时那一份感激，简直自己也形容不出来，只觉酸甜苦辣，一齐都有，望了落霞，久久不作声，忽然背转身去，垂下几点泪来。

这时救火的人，越来越多，又在大雨之后，引火之物半已湿透，因此火势慢慢地沉了下去。留养院里的人，大大小小，才算干了一身汗。有两个办事员，站在玉如身边，这时才注意到她，只管流泪。因道："你还哭什么，捡到一条命了。现在火熄了，只烧了那几个堆房，你们东西也没丢，还哭什么呢？"玉如被人说着，才止住了哭。落霞躺着，向她招招手，她走了过去，落霞便握着她手，微笑道："姐姐，你哭什么？你是乐极生悲吗？"玉如摇摇头，却又滴下几点泪来。正是：

疾风劲草今方悟，内疚于心一语难。

94

第十四回

鸳誓背人移酬恩害爱
鸾书当面押饮恨订婚

　　却说玉如执着落霞的手惭感交集，倒流下几点泪。落霞哪里知道她的心事，反问玉如道："火都熄了，姐姐，你还哭些什么？这不是太无味吗？"玉如又不好怎样说得，勉强忍着眼泪。这时火场上的人，无论是男女，都众口一词的，说落霞这一股义气难得，一大圈人围着她，玉如就有什么感谢的话，也不好说了。大家纷乱了一阵，天色大亮，火也完全熄了。照着责任说，这留养院的院长，自然是要受违警处罚的。无如院长不在北京，代理院长，又是警厅科长太太，大家推到是电线走火，也就了事。

　　自这天起，留养院关门不办公，足足将内部整顿三天。打电话到天津找黄院长时，黄院长又到上海筹款子去了，牛太太没有法子，只好打起精神来办善后。她最是良心上过不去的，就是把玉如关在黑屋子里，几乎丧了她的命，幸得落霞不顾生死，把她救出来了，设若不是她那样卖力，人家要追究为了什么把玉如关到黑屋子里去的，这话真是不好交代。这样一想，她对于落霞，就特别加以优待，除着免了她做工而外，又吩咐厨房，多开一份办事员的饭让落霞吃，而且赏她三块钱，叫她自己去买荤菜养息身体。落霞在火后第一天，虽然不音害了一场病，但是她身体很强壮，到第二天，几乎完全好了，这些调养，她都觉得用不着了。

　　玉如自经这火一烧，思想就完全变化了，觉得落霞待自己，比亲手足还要好十倍，这样舍身相救的事，就是亲骨肉，也未必人人可以做到。要论到自己对于落霞呢，竟把她的爱人霸占了过来，而且还瞒着不让她知道，相形之下，自己太不够交情了。如此一想，就决计把话实说出来。

不过实说出来之后，要怎样应付，却是一个问题。自己就是把江秋鹜让给她，但是牛太太恨江秋鹜入骨髓，绝对也不会让他在留养院领人的。何况落霞在留养院里，又是优秀分子呢？照步调算起来，第一步当然是办到牛太太对江秋鹜可以谅解，不然，秋鹜和落霞，绝没有接近的机会。主意想定了，也就接连几天，注意着牛太太的态度。见她虽不放下脸来骂人，但是她的脸上，也总是紧绷绷地向着人，这就不必问，其意也可知了。玉如也不理会，一直挨到了第四天，私下托着邓看守，到前面接待室去打听，那姓江的来过没有。邓看守和她感情原不错，果然替她打听了一个详细。据门警说，失火的第二天上午就来了，探着消息回去。今天他又来了，门警也不便把牛太太的话直告诉他，就对他说，玉如是不容易领的，我们这里代理院长对你很注意，你以后不来也罢。

　　玉如听了这话，身体凉了大半截。这样一来，为人为我，完全两落空了。自己盘算了许久，打听得牛太太一个人在办公室里的时候，就独自一人，前来见她。牛太太正也伏在公事桌子上想心事，一见玉如进来，对她静望了许久，点点头道："你来得正好，我也有几句最后的话要问你。"玉如站在桌子面前，正了脸色道："堂监，你不用问我，你所为的王家那头婚姻，我完全同意了。"牛太太道："我并没有再去和你说，你何以突然改变了态度？"玉如道："我仔细想了想，嫁个手艺人也不坏，可以终身不愁饭吃。不过我答应虽答应了，对于堂监，还有一个小小的条件，我想为了堂监，把我的终身人事都决定了，那么，一个小小条件，堂监也不能不答应的。"牛太太道："你既同意这一家亲事，绝不能为了小问题发生阻碍。你且说，还有什么条件？"玉如想着，要怎样措辞才妥，因之静默了许久，才道："落霞对我本来好，这回又舍死忘生，救了我的性命，我没有什么可以报答她的，我既不嫁那个姓江的了，我愿把这一段婚姻，让给她去，只求牛堂监答应我一句话，不拒绝那个姓江的再来。"

　　牛太太听说她同意了，那些珠子和翡翠，算是姓了牛了，就禁不住扑哧一笑。因道："你这样早说了，大家少受一场气。那个姓江的，和我又没有什么仇恨，我又何必不要他来。不过落霞那孩子的脾气，比你还要倔，她并没有看过姓江的一面，她能同意吗？"玉如道："反正我的意思尽了就行了，至于她同意不同意，我哪能包管？"牛太太道："就算她能同意，那个姓江的，也未必就知道有个落霞是你请做代庖的呀？"玉如道："就是这一点，我不能不来和堂监商量的了。我想他在前面号簿上，填有职业姓名的，要请堂监给我一个方便，让我写一封信给他。"牛太太听了这话，那刚有三分喜色的面孔，不免又沉闷起来，立刻两腮上那两块肿肉，又向下一落。

玉如明白她的意思，不等她开口，便道："堂监，这里面还有一段隐情，我也不必瞒你。"说着，就把江秋鹜和落霞以前的关系，略微说了一说，因道："设若我写一封匿名信告诉姓江的，说是落霞在留养院，他能够不来吗？"牛太太听了她这一番话，摇了一摇头道："了不得，你们年轻的姑娘，演电影一样的，竟会闹出这些花头。不过由我们留养院写信出去，没有这样一个例子，让人知道了，更是笑话，除非你出了院以后，你私人去通知他，那就公开也好，写匿名信也好，没有我的事，我就不管了。"玉如听了她的话，分明是不放心自己，又从中闹什么圈套，便将胸脯一挺道："堂监，我绝不能骗你，我一条命都是捡来的了，别的还有什么牺牲？请你从今天起，就把接待室里我的相片除下，你让姓王的先写了领人的呈子来，我在上面先画了押，画了押以后，我再发那一封信，这样一来，裁决不能反悔。再说，我要感谢落霞救命的大恩，我决不能让她知道姓江的原是想领我。万一你还不放心，等我出了院，你再放落霞走，我有飞天的本事，我能不讲公理，还能不怕法律吗？"玉如越说越激昂，把那一双明明亮亮的眼，瞪着望了窗外的天，脸上的血晕，一直涨着红到耳朵边去。牛太太见她说得这样斩钉截铁，真也无眼可挑了，便道："好！你既然有这一番义气，我也不妨助你成功，一言为定，就照着你这种步法去办。"玉如和牛太太一鞠躬，算是多谢她栽培的盛德，然后自回房来。

落霞正横躺在炕上，手里拔了一根炕席上的芦片，右手拿着，在左手心里乱画。一见玉如进来，笑道："下午不要我上工厂，一点儿事没有，闷得厉害，这样下去，我真会闷出病来。"玉如顿了一顿，笑道："恭喜你，贺喜你，你有了出头之日了。"落霞道："你是说我可以升做一个班长吗?"玉如道:"若是这样一件事,可以恭喜我自己,我做了班长两年了,我这能算出头之日吗?"落霞道:"除此之外,我还有什么可喜的事吗?"玉如道:"你把那芦席多掀起一点儿来,你就可以知道什么是出头之日这一句话了。"

落霞听她这样说,果然将席子掀起,只见有一张相片,仰着放在那里,拿起来一看,正是念念不忘的江秋鹜,不觉呀了一声,拿在手上,连忙坐起来问道:"这是哪里来的? 这张相片怎么会落到姐姐手里来了?"玉如道:"我也不知道谁送到留养院来的,是前两天我在一个女办事员屋子里看到的,而且还知道了他的住址。我把这相片拿来了,我就出了事,来不及说。你想,你一通知他,说在这里面受苦,他有个不来探望你的吗? 见面之后,你想这下文是什么,也用不着说了。"说时,对了落霞眉毛一扬,微微一笑。

落霞手上拿了相片,不住地看着,摇了头笑道:"哪有这事,你不要是拿我开玩笑的吧?"玉如道:"这是什么事,我可以随便拿你开玩笑吗? 这相片是我在办事员那里偷着拿来的,你可不要去问人,说出来了,这事非大非小。"落霞见她说着话时,脸色沉沉的,绝不是无故开玩笑,便道:"果然有这样巧的事,真有些奇怪了,但不知道这一封信,要怎样写着寄出去。而且我生平没有写过信,叫我写这个,我可弄不来,何况还是要秘密的呢?"玉如道:"这事你不必管,完全交给我办得了。我不但替你写,我还要包你寄出去。"

落霞拿着相片在手里看看,又望着玉如出了一会子神,笑道:"我还是不能相信,这事不能那样巧。"说着,又微笑地摇头。玉如道:"这就算巧? 天下比这巧上十倍的事还多着呢。妹妹,漫说你救了我的命,我正恨着没法感谢你,就是在平常的时候,我们像自己骨肉一般,我哪里又能够和你开这大的玩笑? 我所知道的,也不过如此,你要我说出所以然来,我也是很困难的。好在你不久就可以看见江先生了,到了那个时候,你细细地向他一盘问,有什么原因,他自然会说出来了。你不必问我,总而言之,是千真万真的事,并不是和你开玩笑。"

落霞见追问不出什么缘故,也只得就算了。当时拿了相片在手上,看了又看,心里说不出来,有一种什么奇异的感觉。这就只觉空气是很舒爽的，心里空洞无物，精神是很振作的，所见所闻，都不是往常那样苦闷无聊的情形了。再看玉如时，却恰恰和自己站在反面的地方，两道眉毛，深深地皱起，坐在屋子里，两手相抱，低了头，老是无缘无故地长吁了一口气，待要人家一注意看她时，她又马上笑起来，分明是勉强装出这个样子，要遮盖她那愁容。落霞知道她为人是很沉默的，最近虽和牛太太闹过一场，那实在是出于不得已。

　　落霞再忍不住不问她了，便道："姐姐，我看你这两日苦闷极了，大概也为的是那个姓江的。"玉如猛然一惊道："哪个姓江的？"落霞笑道："你不要多心，我并不是占你什么便宜。我是听见说，院长和你做媒，介绍了一个姓江的了。"玉如笑道："你只管自己心里有个姓江的，无论什么人，都成了姓江的了。他们给我找的是一个姓姜子牙的姜，可不姓三点水的江呀。"落霞笑道："姓姜姓江，字音倒很是相近，我听错了，这也很平常。你对于这婚姻，不大愿意吧？你前天和牛太太闹脾气的事，大家都不肯说出来，究竟是不是为了这件事？"玉如叹了一口气道："现在我已经依了牛太太，什么事也不成问题了。关于这件事，你不必问，将来你自然会原原本本，一齐知道。你现在多问了，倒让我心里难过。"落霞见她说话，脸上抱着那烦闷的样子，只好不问。不过上次和牛太太冲突，几个办事员口里，露出一些口风来，已经证明是为了婚姻问题，在自己婚姻正有美满希望的时候，眼见玉如抱着无限的委屈，心里实在替她难受。

　　这样过了两天，一个上午，邓看守来对玉如说："堂监请你去说话。"玉如一听这句话，颜色似乎就一变，于是同着邓看守走出来。邓看守在路上道："姑娘，王家那头亲事，你答应了吗？我早就知道是这样的，你一小姑娘，怎样拗得牛太太过去？你早答应了，免得吃这一趟苦，又少生几日的气。"玉如道："人哪有前后眼呢？你不想我也是没法吗？"邓看守道："王家的呈子上来了，好歹就看你最后几句话了。"玉如并不理会邓看守的话，默然地随后跟着。

　　到了办公室，牛太太满脸都是笑，就对玉如笑道："我总算照你的话办了，你还有什么话说的没有？"那邓看守料得她们还有什么私人交涉，一到办公室门口，就退后了。玉如一回头，见没有人，才冷笑道："倒是牛太太依了我，这真难为了你了。"牛太太望了她一下，一想在这紧要关头，就忍受她一句话，不和她计较了。因在公事桌子抽屉里，取出一张呈子，展了开来，放在桌子上，又打开墨盒，抽了一支笔，将墨汁蘸得饱满，放在笔架上。因指着对玉如道："终身大事，你自己签字吧。"

玉如走上前一看，那张呈子，倒展开了，顺着向了自己，字写得大而清楚，写着是："立领呈人王福才，江苏上海人，今愿领留养院女生冯玉如为妻。曾经当面接洽，彼此同意。领娶之后，不得有虐待欺骗等事，另具有本人相片一张及铺保存案，即请予以批准，俾便早日迎娶，实为德便。谨呈院长。计开领娶人王福才，年二十七岁，江苏上海人，业成衣，现居折枝胡同一号。女生冯玉如，直隶天津人，年十八岁。"在前面人名字下面，盖了一颗小小的红图章，不用说，那是领娶女生的，表示同意的证据。后面一行人名字之下，有一方空白，那正是等着人去加盖图章的了。

玉如看了这些字，只觉字字锥心，站在桌子边，晃荡了几下，几乎要倒下来，连忙扶着桌子，撑住了身体。牛太太指着那一行字道："你就在这里画押。"说着，便将笔拿着，交给玉如手里。玉如又把那张呈子，看了一遍，微笑道："这上面写着我们当面接洽过了，但是我们哪里当过面呢？"牛太太笑道："公事上总要这样写，反正是相片上的人就是了。"说着，又在抽屉里，翻出一张四寸半身相片，放在桌上。这正是和上次拿来，所看见的一样。玉如还不曾作声，牛太太又笑道："你这孩子虽然是机灵，但是我牛太太也不弱，我正要试试你的心眼儿怎么样？果然你说到了这一着子。好吧，我让你瞧瞧这人。"于是一按电铃，把一个听差叫了进来，吩咐把那个小王司务叫进来。

听差答应一声，去传进来一个小伙子。隔着玻璃窗，玉如就看到他笑嘻嘻的目光向里射。及至走了进来，见他身穿一件绿绸的长衫，用熨斗烫得一点儿痕迹没有。头发梳得油淋淋的，一把向后，苍蝇也可以滑着跌下来。脸上的雪花膏，擦得雪白，老远地就闻到那一阵香气。他手上拿了一顶新草帽子，和牛太太一鞠躬，然后笑着和玉如点点头道："我就是王福才。"说着话，露出两粒金牙齿来，接着用手一扶眼镜，露出手指上一只翡翠戒指。

牛太太笑道："你看怎么样？不像手艺人吧？"说着，一回头对王福才道："这岂不胜是一个女学生？我是给你的面子，并不用你在接待室里，那样受盘问。"王福才笑着，连说是是。那一只眼睛，就不住地射到玉如身上。玉如红了脸，手扶了桌子，只管低了头，并不看他一下。牛太太对玉如道："人，你也看见了，没有什么可说的了。"玉如见姓王的在当面，很不愿多说话，拿起笔来，在自己的名字下，画了一个"十"字，将笔一丢，抽身就走。走出门来，还听到牛太太笑道："无论姑娘怎样文明，提到婚姻上面，那总有些害臊的。"

玉如一直向屋子里跑，跑到屋子里时，恰好并没有一个人在这里，拉过一卷衣服，当了枕头，自己脸枕在衣服卷上，也不知道哪里来的那一阵伤心，就泪如泉涌，把衣服卷哭湿了一大片。先还不过是流泪而已，哭得久了，情不自禁地，更呜呜咽咽，放出声音来。有两个姊妹们听着消息，知道她已承认了出嫁，而且还听说男子是个绿衣少年，以为她应该欢喜。现在听到她屋里有哭声，无人不奇怪。正是：

伤心能说悲犹可，肠断伤心当喜欢。

第十五回

喜信飞来放怀探旧雨
佳期空到抚影泣新人

却说玉如在院长办公室签了押回来，说不出来什么缘故，竟是十二分的伤心，伏在炕上，痛哭起来，先原是打算流流眼泪而已，不料这眼泪流得多了，这声音自会出来。这里同院子的女生，听到有哭声，都围在窗子外听。

落霞刚刚上课进来，一见之后，便问道："姐姐，你又为了什么事哭？"玉如知道窗子外有人听，却不作声。落霞走上前，摇着她的身体道："你这几天，老是闷闷不乐，问你又不肯说，我也让你闷得要死。你现在哭着呢，又能说心里没有什么事吗？"玉如见她只管说，让窗子外的人听到，也是不大好，便道："我肚子痛得厉害，有什么事呢？你别瞎说了。"说时，对窗子外面望着。落霞这就明白了她的意思，不再问了，也对窗子外道："诸位听到没有？人家是肚子痛，有什么可听的呢？要不然，哪位去把堂监请来，大家听一听吧。"那些女生听说请堂监，轰的一声都跑了。

落霞等人走完了，也伏在炕上，低声问玉如道："我这才听说了，院长给你介绍了一个人，堂监又给你介绍了一个人，你是愿意院长介绍的，因为堂监苦苦逼你，你就只好答应她介绍的了，是不是？"玉如听了，却不作声。落霞道："这个问题，你有什么不能解决？你管推一天是一天，推到院长回京以后，你就可以强硬起来了。现时你不答应，顶多把你再关黑屋子，可是黑屋子已经烧了。"玉如摇了一摇头道："全不是那么一回事，你别瞎猜。"落霞道："这真怪了，别个姊妹们出院，都到处告诉人，有了出头之日了。到了你，偏守着秘密。就是邓看守，她也笑着说，姑娘们别瞎打听人家的事，似乎也是你叮嘱她不让说的了。"

玉如揩着眼泪坐了起来，眉一皱，有些生气的样子，便道："你还要打听什么？全公开了。有一个姓王的要领我，先是我不答应，和牛太太闹了一阵别扭，现在我全答应了。我自伤心我没有亲人，一生都靠人，所以哭了一阵，还有什么秘密？你也孩子气，太喜欢管闲事了。"落霞碰了这样一个钉子，哪里还敢再问她的话了。在这天晚上，玉如等着落霞睡了，却偷偷地起来写了一封信。信纸信封，都是拿了钱，请女看守由外面买回来的。到了次日，又再三再四，请牛太太开了江秋鹜一个通信地址，将信封私下写好了，交给女看守，代为发出去。

　　这封信是投到第十中学，当信投到时，江秋鹜正教了一堂课下来，一人站在院子里树荫底下，尽管徘徊，两手一时环抱在胸前，一时又倒挽在背后，似乎无论怎样，也感到心里不安帖。校役送了一封信到他面前，他竟会没有看到，还是在院子绕着两棵树，不住地徘徊着。校役只得叫着一声："江先生，你有信。"秋鹜猛然一抬头，校役送过信来，他接住向袋里一插，依然又徘徊起来，接着叹了一口气。因手在袋里，只管抚弄，触着了信封，这才记起自己收了一封信，于是拿出来拆开一看，因为信封上并没有写发信人的姓名，所以开始并不注意。乃至拆开来看时，字迹秀弱，却是女子的手笔，倒吃一惊，再看那信，写道：

秋鹜先生雅鉴：

　　　自前次引君避难之后，并无安全音信，十分挂念。直至上年接到你由南方转来的信，我才放下心去。信里头你所体恤我的话，使我感激涕零，本想立刻回一封信，又苦着没有通信的地址。而且不久的时候，我这薄命的女子，遭了意外的不幸，死里逃生，又流落到留养院来了。这院里虽是慈善机关，但是他们的规矩，进院之后，没有亲属来领回，就只好等着择配才出院，不然，只好在这里面一辈子了。在留养院就住一辈子，像我这样薄命的人，又有什么不足？不过现在院里因收容的人过多，经费又不足，每餐的小米粥，几乎敷衍不过来，各人的衣服，除了望人

103

来施舍而外，绝对不能添置了。这样寒苦的日子，实在引不起人生的生趣，久守何味？蒙你看得起我，曾允许帮我的忙，让我去找出路，但是，我关在这里面，怎样去找出路呢？所以自我到院里以来，虽然觉得免除了虐待，想到关在里面，静等出路来寻人，又觉得烦恼起来。万不料昨日无意之中，在一个已经出院的女生屋子里看到你的相片，又打听出来了你的通信地址，这一下子真是让我大喜欲狂了。喜欢得我吃饭到了口里，也不知什么味，睡觉也不知是什么时候了。并不是我静极思动，急于想出去，但是有了你这样一个可靠的救星，是我生平唯一找出路的机会，我怎能放过？所以我不揣冒昧，赶紧写了这一封信来，通知你一个消息，我已是在这里面了。我猜着你一接到这封信，马上就会来探望我的，所以我时时刻刻，现在都望着你光临了。再者，我以某种原因，受了小小的处罚，已经将接待室隔壁相片陈列室里陈列的相片取消了。你若来看我，请告诉代理院长，指明了见我，可以看得着的。你是个聪明人，当然用不着我多说，我这里静静地等着你的好音了。专此奉达，并请大安。

落霞拜上

秋鹜将这封信从头至尾一看，不由得不惊疑起来。这件事真奇怪，怎么如此地巧，她也在留养院里？怪不得上次去探望冯玉如的时候，那相片陈列室里，并没有她的相片，原来是受了处分了。设若她不受处分，上次我就见着了她的相片，那前途的变化，又不知道如何了？那真使我为难了。

想着，把这一封信，又重新看了一看，心想，这更可怪，所说已出院的一个女生，那是谁？就是冯玉如了。若不是冯玉如，哪里会有我的相片？我前天到院里去，他们把我轰了出来，说是冯玉如不招领了，我倒疑心我自己有什么短处，让人家发现了，原来是她另嫁了别人。既然是另嫁别人，为什么那天我见她的时候，她又极

104

端地表示同意，难道故意和我开玩笑吗？我之领冯玉如，似乎落霞还不知道，所以她信上并没有提到玉如，只说一个女生。不过玉如既不同情于我，也就算了，何必又把相片子交给落霞，莫非是她已知道我是钟情于落霞的？这样说，那简直是为了落霞，牺牲了我和玉如的婚姻了。

心里想着，又看了看信。这又发现了一件事，这信的文理，却写得这样有条理，而且字也很秀丽，真猜不到她一个使女出身的人，有这样好的学问。这种女子，让她沉沦在留养院里，以至于落到俗人手上去，那岂不糟蹋一朵名花？而且她对我有救命之恩，我又慨然答应帮助她的，我决不能反悔。不过她这信上说，除了亲人将她领回而外，只有人来娶她，她才可以出院，现在我若要帮助她，无法认她亲人的了，只有娶她之一法。自己对她，只有感激，只有怜惜，却不曾有爱情，要娶她呢，在结婚的根本上，或者不大健全。然而除了我，还有什么人来救她？而况她这封信，写得这样婉曲，已经是差不多说明要嫁我了。我要彻底帮她，只有娶她，而我彻底帮她，也是道义上所不可放弃的。我的生命都是她救的，其余还成什么问题？我为报恩起见，我要绝对不想冯玉如，我要绝对地娶她救她出院。想到这里，思想就完全变了，立刻戴了帽子，坐车就向留养院而来。

一到大门口，那门警忽然对着他微笑，好像是说，你又来了。秋鹜进门之后，自己也觉得有点儿难为情，走到传达室门口，先站了一站，且不进去。那传达室里的号房，笑着对他招了一招手道："请进来吧。你今天就来了。我们已经得到院长通知了，你先上接待室去吧。"秋鹜对他望着，还没有说话。号房笑道："上次对你先生说，以后别来了，这话并不是我们的意思，是院长叫我们这样说的。今天请你到接待室去，也是我们院长的意思。院长不干涉你，你一天来一道，我们也管不着。"说着，哈哈笑了起来。

秋鹜也不愿和他一般见识，自向接待室来。这里的警察，也是迎面一句话，"今天就来了。"秋鹜只得笑着点了一点头。那个老警察，将笔墨呈报单，一齐放到桌上，向着秋鹜笑道："你不是打算领落霞的吗？她的相片子，可是收了，你写上报单，我拿了进去，一会儿，她本人就会出来的。"秋鹜到了这时，也绝对不容沉吟的了，便提了笔将职业年岁，及愿领女生落霞为妻的报单，一一填写了，老警察点头笑道："你要早领这一位，人就早出了院了。这位姑娘也很好，比冯玉如也差不到哪里去呀！"秋鹜捉住了这样一个机会，正待开口打听冯玉如的下落，旁边一个年轻些的警察，向着老警察皱了一皱眉毛，低声道："别提她了，你不怕犯忌讳？"老警察说："说一声要什么紧！"笑着去了。

原来这接待室共是三间，第一间警察守着，第二间陈列着女生的相片和成绩，第三间，略同客室，便是接见所在了。秋鹜行步走入第二间屋子，一看相片玻璃框里，已是没有冯玉如的相片，所谓已经让人领娶去了，大概不是虚言，自己家里，还保留着她一张相片，将来聊以慰情罢了。自己想了出神时，回头一看玻璃窗外，老警察和那女看守，把落霞引出来了。落霞现在穿了一件白布褂子，却旧得成了灰色，老远的便含着笑容出来，及至走到接待室门口时，她却停住了脚，先牵了一牵衣襟，又牵了一牵袖子，低了头。邓看守道："你进去呀，站在这外面，就能了事吗？"落霞微笑了一笑，然后才一抬步走了进来。

秋鹜看她时，见她别来几个月，人可憔悴多了，这可证明她信上所说的话，并不会假。彼此本是熟人，自然一见之下，应当招呼为礼。不过秋鹜知道这留养院里面，一大半还是守旧礼教的，不敢孟浪从事，先望了她，看她如何？不料落霞这次见面，反不像以前那样大方，远远地在门外对秋鹜望着，进了门之后，她绝不招呼，竟斜斜地站着，只有半边脸对了秋鹜。

这第一步，便是那个老警察，在两方对面，将那报领单子先高声朗诵一遍，当他念到愿领落霞为妻的那一句时，落霞一侧脸，向秋鹜一看，便有一道红光，飞上两颊，接着，她依然偏过脸去。第二步，便应该是那看守代女方说话，质问男子方面的情形。邓看守刚问了秋鹜一句，家里还有些什么人，落霞就握着她的手，微微摇撼了几下。邓看守很惊讶，就低了头，对着落霞耳朵问道："这个人你也不同意吗？"落霞急了，轻轻啮了一声，将身子一扭。邓看守又低声问道："你有什么问的吗？"落霞才轻轻答道："不用问，我

106

同——”说着，向邓看守一笑。

邓看守对秋鹜点头笑道："这次我准恭喜，你赶快去办呈子吧。"警察笑道："你和姑娘小声音商量一阵不算事呀，究竟同意不同意，得对人家说一声呀！"邓看守对警察道："你瞧这样子，同意不同意呢？错得了吗？"警察向秋鹜望望，又向落霞望望，右手摩擦着下巴上的一片短胡茬子，笑了起来。

落霞见警察都笑了，偷眼一看自己未来的夫婿，站在那里丰格清标，英华焕发，前途真未可以限量，于是喜洋洋的，又是一笑。这一笑，却不曾背过脸去，只是头略低了一低，因为算是看着警察的样子好笑，不承认是害臊了。邓看守先见她不问话还在这里站着，以为她还要想出什么问题来问，现时见她并不问，而反无端地笑起来，便道："你还有什么话问他的没有？"落霞对着邓看守一笑。邓看守道："有话问吗？"落霞摇了一摇头，跟着她走了。走到房门口，却回过头来看着秋鹜。在她这一看之间，不觉微微地点着头，在她这种表示之间，眼睛里含着有无限的希望之意。邓看守回过头来道："走吧，还有什么事呢？"落霞怕说出来了怪难为情的，连忙就跟着她进去了。

走回自己屋里，玉如首先迎了出来，握住她的手，低声问道："是有人请你出去了吗？"落霞先笑了，然后答道："果不出你所料，他已经来了。"玉如携着她的手，一同走到屋子里，微笑道："他是谁？"落霞道："我猜就是你写着信，通知他了。要不然，他哪会知道我在这里！"玉如不笑了，脸上立刻显出很郑重的样子，便道："是那个江先生来了吗？他那样子，对于你怎么样？"落霞道："在那一刻儿工夫的时候，我也看不出来。"说着一笑。玉如道："旧雨重逢，当然是两方面都是很同情的了。你们由患难朋友，做到恩爱夫妻，将来的前途，一定是很美满的，我先给你道喜了。"说时，两只手握了落霞两只手，望了她的脸道："这段婚姻，完全是我姓冯的力量，将来成功之后，怎么样子谢我呢？"落霞道："我实在感谢你，感谢得我无话可以说出来。好在不久你也是要出去的，假使我的事，没有什么变化的话，出去之后，我一定让江先生亲自登门来谢你。"玉如听了这话，不觉脸色一变，立刻镇定了，勉强笑着摇了一摇头道："这个用不着，以后的我，也不知道变成怎样一个冯玉如，我们是否能会面，还不可知呢！"

落霞原知道她一段婚姻，是出于勉强的，她说这话，不能完全无因，便道："我一定要访你的，因为你是一个人，我也是一个人，我们出去以后，当着亲戚来往，岂不是好？"玉如轻轻地拍了她一下肩膀道："不害臊，事情还是刚刚说起，你就谈到出去做太太的事了。"落霞笑道："你别笑我，要出院的人，谁也会筹划到出去以后的事，但是我是个实心眼儿的人，自己会说出来罢了。"说着，便叹了一口气道："这话也不可一概而论，若以你而论，你就不是这样的。"玉如也叹了一口气道："不要说这个了，说着反而不欢喜。将来你知道更清楚了，你才知道我现在的日子，最是难过哩。嘻！不说了，不说了。"说着，连连摇了几下头。

落霞一腔子高兴，已是无可形容，但是因为和玉如在一处的时候多，因她总是愁眉不展，若是在她面前放出欢喜的样子来，倒反嫌有意卖弄似的，因之在她当面，始终是默然，有时一人跑到小花园子里去散步，将地上开的那些草本花，摘了一大把在手上，只管玩弄着，但是要回房去，便扔在草里，因为玉如看了花，就要伤感的。有时一人在屋子里，轻声歌唱，一见玉如进门来，也停止了。所以在落霞心里十分欢喜的时候，脸上却一点儿表示都没有。

过了两天，江秋鹜领人的呈子上来了，落霞也签了字了。又过了两天，送着迎娶的日子来了，乃是一个礼拜六。同时，便把替新人备的衣服鞋袜也送来了。在玉如的吉期到来之时，王裁缝家里，也把新衣送了来，不先不后，她的婚期仅仅早一天，却是礼拜五。

这是阴历六月中旬，还不过初夏，天气并不是那样热，院子里的树木，已是绿荫浓厚，在树底下，吸着新鲜空气，人是自然清爽。尤其是那隔着粉墙的几棵垂柳，拖着长的绿色长条，被风吹动着，在婚姻发动期中的人看到，增着无限的美趣。凡是新人衣服送进院来之后，有感情的姊妹们，都要来看看。玉如却不然，将她那一包衣服包得紧紧的，用包袱角拴了一个死疙瘩，扔在炕里边。大家知道她是不大高兴的，也就没有人要看。落霞因为玉如的东西不让人看，她也不好意思将衣服送给人看。

日子快了，不觉到了礼拜四，已是玉如要出院的前一天。照着院里的规矩，婚前一天，便让女生洗澡理发。男家送衣服来的时候，照例附带送一点儿饽饽钱，新人便将钱买了喜面和饽饽之类，和感情好的姊妹们，欢叙一场，然后换了新衣，到堂监的隔壁屋子里去住。玉如自然也省不了这一套手续，要忙一天。但是她始终是淡淡的。到了下午，看守来催她去洗澡，她依然在屋子里徘徊着。

　　落霞原在那小花园里看花，愉快极了，因为太阳渐渐西斜，想起要来和玉如话别，走回房来，远远见房门关着。心里一想，青天白日，她关的什么门，这位心里用事的姑娘，不要闹什么笑话吧。于是放轻了脚步，慢慢走到窗子外，由窗子底下，一个小洞里，向屋子里张望。

　　只见玉如坐在炕上，手上捧了一张八寸相片，竟是看出了神，接着，便洒了几点泪，直滴在相片上。她在身上抽出一条干净的手绢，将相片上的泪珠，轻轻拂拭了去，然后将相片拿起，在左边脸上靠靠，又在右边脸上靠靠。然后又拿了相片，向后一倒，横躺在炕上，却将相片，紧紧地搂抱在怀里，口里念道："江秋鹜，我永远忘不了你。"落霞这见，只觉得浑身冰冷一阵，又滚热一阵。起先还以为她拿着是她自己新郎的相片，现在一听，真出乎意料之外了。她为什么爱我的人呢？正这样想着，只见她一个翻身坐起来，好像是记起了一件什么事情似的，在芦席下，突然又找出一张四寸相片，口里说道："姓王的，我恨你，我恨你！"说毕，三把两把，将相片撕成了许多碎块，复向芦席下一抛，将席子掩了。再拿起大相片，两手捧着，连连亲了几下，发着抖颤的声音，轻轻地道："我实在爱你呀！你哪里知道？一定还说我薄情哩。我的心事，只有天知道。天哪！我的心碎了。"说着，抱了那张相片，又向炕上一倒。这个时候，落霞站在窗子外面，已经成了木头人了，只是在墙窟窿里向里张望，一点儿也动弹不得。屋子里有个人心碎了，屋子外也有个人心碎了。正是：

　　　可怜泣泪酬知己，转使迟疑到故人。

第十六回

握手动幽情绿窗低诉
登堂飞喜色红烛高烧

却说落霞在窗子外面，看到玉如一人抱相片痛哭，心里也极是难受。停了一停，依然退后向小花园里去。手上扶了一棵树站着，心想，这样看来，玉如和江秋鹜一定是认识的。或者就是江秋鹜来领过她，她因为牛太太不同意，所以让给我了。怪道江秋鹜的相片在她那里，通信地址，她也知道。若以普通领人的而论，相片子是不会落到女生手里来的，更不要提起通信地址了，她和江秋鹜这段关系，一定是黄院长介绍的，和现在牛太太所介绍的王裁缝，必定是两事。因为听得很清楚，玉如要嫁一个姓江的，她自己也说过是姜子牙的姜，后来便改了姓王的了。这件事不戳穿，不容易引起人注意，现在说明了，越想越像。她把这头婚姻舍了，是不是全为着牛太太的压迫，不得而知，然而把我拖了出来，或者不能说不是报我救命之恩的意味吧？由这些事实和情理，一层一层推测上去，总觉得她抛弃江秋鹜是勉强的，自己无端据为己有，未免有点儿夺人之爱，这便如何才可以让她心里能得安慰一点儿呢？

她只管是如此地想着，也不知道想过了多少时候，及至再回到自己屋子里，玉如已经走了，大概是洗澡理发收拾去做新娘，从此以后，她就不再回那间小屋子了。心里想着，这一腔心事，简直无机会对她去说，她就受着委屈，也只好等出了院再去问她。然而真有委屈的话，到了那个时候，也就无法补救，自己未免拖累了朋友了。

这样一想，心里自也难过起来，这两天欢天喜地，犹如得了宝似的，现在却是在心头上，加着一道暗礁，因之闷闷地坐在屋子里，也几乎要犯玉如那个毛病。掀起炕席一看，拿起江秋鹜的相片，湿了好几块，都是玉如眼泪流湿了的了。再看那个小王裁缝的相片，一张脸，就撕为三份，玉如这一份怒恨，实在到了极顶，这样看来，她这一头婚姻，绝对是没有好结果的。自己出院之后，首先一件事，便是要去看看她的状况如何。要不然，这张相片，倒可以送给她，但是人家若知道新娘子身上，带着一个男子的相片来了，那岂不是笑话？在屋子里呆坐了半天，也没有个主张。

到了晚上，玉如换了新人的衣服，便到里院来辞别，见着了落霞，紧紧地握着她的手，望了她的脸，好像有千言万语，说不出来一样。落霞也觉她心中实在委屈，万不料与自己竟会同争着一个爱人，也是一语说不出。姊妹们在一边看到，便道："你们俩还难过什么？一个明天做新娘子，一个后天做新娘子，这一出去，你们爱怎样地来往，就怎样地来往。"落霞听说，只笑了一笑，玉如连笑容也没有。因为许多人跟随着新娘子，而且又是两个新娘子告别，几乎把全院的女生都轰动了，大家上下围着。玉如和落霞，都不好意思，便散开了。

看新娘子的女生，还是爱看一个新鲜，因为玉如换了新衣，就跟着玉如跑，落霞究竟怕人说笑话，就坐在屋子里，没有出去。这里只剩下那个顽皮的董小桃，笑嘻嘻地站在一边。落霞笑道："我听说你爬高了，这一向子，你常和牛太太做些事呢。"小桃道："那算什么，明是看得起我，叫我做练习生，其实，是堂监的使唤丫头罢了。"落霞道："虽然做事苦一点儿，将来让她提拔提拔你，给你介绍一家好人家就得了。"小桃一撇嘴道："别提了，玉如姐这一回事，还不憋得她够受呀！"落霞低了一低声音道："果然有一句要问你，牛太太为什么会把玉如这好的人才，逼着嫁一个小裁缝？"小桃道："只要自己不答应，她逼又怎么样？反正不能拖住枪毙吧！"说着，就望了落霞微微地笑道："这样的姊妹难得呀。人家受委屈，都是为了你，可是牛太太不让我说。"说毕，她一蹦一跳就跑了。落霞本要追去问，她现在和牛太太住在一处，牛太太自留养院失火以后，又住在院里，今晚是没有法子去问她的了。

次日上午，小桃又不曾到后院来，到了十二点多钟，王裁缝家里迎亲的马车，已经开到大门外，冯玉如就在大家嬉笑声中，出院而去。落霞因为也是新娘子了，就不便出去，只是呆坐在屋子里。到了下午三点钟，小桃又笑着来了。到了屋子里，将房门一掩，又拖着落霞的手，一齐坐在炕沿上，然后笑道："昨天的话，我没有说完，现在我可以说了。这件事我很知道，我怕惹祸，就不敢说，领你的那个姓江的，本来领过玉如的，据说还是院长介绍过来的呢。牛太太接了事以后，一定不答应，所以把玉如关在黑屋子里。后来那个姓江的也来过，牛太太吩咐号房，把他轰跑了。自从失火之后，玉如要报答你，知道你和姓江的好，又知道姓江的不能再进门，就答应牛太太，把嫁姓王的作为条件，许姓江的来娶你。你想，这不是为了你受委屈吗？这件事，前面办公的人全知道，不过怕牛太太的威风不敢说罢了。"

落霞听着，默然无言，心里立刻惆怅起来，江秋鹜纵然领娶我，这完全是出于偶然的，未见得有什么感情，早知如此，我就不嫁也罢。这一出去，不知道他如何对待，设若他不明白这里面的原因，疑惑我破坏他和玉如的婚姻，以求自私自利，我简直牺牲了他全生的幸福，如何对得住他呢？玉如虽然是木已成舟，嫁了人了，只看我们的婚姻是这样巧，还有巧的在后面，也未可知。我还是消极一点子的好。这样想着，就无心对小桃说话，口里只是唯唯否否地敷衍着她。

小桃见她不理，而且脸上现出很忧郁的样子，似乎又要哭了，便握着她的手低低地道："傻子，你别心里过不去。你想，像姓江的那种好人物，打着灯笼还没有地方找去，人家报你的恩，好好儿地让着你，你为什么不要？再说，你给姓江的还有交情呢。"落霞摇了一摇头道："你还年轻呢，各人有各人的心事，你哪里会知道？"小桃笑道："我年轻就不知道吗？比你知道的还多着呢。"落霞也不曾去理她，只望了窗子外出神。

那院子外的垂杨和洋槐，绿沉沉的浓荫连成一片，连这窗户，都映着成为绿色。洋槐开着雪球也似的花，堆在绿叶油油之中，有一种香气，却从半空中送了进来。本院子的女生，上着课还没有出来，一点儿声息没有，有绿荫配着，更清寂了。正在这时，那树梢外的洋楼，一班歌舞家，又奏起乐来。虽然不知道那音乐是什么调子，然而听到那种音乐声，却是婉转好听。

小桃扶着落霞的肩膀，对了她的耳朵道："你听听，这种曲子多好听。我听说，那些女孩子是跳舞的，非常好看。有两次，我见她们在窗子里站着，不也是打扮得花枝一样的女孩子吗？同是一样的人，她们就那样快乐，我们就该关在笼里的。好姐姐，别想糊涂心事，快出去，看看花花世界吧。"落霞用手指在她额角上戳了一下，笑道："小丫头，不害臊，什么也说出来。"小桃道："这不算害臊呀，在这里头，谁不想出去呢？我还想拜托你，出去以后，也给我留留意呢。"落霞笑道："留什么意？"小桃笑道："你还有什么不知道的，还来问我呢？你们江先生有朋友，给我介绍一个，只要有饭吃，人老实，我就满意了。"落霞用一个食指，在她脸上掏了两下。小桃噘嘴道："人家是实话，你倒老开玩笑，你想，在里头等着，不如在外头找了合适的人来更好吗？"落霞点了点头道："你的话，我明白了。我出去以后，给你留意吧。"小桃笑道："我的确是真话，你可别当着开玩笑。"只这一声，窗子外面，哄然大笑起来，有好几个人一齐拥了进门。小桃知道所说的话，不免为人听了几句去，臊成一张红脸，就跑走了。

落霞到了今日，自然是成了众矢之的，大家围着她，她觉得无论说什么话，也受了一种拘束，只有微笑而已。一会子工夫，邓看守来了，便逼着她一块儿去洗澡理发换衣服，直等衣服换了，不回原来的卧室，就由邓看守带着到新人休息室里去。女生一到休息室，便是客了，由院长以至院役，都另眼相看，天天在一处的人，忽然客气起来，也就让人怪不合适的。因之落霞倒弄得手足无措，和人家客气吧，真个做起新娘子来了；和人家不客气吧，却无此理。再加上自己身上的衣服，却是靠肉向外一换，穿了水红软缎的旗衫，又是高底皮鞋，坐着嫌成了害臊的样子了。走起来，又觉得这高底鞋子，走起来的咯的咯响着，是平常所未有的事，走得衣服只管前后摆动，腰肢扭闪，极端地不舒服。可是为了要维持新人的庄重起见，也不能不让衣服拘束一点儿。

到了晚上，来话别的人都走了，要睡是觉得过早一点儿，不睡又一人枯坐无聊，闲着在桌子抽屉里翻了一翻，翻出几张字纸，和一本救世宝筏的善书。随手展开一看，内中是些什么搭桥修路，救灾放生的滥调，看不到一点儿趣味，于是将书掩着，向旁边一推。左手靠了桌子撑着头，静静沉思着，右手闲着，不觉又伸了起来，把那本书拖到面前翻弄着，有意无意之间，复又看了几行。窗子外忽然有人叫道："姑娘，你可以睡了，明天得早起，今天晚上，你还看什么书呢？"听那声音，是邓看守说话，因笑道："我掉了个生地方，一时睡不着，你进来陪着我谈谈好吗？"邓看守笑道："傻子！今天早些睡吧。"说毕，竟自走了。落霞在屋子里，一直把那本书翻弄地看完了，然后才去睡觉。

次日天色刚明，便已醒了。悄悄地一听屋外，并无半点儿声息，当然是大家都没有起来。这时自己先起来了，未免要引起旁人笑话，说是新娘子着了急。因之人是醒的，却闭了眼只管睡着。睡了不知多少时候，有人拍着门道："起来吧，起来吧，应该掇饰掇饰，不久车子就要到了。喜车到了门口，新娘还没有起床，那可是笑话呢！"落霞听说，一骨碌爬了起来，一面扣衣服，一面开门。

邓看守笑着进来，低低的声音笑道："你的东西，我给你预备好了。还有你那个纸包，和炕席下的那张照片，我都知道是你要的东西，我也塞在一个小包袱里。待一会儿，我陪你去，东西我自然会给你放妥当了。"落霞笑着点了一点头，并没有说什么。这时，牛太太跟着来了，有两个女办事员也跟着来了，就催着落霞修饰。落霞也莫名其妙地，由着人支使，修饰起来。

修饰好了，邓看守将她拉到一边去，给她一些干点心吃了，然后就拿了喜纱，由头向下一盖。这种喜纱，可以说是一点儿重量也没有，平常就是终日披在身上，也不会觉得身上增加了什么物质。可是这时的落霞让喜纱轻轻向下一披，就像身上添了一种很重的担负一般，第一就是两手两脚受了束缚，手也不能乱动，脚也不能走大步，只靠了床站着。院子里一阵脚步乱，警察便在外面报告牛太太，接人的喜车到了。落霞自己也不知是欢喜，也不知是惊慌，心里却蹦跳起来。于是一部分人出去，一部分人包围着说话，其实，也无甚要紧话可说，不过闲谈而已。

邓看守和别一个女看守，由外面进来，笑道："姑娘，你大喜，上礼堂吧。”落霞由她二人搀着到了礼堂，只见公案桌上，一对红烛，正是高高点着。记得当日初进留养院的时候，这桌上烛台上，烧了一小截烛兜子，那也是女生出院以后的情景，为时几何，自己也出院，这进院的日子，好像就是昨天了。

由礼堂后折过那屏门，早见江秋鹜在那纺绸长衫之上，另加了一件纱马褂，那屡次见面，均未梳理过一次的头发，这次也梳得清清亮亮。在他脸上，今天似乎含着一种光彩，让那一对红烛相映着，越是觉得他精神焕发。心想，我做梦也不曾料到有今日这样的结果，这莫非是做梦？心里这样想着，被两个看守搀扶着，已是行近了秋鹜，和他并排朝北而立。

那北方案桌上，在烛光之下，放着一份婚书，旁边放好笔砚，桌子两边，牛太太站在东边，几个男女办事员站在西边。仿佛听到有人说，向国旗行三鞠躬礼，也不知道怎样地，就跟着这呼唤的声音行礼。后来有人说签字，只见秋鹜在身上掏出一个图章盒子，在那婚书上盖了印。邓看守就扶着她的胳膊道：“上前签字去。”自己就随人家一扶上了前，看那婚书一大张，最后有两行字并书，是：结婚人江秋鹜，留养院女生落霞。在江秋鹜三个字下鲜红的一颗图章，清清楚楚，只这一下笔之间，成了百年之好，决计不是梦。于是拿起笔来，就连行带草，写了自己一个名字的押，抬眼一看两边的人，都含着一种微笑。

于是有人喊着结婚人行结婚礼，相向一鞠躬。自己随着邓看守搀扶的力量，转过身来，早就向着秋鹜一个鞠躬下去，待秋鹜鞠躬时，她已伸起腰来，这要算是新娘行礼，新郎回礼了，于是礼堂上立刻起了一种哧哧的笑声。落霞也省悟了，大概是自己行礼过早了，人家会说是怕丈夫，然而这实在也不足为辱。在她心里这样想着，人如坠在五里雾中一般，又行了几个礼。

接上便有一个年老些的办事员，向中间挤了一挤，微微咳嗽了两声，然后用很低的声音道：“今天江君领娶女生落霞，我们很欢喜。江君是学界中人，一定能谋家庭的新幸福。落霞也是敝院的优秀女生，一定能不负江君成全她的美意。”说到这里声音大了，便道：“你看这一对红烛，光焰多高，都结了很大的烛花，足见大家喜气洋洋了。"于是全堂大笑。牛太太也正着脸色,勉励了落霞几句。于是随着大家,一齐出了礼堂。

一出礼堂门,只听见两边有一阵轰轰之声,回头看时,原来两边花墙眼里,露出许多黑发白脸,正是同院的女生,在这里偷看新郎,有人道:"嘿!很年轻呀!"又有人说:"准配得过落霞。"又有人说:"你瞧落霞笑着呢。"落霞再回头一看,见她们又由花墙眼里,伸出手绢来招展,头上披了喜纱,不便点头,果然向两旁微微一笑。在她这一笑之间,她心里这一份愉快,简直不可以言语形容了。正是:

女儿嫁得多情侣,何异春风得意时。

第十七回

霞鹜齐飞香车迎义友
薰莸同器蓬屋纳佳人

却说落霞出了礼堂，随着邓看守一路到了大门口，只见有两辆汽车停在那里，邓看守将她搀上车，她便抓着邓看守的手低声道："你也上来坐呀！"邓看守微笑道："这是新人坐的车，可没有我的份儿。后面还有一辆车，我也就跟着到的。"说着，她便退了后。秋鹜上了车来，落霞连忙将身子一闪，让了许多座位出来，然后低了头一笑。

车子开了，出了胡同口，已是不见了留养院的外墙。落霞这才坐正来，首先笑道："今天真是我想不到的事，世事变得是真快呀。"秋鹜也笑道："也不能说想不到，我写的信，你应该收到了，我信上不是有很明白的表示吗？"落霞默然，只是微笑。秋鹜待要再说时，见她向前座的汽车夫望了一望，心里就很明白了。

汽车走得很快，彼此静默了十分钟，还是落霞先道："你这几天很忙吧？"秋鹜笑道："也无所谓，纵然是忙，人生只此一次，也当然的。"落霞道："今天家中的客多吗？我有些怯场。"说着，望了秋鹜笑。秋鹜道："没有关系，不过是一二十位至好，他们都不会闹的。"落霞一见汽车前面，一个大门口站了许多人，有竹竿子挑了长挂爆竹，在胡同两边等候，这何用说，是到了新家庭了。便低了头，不敢再朝前看。

这时果然车子停了，秋鹜一下车，便有两个妇人，伸了头进来，伸着手搀她下车，接着那爆竹串，就震天震地地响起来。落霞这时更是随着人，不知所以地向着里走，早听到许多人鼓着巴掌，哄然作笑。落霞被众人拥进一间客厅，四围紧紧地让人包围着。来宾的鼓掌声，说笑声，已经闹成一片。

好容易进了新房，有人给除了喜纱，刚要坐下，秋鹜便进来了笑道："都是我极熟的朋友，你尽管大方些。"于是就引着她到了客厅里，只见几张桌子并拢，摆了很长的座位，用白毯子罩着。桌子两旁，已有一二十位男女来宾坐下，空了两头。桌子上，只备了茶点和鲜花，并无别物。

秋鹜让落霞在西头坐下，然后坐在东头，也不待众人催着，便先开口道："今天诸位光降，我们很荣幸，我的主张，无论什么礼节，只重精神，不在仪式上的繁华，所以兄弟这次婚礼，免除那些俗套。简慢一点儿，请诸公原谅。再说，我是个穷措大，自然不敢为了一日的铺张，花去许多钱。其二，我和落霞女士，是两个孤独者的结合，一切都要自己办，与其办得不周到，不如简便省事。刚才在留养院行的婚礼，虽然也简单，但是仪式已经完备了，现在我只仅仅介绍我的百年伴侣，与诸位相见。同时，借着今日这机会，让她认识我的好友。天气已经热了，将虚伪无味的仪式弄上许多，不过大家多出一身汗，所以我为宾主两便起见，就此把大家一见为圆场。我也并不是省一餐酒席，现在且不忙，等回头太阳西下了，在院子里摆下，大家脱了长衫，随随便便，吃个痛快。现在，我来介绍。"于是一位一位地给落霞介绍，落霞便是逢人一鞠躬。

大家见他说得这样的干脆，就是要闹，也一刻抹不下面子来。而且也知道他所说的是真话，只随便取笑一阵，也就散了。男客都在客厅里，女客便簇拥着落霞回新房去，落霞这才细心看了一看这屋子，床被家具，全是新制的。壁上的字画和桌上的陈设，大概都是朋友送的，有一副长联，是用水红的虎皮笺底子写的，那字是：

相逢本是有缘人，以丈夫心，全儿女爱，岁岁年年，
从此秋月春花不闲度；
结果岂非注定事，于风尘中，得琴书伴，曲曲折折，
到底落霞孤鹜总齐飞。

落霞看了两副对联，虽不能完全懂，然而这文字里面，嵌着有自己和秋鹜的名字，这是一望而知的。大概秋鹜的朋友，对于我们

这种婚姻，都是抱着羡慕的态度的。照情理而论，我是不足羡慕的，可羡慕的，便是我之得嫁江秋鹜了。想到这里，一阵愉快，心上的笑意，只管向脸上涌。

那邓看守本也跟来了，因为挤不上前，只在屋子里陪着她，见她有些情不自禁的神情，便在她身边，扯扯她的衣襟。她省悟了，从此矜持起来，屋子里女宾问她话时，她才说，不问，就默然。到了上席的时候，落霞陪着客，吃过几道菜，只推受了暑便回房了。

这邓看守是个回教，没有上席，落霞回得房来，屋子里并无第三个人，邓看守看到她向衣橱的大镜子梳着头发，脸上红光焕发，便朝着镜子轻轻地笑道："姑娘，你今天乐大发了，这江先生很不错呀。就凭这张铁床，也比玉如姑娘家里强，她可睡的是炕呢，屋子里哪有这样好的东西摆。要不然，这些东西……"落霞明白她这一句话，便问道："这些事情，直到昨天我才知道，这也只好算各人的缘分罢了。"

说到这里，一个女仆送了一盆洗脸水来，放在梳妆台上，笑着向落霞说："请新太太洗脸。"邓看守看那梳妆台是奶白色的漆，和铁床家具的颜色一样，那上面，摆了许多化妆品。当落霞洗完了脸时，她又点点头道："不说别的，凭这屋子里，满屋子雪亮，也是那王裁缝家千万办不到的事。我就没瞧见有梳妆台，更别说这些香水儿，香粉儿的了。"落霞道："你看这里一样，就把玉如的一件事来打比，究竟她昨天的情形怎么样？你昨天和她常在一处的，自然一齐知道。"邓看守叹了一口气道："还是那句话，看各人的缘分了，昨天一起床，我就看她的颜色不好。到了礼堂上行礼，你是多么快乐，可是她呀！"说着，又叹了一口气，于是把玉如昨天的情形，她一一说了出来。

原来玉如昨天穿了新人衣服，到了礼堂的时候，也就看到小王老板在那里等候了。小王老板因为要特别一点儿，穿了一套西装便服，在背心的口袋外，还垂出一大截金表链来。只是那西服太不合身份，尤其是腰的一部分，像纱灯罩子一样，向下罩着。他将两只手插在裤子口袋内，斜站着在那里等候，玉如让人簇拥到与他并肩而立，便有一阵很浓厚的雪花膏味。

玉如只低了头，什么也不知道，人家呼着向国旗行礼，她还是挺了腰杆子，一动也不动，是发着愣了。邓看守在她身后，连用手戳了两下，低声道："行礼行礼。"玉如勉强着鞠了一个躬。邓看守扶着她到桌子前，在婚书上签字。她提起笔来，也不知道向哪里下笔好，牛太太抢着上前，用手在婚书上指道："这里这里。"玉如随着她手指所指的地方，胡乱画了一个十字。以后是些什么仪式，都没有去理会，上了马车以后，自然还有那新郎陪着同坐。

小老板王福才，马上将车帷幔一齐放了下来，一伸手摸着玉如的手，便笑道："我为娶你，真费了一番心血呀，就是说送牛太太的礼，也值六七百块钱。你想，要是在外面讨一个姑娘，能花这么些个钱吗？"玉如将手一缩，又向旁边让了一让，也不答话，也不抬头去看他。王福才笑道："这还害什么臊呢？有什么话，趁着现在，你可以告诉我，我回家的时候，可以先和你预备预备。"玉如还是不作声，只管侧了身子坐着。

王福才笑道："我听说你书念了不少，很开通的，为什么这样地不肯说话呢？"他说话时，便向玉如身后伸了一只手过来，将玉如拦腰一搂。玉如想要推开他的手，未免先就让他下不去。要和他很庄重地说两句，又非心里所愿。她如此地踌躇，人家搂抱得越紧。接着，人家的脑袋，也就靠着自己的肩膀，直伸到脸边来。玉如急中生智，就一伸手把车的窗帷幔一拉，放进光来。王福才这一下子，虽然不高兴极了，然而她并没有什么表示，也不曾说什么，当然只得忍耐住了。

马车是比人力车还要走得慢的，这马车所走的路线，又是由西城到东南城，在北京城里，拉了一条长的纵线。玉如在车子里，低着头，正襟危坐，仿佛经过了一年的时间那样长一般，心里非常焦闷。然而转一个念头，马车马上到了王家又怎么样？自己能得着一点儿安慰吗？如此地想着，便更加上一层不宁帖，便是这马车在路上再经过一些时间，似乎也于事无碍。但是等着她有了这样的念头时，车子已经停住，到了王家了。

玉如抬眼皮一看，小窄门外，在墙头上挑出一幅市招，上面大书上海王发记男女成衣，窄门边开了个西式大窗户，可以看到里面一个大成衣案子。在这一刹那间，爆竹声已起来了，接着，便有"滴滴答，咚咚咚"的声音。这声音发在小窄门里，玉如让人扶进门来一看，见两个穿蓝布短褂子的小孩子，一个人吹着军号，一个人身上背了一面鼓，在墙根下并立奏乐。在那靠北的三间小屋里，沿屋檐挂着两条长可三四尺的红绿布。屋子里上面，陈设了香案，上面香炉烛台，还有猪头三牲，供了天地君亲师的大红纸条，地下铺了红毡条。许多人，说着不懂的口音，嘻嘻哈哈，将新郎新妇围得铁桶似的。

进了屋子，站在红毡条上，在人声的嘈杂当中，那一只军号和一面军鼓，"滴答隆咚"吹打得更是起劲。便有人喊着："——拜堂，拜堂！"玉如穿的水红衣裙，外披着喜纱，心里自想着，这样文明的装束，似乎不至于磕头，而况那一位，还穿的是西服。但是在她这样犹豫的当儿，新郎已是老老实实跪了下去。新郎既是跪了下去，绝无新娘还竖立在一边的道理，也不知身后站着谁人，拉着她的衣服，只叫跪下，身子不由自主地，马上也就向下一跪。拜了几拜，刚刚站起，大家便喊着请公婆受礼。在这一片喧嚣声中，只见人丛里面，横侧着身子，挤了出来一男一女。男的约莫有五十岁，一张马脸，眼睛下有两道鱼尾纹，左腮上长着有一粒蚕豆大的黑痣，痣上长了几根毛。他也穿了一套西服，却不像小王老板那样是披在身上的那种松动，乃是紧绷绷地缚在身上的。白领子歪在一边，领带在背心上面透露出来，顶起了个大疙瘩。那个女的，也有四十以上年纪，穿了漂亮的蓝绸褂子，系着长裙子，头发上倒插有好几样黄澄澄的金器。脸上虽然有不少的皱纹，却抹上了一层很厚的粉，一张嘴，露出倭瓜子似的大牙齿来。玉如心里想着，这就是公公婆婆了。

那婆婆大模大样的，一屁股就在正面一张大椅子上坐下。公公倒还谦逊了一下子，侧着身子，只将半边屁股坐在椅子上。于是就接着有人喊道："拜公婆。"玉如一想，这不必加以考量了，既是天地拜了，公婆也要拜的，也接着磕了头下去。不料这一磕头之后，夫妻交拜，拜亲戚，拜朋友，整整拜了一小时以上。把人都拜完了，这才进了自己的新房。

这房里纯是北方式，靠窗户一张大炕，上面铺了两条新被褥，炕头上，放了一个藤篮、一个油纸箱子。墙上红红绿绿，倒是贴了不少的月份牌式的美女画，缝衣机器公司的广告，另外几张大红对子。炕下一桌两椅，另外一个脱了漆的茶几，此外一无所有了。心想，牛太太夸着王裁缝家里，如何的富有，原来却是这样寒素。那也不去管它，刚才那一位在马车上对我说，为着娶我，花了许多钱，有那些钱，不会把这家庭布置一番吗？光娶一个新儿媳来，那算什么呢？这种家庭却也猜不透是新是旧，既然进门来的人，就要行着跪拜大礼，可是父子两人又都穿了洋装。分明是南边人，屋子里又睡着北方人睡的炕，这也就随便极了。

所幸这屋子小，没有什么座位，进来闹新房的人，因为无地可立，闹了一会子就走了。等着邓看守进来，就拉着她的衣袖，同在炕上坐下，低着声音道："请你多坐一会儿，我心里非常难过，有你陪着，我心里舒服些，你若是走了，我一个人，心里更难受了。"说着，不觉掉下几点泪来。邓看守看她如此的样子，也只好陪了她坐了一会儿，又宽解着她道："只要姑爷才貌相配，家里穷富，那是没有关系的，难道你这样一个聪明人，就是这一点，还有什么看不破不成？"玉如向外望了一望，便低声道："虽然如此说，但是我图个什么？"

只说了这一句，她的婆婆高氏口里叼着一支烟卷，由外面走进来了。玉如和邓看守都站了起来了。她向邓看守点了个头，只说一声请坐，立刻回转脸，就板下来朝着玉如道："我们家为了娶你，花着钱不少。我的孩子，走了出去，真不像个手艺人，就是有一样短处，一个字不认识，若是识字，我早替他在机关找一份差事干了。我听说你认识字，也会写，也会算，真吗？"玉如答道："读了几年书，也写不出来多少。"邓看守便答道："你造化，这姑娘真是粗细一把抓，要说识字，什么信她都写得上。要说算，算盘也好，笔算也好，全成。"高氏道："那也不算大本事，太好了，我们手艺人家也享受不了。到我们这里来，粗事也不必她做，只要她在家里给我们记一记账，出门去，上大宅门里给我们取衣服，送衣服，那就帮着她公公和她丈夫的忙不少了。要说一个女孩子，也用不着认识许

122

多字。现在女学生闹出许多笑话，就都是为了她们认字太多，不管什么邪书都拿了看。"

　　玉如听了这话，心里就非常气闷，你这是什么话，既说要我给你帮忙，怎么又说女子不应该认什么字，理由全归于她了。到了现在，我才知道那一位是个绣花枕，原来连字都不认识的。自己在留养院里守了三四年，满心要找一个称心合意的丈夫，无论丈夫是做工做商的，总要彼此谈得对劲，现在却嫁一个不识字的浮薄子弟，而且这家庭还不见谅，这一种牺牲，真比坐牢还无意思了。想到这里，于是低了头，只抽出胁下一条手绢，轻轻拂拭着身上的灰尘，不作声。

　　接着她公公王裁缝也进来了。看他已脱了西装，只穿了短褂子，高氏道："客还多呢，怎么就脱成这个样子？"王裁缝道："天气真热，我实在受不了。我也怕弄脏人家的，已经包起来，打发小二子送还人家了。"高氏道："你进来什么事？"王裁缝笑着向邓看守道："这一位嫂嫂在教，又不便请她吃什么，我想买一点儿东西送她。人家也有事，别留人家久在这里了。"邓看守听到，不由得气愤起来，难道我还是在这里图着你什么不成？便笑道："你千万别客气，我走了。"于是站起身来和他二人告辞，又对玉如道："姑娘，我走了，再见。"玉如不敢再留，也不便说什么，只得和她点了点头。邓看守硬着心肠，说一声再会，也就走了，偷眼看玉如时，背转脸去，大概是不敢哭呢。正是：

　　　　鹦鹉前头言不得，背人只把泪偷弹。

第十八回

酌茗约清谈良宵缓度
拈花作微笑好梦将圆

却说玉如嫁到王裁缝家去的这一番情形，邓看守都看在眼里，这时在落霞面前，从头一说。落霞听了，心里实在难过，便对邓看守道："这样一个好人，会落到这种收场，实在难说。本来做手艺的人，也是凭本事吃饭，不能算坏。不过既是她不愿意，就是富有百万的人，那也是枉然。"邓看守点点头道："你这话对了。我看她那意思，并不是嫌王裁缝穷，她是嫌王裁缝有些俗气。一个人穷，那还不要紧，只要肯卖力气干事，穷总不会穷一辈子，可是这俗气是天生成的，哪儿有法子治？"

邓看守说得高兴，声音就大了一点儿，门帘一掀，秋鹜走了进来，笑着对邓看守道："刚才你所说的，真是至理名论，但不知说的是什么人？"落霞本坐在一张软椅上，见着秋鹜便站起来，含着微笑，现在秋鹜问起刚才这一句话，她生怕会露出什么马脚来，就只管对了邓看守望着。邓看守更明白，笑着对秋鹜道："我不是说谁，是比方这样说。"秋鹜道："何以谈到这一句话上头来了哩？"邓看守向着落霞将嘴一努道："我们这位姑娘她和我谈心，说是你的朋友，都是些很高雅的人，就只凭你一演说，并没有一个人来闹。"说到这里，她微笑了，更道："我们姑娘又说，你这人真是很忠厚的，一看就是书生本色的……"落霞笑道："你也开玩笑，我几时说了这话？"邓看守站起来一拍手笑道："你嘴里不说，你心眼里可是早就这样说了呢。你看我这句话，是不是猜到你心眼儿里去了？"落霞笑道："你越说越开玩笑了。"她虽是自己辩护着，也就只能说这几个字，再要说，已经将脸红得收不起笑容来，只好扭过身子去了。

邓看守点了点头，对秋鹜道："我看你们这两口子，将来一定过得很好，就是我和姑娘要好一场，看到有这样好的结果，我心里也很舒服呀。"秋鸶听到她把"两口子"三个字都说出来了，不免心里好笑，却去看看落霞对这三个字的表示如何，恰好落霞也为这三个字，要看看秋鸶的感觉如何，两个人正彼此望着了，都笑了起来。邓看守道："姑娘，我看你是用不着再要我陪的了。江先生这里很好，我得闲，再来看你，现在我要回去了。"秋鸶道："我真不过意，你来一趟，什么也不曾为你预备一点儿。"邓看守笑道："我不在乎你这一刻儿工夫的招待，你好好地待我们姑娘一点儿，我就感谢不尽了。她年轻，有点儿小孩子脾气，可是心眼儿不坏，你就譬方自己有这样一个小妹妹，你多指教一点儿吧。"秋鸶听着，笑了起来道："我都听见了。"落霞却背了脸，没有看过来。

邓看守道了一声"走了，再见"。落霞连忙跑上前，执着她的手道："你忙什么，我希望你能够多坐一会儿。"邓看守笑道："幸而这屋子里没有外人，我说你是小孩子脾气不是？哪有个做新娘子的人，这样跑起来的。"于是低了头，对着落霞的耳朵说了几句。落霞越听越红脸，只有微笑，连一个是字也不敢答应出来，将帘子掀着，由秋鸶送了她出去。

落霞坐在屋里，四周一看，心想，这便是我的房子。在赵家时，我很羡慕赵小姐卧室陈设精致，而今看起来，我之卧室，绝不下于她的卧室，就是我的丈夫，比她的未婚夫朱柳风也高尚许多。一人想着得意至极，又笑了。

恰是秋鸶由外面进来，因道："我怕你一人在这里寂寞呢，你笑什么？"落霞望了那副长联道："送这一副对子的李少庵，是什么交情呢？把我的名字都嵌进去了。"秋鸶笑道："这个人吗？对我们的婚姻，是有点儿功劳的——"说到这里，顿了一顿，因道："这次我和他移挪了不少的钱，不然，我新从南方回来，哪有许多钱办喜事？"落霞笑道："你出去陪客吧。回头大家找你不着，又要到里来起哄。"秋鸶道："要不然，你也和我一路出去？他们这一闹酒，可不知要闹到什么时候哩？"落霞道："那就赶快你一人出去了。若是大家一闹酒，喝得太多了，也不好。"说了，低着头，不便向下说了。秋鸶还要说一句什么话时，外面院子里，有人大喊着新郎，才走了。酒席散后，秋鸳领着落霞，公开地招待，大家更不好闹，虽然有几个人提议，要在这里做彻夜之谈，然江秋鸳也不丝毫为难，于是闹到最迟的，到了十二点钟，也就散了。

　　秋鸳先在外面检点了一会儿，然后回到新房里来，只见落霞斜靠在沙发上，一手撑了头，背着电灯的灯光。秋鸳道："今天大概实在倦了，休息就休息一会子吧。"落霞听着这话，却并不曾作声。秋鸳道："这样睡着也不舒服呀，何不上床去睡呢？"落霞还是用手撑了头，斜躺着，一动也不动。秋鸳道："真睡着了，我来……"说着，两手一伸，刚刚只碰了落霞的手胳膊，她一转身，向着秋鸳笑道："我哪里睡着了呢？"秋鸳笑道："没有睡着就好，现在朋友们都走了，那边院邻也睡了，老妈子归了下房了，这屋子就是我们两个人。"落霞笑道："我又没问你，你说这么些个做什么？"秋鸳笑道："我自然有原因的呀。我想人生一个洞房花烛夜，是太有趣的一夜，不应该虚度了，我有一个很好的消遣法子，你赞成不赞成？"秋鸳说着话时，看着这位小鸟依人的新人，脸上带着无限的娇羞，仿佛像春末的樱花，让热烈的太阳照着一样。

　　她不能说赞成，也不能说不赞成，两手伏在沙发的靠背上，又一个转身，把额角枕着手臂，脸藏在怀里了。秋鸳知道新人是误会了他的意思，而且误会得到了他意思的反面去了，便笑道："你猜我是怎样地消遣呢？"落霞伏在那里，并不作声。秋鸳笑着，将长衫的袖子一卷，却拿了一对铜烛台，插了一对旧式的喜烛进来。接着，拿了一碟松子仁，一碟什锦糖果，一只藤包的茶壶进来，一齐在桌上摆好了，然后点上那对红烛。

　　落霞这才抬起头来，用手抚摸着蓬起来的短发道："你这是做什么？打算请我吗？"秋鸳在红烛光下她对面一张椅子上坐下，笑道："也算请你，也算请我。"落霞看那一对红烛，正射着一寸多长的光焰，屋子里几盆玫瑰花，高高低低，放在白漆的家具上，让这烛光一照，分外娇艳起来，同时也就发出芬芳的气味来，便笑道："我很感谢你，屋子陈设得这样雅致，我有点儿不配。"

　　秋鸳道："到了现在，你不应该说客气话了。你说我雅致不是？我说出一句话来，你或者要嫌我俗气顽固了。我觉得新式结婚，由

126

爱人来同居，洞房里面，不带一点儿拘束，减少很多趣味。不过纯旧式的，彼此都不认识，一点儿爱情没有，突然同居起来，一生的好坏，就在这顷刻工夫，神秘之中，又带着一点儿恐怖和猜疑之心，也不大好。最好彼此有爱情，又不十分熟，像旧小说里，那种后花园私订终身，公子逃难，以至最后团圆的那种洞房花烛夜，是极有意思的。"落霞笑道："你太高比了，以为我们也是这样吗？我可没有后花园私订终身，而且我是个梅香，不是小姐。"秋鹜笑道："我觉得我们这种婚姻，比后花园私订终身还有味。"落霞笑道："可不是？你也逃过难，我也逃过难了。怪不得你是醉心洞房花烛的，所以还点了一对红烛来。"秋鹜道："我在朋友的新房里，在红烛下看过新娘，觉得含着无穷的娇艳。所以我早就计划到，新婚之夜非点上一对红烛不可。"落霞道："虽然如此，也看什么新娘吧？"说着，对了秋鹜微微一笑。

秋鹜抓了一把松子仁，递给落霞，然后斟上一杯热茶，刚要伸手，送给落霞时，落霞已是站起来了，笑道："那可不敢当，应该我伺候你。"于是接着那杯茶，放在桌上，却另斟了一杯茶放在秋鹜面前。秋鹜笑道："这倒相敬如宾了。若是有人在这里看到，一定说我们太酸了。"落霞坐下，慢慢吃着松子仁，秋鹜也吃着松子仁，因笑道："我说的消遣，还没有做出来以前，你以为一定是不赞成的事。现在我们是闲谈，你看好不好？这样的好花烛夜，若是睡得太早了，未免煞风景。"提到一个睡字，落霞马上又低了头。秋鹜道："你不赞成闲谈吗？"落霞连忙答道："赞成的！赞成的！谈到天亮都好。"

秋鹜端了那杯热茶，放在嘴唇边，似乎呷着，而又呷着不多，却注目望着这位新夫人，觉得她虽是带了三分娇羞，然而因为年岁还轻，依然不减天真烂漫，只看她将那件水红绸衫，略略卷起一带袖边来，这是平常矜持的新娘所不肯做的。她左鬓前的头发，为了刚才伏着脸之故，有一小绺，垂到腮上了，然而她并不去理会。她不知何时，换去了高底皮鞋了，这时只穿了一双大红的平底便鞋了，将两脚交叉着叠起来，微微有点儿摇曳。秋鹜原觉得这一双鞋太艳了，或者有点儿俗气，因之只放在衣橱抽屉里。现在她在白丝袜上穿了，正可以现出她心无所碍，只图舒服。

在这样赏鉴之时，新夫人似乎有点儿感觉，笑着将鞋向椅子下一缩。秋鹜的眼光，由上而下，这时目标移动了，似乎吃着一惊，目标马上移到了落霞的脸上来。她本是左手心里托着松子仁，用右手一粒一粒来钳着吃的。这时她忽然向沙发靠背上伏着，咯咯地笑了起来。秋鹜道："谈话谈得很好的，你为什么又害臊起来?"落霞笑道："你老看着我，看得我有些不好意思起来了。"秋鹜也无可回答，跟着笑了起来。落霞坐正了，又低了头吃松子仁，二人吃着不曾歇，不知不觉之间，首先把一碟松子仁吃完。秋鹜道："现在该吃那糖果了，吃完了糖果，以后怎么样呢?"

落霞道："既是闲谈，有一壶茶也就行了，连松子仁也就不该有。"她这样说了，可是十分地感着困难起来，以前有松子仁的时候，在害羞或无话可说的时候，便可以去吃松子仁。现在松子仁吃完了，糖果被他说破，又不好意思去拿，于是昂起头来，看壁上的字画。在迎面墙上，两个玻璃框子里有两幅画，一是山水，一是人物。那山水是一片云水苍茫的江景，半轮红日，已经坠在水平线上。这下方却画了一片芦苇、两三棵红叶树。在树外头，有一只飞鸟，直飞到红色的云里去。落霞道："这山水很清淡可爱，只是单独地画一只鸟，没有意思。"秋鹜笑道："那一只鸟最有意思了，那就是我。"落霞听了，却是不懂，望着秋鹜发愣。

秋鹜笑道："我告诉你吧，我们这段婚姻，合了古典了。从前唐朝有个姓王的少年，作了一篇《滕王阁序》，其中最得意的两句是：'落霞与孤鹜齐飞，秋水共长天一色。'这正是一派江景。你想，我姓江，我叫秋鹜，你叫落霞，这一幅画，画这两句文，不是把我们两人嵌进去了吗? 而且还有一些祝贺团圆的意思。"落霞笑道："我这才明白，你名字这个鹜字，原来是一种水鸟。但是你何以不叫孤鹜，又叫秋鹜呢?"秋鹜道："从前我怕找不着夫人，避讳这个孤字，倒不料偏是合上了这句书。"落霞道："要说巧，也真是巧，何以我们的名字，都在这两句书上。"秋鹜道："这还不算巧，我们这里面，还巧中有巧，这个巧中巧，大概你知道的，我不知道；我知道的，你也许不知道。不过这些话，不必在今天晚上说。"

落霞将玉如这一件事，已经打了好几遍腹稿，想要问秋鹜了，只是觉得他今晚十分高兴，不能把他一种认为遗憾之事提了起来，便笑道："我不大懂事，你不要和我打哑谜，今天晚上不必说的事，你就不必说了，我还是问你这幅画。这画上，一个美人，一个书生，一个大抖腮胡子的粗汉，三人身上都挂着宝剑，这也有故典吗？"秋鹜道："自然是有，这叫作风尘三侠。"于是把这一段故事，从头至尾说了一遍。落霞摇摇头道："这幅画不大合，也太高比了。就算我做了那红拂女子，你做了李靖，哪个是那虬髯公？"秋鹜笑道："祝贺人家，都是借古人来譬喻的，只要事情有点儿相像就是了，不在乎高攀，若说到那虬髯公的朋友哇，也许有……"说到这里，笑了一笑道："你们的黄院长，也是一部长胡子，就算是他吧。"落霞已深知他心里已有所指，只是微微一笑。

秋鹜站起来，又倒了两杯茶，分着一人一杯喝了，又剥了两个糖果的纸包，慢慢咀嚼。嚼着糖，看看小桌上的一架小玻璃钟，又看了一看手表，笑道："已经两点钟了。说起话来，是不知道时候，过去如此的早呀。"落霞就像没有听到一般，低了头，看那双红缎鞋上绣的蝴蝶花。秋鹜伸了一个懒腰，打了一个呵欠，自言自语地道："时候真是不早，应该安息了。"落霞笑道："你这人说话，有点儿不顾信用。"睨视着他，在视线中，大有说你骗我的意思。秋鹜道："我什么事没有顾信用呢？"落霞道："你不是要闲谈吗？"只说了这一句，她已二十四分不好意思了，不但是低了头，因为这张软椅的一端，接近着铁床，索性离开了那里，坐到窗子下一把椅子上来了。这椅子靠了一张屉桌，屉桌上有一盆玫瑰花，便将鼻子触着花心，嗅那花香。

秋鹜在屋子里徘徊了一阵，笑道："明天怕一早就有客来，我们应该早起，这时候，也该把闲谈中止了。"落霞并不答复，只是看花。秋鹜踌躇了一会儿，先将外屋门关了，次将房门关了。笑道："今天整整穿了一天的长衣，我要脱了。"于是解了纽扣，将长衣脱下，挂在衣架上。落霞看也不看，似乎全副精神，都射到那一盆玫瑰花上。

秋鹜一伸手，将电门关了，电灯一熄，就剩了一对红烛的光。落霞似乎吃了一惊，连忙将身子一闪，见秋鹜走近桌上红烛之旁，连忙摇着手道："不要熄了，不要熄了，这红烛是要点完了为止的。"秋鹜借了这个缘故，走近前来，笑道："你也开口了，我说你总不答复我哩。"落霞一只手扶在桌上，偏了头不作声。秋鹜也将一只手扶在桌上，然后慢慢地向前移，移着自己的手，碰到了落霞的指尖，她正要将手缩去，连忙抢着将她的手握住，因笑道："我们并不是没有感情的，你为什么躲我？"这一句话，把落霞激动了，便对秋鹜道："我躲什么呢？"秋鹜趁着她转过身来，把她那一只手也握住了，笑道："你这还不算躲我吗？"落霞两只手都被他握住，低头一笑，这头就触着了秋鹜的胸口，二人是这样接近，新娘子身上，究竟是有点儿脂粉香的，这由不得他不心旷神怡了。正是：

烛残酒醒香犹腻，已到千金一刻时。

第十九回

闹市见情侪停车道故
寒家惊贵客割臂传神

却说秋鸳和落霞的花烛之夜，谈到更深，一笑而罢。次日，天亮不多时，落霞一人，首先起来。掀开一角窗帘，向玻璃窗子外面看时，院子里还没有日光，也不听到一点儿人语声。自己是个新娘子，又不便叫老妈子起来烧茶水，因此脸不能洗，只是拿了一把带柄牙梳，去梳自己的头发。本来短头发不像长发那样难梳，而且做新娘子的第一天，也梳得很干净了，似乎用不着怎样大梳特梳的了。但是落霞只管对了镜子梳头发，忘了其他一切。

许久的工夫，秋鸳在床上打了一个翻身，睁眼一看，见落霞已在床下，便笑道："起来得许早做什么？老妈子还没有起来吧？一点儿茶水都没有。昨夜本来睡得很晚，今天又起得如此的早，到了上午，倒要疲倦了。"落霞向着他一笑，连摇着手道："低声一点儿吧。"秋鸳道："要不然，你就在长椅子上躺一躺也好。要不然……"落霞笑着，却摇了两只手，让他不说下去。秋鸳见她如此表示，只得伸了一个懒腰，坐将起来。落霞道："你只管睡吧，不碍事的。"秋鸳笑道："你一人起来，坐也不是，站也不是，很无聊的，我也不睡了，起来陪着你吧。"

落霞见他已起来，也不去拦着他，只是有点儿不好意思，搭讪着去整理桌上的化妆品。趁着秋鸳走开，又去整理着床铺，床铺整理好了，才把那一阵难为情混了过去。新雇的王妈，听见里面的说话声，赶快敲门。落霞开门让她进来，她笑嘻嘻地向她蹲腿一请安，说了一句："太太，你大喜呀。"这一说不要紧，把落霞刚刚镇定了的颜色复又羞涩起来。接上王妈又向秋鸳请安，道了一声大喜。秋鸳究竟是个男子，便笑道："你倒礼多，昨天已经道了喜了，怎么今天又道喜？"这一问，让这新来的女仆人，也是无词可答，于是大家一笑了之。这里住的，是一幢大屋的跨院，闭了院门，与院邻可以不相往来，所以二人虽是新婚第二天，然而无宾客在此，也就没有人来闹了。

漱洗完了，落霞便要向厨房里去。秋鹜笑道："三日下厨下，洗手做羹汤，今天还是第二天呀。"落霞道："我们共起来是三个人的家庭，还有一个是雇来的，这还用得着彼此谦逊什么？还不是应当照着力量去办吗？"秋鹜笑道："不，今天我们多少应该快乐一天，我们也不要谈什么蜜月旅行，我雇一辆汽车来，到西山去玩上一天吧。"落霞笑道："何必汽车，我不是那种讲虚面子的人。"秋鹜道："并不是要什么虚面子，唯有坐汽车，可以节省时间，省得把许多时间，在路上牺牲了。"落霞道："我们无非是要到城外去看看风景，在路上多耽误也不要紧。我看不如雇一辆敞篷马车，坐着看看谈谈，比较坐汽车舒服多了。"秋鹜笑着点了点头道："这个建议，也很不错，我就容纳下吧。"两个人吃过午饭，果然雇了一辆马车出城。

这是阴历五月的天气，城外庄稼地里，都绿成了一片，那人行大道上，柳树的绿叶，连成一片浓荫。马车在柳树下走着，有那绿地里吹来的南风，拂面而过，颇觉得十分爽快。秋鹜和落霞并排坐在马车上，自然也各有一种愉快难言之状。游完了香山，等到日落西山，才兴尽进城。

车子到了大街上，已是灯火万家，电灯光下的市民，正自拥挤着。落霞忽然失声道："那不是玉如姐？"秋鹜看时，一辆人力车，闪在路边避汽车，顿了一顿。车上坐着的人，正是冯玉如。她似乎看见这边马车上一双情侣，已经把脸偏到一边去。秋鹜想着，见面之下，怪难为情的，不招呼也罢，因之默然无语。落霞原是不留意之间，突然一声叫唤，立刻也就省悟过来，她是未便与自己的丈夫见面的，就也不作声了。偏是她坐的那辆人力车，那边又有车子抵住，向这边一歪，正好与马车碰一个对照，玉如身子一侧，和这边马车上的人，六目相射。落霞一见，又笑着叫了一声玉如姐。拉着玉如的车夫，以为她们有话说，索性将车子停在路边。

玉如首先下了车，马车停着，秋鹜和落霞也下得车来，大家站在路边一棵树下。落霞以为玉如虽不招呼秋鹜，秋鹜总会招呼她的。不料彼此一见，只微微笑了一笑，大有要招呼又嫌着冒昧的样子。落霞只得先给他介绍玉如道："这是我姐姐冯玉如。"秋鹜便略略一鞠躬。落霞待要回转身来，和秋鹜介绍两句，这可为难了：说是我当家的，太粗俗；说是我丈夫，也太直率；说是外子，向来说话，没有这样文绉绉过。在她这样犹豫期间，玉如已是大大方方的，叫了一声江先生，便回转头来问道："府上住在什么地方？改天我过去奉看。"落霞告诉了她自己的住址，便也回问她的住址。

她听了这话，脸上立刻有了不安之色，勉强笑道："我住在店里，将来也许要搬家的。"她这句话答复了，等于不曾答复。店里是在什么地方呢？她也知道这句话不大高明，立刻掉转话锋来道："二位今天就拜客？"落霞想起玉如今天是三朝，正是她拜客，便笑道："这些礼节，都免了，我们今天是逛香山去了。玉如姐大概也是拜客都免了，你们王先生呢？"这"先生"两个字，玉如听了，是格外地刺耳，望了这一对新夫妇，只觉肚子里，一时酸甜苦辣都有，却不知如何答复才好，随口答应了一句："他在前面。"然而这四个字，已经细微得震动不了空气，落霞站得靠近，已经是有一半会意，秋鹜站得较远，简直是听不见了。大家对望着了一阵，还是玉如先侧转身去，上了车，点着头道："再见吧。"说着，又低低和车夫道了一个字："走。"于是车夫拉着走了。秋鹜搀着落霞一只手道："我们上车去吧。"落霞见他脸上带着红色，分明也是难过，暂时只当不知，也就算了。

二人坐车到了家中，吃过晚饭，秋鹜拣了自己教课的几本书，在灯下理了一理，预备明天好上课。落霞将手一伸，按了书本，笑道："今天索性休息一整天，不要看书吧。昨天你约我清谈，今天我倒要约你清谈。"秋鹜只得收了书本，站将起来笑道："果然地，我也有许多话要和你说呢！"落霞掀着帘子，伸头一望，见女仆并没有在外面屋子里，便坐在他对面，笑道："我是一个性急的人，请你恕我没有涵容，我问你一句话，你今天见了玉如姐，有什么感想？"秋鹜对着新夫人嫣然一笑之余，自己先有三分惭愧，便踌躇了一会儿，笑道："说到这里，我不能不迷信起来，万事都是一个缘字，强求不得，也强舍不得。"落霞听他先说上一个虚帽子，便笑了一笑。且看他下文怎样去解释这两句话，并不作声。

秋鹭笑道："我想这件事，你当然知道一半，其余的一半，我再说出来，你就可以相信我对于这位冯女士是得之无心，也就失之无心。唯其是得失都是无心的，所以我只觉得奇怪，并没有——"说到这里，就微笑了一笑。落霞道："以我二人的婚姻而论，你看是有心得之，还是无心得之呢？"秋鹭道："现在不是谈我们两人的事，这个且搁一搁，你让我把和她的姻缘说上一段吧。"于是将自己买着玉如的相片子起，直至李少庵夫妇做媒的事为止，说了个详详细细，因道："你看，这是不是出之于无心呢？后来我到留养院里去领她，她对我十分同情，我倒出乎意料以外，我以为或者是因为院长代为疏通了。不料一场失火之后，情事大变，院里竟拒绝我再去，我也只好不去了。但不知如何，你又怎样知道了我的住址，写了一封信给我。你说看见我的相片，是不是玉如那里看见的哩？"落霞道："嘻！我何尝写信给你，我曾听到玉如说，替我发了一封信，但不知道信上说些什么？"秋鹭道："什么？那信不是你写的吗？这就更奇怪了。"于是在箱子里翻出那封信，和落霞在电灯下并头同看。

落霞仔细看了一遍，点着头叹了一口气道："她用心良苦，我几乎错怪了她。这信就是她的笔迹，当然是她写的。只是她明明把这段婚姻让给我，报我救命之恩，然而她心里是——"说着，望了秋鹭抿嘴微笑。秋鹭笑道："现在是名花各有主，以前的事，无论你怎样说我，我都承认。但是你说她报你救命之恩，这话又从何而起？"落霞道："现在这事，只有我一个人完全知道，我告诉你吧！你以为她未见你以前，她并没有情吗？她可把你当作梦里情郎哩。"秋鹭笑着，搓了两搓手，连说言重言重。落霞道："你知道我，我不是那样刻薄耍贫嘴的人，我说的是事实。"因把玉如所说，以前有个男子在路上相遇，彼此注意，后来她又在第十中学参观，看到自己的相片放在那男子大相之下的事，说了一遍。于是笑问道："这和你所说路上遇着玉如，案上供着玉如，这不是很相符的吗？她心眼里的情人，不是你是谁？"秋鹭听了这话，脸上立刻加了一层忧郁之色，一手撑在椅靠上托了头，一只脚打着地板，的得的得地响。在这种响声里，可以知道有许多说不出来的话。

落霞道："以前的事还罢了，人家还为你吃着苦呢！"于是把玉如反抗牛太太的命令，以至坐黑屋子，后来我救了她的命，她答应通信，及拿出相片来的话，都说了。最后将小桃的报告，以至玉如捧了相片流泪的话，说出来时，秋鹜斜躺在软椅上，作声不得。落霞也是低了头，将手伸到嘴里，微咬着自己的指甲出神。

秋鹜一伸手，握了落霞的手，放到怀里，用手抚摸着她的胳膊道："落霞，她的办法是对的。她受过你的活命之恩，我也受过你的活命之恩，她都要成就我们的婚姻，我娶你，那更是义不容辞的了。设若我和玉如结了婚，不过是爱情上的夫妻，我们呢，才可以说是恩爱夫妻，我因为她这一比，我更是不应对你有二心，你相信我吗？"落霞微微向秋鹜这边一靠，因道："你这话太言重了。你忘了你是先救我的吗？"秋鹜道："唯其如此，所以我们才可以说是恩爱夫妻。"落霞道："我相信你这话是真的，然而玉如姐对我们这一番牺牲，我们不能忘了。"秋鹜道："不忘了又怎么样？人家已经是有夫之妇了。"落霞道："有夫之妇，和我们报答人家有什么关系？"秋鹜无可说的，倒笑了起来。

但是有了落霞这一番话，秋鹜心里想着，这人真是个懂得爱情真理的人，自己就这样置之不顾，良心上真说不过去。再说，她所嫁的，却是成衣匠，和她的性情也不合。她的生活，恐怕不如落霞这样自由，应当去看看她才好。不过请夫人去，犯着很大的嫌疑，夫人去是一定去的，她照实两边说，在她的立场上，未免不成话；两边撒谎，那是无故增加她的痛苦。你看她所知道，她已是无话不说，也不应当再令她为难了。

秋鹜前前后后，想了一个透彻，于是在夫人面前，一点儿什么表示也没有。不过记得那天游香山回来，在灯下遇着玉如，那一种难言之隐，一闭眼想着，就在目前，要说放下不想，又如何能够。自己将这一件为难之事，放在心里三四天，始终是弃置不下。到了第四天，一人走到留养院去，就说是受了落霞之托，来打听玉如现在的住址，好去拜访她。这种事，在留养院里，也有认为极寻常的，就告诉了他。秋鹜得了这个消息，便想着哪一天去看看呢？这事并无时间性，迟一两个月去，也没有多大关系。然而既然是知道了又何必不今日就去。想到这里，立刻就照着留养院所告知的地址，向王裁缝家来。

走到胡同口上，远远望见一所白粉墙的小窄门外，挑着一幅很长的市招，上面大书上海王发记成衣。不必再向什么地方去打听，就可以知道这是冯玉如的丈夫家了。也不知什么缘故，老远地这样地一想着，脚步就缓了下来，慢慢地走到那窄门口一看，一条长院子，地面上堆满破桌椅，半空里悬了绳索，乱晾着大小衣服。那门恰掩着一扇，开着一扇，只能由开着一扇的这边，看到院子里一些东西，向北一列屋子就看不见了。

走到成衣案子的窗户边，见案上老老少少几个人，有穿汗衫的，有打赤膊的，说笑着在那里做工。自己偶然一住脚向里面看去，倒见他们一齐向外面望了来。秋鹜是装成过路的样子，便走过去了。自己总怕人家疑心，一直把这一条胡同走完，也不曾回头望望。然而到了胡同外，自己又骂自己呆子了。自己不是来打听情形的吗？怎么一点儿情形没有得着就走？这胡同里走路的人，也不知道有多少，难道我走这里过，就在背上插了旗子，让人注意不成？这也足见我心虚得无味。自己突然有了这样一个觉悟，于是复转身回来，仍走成衣铺口过。

他这一下走过来，却是会逢其适，那扇掩着的门开了，北面的正屋，也看见了。屋檐下放了一口瓦盆，玉如大汗如雨似的向下流着，将一件蓝布褂子的衣袖，卷得高高的，露出如雪藕似的手臂，在盆里搓揉衣服。只两手按在盆里，身子一起一伏，盆里的水浆，向四处乱溅，似乎盆内是一件不好洗的衣服，她正用着力呢。秋鹜对于她洗衣服，并没有什么感触，这自然是女子应当做的事。只是不解是什么东西，却要玉如这样用力去洗。

正当他这样在街上揣测着，玉如停了搓挪，将右手掀起一片围襟的角，去揩抹头上的汗。揩完了汗，用手将额前的乱发，一一送到耳朵后去。她偶然一抬头，只见秋鹜装着查门牌，抬了头向门框上注意着。自己心里一急：他的夫人穿得那样阔，同坐了马车去游山；自己却弄成一个少年老妈一样，在这里洗衣服；而且自己丈夫家里，是怎样一个家庭，也完全让他知道了。

秋鹜在外边向里一看，见她已抬起头来，正要向她微笑。只听到哗啦一声响，那个洗衣盆子，打成了七八片，玉如的身子向前一栽，人压在盆上，左手的手臂碰在瓦盆口上，鲜血如涌泉一般，流了出来。秋鹜哎呀了一声，一抬脚，正想闯进去救人，突然又醒悟过来，自己和她家并不认识，岂可乱入人室。正自这样犹豫着，那成衣店里，早是人向外一拥，将玉如扶了起来，乱拥着进屋去了。秋鹜原在门外远望着，那些成衣匠，以为爱管闲事的人，也没有去理会，自让他去看。直等玉如进了屋，秋鹜才走了。

玉如进得屋来，手臂上的鲜血，点点滴滴，兀自流个不住，大家忙乱着找牙粉和布条，胡乱地捆上。玉如将手臂扎住，笑对大家道："多谢诸位费心，我是盆子底滑了，盆一溜，人摔了一跤，流一点儿血，是不相干的所在，那不要紧。"于是走进自己的屋子，伏在炕上，头枕着枕头，抬不起来。

她心里正有一种说不出的苦闷，忽听见外面屋子有怒声了。她的婆婆也不知在和谁说话，她道："这个新娘子，真是扫帚星临凡，我用了多少年的东西，她洗一条被单，会洗得打破了，大概把洗衣服这件事，当着铁打了。以后我家的动用东西，都得保险。"玉如一听此话，心想，一只瓦盆能值多少钱？一个人的手臂割了，她倒不以为意。这样看起来，一条命还不如一只盆啦。心里头万种委屈，一齐提起，不由呜咽着哭了起来。但是怕这一哭，惊动了家人，更要罪上加罪，因之虽然很伤心，却是极力地忍耐着。

还是她的丈夫王福才由外面进来，也伏在炕上，将手抚摸着她的头道："小孩子脾气了。割了手，出一点儿血，包起来，就会好的，这又算什么？回头我还有话和你商量。"玉如突然坐了起来，揩着眼泪道："什么话商量，我知道，还不是叫我去兜揽生意吗？我不能做这样无聊的事。"王福才道："你这话奇怪得很，我们做手艺的人，到外面去拉活来做，这是生意，怎样说是无聊？"玉如道："拉活是店里掌柜伙计的事，与我什么相干？"王福才笑道："这件事，我也是不愿意的。但是讨你之先，我们家里就是这样商量好了的，要弄一个女的，走人家大宅门的上房。我妈那大年纪，自然是不行，我又没有一个姐姐妹妹，有了你，人长得不错，又认识字，一定可以拉许多活来。我们从前的活不少，有一半是同行老贾家里两个小妞儿抢去了。"玉如听了这话，脸上犹如喝醉了热酒一般，冷笑一声道："你说出这话来，还有一线人格吗?"这句话一说不要紧，王福才也忍耐不住，于是双方冲突起来。正是：

　　此中日月谁能惯，却把新婚付勃谿。

第二十回

曲访深居登堂疑独见
突惊绝艳纳币祝重来

却说玉如气不过说了王福才一句无人格，王福才也红了脸，硬了脖子道："你这是什么话？做手艺买卖的人，还有什么丢脸的地方不成？你不能这样不问轻重，用大话压人。"玉如道："用大话压你，你就受不了。你们要我到人家去卖脸子，我就受得了吗?"王福才道："拉生意买卖，什么叫作卖脸子？难道大宅门里，还是什么去不得的地方吗？老实说一句，你吃了我家的饭，就要替我家做事，卖脸子也好，不卖脸子也好，你管不着。"

玉如听了这话，脸色更是变了，本待再说一句，并不要吃你的饭，自己一想，这句话未免太露骨。他们根本上就解不开什么叫人格，与他辩论，也是无益。于是忍住了一口气，坐着且不作声。可是眼睛里两包眼泪，无论如何，也忍耐不住，珍珠脱线似的向下流着。王福才道："你哭也不行，就是我可以不要你去，我爸爸和我妈也不能答应。"玉如道："不答应又怎么样？把我休回留养院去吗？那倒是救了我了。"王福才道："好哇！你没有来几天，就想走，你嫌我家穷，不愿待了。老实说一句吧，你进了我家门，你飞也飞不掉的。"

玉如越听越不像话，一阵伤心，索性失声哭了出来。这一哭把王裁缝和高氏惊动了，都跑了进来。王裁缝对玉如道："你太不像话，做新娘子的人，怎么这样大哭起来。知道的，说是你们小夫妻口角；不知道的，还不知道我们做上人的，怎样欺侮了你。"王福才道："我也并没有和她口角，我是好意和她商量，叫她帮我的忙。"高氏一听这话，就明白了，便道："玉如，亏你还念了几年书呢，连这一点儿事你都不明白，你想，我们既是一家人，你能不望我们发财吗？我们发了财，你也是有份儿的呀。我有一个亲戚，是广东人，他们乡下，连种田都是女人出去，我们要你出去拉一拉买卖，这算什么过于吗？"她如此一说，倒是在有理的一边，玉如就没的说了。王裁缝道："我叫你去拉买卖，又并不是到处乱闯，还是到一些相熟的人家去。见面的，都是些太太小姐，那要什么紧？"

玉如屡次听他们的口音，知道不能怎样光明，现在这老夫妻俩抬出一篇大道理来，却叫人无法去驳回，便道："并不是我不去，但是你儿子说的话，有些难听，他的意思，好像全靠用年轻的女子去勾引人家。二位老人家想想，我虽是留养院里出身，但是好人家的儿女。"王裁缝连连摇着手道："不要说那些话，不要说那些话。我的意思，无非是你们女人，到大宅门里去，穿堂入室，和太太小姐们说话，也容易些，哪有别的意思。你今天割了手，暂不要提，明天我带你去走两家大公馆，人家太太小姐高兴了，也许吃的穿的，都送你一些，就是那些好屋子，让你看了，也见见世面，包你去了一回，第二次你还想去呢！"玉如微笑道："说到别的，我不知道，若说大屋子，我倒也是看见过，这也不算什么世面。"

高氏见玉如出言便有顶撞的意味，大是不高兴，然而刚刚说得她有些愿意，也不便再和她为难，就默然地走开了。到了自己屋子里，王裁缝也跟了来，低低地对高氏道："我知道陆家老太爷，下个月要做七十双寿，家里大大小小，少不得都要做几件新衣服，这个时候，我们让玉如去运动大爷，包可以一齐拉了过来。若是我们再和他们配上一点儿料子的话，三百大元，准可以弄到手。"高氏道："你不要看得那样容易，贾家那两个小东西，她们不会傻似我，你就知道她们不去吗？"王裁缝道："她们哪有不去之理？但是我知道陆大爷和她两姐妹闹翻了，她们正在想法子拉拢呢。我们和陆宅，本是老主顾，让玉如去一运动，准可以弄回来。老实说，我知道的几家大宅门，总可以拉来一半生意，我想着加一块案子的话，一定可以办到。"高氏向对面屋子里努了一努嘴道："照着模样和本事说，我相信比那个贱货强，就是怕她不肯下劲拉买卖。"王裁缝微笑道："年轻的人，没有见过高低，她去了几回，得着一点儿好处，自然就肯望下做了。"高氏又努了一努嘴道："少说些，她听到什么意思呢?"王裁缝将手一抹胡子,倒哈哈笑起来了。

这一天过去,到了次日,高氏将一件米色的绸衫,让玉如穿了。那绸衫周身镶着黑花边,自是素净别致,让玉如这种人穿了,正是相衬。玉如穿的一双皮鞋,做新娘子第二天,高氏就叫她收起,这时也要她穿了。于是王裁缝雇了两辆车子,就和玉如到所说的陆宅来。玉如明知强不过他们,所以跟着来了,心想,他们光说去见太太们,若是拒绝,倒予他们一种口实,现在且跟着去看看,若是有什么不对之处,再来和他们讲理,也不为迟。心里如此想着,索性给他们一个大方,就毫不为难地跟了王裁缝一路走。到了陆宅,玉如抬头一看,见是一所八字朱漆门楼,门楼之下,蹲着两个石头狮子,显然是个巨族了。

进门之后,左右两个门房,王裁缝叫玉如在过堂里等着,他自进左边门房去了。他进去之后,玉如只听到左一声劳驾,右一声劳驾,他带着笑声,说个不了。过了一会儿,他笑嘻嘻地引了一个听差出来了。那听差穿了一件灰布长衫,还在扣着纽扣,可想他是临时穿上的。他头上鼓着一顶黑纱尖顶瓜皮小帽,头大帽子小,恍如嵌在头顶心里一般。一出门,一双眼睛早就射到玉如身上来。向着王裁缝微笑,然后将头向玉如一摆,一撇嘴道:"这就是你少内掌柜的?"王裁缝笑道:"是的,可不懂礼节,见见张爷。"他说着,对了玉如将手向那听差一指,那意思就是要玉如行礼。玉如心想,这倒好,我和你一样,由门房里就巴结起,一直要巴结到上面主人翁为止了。但是碍了自己公公的面子,又不能不招呼,便向着那听差微微点了一点头。那听差似乎感到满意,笑道:"你随我来吧,大爷准乐意的。"玉如一听这话,觉着言外有物,很是难堪,然而一看王裁缝倒笑嘻嘻地受了他那一句话。人已到了此地,这也没有法子可以退回。好在有自己公公在一处,料着也不会出多大的问题,且跟了走再说。

这里是一扇深绿点金的屏风,转过屏风,中间一座假山挡住了去路,两边抄手游廊,连着朱栏碧槛的屋子,一直通到上屋,院子里两棵盘松,与这华丽的屋相映辉,气象自显堂皇。玉如一想,记得从前到过一个贝勒府,大致情形如此,那么,这也是有规矩的上等人家，料着总不会做出怎样不体面的事。既是进来了，且放开胆子跟了进去，看看他们对我又怎么样？于是随着那听差，经过了两重院落，却走到一个跨院里来。这里有一丛矮竹子，一架藤篱，上面掩映着一带精致的屋院，但是并不十分伟大，似乎不是上房。就是院子里，也不见有一点儿上屋的象征。玉如是寸步留心，便忖着，为什么走到这种地方来？那听差先抢上前两步，将一扇绿铁纱门拉开，先进去了。

王裁缝便和玉如同站在走廊下。过了一会儿，只听见里边很重的声音，有一个人说："让他们进来吧。"王裁缝就对玉如笑道："我们一路进去。"玉如紧随在他身后，走了进屋一看，却是中西合参的三间大书房，一张紫檀的美人榻上，睡了一个黑胖少年，看去也不过三十附近。他穿了最时髦的西服短裤，露出一截黑腿在外。下面倒是雪白的新丝袜子，地板上放了一双皮拖鞋。他上身穿了一件翻领软绸衬衫，将黑的胸脯和手臂，都露在外面。他两手高举，正捧了一册装订很美丽的书在看。

王裁缝远远地叫了声大爷，他将书一放下，偶一回头，看见了玉如站在他身后，啊哟了一声，坐将起来，两只脚在榻下一阵乱探索着，然后将拖鞋踏住。因指着玉如笑道："这位是——"王裁缝道："是我儿媳妇，我带了她来，让她去见见太太小姐少奶奶，以后有什么活，也好让她接送。"那位陆大爷耳朵虽然在听王裁缝说话，眼睛却由玉如头上看到脚上，又由脚下，倒看到头上，随口答道："好极了！"王裁缝道："大爷既是答应了，我先引她到上房去。"陆大爷听了，问道："我答应了什么？"王裁缝道："刚才我说让她去见见太太，你不说是好极了吗？"陆大爷醒悟过来，笑道："我想想，还是不去的好，这个时候，她们都在睡午觉，把她们吵得没有睡足，也是不好。依我说，留着第二次来再说吧。"

王裁缝微微耸了一下肩膀，笑道："老实说，我听说这次老太爷要做双寿，这是大喜事，这一批活，可不能让人家拉了去。我们是老主顾，大爷，你得照顾我们。"陆大爷笑道："这是不成问题的事，还用得着你自己来吗？你以后让你少内掌柜的来说就行了。你的主顾，都是让她去接洽吗？"王裁缝笑道："没有，今天还是第一次出来呢!"陆大爷笑道:"我看别的地方不用去,光是我们这里,一天就够她跑一趟的了。你不让她到别家去,行不行?你有的是买卖,何必还要她亲自出马。不过我们这里,她能常来就好,因为我们老太太,有点儿不高兴你,你来是说不上的。"王裁缝道:"大爷一说,我就明白了。我这儿媳妇,很认得字,尺寸单子,账目单子,她全能开。以后我就让她来,请大爷多指教一点儿。"陆大爷道:"那没有错,以后她来了,叫她一直来找我就是了。今天你在我这里,拿一百块钱去,明天给我买一点儿衣料送来看看,我要做两套小褂裤,两件长衫。"王裁缝道:"要什么颜色的呢?什么料子呢?"陆大爷道:"什么样子的都行,最好是请你这位少内掌柜,去给我挑挑,明天这时送来我看。你只管大胆买,买得不对,我也收下,绝不怪你的。若是钱不够,你先给我垫上,明天我照付。你们少内掌柜若是怕跑路,你打个电话来,我打发汽车去让她坐,你看好不好?"王裁缝笑道:"这是如何敢当的事情?反正明天我叫她把料子送来给你看就是了。"

玉如听着,今天是刚刚的来,就下了明天的预约,这人太能够得一步进一步了。待要不作声,显见得自己又是个懦虫,毫无抵抗能力的人,便故装不大了解的样子,向着王裁缝道:"明天还用得着我来吗?"王裁缝笑道:"自然是要来,今天还没有到上房去见老太太和太太,明天该来见一见她们了。"玉如正着脸色,低低地道:"今天来了,是很难得的,就是今天去见一见吧。何必今天来了不算,明天再来呢?"王裁缝笑道:"不是说了,老太太们睡午觉了吗?你想我们又没有什么要紧事,为什么一定去搅乱人家?"陆大爷偏着头想了一想,笑道:"若是一定要见,也未尝不可以,请她在这里等一等,让我到上房去,把她们叫醒。"王裁缝听他这样计划着,倒也并无不可之意,只是偷眼一看玉如时,玉如脸都气紫了。

王裁缝不敢头一次就把局势弄僵了,只得向陆大爷赔笑道:"那不大好,睡午觉的人,最是怕人吵他,为了这一点儿小事,把老太太和太太吵醒,那很不好。"陆大爷笑道:"我这人也是性子太急一点儿,明天就是明天吧。我这里先给你一百块钱去买东西,你等一等吧。"说着,他拖了鞋子,踢哒踢哒跑走了。

过了一会儿，他手上拿着一叠钞票跑了来。却分作两起交给王裁缝道："这一百块钱，是托你给我买衣料的。"说着，又掏出一叠票子交给他道："你府上办喜事，我并没有送礼，这二十块钱，送给新娘子买一件衣料，算是我的贺礼。"王裁缝啊哟了一声道："这可不敢当，怎么好受大爷这样重的礼呢？"说着，将那叠钞票，就向衣袋里揣着。

陆大爷笑道："怎么不能收呢？你觉得这礼品受得重一点儿不是？然而在我这一方面，也是很平常的事。"王裁缝笑道："大爷虽不在乎，可是我们受大爷的礼，是个面子，哪怕是受一毛钱呢，这也就很见人情重了。"陆大爷道："快不要那样说，现在四民平等，咱们做官的和你做手艺的，一样可以交朋友。"说了这话，眼睛瞅着玉如，微笑道："少内掌柜的，你说是不是？"玉如见他直接地问了过来，不能不理会，便微点着头，勉强笑了一笑。陆大爷乐了，走过来，拍着王裁缝的肩膀道："你有这样一个少内掌柜的，又聪明，又伶俐，又大方，又……又……总而言之，帮你的忙大了，你一定要发财。"王裁缝也笑了，便道："那是大爷夸奖。"

玉如见他们只管说闲话，自己单独地站在一边，太没有意思，便对王裁缝道："今天没有事了吗？我们回去吧？"王裁缝望了一望陆大爷道："今天没有什么事了吗？我回去了。"陆大爷用手搔了一搔头发道："好吧，你回去吧。"于是王裁缝和他连声道谢，又对玉如道："要大爷花钱，你谢谢大爷。"玉如不能违抗公公的命令，只得道了一声谢，先走出书房门。陆大爷却十分客气，将他公媳二人，一直送到大门口。见他们走了，背转身却顿了两下脚道："我陆伯清妄说是个督军的大儿子，不如一个小裁缝，倒讨一个这样漂亮的老婆。王裁缝这老狗坏透了，他知道我大爷眼馋，故意带了这个漂亮的来引我。这两天，为了玩一个窑姐儿失败，刚刚要收心，又遇到这样一个少内掌柜，真是要了我的命。李升呢？这小子忙些什么去了？要找他，总是找不着。"李升在一边答应道："大爷，我在这里伺候着你啦，没有敢走远。"

伯清回头一看，见李升站在走廊外面，向着白燕的笼子里喂食。伯清抬起一只脚，做那要踢的样子，笑骂道："你这狗养的，我一脚

144

要踢死你。你在喂鸟，说是伺候大爷。"李升笑道："我真没有用心说话，大爷，请你原谅。"伯清道："你没用心，你的心哪儿去了？难道也是为了那漂亮的女人看疯了吗？"李升笑着一伸脖子道："果然的，王裁缝怎么讨这样好的一个儿媳妇？刚才大爷的话，我都听见了。那有什么难，王裁缝一家人，都是见钱眼开的，大爷拼了花个千儿八百的，要弄不到手，那才怪呢！"伯清依然搔着头发道："你不要说得那样容易，我看这位小女人，就不大好惹。"李升道："大爷若是肯花钱，这件事交给我办。花钱能到家，我相信叫王裁缝把她让给你做个姨少奶，也没有什么不可以。就是一层，你千万不要让太太和少奶奶知道，要不然，这一项大罪，我可受不了。"伯清道："瞒着家里，那不成问题，可是你说得那样容易，有什么把握？"李升道："这也不是一时的事，得慢慢地来，反正我知道王裁缝一家都爱钱，只要他爱的咱们有，这事就好办。"伯清笑道："据你这样说，连这个少内掌柜的，也是爱钱的了。"李升道："常言说，不是一路人，不进一家门，她就不爱钱，跟着他们鬼混，慢慢地也就爱起钱来了。你别忙，慢慢地我准给你找出一条路子来。"伯清笑道："小子呀，你去给大爷办，办好了，大爷重重有赏。"

李升笑道："大爷今天怎样对王裁缝说的，叫她还来吗？"伯清便将刚才和王裁缝所说，告诉了一遍。李升道："既是要她送料子来，看明天怎么样？若是明天不来的话，这事交给李升去办。"伯清伸着手擦擦头，又擦擦脸，笑道："知道她明天来不来？"李升笑道："我说了，你别性急，就是逛胡同，你也得打牌吃酒送东西，然后才能达到目的。人家是个少内掌柜，能让你说办就办吗？"伯清道："你真是狗口里长不出象牙，怎么这样地乱比？"李升笑道："得！这算我说错的。我给你想一条妙计，而且由我去做，戴罪立功，你瞧怎么样？"说着，向前面身后，望了一望，看看有没有人。要知李升说出一条什么妙计来，下回交代。正是：

自把名花墙外引，岂无蜂蝶逐香来。

第二十一回

意外殊荣武冠许拙匠
当前奇耻钓饵嘱新人

却说李升告诉陆伯清，有一条妙计可想，还故作郑重，一时不肯说出来。伯清笑道："小子，你既然有妙计，大爷一定容纳，咱们一块儿到屋子里，慢慢地说去。"说着，踏了拖鞋，踢哒踢哒一片响声，跑进书房去。

李升跟了进去，站着一边，先只管傻笑。陆伯清道："别笑呀！有什么话，你只管说吧。"李升笑道："有一条绝妙的法子，要是照着这样子办，也许这个人，就是大爷的了。那个王家小掌柜，不是开过条子，送给大爷，要弄一份差事吗？大爷说是他不认识字，没有答应，这事就算了。现在大爷给他写一封信，荐到督军任上去，可就把这少内掌柜扔下来了。王裁缝不是说，这少内掌柜还认识字吗？你高兴抬举她，就把她请来做一个女书记，或者把她请来当保姆，带着孙少爷。不高兴抬举她，就说找个女裁缝，在家里做些小件东西，就是糟蹋一点儿料子，你还在乎？那么，你天天可以和她见面了，你爱怎么着就怎么着。"

伯清搔着头笑道："找女裁缝，是太太少奶奶的事，我管不着。找女书记，我也没有那资格。只有给孩子找保姆，这倒是个妙主意。可是她是个新娘子，哪会带孩子？再说，我的孩子，只有三岁，有乳妈带着，也用不着再请一个保姆。"李升一跌脚道："大爷，你怎么着？这不过是一个名罢了，谁要她真带着孩子？这是她明天不来的话。若是她明天肯来，以后天天给她一件衣服做，叫她非天天来不可，那也好进行的。大爷有的是大龙洋，砸她们几把，什么办不了的事也办了。"伯清笑道："既是这样办，那也好，可就千万先别让上房知道了。"李升笑道："大爷要办的事，谁敢来搅乱？"伯清口里说着，心里想着刚才玉如在面前，那样清雅的样子，恨不得马上就把她请了来谈谈，想到有了办法，禁不住一人只管笑着。李升在大爷面前，早想立一件功劳，只是没有机会，现在大爷完全容纳了，自然也是十分欢喜。

这一日过去，到了次日十二点，王裁缝一个人，包了一大包衣料，高高兴兴地来了。李升原是在门房里等着他，一见面就迎了出来，笑着一点头道："王掌柜，你刚来。"李升原是一句应酬话，王裁缝倒误会了，因道："我就要来的，为了……唉！在家里捣了一顿麻烦，就来晚了。"李升道："大爷不在家，你先别忙进去，到我屋子里去坐坐。"说着，在前面引导，将王裁缝引到自己屋子里来。将房门先掩住，然后递了一根烟卷给他，又擦了一根火柴，给他点上。

两人原是坐在两张方凳子上，李升在屁股下将方凳子一拖，拖着贴了王裁缝一处坐着，用手敲了一敲他的胳膊道："我有一个好消息告诉你，事成之后，你把什么来谢我？"王裁缝红了脸道："老朋友，别开玩笑。"李升正色道："王八蛋开玩笑，我有一件正正经经的事情告诉你。"王裁缝见他如此说，便道："什么好消息呢？我一时还真猜不到呢。"李升道："你以前不是还托过我，要给你少掌柜，找一个事情吗？"王裁缝连忙站起来道："不错，是有这事，可是后来大爷不赏脸，我也没有法子进行。"李升道："不是大爷不答应，不过没有机会罢了。昨天晚上，督军由任上来了一封信，说是要找一个年轻些的人当副官，而且要熟悉北京宅里情形的，以后也好两边跑跑，送送东西带带信。我想这一件事，你少掌柜准能干。"王裁缝道："那是笑话了。他一个做手艺的人，怎能够一下子就干上副官。咱们自己弟兄，有话不能相瞒，我那孩子，从小没在我身边，让他母亲耽误了，没念过书，一个大字也不认识。副官这件事，我是知道的，送礼收礼、接客送客呀，都是斯文一点的事，那怎样做得来？拿一张名片交给他，他都不认识是张三李四。我为他不认识字这一件事，也很操心，可是没办法。"李升道："不认识字的官，也多着呢！要写字的事情，别让他做就是了。只要荐主硬，拿钱不办事，也没有什么关系。"

王裁缝抽了那根烟卷，只管出神，望了烟头上烧出来的烟，一缕直上，口里微微吹着风，把那烟吹乱来。李升拍着他的肩膀道："你想什么？难道我还能冤你不成吗？"王裁缝道："冤是不能冤我，就有这个机会，我也不敢和大爷去开口。凭着我那光眼瞎子的孩子，就敢要求副官给他做吗？"李升伸了右手一个大拇指，反指着自己的鼻子尖，笑道："你不好开口，有我啦。人在世上，为了什么交朋友呢？"王裁缝向他连拱了两拱手道："李爷，你若是帮成了这一个大忙，我一辈子忘不了你。只要我力量办得到的，我就尽力来谢你。"李升笑道："我刚才说要你谢我，那是闹着玩的，若是大爷真知道我收了你的谢礼，我还吃不了，兜着走呢。这事我也不敢保险，说是一说就成。不过大爷那人的脾气，是瞧高兴的，碰在他高兴的时候，办什么事也不费吹灰之力，昨天我看大爷和你说话，就是很高兴的样子，而且还赏你们少内掌柜二十块钱，这是他很给面子的事情，你趁着他高兴的时候去找他，他一定帮你的忙。你若是把这差事得到手，你儿子做了官，你就是老太爷了。"

王裁缝听了这话，满心搔不着痒处，便笑起来道："李爷太抬举我了，我怎敢受那种称呼呢？"李升道："一点儿不含糊，的的刮刮的老太爷，就看你有没有本事弄到手。"王裁缝用着右手的食指，只管爬动八字胡子梢，笑道："若是真有这个造化，让我给大爷三跪九叩首都干。"李升道："用不着三跪九叩首，你好好地去求他，就得了。再说，你们那位少内掌柜，心眼儿也得活动一点儿，一个现成的太太，可别让跑了。"王裁缝脸上，现出了一分踌躇之色，微笑着想说一句什么话，又忍回去了。

李升笑道："据我看，大爷最肯敷衍太太们面子的，设若你们少内掌柜能自己去求大爷一趟，这事我保九分九成功。这是她爷儿们的事，自己打算图个荣华富贵，也不能不来一趟吧？"王裁缝正着脸色道："你老哥说的话，我都明白了，只是那儿媳妇，脾气有点儿执拗，恐怕她自己不肯来。要不然，今天这趟送料子，我自己就用不着来了。"李升也站了起来，在屋子里随便遛着，冷笑道："我看你们少内掌柜，是个绝顶聪明人的样子，不见得这一层都见不开。一个人有不愿做太太的吗？"王裁缝道："你这话说的是，让我回去，和她商量商量。和大爷买的这些料子，就放在这里，大爷有什么话，请李爷给我一个电话。"

李升听他话音，已带着答应的意思，便道："你只管把话说切实些，就说大爷已经答应了，只要你们少内掌柜一来就成。"王裁缝道："要是这样说，也许她肯来一趟，可是……"李升一拍胸脯，挺着脖子道："掌柜的，你瞧我李升，做过不够朋友的事吗？若是没有做过，我这回决不能冤你。老实告诉你，大爷并没有出门，他不愿意见你。他的意思，那个副官，马上就给你少掌柜，也不算什么。可是昨天大爷对你儿媳十二分客气，她倒爱理不理的样子。看了人家的冷脸，反得给那人好处，人家又为着什么呢？我这样一说，你总也可以明白了。"说时，便向着王裁缝微微一笑。

王裁缝道："大爷意思怎么样？说了只要她一来就成吗？"李升道："当然啰！你不信，你先去问一问也可以。可是一层，你的少内掌柜来了，要和大爷客气一点儿。你不是求差事来了吗？怎能够和人家做出还价不卖的样子来呢？"王裁缝又用手爬着胡子梢道："我去一见……大爷……不大好吧？"李升道："我的意思，并不是一定要你去见大爷，不过让你去把我的话证明一下。若是你信得过我的话，不去见更好。总而言之，统而言之，她一来就成。"王裁缝道："这样说，我衣料放下，马上就回去。"说着，拱了一拱手便走，雇了一辆快的人力车，马上回家。

到了家中，一见高氏，便拱手一笑道："恭喜恭喜！你要做老太太了。"高氏翻着眼睛望了他道："什么事这样高兴？和老婆婆开起心来了。"王裁缝道："我怎么是拿你开心，是千真万实的事呢。"于是将高氏拉到屋子里去，低着声音，一五一十，告诉她了。她眉毛飞动，脸上笑起许多皱纹来道："天啦！这话要是真的，这可出了奇了。有这样好的事，我睡在梦里都是笑的，这哪里可以放过呀，让我去对玉如说……"只这一个说字，还未完全出口，她已经走出了房门，直入玉如之室。

玉如正在屋里折叠着自己洗的两件衣服，一个人叠了又叠，目不斜视的，只管看着衣服，似乎把一切事情都忘了，专在想什么心事。高氏笑道："孩子，你的八字真好，你一进我家门，带来许多生意，现在你丈夫又要做官了，一个做手艺人，突然就会做官，这是

149

哪里想得到的事情呢？"玉如听她说得糊里糊涂，倒有些莫名其妙，只是望了她微笑着。高氏道："我不说，你也不明白，不要以为是做梦，这是的的确确的事呀。昨天你不是跟着你的爸爸到陆宅去了吗？你猜他们是个什么人家？"说着，屁股向炕沿上一坐，腿架了起来，两手将膝盖一抱，腰挺了一挺，仿佛她也得意了不得似的，便道："他是一个督军，管一省的地面，家里的钱，那不要提起，简直堆成了山。"玉如笑道："昨天我去了一趟，我看了一看，知道他家里有钱。他有他的钱，我们做我们的手艺，这有什么关系？"高氏道："我的话，还没有说完啦。这陆督军，昨天从任上来了一封信，到他家里，说是让家里派个人到任上去当副官，大爷不派张三，不派李四，就单单派你丈夫去，你看，这不是飞来的福气吗？"

玉如听了这话，心里倒跳上了两跳，便道："这话不见得吧？我们和他又没有什么关系，姓陆的为什么突然想到要他去？"高氏道："我也正是这样说，但是你爸爸刚才由那里来，亲自听到陆大爷说的，那还有错？就是一层，陆大爷说你昨天去，有点儿不睬他，是瞧他不起，现在倒给你丈夫找了一份好差事，他有些不服气。他的意思，差事一定给，只要你到那里去，赔服他几声，他就高兴了。上午我那样劝你，你一定不肯去，你若是去了，你丈夫军官帽子，都戴在头上了。"

玉如冷笑一声道："我完全明白了。你们以为人家给官做，那是好意吗？这是调虎离山的毒计，以后就好来对付我一个人。遇到这种事，躲还来不及，我还能羊入虎口，亲自送上门吗？哼！我都明白了。"说着，脸上通红，身上抖颤，只看她耳朵上坠着的一副秋叶耳环，就摇摇不定。高氏道："你这是什么话？人家一份天大的人情，有了这一句话，什么都给人家遮掩过去了。你的丈夫做了官，你也就是个现任的太太，要好从你先好起，怎么你倒不愿起来了哩？"玉如道："不是我不愿，我觉这事，有点儿出乎人情之外。正是你说的，不给张三，不给李四，单单给了他。这一给，绝不能是没有缘故的。我年轻轻的，三天两天，去见这年轻的大少爷，我有些不愿意。"高氏道："那要什么紧？见见就见见，难道他还能捏了你一块肉去吃了不成？依我的话，你还是去一趟的好，还能望着有

150

一个官到手，把它丢了！"

玉如道："今天去一趟，我知道是不要紧的，但是你的儿子在他家里做了事，我们就不能不听他的调动，以后我们的麻烦，可就多了。"高氏一变脸色将头一摆道："有什么麻烦？我们老公婆俩，吃的盐，比你吃的饭还要多，我们的见识，都不如你？你的意思是说，人家陆大爷看中了你，所以把官来勾引你？漫说你也不是那种美人，就是一个美人，他也不知道看过多少，犯不着来看中你。"玉如道："妈！你这是什么话？"说了这一句话，脸上由红变白，急得哭不出声音来，眼泪如泉涌一般地向外流着。高氏道："你怎么了？我说这话，也不算冲犯着你。真是丧气，人家听了丈夫要做官，欢天喜地，你的丈夫要做官，你倒哭起来，这不是怪事吗？"

王裁缝听到这屋子里有口角之声，先是站在屋子里静听，后来听到有呜呜咽咽的哭声，又听到高氏厉声地骂玉如，知道这事是玉如不肯去，便也进屋子来道："昨天你不也和我一块儿去了一趟吗？有什么事没有？昨天去得，今天是第二次了，为什么倒不能去？人家做大官的人家，不会做非礼的事，你不要多心。难道说，你不愿意你丈夫做官吗？许多人为了做官运动不上，什么事都做了，只要你去和人家道一声谢，这也是应当的，为什么不肯去呢？天下有这样便宜的差事到手，已经是百年难遇的了，你还嫌费事，这也就难说了。"

玉如擦着眼泪道："不是我不愿意大家好，我想给他官做，第一是要他自己去道谢，就是爸爸去道谢，也说得过去，为什么要指明着我去一趟，这官才能做？官又不是给我做，我去不去有什么关系？若说我昨天没有理他，他昨天赏我钱，我也道了谢了。就算礼没有到，算我们得罪了大爷，也就完了。不但不见怪，反要赏官做。赏官做，不能白赏，要我去见大爷赔不是。说来说去，都把我牵扯在里头，我看这件事，实在有点儿不大正经。"高氏望了王裁缝道："你听见没有？她以为陆大爷把她怎么样……"王裁缝皱了眉，低声道："别嚷了！让那边案子上伙计们听见，什么意思？"高氏道："听见也不要紧。像我们这种人家，找官可不容易。只要生意好，找好看些的儿媳妇，那总不是难事。照我说，宁可丢了十个儿媳妇，这官可不能放过去。"

151

玉如听了这话，只觉腔子里有一股热血，直向上涌，恨不得从口里直喷出来。然而和她争吵着，她一定有起无歇，非她争胜，不能放手，又何必白费唇舌，去和她争吵呢？因之也就不再说什么，侧了身子，坐在炕沿上，低了头，用手指去抚摸炕上的被单。王裁缝夫妻二人，见她不作声，以为软化了，更是你一言我一语，将我们哪配做官，居然有官可做，怎可放手，这两层意思，颠来倒去，说了无数次。玉如无论他们怎样说，总是给他一个不理会。

　　他二人足足说了两点钟，王福才回来了，见父母二人，都在自己屋内，料着又是自己媳妇发生了什么问题。一言不发的，先就将父母两人的面孔看了一看。王裁缝道："你到外面来，我给你说。"高氏伸出右手一个食指，如公鸡啄食一般，指着王福才道："你有了做官的机会，你媳妇可不让你去做。"说着，板着脸，嘴里只管喷出气来。王福才让父母两人盖头盖脑地说了一顿，更是莫名其妙，只好望了发呆。王裁缝于是将他拉到外面屋子里，把事的原委，细细说了一番，而且说陆大爷为人，是怎样的诚实，怎样的厚道。王福才跳了起来道："这个贱东西，太不给我争气，她不但不能帮我的忙，反要坏我的事，她存的是什么心眼儿，我要去问她一问。"说着，如发了狂一般，向玉如屋子里便跑。

　　玉如坐在炕上，正想着，若是为了自己懒见姓陆的一面，让丈夫的官弄不到手，将来家庭中这种破坏一场富贵的大罪，不死也推卸不了。若是去见姓陆的话，听婆婆的口音，只要儿子弄得到官，丢了儿媳，也毫无关系。那么，儿媳就受人家一点儿委屈，那又算得什么？总而言之，去与不去，于自己都是没有好处的。正这样沉沉地想着，要用一个什么法子，才可以两全。只见王福才直跳了进来，倒吓了一跳。他身上穿了一件洋纱长衫，他两手向衣衩下一抄，抄着向前襟一抱，然后在对面一张椅子上坐下去，瞪了眼睛望着她道："怎么回事？你到现在还不愿嫁我吗？"玉如听了这话，不知此语从何而起，也望了他作声不得。于是王福才一拍大腿，向玉如说出一番他的大道理来。正是：

　　王郎要作封侯婿，哪管闺人怕上楼。

第二十二回

反翻思潮含羞遣翠袖
牺牲色相强笑入朱门

　　却说王福才大腿一拍，向玉如质问道："你为什么不愿我做官？我也想明白了，一定是你不愿意我好，让我穷一辈子。我穷了，又一定养你不活，你就可以一拍手远走高飞了。我对你说，我的事都在你身上，若是把我的事弄坏了，我就慢慢和你算账。"玉如正着脸色道："你不要这样不分青红皂白，血口喷人，你要知道，我不肯照着你父母的话去办，我是顾我的身份，我也是顾全你的面子。"王福才又将腿一拍道："你胡说，你自己不定安了什么坏心眼，倒说是顾全我的面子。人家陆大爷，本来就有心给我一个差事，全为着你，得罪了人家，所以人家一生气，不肯把事情给我了。你坏了我的事，当然要去和我赔礼，把事情弄转来。"玉如道："你不要生气，让我慢慢地告诉你……"王福才道："没有什么可说的，你若是要我不疑心你，你就只有到陆宅去一趟，求求陆太太和少奶奶，在大爷面前讲个情，把事还给我。"

　　玉如道："我请你别忙，你还是没有闹清楚呀。你以为我到陆宅去，可以见着他们家里的内眷吗？昨天幸而是和爸爸一块儿去的，要不然，我真犯着大嫌疑。他是在书房里一个人单独见我，而且还做出那种不规矩的样子来。我要到上房里去，他说上房里人全睡午觉了。倒令我替他买一百块钱料子，和他送了去。他又说，我若是怕走路，可以打发汽车来让我坐。昨天并没有提到要给你什么事做，今天爸爸回来，就说起只要我去一趟，就给你官做。请问，我是什么大面子的人，只要我去走一趟，就可以给你弄个官来做，这官哪有这样容易？设若我一个人去了，上了人家的当，你打算怎么办？"

　　王福才听了这话，脸上一片怒色，就渐渐消除，问道："你这话都是真的吗？爸爸只说要你去一趟，并没有说是单见陆大爷。"玉如道："女人给丈夫运动官，走太太路子的那也很多，我为什么不肯去？昨天那陆大爷，一见面就送我二十块钱的礼，一点儿关系没有，送这样重的礼，也就不见得是好意呀。"王福才站起来道："还送了二十块钱吗？怎么昨天你不对我说？"玉如道："我因为你父母都说，我不知道是什么意思，所以我也就不说了。"王福才这不但没有了怒气，满脸都成了羞惭之色。手依然撩着长衫，就站了起来，在屋子里徘徊了一阵。玉如道："我当真那样傻，一个做手艺的人，忽然有官做，也是平地一声雷的事情，有个不愿干的吗？但是俗言说，无功不受禄，不见得有那样扔出来没有人要的官，摊到你身上来吧？"

王福才听了这话，默然了许久，便淡然地道："让我问问去。"于是踱进母亲屋子里来，高氏不等他开口，先就问道："你说了她一阵，怎么后来只听到唧唧哝哝，没有声音了？"王福才道："据她说，那是陆大爷存了坏心眼儿，拿她开心，凭了自己的媳妇换官做，和拿媳妇去换钱用，那有什么分别？这缺德的事，我不能干。"高氏伸手一拍桌子，向王福才脸紧对着呸了一声，骂道："你要不是我肠子里养出下来，我连你祖宗三代，都要骂一声浑蛋了。你以为你女人是位天仙，有人下了血心来谋她吗？你老子今天和我一提起这件事，我怕靠不住，你家祖坟上就没有那样好的风水，现在可不是让我算定了吗？有了官都不敢去做，你这种人活在世上做什么？"王福才道："我为什么不敢做，可是运动也有个运动的办法，一定要媳妇出去才能做官……"

说到这里，只听到院子里一阵皮鞋响，在窗户眼里向外张望时，原来是两个马弁，穿了一身黄呢军衣，挂着一支盒子枪，大马靴子，擦得亮晶晶的，走着一阵乱响。那两人都挺着胸脯，似乎身边的空气，都在簇拥着他们一般，得意极了。一个马弁先开口骂道："他妈的，掌柜的哪里去了？你跟我做的衣服，怎么到了时候不送去？"王裁缝由那边案子上迎了出来，笑道："二位老总，我们还没有做得，今天晚上一准送去。"一个马弁瞪了眼道："放你妈的屁！到了晚上，那还算今天的日子吗？"说时，左手扯着右手的手套，那意思就想伸

154

手打过来。早有两个伙计抢了上前，将王裁缝向后一拉，对马弁拱拱手道："老总，别生气，我们柜上，今天有两个伙计，中了暑了，把你的活耽误了半天，真是对不起，但是无论如何，把你的东西先赶起来。"马弁本要动手，无奈好几个人在作揖，手打不下去。便道："便宜了这狗养的，要他在六点钟以前，把我的衣服拿来。过了六点不得，回头我要来打破你们的案板。"说毕，然后挺着腰杆子，将皮鞋踏着地上，一阵乱响而去。

王裁缝在院子里望着他去远了，顿着脚跳了起来骂道："你这两个不得好死的东西，你不要这样耀武扬威的，我的儿子要做了官，比你大得多，将来总有这样一天，叫我儿子显一手给你看，你以为做裁缝的人，就没有出头之日吗？"高氏在屋子里，也听了个清楚，因道："你听见没有？当兵的人，就有这样的威风。他还不过是个马弁，就那样了不得。你若做了副官，你看应当怎么样？"说到这里，王裁缝也就进来了，对王福才道："我巴不得你明天就做了副官，衣服明天再给他，设若他来捣乱，你就出去给我抵上一阵，看看是哪个厉害？"

王福才刚才那一番有官不愿做的雄心，让这两个马弁来一炫耀，就完全打着退回去了。当时坐在一边，将一只脚在地下悬起来，只管抖擞个不已，心里正在揣想着，若是果然做了副官，这一番威风，当然不在两个马弁之下。高氏见他有些心动了，就把王福才不愿干的意思，对王裁缝说了一遍，因冷笑道："这是你养的好儿子，信了媳妇的话，官都不要做了。"王裁缝一听说，也急了。走上前，突然将王福才的手，一把捉住，连抖了几抖，对他脸上注目问道："什么？有副官你都不愿干吗？你打算怎么样？打算去做大总统！？"王福才一看他父亲两眼发赤，几乎要动手打起来的样子，便道："你别忙，等我把原因说出来。"于是就把玉如告诉的话，重说了一遍。

王裁缝因他所说的都是事实，否认不得，便道："据你这样说，人家都是坏意了？就算你的话对了，人家陆督军千里迢迢，远在路上，他怎么就会知道你家里有个新媳妇，会写了信来，告诉要给你找一个副官？再又说，这是碰巧碰上的，陆大爷只要你媳妇去一趟，青天白日，这也不算什么。我们是什么大有面子的人家，让个新媳妇去拜一拜客，就算丢了脸？"王福才觉得父亲的话，倒是照着事实说话，像我们这种人，要个什么虚花体面？就算有体面，还是在哪里可以发一注子财，还是哪个跟我在大门外树一块匾？他这样沉吟着，高氏又道："我对你说，做官就是这一回，你要错过了这个机会，可要做一辈子的裁缝了。"于是这老夫妻俩，你说一句做官来，我说一句做官去，谈来谈去，总是丢了官可惜。王福才纵然有理由可说，也抵不过两张嘴，而且自己也觉高调唱得无原因，一个做裁缝的人，有官也不做，这岂不是一种奇闻？他自己心里在埋怨着自己，嘴里就说不出什么来。

王裁缝道："你没有什么可说的，叫她换了衣服，趁着天气还早，我送她去一趟。"王福才半天才答应一句道："我也不能做主，让我去问问她看。"说着话，慢慢地走回自己新房里来。她先道："你不用说，你们说的话，我都听见了。那是当然的，为了保存我一个人的身份，耽误你一家人的富贵，这是我的不对。我既然是你家的人，就要为你家去牺牲一下。好吧，我这就去。还是让爸爸送我去呢，还是你自己送我去呢？我去了之后，你的官到手不到手，那就不干我的事了。"自己一面说着，一面左手拿了一面镜子，右手拿了长柄梳子，就梳起头来。接着，换皮鞋换衣服，立刻换成了一个淡装的大家闺秀了。

玉如将眼珠微微一闪，看到王福才呆站在一边看着，索性将镜子正摆在桌上，打开粉缸，在手心抹了一层，然后弯了腰对着镜子，从从容容地抹上一层。抹过了粉，又拿了一块胭脂膏，将食指染着，微微在两颊上搽抹。这一层修饰工作完了，偷看着王福才的神气，还是斜着身子，向这边看了来。玉如只当不知道，又拿起粉扑，在脸上扑了一阵。扑过了，找了一条花绸手绢，掖在胁下纽扣上。然后微笑着向王福才道："这个样子，你看不俊吗？到了大宅门里去，和人家小姐少奶奶不能比上一比吗？"王福才一看她那眉飞色舞的样子，似乎把她以前那样拘执的态度，完全改变了。这样的人才，再要活泼放浪一些，让她和大少爷们来往，这事的前途……他只觉脸上发烧，不能向下想了，就是玉如问的一句话，也不知道要如何去答复，默然地站着。

玉如对了镜子，又笑着看了一看，口里便低低地唱着小放牛的调子道："要我许配你，对你妈妈说。"颠三倒四地唱了几遍，又改唱着打花鼓道："八月桂花香，九月菊花黄，小小的张生跳过了粉壁墙……"王福才万万忍不住了，便道："嘿！你唱些什么？"玉如原对着镜子里笑的，突然转过身来，板着脸道："你这人也干涉得人太厉害了，我高兴唱两句小调，碍你什么事？你高兴的时候，还放开嗓子，大嚷一阵呢。"王福才道："刚才你还很生气，怎么立刻又高兴起来了？"玉如道："刚才我生气，是没有想通，现在我高兴，是我想通了。你一做官，我就是个太太，今天穿的这做客的衣服，以后在家里也可以穿了，我为什么不高兴呢？"

　　王福才还想驳她两句，高氏却跑来了，见玉如已修饰得像出水的荷花一样，素中带艳，便笑道："这不很好，去一趟要什么紧？"玉如笑道："妈！我还求你一件事。昨天陆大爷对我说，可以把汽车接我，请爸爸打个电话，叫他把汽车来接我去，好不好？"高氏道："人家派汽车来吗？不能给那大的面子吧？"玉如道："来不来，先别管，打个电话去问了再说。若是他肯派汽车来，更显得待咱们不错，官自然更容易到手了。"高氏听她这话说得有理，就告诉王裁缝，让他去打电话。王福才在一旁踌躇着道："何必还要这样摆阔？"玉如脸向着高氏道："我就是个面子，要不然，我就不去。"高氏一迭连声地道："打电话，打电话，这就去打电话。"于是她就催着王裁缝打电话去了。

　　原来王裁缝以前生意做得很好，曾安了电话，以便主顾。这电话就装设在做衣服的案子边，一打电话，所有在案上做工的伙计们，都听见了。王福才在自己屋子里，都听得清清楚楚，那么，案子上的工友，自然更是知道，心里当然不大舒服。一会子王裁缝走来，笑道："陆大爷真好说话，我的电话一打，他就答应派汽车来接，这个面子，可算是不小。"高氏听了微笑，玉如听了也微笑，只有王福才站在一边，笑也不是，哭也不是，倒是呆望了别人。高氏道："我听说借别人的汽车坐，要赏车夫几块钱的，我们要不要赏人家一点儿？"玉如道："不用的。只要陆大爷待我们不错，这些人没奈我们何。"说着，索性哈哈大笑起来。

王福才心里有许多话，要想说出来，一想这垂成之局，不要为了几句话，又把来弄坏了，又只得忍了下去。只在这样犹豫之间，门外的汽车喇叭声，"呜呜"地响了一阵，接着就有人走到院子里来嚷道："汽车来了，汽车来了。"玉如在屋子里伸出头来问道："是陆大爷的汽车吗？"那声音非常之高，一面说着，一面向外走，笑得花枝招展，出了大门，上汽车而去。

　　案子上那些伙计，听到汽车声，已经是大家注意，现在玉如笑嘻嘻地出去，路过之处，还带了一阵香风，令人不能不为之注意。就是左右街坊，见裁缝店门口，停了一辆汽车，大家都很惊讶。不料他们家，还有个坐汽车的人来往，正自在一边张望着，忽然见玉如袅袅婷婷地坐上汽车，这可成为奇谈了，新娘子来的时候都没有坐汽车，喜事早过去了，现在倒坐起汽车来，这是为了什么哩？玉如倒并不怕人家注意，她反加笑嘻嘻地向左右街坊，各点了一点头。然后从从容容地坐上汽车去。喇叭呜的一声，车子开了，载着美人而去。

　　那老王裁缝原打算将玉如亲送到陆家去的，但是要出大门的时候，就张望到左右街坊，都在那里看着，有点儿不便出门去，就顿了一顿。然而玉如却不管他跟了来没有，坐上汽车，就叫开走，等到王裁缝到门口时，车子走远了。王福才也由后面追了来，问道："家里不把一个人送一送吗？怎么让她一个人去呢？快跟了去吧。你不去，我就去。"王裁缝一声不响，赶快走出胡同，见有车子，马上就雇了到陆宅来。

　　当他到陆宅时，玉如的汽车，自然是到了许久。连忙走到门房里对听差问道："我的儿媳妇她来了吗？"听差笑道："来了。真有面子，大爷在门口等着接她呢！"王裁缝抬起手来，搔了一搔头发，问道："现时在哪儿？"听差笑道："你们那少内掌柜的，真行，她一见大爷，就说不见老太太，那可短礼，一直就向上房里走，老太太一见，很喜欢，现在还没有出来呢。"王裁缝听了这话，先干了一身汗，便道："这孩子什么也不懂，怎样可以让她去见老太太呢？不要不知礼节，闹出什么笑话来，我得赶紧去看看。"于是也不征求门房的同意，赶紧就向上房里走，当裁缝的人，和内眷们接洽的时候多，自然是可以到上房里去的。

王裁缝走到内院门下，未敢向前走，老远地就叫了一声老太太。有女仆掀着帘子，向外招了一招手，笑道："王掌柜，你进来吧，你们家新娘子在这儿呢。"王裁缝这才完全放了心，一路笑着进来。陆家老太太斜靠在一张沙发椅子上，对大家说笑，陆家的太太少奶奶们，分别坐在四周，只有玉如在老太太附近，一张矮凳子上坐了。

老太太看到王裁缝进来，笑道："你儿子娶了这样一个好新媳妇，怎么早不让我们知道？要不然，我们也得送个礼，扰你一杯喜酒。"王裁缝笑道："凭她这样一个人，到你公馆里来，随便一比，那还有她的位分吗？"玉如看见王裁缝来了，本来是坐着的，就站起来了。陆老太太笑道："你瞧，多么懂礼，公公来了，马上就站起来。我一些孙女儿、孙媳妇儿，都惯得不像个样子，谁还管这些个哇。"

原来这位陆督军虽是个武人，在表面上，家庭却是极端地守旧礼教，所以玉如这种行动，女眷们都中意。这位陆督军的太太，喜欢北京，带着一儿一女一媳和一个小孩子，在北京陪着老太太。这时一间堂屋里除了大爷伯清而外，全在座。陆太太看到玉如那一份清秀的样子，也是很喜欢，便笑道："既是老太太喜欢，看她的年岁，和我们玉英差不多，难得名字上还同着一个玉字，就让我们老太太认作干孙女儿吧？"老太太笑道："只有认干女儿的，没有认干孙女儿的。还是你认作干女儿吧，这样一来，我不花什么拜金，收个现成的干孙女儿，这是多么好？"于是大家都笑了起来。

王裁缝站在一边看到，也是乐得把嘴歪到耳朵边去。陆太太道："王掌柜，你回去吧。让她在我们这里吃晚饭，吃过晚饭，我们自然把车子送回去。"王裁缝做梦想不到儿媳妇要做督军的干女儿，这样下去，不但儿子可以做副官，就是再大些的官，也不难到手。既是老太太留她在这里吃饭，乐得答应下来，便笑道："老太太这样抬爱，我还有什么话说，就怕承当不起罢了。"于是拱了拱手，告别回去。

一到家，在大门口就嚷起来道："这可了不得，岂不是太阳也有从西边出来的日子吗？这句话，无论说给谁听，谁也不肯信，我王裁缝做到五十岁的手艺，居然和一个督军大人，做起对手亲家来了。"一面嚷着，一面向成衣屋子里跑，两手高举过头，然后摆了下来，摆了下来，复又高举到头上去。口里便嚷道："诸位，你猜怎么着，我那新儿媳，拜了督军夫人做干娘了。我亲眼看见的，她磕了三个头，人家亲口叫一声姑娘。"说着，靠了柱子，两手一伸，脑袋向后一仰，咚的一声，在柱子上撞了一下。他也忘了头疼，一手抚摸着后脑，自己替自己解释着道："不要紧，没有痛，我还没有告诉他妈呢。"说着，站起来一跳，就向院子里跑，刚要进住室门，向里一跳，在这一跳之间，他忘了门是很低的，额头向门框上一碰，又是一下响，他再也忍不住痛了，哎哟一声，便蹲在地上。正是：

得鱼便有忘筌事，获鹿还怜入梦人。

第二十三回

踌躇夜深归灯前低问
跷蹊路半约席上轻谈

却说王裁缝急于来报告消息，一直就向屋子里冲，不料他高兴过分，跑起来的时候，竟会跳着高起来一尺，这一下却和门框过不去，砰的一声，额头和门框一顶，打得人向后一仰，简直痛晕过去。连忙向地上一蹲，两手捧住了头，大哼了几声。高氏以为他犯了什么急病，也跑了出来，连问着道："你哪里不好过？快说，不要是中了暑吧？"王裁缝只将两只手捧了头，哪里说得出话来。

高氏一见大急，赶着就嚷了几声不好了。案子上的伙计们，听到内掌柜叫不好，大家也就赶上前来，见王裁缝蹲在地上，大家就一阵风似的，抢着来搀扶他。他蹲在地上，一手抚了头，一手摇着向大家道："没事没事，我不过是碰了一下。"因昂了头对高氏强笑道："你别对我发愁，你应该快活才是，我们儿媳妇认了陆太太做干妈了。而且这件事是陆老太太的命令，她不敢不认这门亲，你瞧，你儿子这就是督军的干姑爷，我就是督军的干亲家，这一下子，我们真不知道阔到了什么地步。"一面说着，一面站了起来，一点儿病相也没有。

高氏听他这一番话，真个如听了鼓儿词上的大团圆一般，便道："你这话全是真的吗？不见得有这样容易吧？"王裁缝笑道："你看我快活到了什么样子？我要撒谎，又不是唱戏，我这一副神情，装得出来吗？"高氏也是看到他的样子，有些异乎常态，这事不能完全是假的，因道："你不要忙，到屋子里去，慢慢地说吧。不但是我爱听，就是他们哪个不望你的儿子做了官，他们也有个做了官的朋友？"

那些案子上的裁缝，当玉如坐了汽车到陆宅去的时候，大家都

161

暗下好笑，伙友中有一个号小张飞的，他嘴里最放不下一件事，便轻轻地对大家道："这是什么？就是鼓儿词上说的美人计。我们这少掌柜的脸，大概有一城墙带一靴底厚，新娘子抱在怀里，还没有抱热，就扮得像一朵海棠花一样，去陪人家玩。我祖宗八代没有见过官，也不能干出这样的事来。他妈的，讨一个老婆，买一个王八当，真是不值得。"他如此一说，大家也同声附和，觉得他的话有理。这时王裁缝说是和陆督军做了干亲家，小张飞首先向裁缝作了三个揖，笑道："掌柜的，恭喜！恭喜！这一下子，和我们同行争了一个面子，七十二行，行行出状元，我们这一行，也有个做大官的，不用说，第一我们这成衣公会，要请我们掌柜的当会长。小掌柜的快要做官了，我们得放挂爆竹，喝杯喜酒儿吧？新娘子福气真好，走来不多久，就给婆婆家，争得喜气洋洋。"

王裁缝听得小张飞这一番话，也是喜欢得由心眼里直乐出来。他先笑道："诸位不要忙，这一段事，大家总是爱听的，让我慢慢地来告诉诸位。陆家老太太，早就看得起我，我家办喜事的时候，我怕他们送了礼，没有法子请人家，所以不敢惊动。昨天我让我儿媳妇去见他们，老太太身体不大好，怕招待不周，就约了今日再去。老太太觉得要人家连去两趟，心里过意不去，所以就派了车子来接她去。我去的时候，我们儿媳妇，和他们的大小姐手牵了手，坐在一张沙发椅上，亲热得像亲生姊妹一样。我亲耳朵听到他们的老妈子，叫了我们少内掌柜做二小姐。"小张飞道："本来我们少内掌柜那一表人才，真像个小姐，她受这样的称呼，不含糊呀。"于是哈哈大笑起来。

就在这个时候，王福才他由外面回来了，见屋子里拥着这些人，倒莫名其妙。还是高氏先笑道："你这还不该快活吗？你做了督军的干姑爷了。"说着，于是把刚才所说的一遍话，又重新说了起来。王福才本来看到店里的伙计们窃窃私议，心里十分难受，于是就躲了开去，现在回来，正又看到这些人，脸也无处藏躲，现在父亲把缘由说起来，大家都给他道喜。王福才自己，本也无所谓，只因大家讪笑，所以立身不住。现在大家都有欣羡自己的意思，自然也就犯不上再害臊，便笑道："大家不要恭喜得太早了，认不认，还要人家

162

做主，我们自己就哪能够如此高兴哩？"小张飞道："那没有错，掌柜的亲自看见新娘子对陆老太太磕头这还另外要做什么主？"其他的伙计们，也是你一言我一语，都说王福才将来未可限量。

王福才这一番喜欢，自然是升了天一般，先前那一番踌躇的情形，就没有了。不过今天玉如到陆宅去，也就不同往常，一直到上了电灯许久，还不见她回家。王福才口里，固然是不便问出来，然而久而久之，他不见爱妻回来，心里也放不下去。到了吃晚饭的时候，他才对王裁缝道："大概陆家老太太，是留她吃饭了。不过我的意思，少叨扰人家一点儿的好。吃了饭，还是我去接她呢，还是——"王裁缝道："你怎么样能去接她？我去都有些勉强。还是我去吧。"王福才心想，怎么我就不能去接，难道这还犯着什么忌讳吗？不过父亲既是如此的说了，自己也就没有法子去反诘，只是吃过了饭，催着父亲快一点子去。王裁缝也明白自己儿子的用意，不必他再说什么，就去接玉如去了。

王福才在家中静候消息，一等也不来，再等也不来，不觉到了晚上九点钟。在九点钟以前，恰是伙计们不断地由外面回来，门接二连三地响着。往日开门，都是小徒弟的事，王福才绝对不去管，今天只要一有拍门声，口里问着一声谁，人已经起身开门来了。打开门来，一个不是爱妻回来，二个也不是爱妻回来，到了九点钟以后，连大门也不响了。高氏见他起坐不安，便道："反正有你老子接她去了，回来晚点儿也不要紧。他们大宅门里，晚饭吃得迟，恐怕这个时候，还没有吃晚饭呢。"

王福才皱了一皱眉毛，对他母亲也不说什么，拿了一副牙牌，就在灯下桌子上，去起牙牌数。真是手气坏，每次都只有四五开，结果是起了一个下下中下中下的数，将牌一推，骂了一声倒他妈的霉，将牌一推，自站起身来，背了两手，靠了炕望着灯。望了一会子灯，复又坐下来，将那一副牌重新理起，又来做过五关斩六将的玩意。将牌颠倒了许多次，始终也不曾闯过关去。丢了牌，跑到摆成衣案子的屋里去，也不好意思进门，只在窗户外，伸头看了一看挂钟，已经是十点五分了。

这时要他在屋子里等，已经不能够，就开着大门，站在大门口，向胡同的两头闲眺。自己心里想着，若是做官的机会，一点儿也没有得着，就出了什么意外，这未免太不值得。看玉如出门的时候，笑嘻嘻地抹着胭脂粉，简直是一个大疑案，所谓见老太太拜干娘的话，未必就靠得住。如此说来，我父亲母亲都拿话冤我的，我何必上他们的当？

想到此地，不觉连连在地上顿了几脚。正待转身入内，问母亲一个究竟，只听到远远一阵轧轧之声传来，立刻一辆汽车，开到了门口，只见玉如和父亲由车子上下来。看玉如的脸色时，还是和去的时候一样，笑嘻嘻的。于是跟着他们入内，首先是高氏迎着，问长问短。玉如便说是陆老太太相待很好，留着在上房吃晚饭，"明天老太太要出去听戏，还叫我陪着呢，你让我去吗？"高氏道："那是什么话？老太太叫你陪着，有个不去之理？他们提到给福才找差事的这一句话没有？"

玉如望了一望王福才，微笑道："这简直是不成问题的一件事，他要做什么副官，我准可以保险。不过今天初次和老太太、太太见面，就要人找差事，这话有点儿不好说。好在明日还要见面的，让我明天去对她说吧。"高氏道："你这话对。以后我家的事，都仗着你的运气了，孩子，你说怎样好就怎样好！"王福才听了这话，默然无语地先走回房去。

等玉如回到房里，见她背了灯光，拿出一件旧衣服，先脱了一只袖子，马上就穿起一只袖子。再脱下那只袖子，才穿起旧衣服来。扣好了衣襟上的纽扣一半，然后才回转身来，向王福才一笑道："有偏你了。"王福才脸一红道："你倒开我的玩笑……"说了这一句，连忙把声音低了一低道："你今天到陆家去，一天都在上房里吗？"玉如很随便的，鼻子内哼了一声，算是答应着。王福才还低声问道："吃饭的时候，全是女人吗？"玉如见他头伸过煤油灯罩这边来，见不着他的脸色，就走上前将灯一移，移到靠着大炕的茶几上来，这灯光正好射着他的脸。见他的脸色很不自然，便笑道："反正是他们一家人，外带我一个，你问这句话做什么？"王福才道："我……我……其实也没有什么关系……不过……明天去一趟也好，以后少去就是了。"

玉如道："这很怪呀，我只来两天的时候，你就和我说，有许多老主顾，都让人家拉去了。我来了以后，希望我出来给你家跑跑。我原是个外行，因为你们都这样说，所以我只好破了面子出去。怎么我只跑了一家，你就不要我跑了呢？"王福才道："我原以为到人家大宅门里去，见见人家太太小姐，那也是不碍事的，现在……你是个聪明人，什么不知道？一回两回呢，我也没有什么，就是给我弄不到官做，总也给我们拉了买卖来了。但是店里的伙计，胡同里的街坊，他们都在身后笑我，年纪轻轻的，我抹不下这块脸。"玉如正色道："你真有这一份志气吗？这好办，我明天就不去。"王福才用手撑着头，默然无语地想了一会儿，眼光也不看着玉如，就是这样撑着头，很低的声音道："明天呢，似乎不去……也不妥。"玉如冷笑了一声道："你这不是废话？我没有工夫和你谈这些。"说毕，她一扭转身躯，就到高氏屋子里去了。

他们这屋子，是一排四开间，老夫妇住东边，小夫妇住西边，中间有一间堂屋，一间做厨房带堆东西的屋子，东边大一点儿声说话，西边是听得很清楚的。这时就听到玉如在那边盛夸陆家的繁华，由陆太太为人好，一直夸到陆大爷为人也好。玉如到人家去做客，也不过大半天的工夫，倒不料她回来说在陆家受招待的经过，却说了有二三小时之久，王福才在这边屋子里，听得十分烦恼，几次要到那边屋子里去拦阻，又怕太着了痕迹，只是不住地大声咳嗽。但是玉如在那边说得正高兴，哪里会理会到王福才的咳嗽会有什么用意？所以王福才尽管咳嗽，玉如自己，也尽管去夸耀陆宅的阔绰，王福才一人在屋子里不乐，算是白着急。

一直到十二点多钟，听到呵啊啊，高氏打了一长时间的呵欠，这才听到她道："你去睡吧。上午洗洗衣服，下午不定人家什么时候派汽车来接呢。"玉如听了这话，才笑嘻嘻地走回房来。王福才道："真是奇怪，这一天你高兴得真有些过分了，进也是笑，出也是笑。"玉如道："我不笑怎么样？还对着你哭吗？你们对这件事，都十分高兴，我偏要板着脸，大煞风景吗？"王福才道："据你这样说……你是真高兴呢，还是假高兴呢？"玉如微笑道："这话倒奇怪了，高兴还假得来吗？你就假装着高兴给我看看？我也知道你有些不愿意我出门，我反问你一句，愿不愿意做官？若是不愿意做官，只一句话，我明天就不去了。"王福才无论如何，没有那种勇气，说是不愿做官，又默然了。这晚所讨论的结果，也就是如此，并没有再说什么。

到了次日上午，王福才连午饭也不在家里吃，一早便走了，也不过是刚十二点钟，玉如还未吃饭，陆宅就派了汽车来接玉如，车夫说是请到宅里去用饭。玉如已是去过两次的人，更无所用其踌躇，大大方方就走出来上车子。那车子开出了胡同口，并不向陆宅而来，穿过几条街，到了一家番菜馆门口，就停止了。

玉如正自犹豫着，有一句话待要问车夫。只见大菜馆里走出一个西装男子，正是陆伯清，不用疑猜，这事就明白了。玉如还不曾抬起身，陆伯清已抢着上前，给她开了车门。先一点头笑道："请下来，先吃点儿东西，我们再一路到舍下去。"玉如心里一想，立刻眉毛一扬，笑起来道："这又要扰大爷一餐，我心里真过意不去。"伯清说着话，见她已起身，便想伸手来搀扶她。他本是在右边车门下等着的，玉如更机灵，口里说了一声不敢当，却开了左边的门，走下车来了。

陆伯清虽碰了一个小钉子，然而她由车后身转向前来，依然还是笑容可掬。他于是欠了一欠身子，一伸手，请玉如前面走。玉如说了一句不客气，就在前走了。到了大餐馆里，伯清是预先订下的雅座，请了她进去。放了大长桌子不坐，却同坐在一张小方桌上。这摆的刀叉碟子，本是两对面，伯清已经自己改移了，改为上下手，让玉如上坐，自己坐在侧面。玉如看了一看桌面上的情形心里恍然，只微微一笑，就不客气地坐下了。

伯清首先就笑道："要先喝一点儿什么吗？"玉如道："这倒用不着，要喝什么，我不客气，自然会要。"伯清于是将桌上放的菜牌子，伸到玉如面前，问道："你看这些东西都能吃吗？"玉如长这么大，还是第一次吃大菜，问她哪样能吃与否，她哪里答得出来？便笑道："我吃东西，向来不挑嘴，只要大爷能吃，我也就能吃。"这一句话，在玉如说来，也很是平常，陆伯清一听，喜欢得由心里痒出来。便道："我也未便硬做主，等我来想想，什么才是你可口的。"于是叫了茶房来，商量了一阵，这才酌定了几样菜。

伯清先问了玉如不要酒，才让开汽水。开汽水之瓶时，玉如先注意到茶房的手，斟好了两大杯，玉如一看伯清那一杯，略微斟得少一点儿，就笑道："不能多喝，掉一掉吧。"于是把自己一杯送过去，将伯清面前一杯移回来。伯清先还不知道玉如命意所在，后来看得她老不喝，等自己喝了大半杯，她才喝两口。心想，这个女人真算聪明透了顶，不肯吃亏的。但是大爷有钱，自然买得你到手，我还要暗算你做什么？既是这样，我索性向明处说。因笑道："我家祖母要你拜我妈做干娘，你以为是我祖母的主意吗？"玉如道："那自然是老太太一番仁慈之心。"伯清摇了摇头道："不对！是我要求老太太这样办的。老太太最喜欢我，要什么就给什么。不然，我就到我们老爷子任上带兵去了。老太太总怕我带兵冒危险，所以许多事都由着我闹。你一做了我妈的干女儿，我们就是兄妹了，以后可以不拘形迹地来往，岂不是好？"玉如笑道："那如何敢高攀？不过大爷说，让我拜太太做干娘，是大爷的主意，恐怕有些不对。那天不是我一直向上房里走，我还见不着老太太呢。"伯清伸着手，搔了一搔头，笑道："你实在是厉害。不过我就撒谎，也是要在你面前夸功。你这样一个聪明人……唉！可惜！"

玉如口里的牙齿，使劲地作对咬了一阵，顿了一顿，然后才道："虽然可惜，现在高攀着做了大爷的妹子，也就不可惜了。"伯清觉得这话越来越好听，身子向上一挺，拍着桌子直跳了起来，笑道："你真懂事，我算没有白费心。"叫了这一声，然后又坐下来，轻声笑道："我大胆叫你一声妹妹，好妹妹，你今天不要陪我祖母去听戏，吃过饭，坐了我的车子，出城到香山去风凉风凉，好不好？"玉如道："照说，我应当奉陪。可是我今天对老太太失了信，以后我要再到府上去，就不好说话了。第一次约会就不到，也许老太太就不会要我再到府上去，那岂不糟了？日子长呢，你何必忙？"伯清道："你这话说得有理，还是照你的话办。不过吃过饭到我家之后，你只说是自己来的，不要说是我把你接来的。"玉如低声一笑道："你怕我是一个傻瓜吗？"这一句不答复之答复，更是把伯清乐得有话说不出，百忙中找不出一句什么话来感谢，便道："我本想买东西送你，又不知道买哪种东西好，我想还是送你一点儿款子，你自己去买吧。"

　　玉如听他说送款子，不觉微微点了一点头，因道："那可不敢当。"伯清道："说什么敢当不敢当，做哥哥的人，难道应当让妹子经济困难的吗？我今天身上没有带多少现款，只有二百块钱，你先拿去，做几套衣服，过几天我再拨一笔款子。做哥哥的私下钱虽不多，拿个一千二千出来，那是一点儿不为难的。"玉如道："这个我知道，漫说一千两千，就是一万两万，在陆大爷又算什么？将来我也许有请大爷帮忙的日子，大爷怎么样呢？"这一句话，不啻露出了玉如一大半意思，伯清所想大爷有钱的一个主张，似乎要贯彻了。正是：

　　　　若把黄金做媒介，美人半在药笼中。

第二十四回

曲院逐芳姿暗偷罗帕
酒楼订后约亲送归车

却说玉如说了一句将来还有找陆伯清帮忙的时候，他一听这话，以为玉如有提出什么条件之意，便笑起来道："我就怕你不肯收，只要你说个肯字，做老大哥的，真不含糊。"他说到这个肯字，把声音格外放得沉重，而且也把两只眼睛，盯在玉如脸上，看她怎么地答复？玉如也觉得他说这个肯字时，是十分沉着，却给他装着马虎，也笑道："别人送钱我不敢要，大哥送钱给我，我为什么不收？有话今天我们不要说，下次再说吧。"说毕了这一句话，她就只管笑着吃，不再谈了。

陆伯清道："你为什么不说话了，这就能把我们的话结束了吗？"玉如向屋子外面努努嘴道："这里人多，有话何必在这里说呢？"陆伯清点点头道："你说你不是个傻瓜，这样看来，我简直是个傻瓜，不是你说明白了，我简直不知道。你说吧，我该打多少？"玉如笑道："你是该打，你说给我的钱，到现在还没有拿出来呢。"陆伯清果然在头上打了一个爆栗，然后在他的西服袋里，拿出两叠钞票，恭恭敬敬地送到放在玉如面前。玉如像一个不在乎的样子，看也不看，将钞票拿在手上，向袋里一插。

这个时候，茶房也就把咖啡水果送来了。玉如看这情形，大概菜是吃完了，就急于要走，因对伯清道："我们走吧，不要让老太太久等着我了。"陆伯清也觉得所有的话，今天已经说了个大半清楚，也不留恋在片刻的工夫，催着茶房打了手巾把，就会账要走。然而这又有了一件让他新奇的事，便是玉如擦过手巾把之后，并不避他，在身上掏出一个小粉盒子来，打开来取了粉扑，照着小镜子，就慢慢地扑着粉。扑完了粉，向陆伯清一笑道："大爷，我们这就去了吧?"这一句大爷,一句我们,说得异常响亮,听了真是过瘾。伯清点头笑着道:"我早等着你呢,让我搀着吗?"玉如站着停了一停,心里想了一想,便笑道:"用不着,我也不是那样风吹得倒的人啦。"她这样说着,虽然拒绝大爷的要求,但是她的理由别有所在,并不是避嫌,陆伯清也就不怎么失望。大家出菜馆门,伯清已是抢着在车门口等候。到了这时,玉如可没有什么计策可用,只得和他同坐了车到陆宅来。

这陆宅的听差,听见自己家里汽车喇叭响,早有三四个人,到门口来恭迎。李升在一旁看到大爷和玉如一路坐车回来的,心里大喜。玉如下了车,伯清叫一个听差引她到上房去,自己单独回书房来。李升沏了一壶茶来,斟了一杯。递到伯清手里,笑道:"大爷,你瞧怎么样?我想的这法子不算坏?"陆伯清道:"你别胡说了。你若说得让上房里知道了,我就把你轰出去。"李升伸了一伸舌头,退出来,一人借故走到上房,倒是看玉如怎么样?见她出了太太的屋子,却跟着少奶奶后面,到少奶奶屋子里去了。李升一看这情形,大非所愿,便退走了。

原来一到上房,恰是碰到他们一家人在饭厅里吃饭。老太太家居无事,就爱个新鲜人儿来往,凑个热闹,所以玉如一进门,她就伸着筷子头,连招了几招道:"赶上了我们的饭了,来吃吧。"玉如走到老太太身边,看见饭碗空了,就拿过碗来,在旁边小桌上饭盂子里,给老太太装了一碗饭,送将过去。老太太笑道:"哟!这是怎样敢当的事,怎好请起客来给主人盛饭呢?"玉如笑道:"我这算什么客,就怕是粗手粗脚,不配给老太太盛饭,要不然的话,我们晚两辈子的人,还不应该盛饭的吗?"老太太听了这话,只是笑,便问玉如吃了饭没有,玉如说是怕误了老太太的约会,早就吃过饭赶着来了。老太太见少奶奶已吃完了饭,便道:"你随着少奶奶到屋子里去等着吧,我们吃,让你老在一边瞧着,我们也就不好意思。"玉如本想谦逊两句,忽然转了一个念头,就借着机会和少奶奶谈谈也好,于是跟着陆少奶奶一路走。

少奶奶的心事,恰和老太太相反,见玉如那样一个清秀人物,心眼儿又极是聪明伶俐,这一拜了太太,可以用干小姐的资格,不断地到宅里来，自己丈夫的为人，还有什么不知道，有了这样一位干妹，恐怕是不妥，因之老太太尽管高兴，她始终是不赞一词。这时老太太吩咐玉如跟着她，她本是不愿意，玉如却一味地谦逊着道："少奶奶，我是什么也不懂的人，遇事得请你多多指教。"首先这两句话，就让少奶奶不能不敷衍两句。

及至到了少奶奶屋子里，她先赞道："这屋收拾得真干净，不用说别的，只看这一件事，就知道少奶奶是个贤德人。"稍微思想旧一点儿的女子，最爱人家夸她一声贤德，少奶奶不觉笑了起来道："贤德两个字，我怎敢当？不过是守着现成一点儿规矩罢了。"于是就让玉如坐下，随便谈了几句话。

玉如现出很踌躇的样子来，就笑问道："大爷这时候不进屋子里来吗？我没出息，可怕见生人。"少奶奶笑道："那要什么紧？你既是拜了我母亲做干娘，就是兄妹一样的了，还躲什么？"玉如听说，就站起来，强笑道："那不过是一句笑话罢了，我怎么敢高攀呢？我还是到小姐屋子里去坐一会儿吧。"少奶奶大喜，就扯住她道："你真守旧，倒和我对劲。这时候他不进来的。今天早上，就没在家吃饭，又不知道和他不相干的朋友，闹到哪里去了。"玉如道："那我就坐一会儿。少奶奶这种人，我最赞成，以后我得常来，和少奶奶学些三从四德。"少奶奶道："你别客气，以后你要来，先知会我一个信儿，我就先告诉他，不让他进来。"这样一说，二人就说得很投机了，坐着竟忘记谈了多少时候。还是老太太打发女仆来说，一切都预备好了，可以到戏园子去了。少奶奶本没有打算到戏园子里去的，现在和玉如交情好起来，竟也要陪着去，于是只有太太不走，老太太和小姐坐一辆汽车，玉如和少奶奶坐一辆汽车，一同到戏园子里去。

他们是个大包厢，只带了一个女仆伺候着，还空了三个位子呢。看不到半出戏，陆伯清就来了，笑道："你们听戏，也不告诉我一声儿，我可也找来了。"玉如这一排人，都坐在前面，是后面空了三个椅子的，她连忙站起身来，正色向伯清点了一个头。少奶奶和她隔了两个座位，将手招一招道："你只管听戏，坐下吧。"玉如靠了包厢一边坐下，她面前扶板上，正摆了一盒火柴，伯清伸过手来取火柴，仿佛很不在意似的，在点火抽烟卷的时间，顺便就在玉如身后一张椅子上坐下。这时他并不看戏，他看看自己的妻，虽然一身艳装，人又胖又矮，头发拖到脖子上，在后脑用一个金压发籍着，只觉得笨而且俗。再看看玉如，苗条的身腰，发梢微卷云钩，露出雪白的脖子，只这后影，就爱煞人。

他们本来得很晚，好戏业已上台多时，前面一排的人，正把戏看得入神，并不注意后面。陆伯清趁着这个机会，就饱看玉如的后影，低头见她右胁下，掖着一条白花手绢，于是缓缓地伸着手过去，用两个指头，夹着手绢的一端，轻轻地向这边拉。偏是她又十分的机灵，伯清只一抽，她就感觉到了，马上半侧着头，却将眼珠转着向后面看来，接着微微一笑。她并不用手去拉着手绢，也不送过来，只是听其自然地让伯清去牵扯。伯清当着夫人在这里，得着干妹这样的表示，他是非常的满意。只是自己不能向她有什么表示，颇以为憾。而且就是有什么表示，她坐在前面，也是看不见。自己拿了这条手绢过来，向袋里一揣，便把自己用的一条手绢，轻轻送过去，塞在玉如怀里。玉如绝对不做什么表示，只是听戏。伯清既注意着玉如，又要注意着自己夫人，因之总不敢十分放肆，只觉得神志不安而已。

等戏完了，玉如依然和少奶奶同车回陆公馆，伯清简直无法可以近前说话。却不住地在上房徘徊，打听玉如的行动如何。玉如在老太太屋子里坐着，见伯清进来过两次，到少奶奶屋子里坐着，他也进来过一次，却让少奶奶把他轰走了。依着少奶奶，还要留玉如吃晚饭，玉如说是出来久了，不能不回去，于是少奶奶又吩咐开了汽车送她回家。

当她出得大门，只见伯清已先坐在汽车上，笑着大声道："我们一块儿走，我送你回去吧。"玉如毫不犹豫地上了车子。车子一开走，玉如便笑道："多谢你的手绢，我没有什么谢你，还是拿你的钱，请你吃饭。我不肯在你府上吃饭，就是为了这个。"伯清伸着手，握了玉如的手，连连摇撼了几下道："你真要了我的命。"玉如连忙将手一缩道："你可别乱来，你要乱来，我就先回家了。"伯清笑道："你这个人，话真难说，好！我就规规矩矩的。你说上哪里吃饭呢?"玉如道:"玉露春吧,在那里,我回家近一点儿。"伯清是个督军的大少爷,他还有什么顾忌?就吩咐汽车开到玉露春来。

原来这玉露春是王裁缝同乡朋友开的,而且彼此往来也很密切,伯清哪里知道?玉如一进店门,这柜上的账房先生就吃了一惊,陆大爷在北京城里,终日是出入花天酒地之场的,有什么不认得的?至于同来的女子,也极容易认出来,乃是王裁缝家的新娘子。这真奇怪,他二人为何能联到一处?但是,有陆大爷在一路,也不敢盘问,只得由他二人上楼,挑了一个雅座,放下门帘子。不但账房先生认识玉如,有两个伙计,也认识玉如,大家一讨论,绝不会假了。玉如对此,绝不理会,坐在雅座内,只管提笔开单要菜。不过这杯筷是对面摆的,不像上午,连着桌子角。

玉如将单子交给了伙计,还吩咐来两壶玫瑰酒。伯清笑道:"酒的名字很好听,你很爱喝一点儿吗?"玉如笑道:"酒甜甜的,我爱喝点儿,你不要甜甜舌头吗?"伯清道:"我不但要甜甜舌头,我还要甜甜心……"心里说着,手上就来移杯筷。玉如也站起来道:"你别动!你一动我就先走了。"伯清只得又坐下,装出那失望的样子,望了玉如道:"为什么你对于我总是这样欲即欲离的?"

玉如叹了一口气道:"并不是我对大爷欲即欲离的,你要知道我是个苦命的孩子,我这样陪着大爷,我们那位还不知道呢,若是知道了,就有一顿大闹。好在我公婆是知道的,这样不要紧。我若和大爷太好了,我们那位知道了,他哪里还会要我,我怎么办呢?"伯清一拍胸道:"那要什么紧?你靠着大爷。你总能相信,大爷养个两房三房家眷,总不在乎。"玉如低了头,一手扶着额顶,半遮了脸,一手比齐着筷子头,低低地道:"我也怕你家少奶奶,我不敢和她见面,她老看守着我。"伯清将桌子一拍道:"实在是可恶,以后你别到上房去见她就是了。"玉如道:"那更不妥了,现在到府上,我还算是见老太太。若是不见老太太,专来找你,你想,这要一让我那位知道了,更是不得了。"伯清道:"有什么大不了,给他们几个钱,离开他们就完了。"玉如道:"你别信口胡说了。我们这种行动,你怕你那位,我怕我那位,不是可以胡来的。就算我那位,我对付得了,你那位呢?回头我闯了祸,离开了王家,我又不敢上陆家,我到哪儿去?"伯清笑道:"那要什么紧?大爷有钱,不会另赁房子安下你吗?"玉如鼻子里哼了一声道:"男子得不着女子的时候,什么愿也肯许的。可是人家一上了当,就不管了。你说赁房子我住,有什么保障?"

伯清一听这话,她简直是完全许可了,由心里直笑将出来,只管搔着耳朵道:"你有这一句话,我死也甘心。"说着,又一拍桌子道:"妹子,你说吧。你要什么保障?只要干哥做得到的,我准办。"玉如道:"当然是办得到的。我也并不要大爷写什么字据,打什么画押,只要你给我一万块钱存在银行里,我就马上伺候大爷。因为有了这些钱,就是大爷将我扔了,我这一辈子也有吃有喝,就不怕了。大爷漫说拿一万,拿十万也不在乎,况且这个钱,还是放在姓陆的家里……"说到这里,对陆伯清飘了一个眼风。陆伯清听说要拿一万元做保障,这实在有点儿惊异,然而当她飘了一个眼风之后,就不能说出一句不拿的话,而且实在也不是拿不出。便出奇制胜,由小问题答过来道:"这钱是怎样地交付给你呢?"玉如道:"自然要你取出一万块钱钞票来,交到我手里,我再去存上。银行里的折子一到手,当天我就不回去,请你先给我找好安身之所。"

伯清虽然觉得钱多一点儿,然而照着玉如自己的地位说起来,就真也要这些才够。而且她说得那样干脆,哪天有了钱,哪天就不回家,那样破釜沉舟地干,也真非一万块钱不可。他这样想着,心里已有点儿活动,加上伙计端上酒菜来,玉如先拿了伯清的杯子,斟上了一满杯,送到他面前去,笑道:"虽然是我来请,还是你的钱,这不过聊表我一点儿敬意罢了。你喝这一杯。"伯清见她亲手斟上一杯酒,又是甜甜舌头,说了在先,哪有不喝之理?端过酒杯,一仰脖子喝了。

玉如笑着又斟上了一杯,却把手按着,不让他喝,笑道:"这一杯酒,我们先谈好了再喝。大爷,你是拿我穷人开心呢,还是真有一番好意?若是拿我穷人开心,我就不再痴心妄想了。若是真的,你干了这杯酒。"伯清听了她这话,便是假意,也把那杯酒喝了,何况心里头,主意正拿不定呢,便笑道:"你到现在,还信我不过吗?"玉如道:"我自然是信得过,可是我非得在银行里存了钱,心里总有些害怕呀。"说着，放开了那杯酒，皱了眉头坐下去，好像心里有很大的忧愁似的。

伯清见她收敛了笑容，鼓着小脸蛋儿，心里很是不忍。端起酒杯，高举过头，对她道："你瞧着，我喝你这杯酒，你明天到我家来，我就交一万块钱给你，你爱怎么办，就怎么办，我总算尽了我的心了。"说毕，咕嘟一声，又将这杯酒喝下。玉如笑道："若是这样，我就放了心，从明日起就是你的人了。你看我这人爽快不爽快？"说着，眉毛一扬。伯清真不料一个冷面无情的女子，只两次见面，就完全融化了，足见得女子们还是爱钱爱官。自己本就有意找个外室，托了许多人，也没有一个中意的，现在总算毫不费力，让自己找着了一个。

很高兴地吃完了这一餐饭，伯清正要说送她回家，她倒自己说了，说是要伯清坐汽车送回家来。伯清连说自然，笑嘻嘻的。玉如当着伙计的面，掏出一大沓子钞票，拿了一张十元钞票，让伙计到柜上去找零，找来了，赏了伙计一元钱小账，然后和伯清一路下楼，到了柜房外，见着那账房先生，还微笑着点了一个头。

现在天色已黑了，出了门，玉如要上汽车，正背了电灯的光。伯清走上前，一伸手扶着她一把道："不要摔了。"玉如上车去了，接着伯清也上去了。玉如还是像先一样，靠着车厢的一只角上坐着。车子开了，伯清见玉如一只手扶着坐垫，他的那一只手，便也按着坐垫，慢慢地向玉如这边移了过来，慢慢地触着了玉如的指尖。玉如只是向车子前面看了出神，并不曾注意到坐垫上去。伯清那只手，在触着玉如指尖的时候，略微顿了一顿，同时，并去偷看玉如的颜色是怎么样？见玉如始终是不理会，这胆子就大了，于是猛然间一把将玉如的手捏住。

玉如不像先前手一缩了，就让他捏住，却笑着对他道："在我未脱离王家以前，我不赞成你有这种举动。你要怎么样，你就赶快把我救出那个穷鬼窝里来。要不然，荤不荤，素不素的，我也是好人家孩子，你对得住我吗？"说着，向伯清瞟了一眼。伯清握着她的手，摇了几摇道："你放心，我说了明天办的那件事，明天一定照办。但是你可不能失信呢？"玉如道："我绝不失信，我要失信，难道你还找不着我？俗言说得好，孙猴子总逃不出观世音的手掌心。"她说到这里，勾着脚，敲了一敲陆伯清的大腿。陆伯清被她这一碰，由腿上一阵麻酥，直透心窝，除了紧紧捏着人家的手而外，简直不知所措。

　　这时，汽车突然停住了。玉如伸手来开车门，笑道："到了家了，再见吧。"她那只手，还让伯清握着，他道："别下去，咱们还坐着车子，由东城到西城，兜个圈子回来，好不好?"玉如一伸头，对着伯清耳朵里，说了五个字，将手一缩，就抢着下车了。伯清不但不怪她，反而哈哈一笑。要知玉如说的是五个什么字，下回交代。正是：

　　多情未必无真假，一事何能定是非。

第二十五回

愤语激良人含机失笑
忘情款爱友把茗移情

却说玉如在车上被伯清握着一只手，不能下车，她就对他耳朵边，轻轻说出五个字："我明晚陪你。"伯清听了这话，人几乎晕过去了，玉如便抽身抢着下车了。这时，王福才早得了玉露春账房的电话，曾问新娘子做客去了没有？答是做客去了，因为陆老太太约去看戏。因反问为什么问这话，那边就说是和陆太太在这里吃饭，接上便把电话挂上了。王福才觉得这话，很是尴尬，自己放心不下，一口气就跑到玉露春来看情形。

到了店门口，不好意思进去，见店门对过，停的一辆汽车，上着绿漆，正是陆家的，那小汽车夫，坐在车前座，闲着打瞌睡，便走过去劳驾一声，问道："陆大爷在这里吃饭吗？我有一封信要送给他。"这小汽车夫并不认识他，就答道："你有什么信，交给我和你转送去得了，大爷请女客吃饭，不便见生人。"王福才道："反正不会是两个人，我去要什么紧？"小汽车夫笑道："不是两个人，这还用得着三个人吗？"王福才听了这话，人几乎晕了过去，便道："我这信是要面交本人的，既是送不上，等一会儿，我把信送到宅里去吧。"说着，对酒楼上望了一望，恨不得一脚跳上楼去，找了陆伯清拳打脚踢一阵。然而想想人家的威风，又想想自己的前途，怎能打得下去？一掉头，赶紧向家中跑，也落个眼不见为净。

到了家之后，什么也不言语，横身就向炕上一躺。这时听到汽车声，本来跳将起来，要去开门看上一看，站起来又转了一千念头：有什么看头，无非是难为情与难受而已。因之复又倒身下去，睡在炕上了。听到皮鞋之声嘚嘚，爱妻已经由外面进来了。灯光射着，只见她两颊微红，脑后的头发，有些蓬乱，就在炕上嘿嘿接连冷笑两声。

　　玉如已经换了衣服，坐在凳子上脱皮鞋，听到王福才冷笑，且不理会，却找了一张纸擦着皮鞋，口里还不住地唱着小曲。王福才躺着，昂了头望着道："真快活，这两天，你都变得不认得自己是谁了。"玉如擦了一只皮鞋，又擦一只皮鞋，将皮鞋放在桌上，索性脱了丝袜子，光着一双白脚，踏了一双布鞋，走到炕边坐了，盘了腿，把脚和腿，都露了出来，脸上笑着，嘴里小唱着。王福才跳下炕来，将桌子一拍道："你也太不要脸。"玉如走下炕来，先拔了鞋，然后偏了头望着王福才道："你刚才说我什么？我没有听见，请你再说一声。"王福才道："再说一声，就再说一声，我怕什么！我说你太不要脸。"玉如昂着头哈哈大笑了一声，再道："你也知道要脸不要脸吗？我长了这么大，不知道什么叫要脸，什么叫不要脸，请你告诉我，我也好学一个乖。"说着，一挺胸，两手叉了腰，面孔绷得铁紧，只等他的回话。

　　王福才冷笑道："你不用问，各人心里的事，各人都明白。"玉如道："我不明白，我一点儿也不明白，我非得问你不可，我什么事做得不要脸？"王福才又拍桌子道："一个年轻的娘儿们，应该陪人家年轻的爷儿们吃酒听戏，还搂着同坐汽车的吗？"玉如微笑道："不错，酒也吃了，戏也听了，汽车也坐了，也许是让人搂着的。但是，并不是我水性杨花，做了几天新娘子就要出去做坏事，这是奉了公婆的命令，奉了丈夫的命令，正正堂堂去做的。你要我给你弄一个官做，我就尽力给你去弄一个官，在官没有运动到手的时候，我的责任没有尽，我怎么能停止？你不认识字，大概责任两个字，你总也可以懂得。我就算不要脸，也是为了责任逼的，你要我和你办事，又不许我不要脸，我没有法子做人了。"

　　她如此一说，王福才的气焰，就压下去了一倍，因道："我虽然叫你去的，但是不过和人说说人情，哪有整天整晚陪着人家的？"玉如笑着哼了一声道："那就听便你吧，要想我不陪人家，你就莫想官做。要想官做，就莫管我怎样去运动。既然是陪人玩了，大陪也是陪，小陪也是陪，脸既然丢了，索性往上丢，等官到了手再说。"王福才道："据你这样说，你倒全为的是我。但是亲戚朋友，现在都知道了，这样下去，我受不了。"玉如道："你受不了，我又受得了吗？你有那个胆量，说句不做官，我就可以不去陪人，我看你没有那个志气。"说着，又冷笑了一声。王福才道："你就那样量定了我，我就不做官，你可舍得那个干小姐不做？"

玉如还没有答复出来，只听到房门啪啦一声响，高氏向屋子里一跳，站在屋中，连连向玉如摇着手道："你别和他一般见识，他知道怎么？你和他说话，简直是遭了一口气。"玉如对王福才道："你听见没有？母亲在当面，我出去陪阔少爷，并不是自己不学好。"高氏望了玉如道："你这是什么话？好好的一件事，让你这样一说，就把事说糟了。你到陆家去，人家又不薄待，认了你做干女、干妹和干——"说到这里，望了王福才顿了一顿，便道："干娘对你那样好，你还有什么话说？"玉如道："那样说，我还是去了？"说着，就望了王福才的脸。王福才道："我不想做官，我也不要你去。"高氏道："放你妈的屁，你不做官，我还要做生意呢。"王福才一顿脚道："你们只图发财，就不顾别人的面子怎样，你向外边去打听打听，人家把我比成一个什么人了？"王裁缝在外面接嘴道："什么人？你不过是一个小裁缝罢了。你就有面子，你又做得出多大的事来？"这一吵之下，他们王氏一家骨肉，你一句来，我一句去，竟没有一个停止的时候，玉如在一边看到，却是好笑。

吵了两三点钟，依然没有结论，王福才只好纳闷不作声，倒在炕上，王裁缝夫妇，也就睡觉去了。玉如站在屋当中，微点了一点头道："你这人还算良心没有丧尽。我决计和你争面子，不去陪人家了。但是就是这样算了，以前那样俯就人家那些个，都算白费心。依我说，好歹明天还去一趟，官也好，钱也好，总弄些结果回来。有了结果，算没有白费心，就是对你父母，我也可以交卷。亏已吃了，你就是这样不要我去，更是不合算。"王福才躺在炕上，想来想去，果然是她说得有理，便叹了一口气道："事到如今，我也只好由你去办。"玉如见他已经答应了，便道："既是这样，请你明天索性出去玩一天，不要回家，也落一个耳不听心不烦。"王福才到了此时，自己简直没有了主意，玉如劝他出去躲一天，也觉这话不错，自己就不作声，算是默认了。到了次日，果然趁着店里伙友不注意的时候，就溜出大门去了。

　　玉如只等他一走，便来和高氏商量说："和陆家老太太约了，今天还要去一趟，不知可还能去？"高氏道："自然是要去，和老太太说的话，还能失信啦？你这孩子也太老实，陆太太既是认你做干女，你就不要客气，老实叫她干妈。陆老太太呢，就叫她奶奶。一来把自己的身份抬高，二来叫得亲亲热热的，将来有什么事求他们，他们也当作自己人一样，更容易答应了。"玉如道："当了面，我原是这样叫的。"高氏道："就是背地里，也不应当这样叫呀，因为不是当面背后一样的称呼，就不能称呼顺口的。你什么时候去呢？你只管收拾，我来做饭。"玉如道："不，我就要去，也好早些回来。"高氏将她眼圈下的鱼尾纹，皱起来笑着道："人家那种饭，自然比咱们的饭好得多，你就去也好。回来迟早都不要紧，家里又没有什么事。"

　　玉如见高氏已满口答应，自己的计划，便完成了三分之一。当时匆匆地换好了衣服，缓缓地走出了大门，一直走到了大街，便雇了一辆人力车，一直上东车站去。到了车站，先向问事处去一问，到天津的车，每日有几班，车钱是多少。问得清楚了，在身上掏出一个小日记本子，用简单的字，都记上了。缓缓地踱出站，看看由这里上车人的情形。

　　正看得出神，只觉自己的衣襟，有人牵了一牵，这一下子，吓得她出了一身冷汗。回头一看，却又喜出望外，原来是江秋鹜夫妻二人，牵衣襟的是落霞，不知道何时，她已走到身后来了。因道："你们也是来送客的吗？我也是来送客的呀。"说话时，一看江秋鹜含了微笑，站着退后二三尺，似乎有点儿避嫌的样子。落霞执着她的手道："我非常惦记你，那天在街上遇到你，一句要紧的话也没有说。你有工夫没有？若有工夫，今天一路请到我舍下去坐坐。"玉如的手，虽然被落霞执着，然而她正望到秋鹜，落霞所说的话，她竟没听见，回转头来，竟不知所答。还是秋鹜走上前说道："冯大姐，她请你到我们家去坐坐呢。"玉如这才笑道："趁着这个机会，我很愿意和你们谈谈，从此以后，这机会也不容易得呀。"秋鹜听了大喜，马上就走出站去，雇了三辆人力车，带着她们，一路回家来。

到了家里，玉如一看，他们竟是一个很完美的小家庭，怪不得见着他们的面，总看到他们笑嘻嘻的了。当时落霞执着她的手，引她到新房里来坐。秋鸳避嫌，却走开了，自吩咐着老妈子沏茶，装干果碟子。落霞和玉如同在一张沙发上坐下，挽着她的手臂道："我看你在车站上，神色很不安定，你又是送了一个什么有关系的人走了？"玉如道："妹妹，你不是外人，我把你当亲骨肉一样看待，没有什么话不可以对你说。我老实告诉你，我要逃走了。我到车站上，是先看好路线。"

落霞听她这话，倒吃一惊，握着她的手道："真的吗？为什么呢？唉！我也知道你的婚姻不美满，但是也不至于就走这一着棋，这件事，你可得考量考量，不要想了就做。"玉如摇了一摇头道："你知其一，不知其二，我还可以坐一两个钟头，让我把最近的事告诉你。"于是就把王家如何要她到陆宅去，陆伯清如何调戏她，她自己又如何玩弄陆伯清，最后便说："像王家这种人，我还和他争什么穷气？陆伯清这种人，他有钱有势，要玩弄女子，我在王家，他随时可以势迫利诱，我有什么法子可以抵抗他？我一想，索性不要脸一阵，拼他一万块钱到手，马上就逃到天津去。天津有租界，我躲上一两个月，再搭火车到上海去，改名换姓，找一个学堂进着。有了这一万块钱，我不愁混不到大学毕业，毕业之后，我自能找个安身立命的地方。只要钱到手，我今天随时就走。我们居然会在火车站上碰着，总算有缘了。"

她说话的时候，落霞静静地听着，并不答话，及至她说完了，就摇了一摇头道："这件事，我不大赞成。一个女子，又没一个人帮助你，你哪里就能办这样重大的事情？你若是逃走了，王家也好，陆家也好，他们岂能放过你？就算你躲得很周到，请问，你一个人拿着一万块钱，打算在天津上海这种奇怪莫测的社会上去混，能保险不出事吗？况且你一个人，几时又出过这样远的门？以我而论，在车站上就看见你的神色不对，设若你拿钱在手，再让人看出情形，那又怎样办？"

玉如一腔热烈的计划，听她如此说来，犹如兜头浇了一盆冷水，迟疑了半响，因道："据你这样说，我这个计划，完全等于画饼了。"

落霞笑道："你不要和我文绉绉的，我不懂。"玉如叹了一口气道："我现在果然不应当文绉绉的，风流儒雅，是你们的事了。"落霞道："好姐姐，你千万别多心。我是看你闷得很，逗着你笑一笑，一点儿没有别的意思。你到了这种为难的境地，我还要取笑你，这还成个人吗？老实说，你想的那一个主意，真使不得。你万一受不了委屈，自然也有法子出头，你又没有写了卖身字纸，卖给王家的。我们江先生，我和他谈起你来，他也很赞成的……"玉如听了这话，立刻脸上一红。落霞也觉得失言了，便又接着道："他也很佩服你为人的，让我把他叫来，大家商量一个妥当的法子，你看怎么样？"玉如微微摇着头，她右脚可又将皮鞋尖，不住地在地板上画圈圈。

落霞看她并无十分拒绝之意，就在外屋把秋鹜叫了进来，因笑道："我姐姐刚才那样高谈阔论，大概你也听见，你也贡献一点儿意见。"玉如见秋鹜进来，很难为情，低了头道："我这人不中用，让江先生见笑。"秋鹜见她穿着淡装，眉峰眼角，带有无限的忧郁样子，心里虽然想说一句谦逊话，说是没有什么可贡献的。可是看她那样楚楚可怜的样子，怎能不替她出一个主意？便道："冯大姐的话，我已听见了。照说呢，这也是有心胸的人做的事，我很赞成。"

秋鹜坐在沙发椅子对面的方凳上，说时，两手按了自己的大腿膝盖，同时，脸也向下，现出郑重的样子。但是他的眼光，却不一直向下，一会儿射在新夫人身上，一会儿又射在玉如身上。落霞就插嘴道："什么？你还赞成吗？"秋鹜道："以事而论，本来是可以赞成的。不过冯大姐去办，就合了你劝她的话，有许多不便。"落霞笑起来道："请你来出一个主意，说了半天，倒等于没有说一样。"秋鹜笑道："你劝她的话就对，我还说什么？我想第一步，自然是谢绝再到陆家去，先可少许多是非。至于若是讲情理，王家就不能怎么样为难冯大姐。要不然，这北京城里，不是没有说理的地方，可以和他们说理去，我谅他们也不敢怎样虐待。将来若是要用我们帮忙的地方，我们是尽力而为。"

玉如当他夫妇俩说话的时候，她静静地听着，并不插言，等到秋鹜说完了，她却发了一声长叹。落霞道："无论如何，你今天不要去办这件事，在我这里吃过午饭，把这事详细地讨论一番。而且这种事，也不是急在一刻办理的事，你看怎么样？"玉如道："在我没有听到你劝我的话以前，我觉得我的办法很好，现在想起来，果然是有点儿不妥。但是我若不走，忍耐下去，我这一生岂不完了？这种龌龊家庭，过着有什么意思呢？"说着，不觉流下泪来。落霞握着她的手道："事已如此，慢慢地来。秋鹜，你陪我姐姐坐一会儿，我去预备点儿菜。"说着，又用手在玉如肩上，轻轻按了一按，是叫她忍坐的意思。玉如只说了你不要太客气，也就不深拦阻她，于是落霞走了。

这一来，秋鹜可大窘了。眼面前这个可爱又可怜的少妇，本来是自己的夫人，而今她这样吃苦，却完全是为了我和落霞，照责任说，我和落霞都得和她想个法子，尤其是落霞。自己想到了这里，却不知用一句什么话去安慰人家好。玉如呢，正也是这样想着，这样一个完美的小家庭，岂不是我的？而今让给人家了。让给人家不要紧，自己还要闹出许多不如意的事给人看，真是可耻。当前的人，本来就是自己的……想到这里，不觉脸上一阵发热，故意抬起头来，看看他们房间所悬挂的字画，避去秋鹜的目光。秋鹜因她的目光不向自己看，明知道她是不好意思，急忙中也不知说什么好，便道："我也去招呼她一声，让她做点儿可口的菜。"说着，也就抽身向厨房里来。

落霞已吩咐王妈去买作料，见秋鹜来了，便道："把客一个人，丢在那里，什么意思？"秋鹜笑道："我窘得很，还是你去陪客吧。"落霞道："她又不是生客，你窘什么？"秋鹜踌躇着道："你难道忘了以前……"落霞道："以前什么？我们只谈现在。为了有以前的那一段事，我们都恭恭敬敬待她，才见得我们光明正大。以前又没有做什么坏事，现在有什么不能见面？"秋鹜道："你虽这样说得冠冕，究竟她也有些难为情，她一难为情，我更不知道怎样好了。"落霞道："她是一个可怜的人了，我望你只念她的好处，把爱情两个字丢开，自己当是她一个哥哥来照看她，把难为情三个字忘了。唯其是这样，我才好和她往来。若是你和她老避嫌疑，以后她就不好来了。"秋鹜见夫人都有如此开阔的思想，自己也不能再有小家子气，只好含着笑，重新回到屋子里来。

玉如连忙起身笑道："请你随便一点儿，不要太客气了。"秋鹜觉得突然而来，突然而去，有些不知所谓，于是将杯子里的一杯凉茶倒了，重新给玉如斟了一杯。自己还没有递过去，玉如已伸手来接着。在玉如这一伸手之间，看见她雪白的手臂上，还有一道微痕，想起那天她洗衣割臂的事情，觉得她依然未忘情于我，拿着茶杯，就忘了放手。玉如见他看自己的手臂，也知道是发现了那道微痕，手既不能不接茶，又不便让人尽看。也就愣住了。正是：

　　直待传神到今日，本来知己已多时。

第二十六回

共感飘零羡称白玫瑰
都忘廉耻微讽野鸳鸯

却说秋鹜给玉如倒茶，忘了递过去，玉如只得说道："江先生你不必客气，就放在桌上吧。"秋鹜也明白过来了，自己倒了一杯茶，老拿在手上不放下去，这是什么意思呢？还是人家提明了，自己才知道，更是可笑了。于是将茶杯放在桌上，搓了搓手，笑道："这只有一杯清茶待客，很不恭敬……"说到这里，一看桌上，已经摆下四只干果碟子，又笑道："粗点心，摆出来也等于无。"玉如笑道："你们太客气了，设若到我舍下去，恐怕一杯清茶，也办不出来。"说着话，二人又在对面坐下。玉如端了茶在手上喝，秋鹜却抓了一把白瓜子，慢慢嗑着。这依然是个僵局，都无话说。落霞在厨房里安排，又始终不曾来。

秋鹜一人盘算了一会儿，才想起了一个问题，问道："刚才听冯大姐说，要到天津去，你府上不就在天津的吗？"玉如也是苦于无话可说，有人提起来了，那就很好，因道："唉！我说是天津人，那也是个名罢了，实在说，我天津什么人也没有。"秋鹜道："哦！天津并没有家里人，但不知何以又到北京来了？"玉如道："不瞒江先生说，我的家庭原不算坏，只是我一出世，母亲就去世了。我父亲后来娶了继母，继母生了两个弟弟，就对我百般虐待，接着我父亲去世了。我姥姥看我可怜，就把我带到北京来过。因为我有一个舅父，在北京做生意，还可以糊口。不到一年，姥姥死了，舅父又娶了亲，硬把我送到留养院里去。这就是我的历史，江先生，你看我可怜不可怜？"秋鹜道："这样说，令亲还在北京，大可以去看看他。"玉如摇了一摇头，鼻子里哼了一声道："漫说找他们不着，就是找得着，我也不找他们了。因为我在留养院，有这些个年，他并没有去看过我一次，那么，他对我的意思如何，也可想见，现在去见他，不是自讨没趣吗？"秋鹜道："这样说，冯大姐的确是无一个亲人的了。幸而是个女子，你令亲还送你到留养院去，若是一个男子，他一定留在家里和他做零碎杂事，当奴才待，恐怕那种环境，还不如现在呢。"玉如道："这也难说，中国人是重男轻女的，是个男子，也许好好地待我，或者送到孤儿院去。总而言之一句话，没有父母的孩子，不问是男是女，总是可怜的。"秋鹜抓到了这样一个题目，这才算是有话可谈，于是就根据这一节谈了下去，一直谈到落霞安排菜饭妥当了，两人还继续着谈这个问题。

落霞道："这就怪了，我在留养院里，问过了你好几次，你都不肯把事情告诉我，怎么今天自己全说了？"玉如道："以前不是不说，我觉得说出来害臊。不像你，孤身一人，逼进里面去，是没有法子。我是有家的人，为什么进去呢？"落霞道："你说你可怜，你还不屈，我就冤屈死了。只记得三四岁的时候，在大门外玩，有一个灰色短衣的人，买了糕给我吃，就把我抱走了。抱到乡下，一个老太婆管着，不许哭妈，一哭就打。后来将我卖到城里，过江过海，一直到了北京。我只记得我母亲的样子，姓名籍贯年岁，全是主人家给我定的，我也不知道靠得住靠不住？你说是谁可怜？"玉如道："你可怜，不过可怜到这种程度为止，我可怜的事，还是刚刚开始，以后怎样，还不知道呢。"

两人如此一说，都勾起了万斛闲愁，彼此对望着，黯然不语，脸上渐渐地发出凄惨之容，看那样子，几乎是要哭出来了。秋鹜赶紧从中打岔道："饭就要来了，我们不要谈这些伤心话，找些可乐的谈谈，吃饭也要痛快一点儿。"落霞一拍手，笑着站起来道："果然是不应发这种无味的牢骚，玉如姐喝什么酒？我叫人打去。"玉如笑道："你真是孩子气，说乐就乐得起来。我连饭也吃到嘴里无味，还喝个什么酒？"落霞道："越是心里有事，越当喝酒解闷，一定要你喝两杯。"秋鹜道："不必买酒了，我记得我们喜事那一天，还剩下两瓶葡萄酒，你找找看。"落霞笑道："不是你提起，我倒忘了，姐姐，你对于我们的婚事，总要算帮忙不小，人家总说要喝杯喜酒，你就真喝杯喜酒吧。"秋鹜说了喜事那天一句话，觉得有点儿冒失，后悔不转来，偏是落霞还彻底说个痛快，把玉如最痛心的事都说出来了。秋鹜站在一边，只管和她做眼色，阻止她不要说，偏是落霞没有注意到，一直把话说完了为止。

玉如见秋鹜在一旁有一种很焦急的样子，心里很明白，就笑道："既是说喜酒，我就喝两杯吧。留养院里的事，望你不要谈，谈起来，我先要谢你救命之恩，你叫我又怎样的谢法呢？"说话时，老妈子将菜碗摆在桌上，落霞就忙着开瓶斟酒。他夫妻俩打横，将玉如的位子，安在上面。玉如见酒杯子里的酒是红艳艳的，笑道："这真是喜酒。"说着，端起酒杯来，向二人举了一举道："恭贺你们，谢谢你们。"说毕，才呷了一口。

落霞道："谢我们是不敢当，恭贺呢？彼此……"秋鹜怕她将一样两个字还说出来，就先以目相视，连忙举着杯子对玉如一举道："请干一杯吧。"玉如便端了杯子，干了一口酒，放下杯子，然后对秋鹜笑道："你和我大妹子相处的时候，没有我那样久，我是知道她的，太搁不住事了。好比夏天的石榴花，开得热热闹闹的。"落霞一摇头道："你不要骂人了。像我这种人，也可以去拿花来打比？你呢，倒真是一朵鲜花——"秋鹜一听，糟了，她若直说一朵鲜花插在牛粪上，那真是唐突西施，要给她颜色看来阻止，已是来不及了，就在桌子下，伸出脚去，碰了落霞的腿两下。

然而无论怎样快，也没有说话那样快，落霞已经说出下面一句话来了，乃是"可惜我不通文墨，比不出像什么花"。至于秋鹜敲她的脚，她并不知道。原来她的脚不曾伸出来，玉如的脚倒伸出来了，秋鹜连敲两下脚，都敲在玉如脚上，玉如并不理会秋鹜这是什么意思，眼珠向秋鹜这边一转，脸一红。至于落霞说一朵鲜花如何，她简直不曾注意了。秋鹜绝不料是踢错了别人的脚，致引起了来宾的误会，所幸落霞已不是说一朵鲜花插在牛粪上，总算过了一关了。

落霞很坦然地坐着，也是不知道秋鹜为她受了急。见秋鹜微笑着，便道："你肚子里比我高明得多，你说一说，我姐姐可以比作什么花？"秋鹜笑道："不要胡说了，我哪有这样大的胆？"玉如笑道："真有点儿胡说，我这样在泥堆里过日子的人，还比个什么花？"落霞道："你这话，我有点儿不服，你不能比花，为什么就把我比作石

187

榴花？我把你好一比，比作芙蓉花，你看怎么样？"说到最后一句，却望了秋鹜，意思是要取得他的赞同。秋鹜望了玉如，微笑道："虽然芙蓉是很好看的花，但是和大姐的性格，有些不相同。"落霞道："那么，你说像什么花呢？"秋鹜又望了玉如，微笑着摇了摇头道："我不敢说。"玉如道："江先生，你为什么不说？我这人也是看什么人，说什么话的。"秋鹜笑道："就是这一句话，就可以把冯大姐比得很像了。"落霞皱眉道："你也是成心有些文绉绉的，你想，人家本人，都要你说了，你倒偏是怕说。"

秋鹜端起面前半杯残酒，咕嘟一声喝了，将酒杯子放下，对落霞道："我把你姐姐，比作白玫瑰。"落霞将筷子头比了腮，望了玉如想着，摇了摇头道："我不懂，你这在哪里，又比出了她的性格？"玉如见他夫妻俩，只管向本人出神，却微微笑着，什么也不说，秋鹜见玉如并不以为忤，便道："我骤然说起来，你自然不会懂，我解释出来，你就明白了。冯大姐虽然好——"他觉好看两个字，有点儿冒犯，只得把这好字拖长了，来替代这个看字，又道："但是很雅静的，所以像一朵花，并不是那种大红大紫的花。香是可以比女子的品格的，玫瑰花的香多浓，所以比玫瑰花。"落霞道："别的花，也香呀！梅花，兰花……"秋鹜道："那些花性子太柔了，不能比现代的女性，我把冯大姐比玫瑰花，还有一个最大的原因，就是玫瑰花长着刺。在植物学上说，这刺的作用，和禽兽的爪牙一样，是保护自己的，玉如姐就很有这种本能。"玉如听他说到一个刺字，本来有些疑惑，经他如此一解释，笑道："把我比得太高了，我怎敢当？"秋鹜道："并不高，我还有一说，因为玫瑰花是有刺的，所以赏鉴花的人，要斯斯文文，领略花的态度，和花的香味。这种花的香味，本来是浓厚，只要静心去领略，绝不至于嗅不到花香。设若不管三七二十一，看到了花，一伸手便很鲁莽地摘了下来，一定会让玫瑰花的刺，扎上了一下，甚至于流出血来，也不可知。所以我说玉如姐所像的，就是这一种花。"

玉如听完了这一遍话，点了一点头道："让我比花这样美丽，我不能那样大胆妄为，就承认了。但是说我长得有刺，倒是说到我心坎里去了，像陆家这种人，我非扎他一下不可。"说着，也举起杯子，喝完了那半杯酒，笑道："我们的话，谈得很痛快。不喝了，吃饭了。"秋鹜一口气，把他的譬喻话说出来，心里正也有些惊慌，或者话说得太露骨了，而今见玉如整个儿接受，却也很高兴，听说她要吃饭，回头不见老妈子在身边，便自己起身，盛了一碗饭，送到玉如面前来。

玉如站起来笑道："我怎样敢当?"落霞道："有什么不敢当，大家都是平等的朋友，谁做主人，谁就可以伺候客的。你若是反过来做主人，我做客，我也可以要你盛饭。"本来是一句很好的话，这样一解释，又不大合规则了。秋鹜笑道："不应当那样说，只说我们应当客气就是了。"落霞道："你没有知道我们姊妹的感情有多么厚，我们是谁也不应该说假话的。"玉如叹了一口气道："这话果然不错，但是我很惭愧，怕我办不到就是了。"

秋鹜心里真也奇怪，觉得无论说什么着痕迹的话，有心也罢，无心也罢，玉如总是满意的，设若我娶的是她，或者夫妻之间，更是能合作一点儿，也未可知哩。玉如坐在上面，见秋鹜时露着笑容，心里想着，他一定是很愉快，他所要试探我的话，我都接受了，设若我真个嫁了他，那他就不知道要快活到什么地步。可惜我是无法嫁他的了。这两个人都在想着，自是默然无语，可是这位秋鹜的夫人，她认为是客人又在客气，不住地敬菜，把这餐饭吃完了，落霞又引玉如到屋子里洗脸。

玉如看脸盆内，漂着一方洁白的毛巾，笑道："新婚的东西，你们还保持得这样好哩。自然，你们是共用一条手巾。"落霞道："哦!我没想到这一层，我也有这个脾气，男子们用的手巾，我是——"玉如伸着手，已在盆里搓了起来，笑道："要什么紧?你洗得的，我也就洗得。"她于是将手巾覆在脸上，然后用力按了两下。

落霞笑道："我说揩不得，你倒索性用劲揩起来了。"玉如放下了手巾，笑道："那或者是你心理作用，洗脸何必还用个什么劲?"于是笑着洗完了脸，将手巾递给落霞，将那梳妆台上的化妆品，随便翻着看了两样，笑道："怎么摆上许多，用得过来吗?"落霞道："人家送有许多东西，叫我怎么办?其实，我难得用一两回的，你大概预备了不少，我看你脸上就知道了。"玉如笑道："我吗?不要提了吧。"说到这里，玉如抹了一点儿粉，搽了一点儿胭脂，对镜子照了一照，然后对落霞道："我今天被你们一劝，我明白了。我现在得到陆家去，绕一转，回去就好圆这个谎。过一两天，我再来看你们，有什么事好再请教。大概以后麻烦你们的地方，还多着呢。你别留我，我们不在乎这些客套上。"落霞笑道："既是如此说，我就不留你，你可记着我的话，不要胡来。"于是执着玉如的手，一同向大门外来送。秋鹜不便插进嘴说话，也就遥遥地在身后，送到门口，亲自给她雇了人力车。

玉如坐着车子，先到了陆家，听差一见，便报告说："大爷等了你一会儿，有事走了。"玉如心中大喜，却将脸一变，显出勃然大怒的样子来道："不等就不等，哪个要他等呢？"说毕，回转头见坐来的车子还在门口，坐上车去，就一直回家了。一进得院门，只听到成衣案子上，一片喧嚷之声。玉如听这声音之中，算那个绰号小张飞的，嚷得最厉害。只听到他嚷个什么朋友妻，不可戏，颠三倒四，说了好几遍。

玉如走到屋里，先遇到王裁缝，便问是怎么回事。王裁缝道："他喝醉了酒，瞎说，别听他的。"恰好只说了这几句话，小张飞由那边跳过来了，对王裁缝拱了拱手道："掌柜的，我们都是南边人，这事不能这样了结，你得出来帮我一个忙。"王裁缝道："他们都愿意，你不能管，你老在我案子上闹，耽误工夫，我要辞你的工了。"小张飞一看玉如站在一边发愣，便向她道："你是知书识字的，我凭着你，讲讲这个理。这里同事的老李，和我一个把兄姓董的，都共事，我把兄在北京，他就和我那把嫂有点儿不干净。我那位把兄是个无用的人，管不了那位把嫂，他一气就扔下家来不问，跑到南方去了。老李这小子越来越胆大，他就每天到董家去，居然霸占，我说大家是个面子，不要去了。他不但不听，带了那个臭娘儿们，今天逛庙，明天听戏，同进同出。朋友街坊等他们过去，谁都说一声野鸳鸯。我听了不知多少，耳朵里真有些受不了。今天我又说他两句，他说我是讹他的钱花，你想，我自己又没有媳妇，我要借女人来讹人的钱，我不会讨个媳妇当王八去吗？"王裁缝瞪着眼睛大喝一声道："你这是什么话？当着少年妇女，你居然说了出来，你还不和我滚了过去。"小张飞道："说这两句话，这也犯什么大忌讳吗？"说着，就走开了。

玉如望着他后影，耸肩一笑，就走回卧室来，只见王福才横躺在炕上，望了她一望，一字不提。玉如换着衣鞋，向旁边椅子上一坐，将衣鞋抛着向椅子上一堆，用手捶了一捶头道："今天……"王福才由炕上坐了起来道："怎么样？钱。"玉如道："倒霉，今天去的时候，他不在家。"王福才道："他是谁？"玉如道："是陆大爷。"王福才道："陆大爷就陆大爷，何必叫得那样亲热？刚才小张飞说的话，你没有听见吗？"玉如道："怎么没有听见？我又不是个聋子。而况人家还是对着我说话呢。"王福才道："既是如此，你不知道他句句话都是指着和尚骂秃驴吗？我不能受。"玉如笑道："这年头儿要顾廉耻，就没有饭吃。你不要看小张飞鲁莽，他说的倒是有理。我猜他，就是讹老李的钱。若是他有媳妇儿的话……这一对野鸳鸯，有一个，也许不是他的把嫂。"王福才道："哦！你也知道他骂了你，你挖苦他。"玉如道："我挖苦他做什么，一定会这样的。哼！我们睁开眼睛看看，有几个知道要廉耻的？"

王福才跳了起来道："事到如今，你还要说我吗？我已经说了，有官也不要做了。今天是你愿意去的，又不是我要你去的。"玉如道："你能保险以后不要我去吗？"王福才道："用不着保险，我说不要你去，也没有第二个人能要你去。"玉如道："你父母呢？"王福才道："父母怎么样？他能叫我做这样的事去丢人吗？"玉如鼻子里哼一声道："你不能吧？你还靠着你父母吃饭呢。"王福才道："难道我长了二十多岁的人，自己弄不到饭吃，非靠父母不可吗？"玉如淡笑道："你有志气了，不靠着媳妇儿做官，也不靠父母吃饭。"王福才听到了她这最后两句话，咚的一声，在桌上打了一拳头突然跳起来道："我找他们说明去。"说毕，就跳出房去，找他父母去了。正是：

　　夜气未交消尽日，少年不失有为时。

第二十七回

情所未堪袄被辞家去
事非无意题笺续句来

却说王福才跳出自己的卧室来，就直奔他父母的屋子，见了他母亲，两手一扬，便道："我不干了，我不干了，你要拿我怎样吧？"高氏道："什么事？你这样发了狂似的，我要拿你怎么样呢？"王福才道："你叫我当什么东西，我都可以干，你要我当王八，我可不能干。"高氏道："无头无脑，说出这种话来，你得了什么病吗？"王福才道："我没有得什么病，你们才得了钱痨呢。只要能得钱，情愿把自己家里人送给人家去寻开心，这不是笑话吗？送去的人和你们不要什么紧，可是丢起面子来，就是我一个人最难受了。"高氏道："我明白了，你发的这一股子横劲，一定是刚才听了小张飞的那一段高腔，又不安分了。你不知道小张飞他是穷疯了，要敲老李的竹杠吗？"王福才道："他敲竹杠也好，敲木杠也好，与我不相干。我只说我的事，我不能再叫玉如出门去了。"高氏道："这样说，难道陆家也不去？"王福才道："那自然。而且也就是为了陆家的事，我才不要她出去。"

高氏这一气非同小可，浑身的肌肉都要抖颤起来，两手扶了桌子，睁了眼睛望着他道："这……这……都是你说的？这样好的路子，人家想巴结还巴结不上呢。你媳妇刚刚钻到一点儿路子，还没有十分把稳，你倒嫌是丢脸，我问你，要怎样才是有脸呢？"王福才道："她到陆家去拉主顾，拜干娘，就算是和我挖路子，但是陪着陆家那小子开心，我不能答应。"高氏道："开了什么心？我不明白。"王福才道："你是真不明白吗？我就说出来吧。那小子带着她听戏，吃馆子，同坐汽车，都是两个人。他还说了，要和玉如另租一幢小房子住，那么，我这媳妇儿是为他娶的了？这样的事还叫我忍着，

192

干脆把她送到班子里去混事，我也可以发一个小财。"高氏两只手撑在桌子上，本来很有劲，把胸脯都撑得挺了起来。现在被王福才一说，不解何故，手膀有点儿发软，结果，也就把胸脯子里那一股气消落，不觉坐到椅子上去，于是叹了一口气道："我白做了几天梦，以为可以试一试老太太的滋味呢，这样看起来，算是自己泄了气，真要让人家好笑死了呢。"王福才道："我不干定了，人家好笑就好笑，笑我不做官，总比笑我当王八好些。"说毕，又是一阵乱跳，跳回自己屋子里去。

王裁缝在院子里，本已听得清楚，以为有高氏在屋子里，三言两语，总可以把王福才说好。现在见王福才掉转身躯回房去，知道是僵了，便在院子里站着想了一阵主意。想了许久，到底有些办法了，便走到王福才屋子外叫了一声，要他出来谈话。王福才正也要找他父亲，马上就出来了。王裁缝走到院子角上，摆了一条板凳，坐在一棵野桑树下，对王福才招了一招手，倒是从容不迫的，要他过去。王福才走过去了，他指着树下一个石墩，叫他坐下。王福才并不坐下，一脚踏在石墩上，用手撑了下巴颏，望着他父亲。

王裁缝低着声音道："刚才你和你母亲所说的话，我都听见了，我看你是有点儿想不开吧？我们这种人，想一步爬到官位上去，那是不容易的，有了这个机会，怎样能够丢掉？"说到这里，他的声音，又低一低道："无论你媳妇怎样吃了亏，哪怕是跑了，那都不算什么。只要做了官有了钱，就讨上十个老婆，也不值什么吧？"王福才道："官呢？钱呢？都在哪里？我凭什么没有得着，倒先要把媳妇陪人开心，我不能干。"王裁缝道："你真不干吗？"王福才道："不干不干！一百个不干！我不干定了！"王裁缝见他态度如此倔强，一伸手，就向王福才一巴掌打了过去。王福才出于意外，未曾躲避得及，脸上就啪的一声中了。

王裁缝气极了，一巴掌打了不算，又待伸手打第二下，王福才早跑开去好几尺路，指着王裁缝道："逼着儿子当王八，这是你老子应当做的事吗？"王裁缝道："我叫你吃屎，你就得吃屎，我养你这么大，得过你什么好处？你既然不服我的调度，有志气你们就自己成家立业去，不要再吃我的饭。"王福才道："那也行，你就料定了我非靠你吃饭不可吗？"王裁缝更不多话，如发狂了似的，跑进儿子屋子里去，拿了小箱子和铺盖卷，就由窗户里抛出院子来，口里喊道："你们给我滚！滚！"玉如在屋子里早听到清楚，便道："你老人家请息怒，说是叫走，我们决不耽误片刻，让我把东西清理一下，然后再走。"王裁缝瞪了眼睛道："好！好！你也和他一条心了。我就看你们搬到哪里去？"说着，走到中间屋子里，两手一叉腰，就在正中椅子上坐着，瞪了双眼，一语不发。恰好案子上的人，都为了小张飞和老李的事，出去调解去了，并没有一个人来劝阻。高氏也在屋子里，絮絮叨叨骂个不止，说王福才只知道看住老婆，看住老婆，就能吃饭吗？

王福才走进屋子来，对玉如道："快理东西。只要是随身用的，什么全留下，我们走。"他们本来东西很简单，二人一阵风地整理着，连小铺盖卷儿，一起只有三样东西。王福才整理东西的时候，慢慢地下来，想到一出去一无所有，这两口人如何过日子，就掏出一盒烟卷，取出一根，在桌上慢慢地顿了几顿。慢慢地放在口里抿着，慢慢地擦了火柴吸上。

玉如一见他的情形，知道他有点儿软化了。于是背转身去，掏出一沓钞票，伸着到王福才面前，低了声道："这有一百块钱上下，我们马上搬到会馆里去住，足够过半年的，难道这半年之内，你就想不到一点儿办法吗？无论如何，你不能泄气。"王福才低声问道："这究竟是多少？"玉如道："一百块钱，不差什么。"王福才两只眼睛，注视着玉如手上，果然不会差什么，于是取下嘴里的烟卷，向地上一抛，一顿脚道："好！我们走。"他赶着将东西提到院子里去，望着他父亲道："我不带什么走，换洗衣服和随身应用的东西，不能不带着。"王裁缝见他真要走，觉得白养儿子一场，一顿脚道："你快滚，不要废话。"高氏在屋子里看到，究竟有点儿舍不得，便跑出来，指着王福才骂道："你这个逆子，你只顾要出一口气，你不想你搬出去以后，不会饿死吗？"高氏用这种反面话来挽留他儿子，正是加增王福才一层刺激，答道："你就料我不能混到饭吃吗？我混不到饭吃，饿死也是应该，你就不要来管我。"接着便在屋子里喊道："你快出来呀！"

玉如见此种局面已成，心中倒是着实痛快，便走了出来，先对王裁缝道："不许我和他运动，我若不跟了他走，犯着很大的嫌疑。我现在跟了他走，让我慢慢地劝他吧。"这一句话，高氏听了，倒是极为中意，向玉如招了一招手，要她到屋子里去，轻轻地道："还是你明白事情，不要像这个蛮牛一样。他要搬出去，就让他出去过两天，让他尝尝辣味，我再叫伙计把他拉回来吧。"玉如道："当然，顶多三天也就可以回来的。若是陆家来问，你就说我病了得了。"高氏大喜，一面故意高声道："要走，你就走，我这里不少你这两个人。"玉如也不再说什么，走出来和王福才提了东西，一路走出大门来。

　　王福才道："我想定了，我们决计上会馆，会馆里空房子还很多，由着我们怎样住的。"玉如道："这种大事，我听凭你，并没有什么主张。"王福才道："钱呢？这个你也……"玉如将衣襟一拍道："我放在身上。"王福才听说钱的事，没有变卦，心里放下一块石头，马上叫了两辆人力车，一直向他们的县会馆来。会馆里床铺桌椅，都是现成的，不见得穷似家里，因之也只拿出一些钱来，随便添置些应用东西，也就草草成家了。这一下子，是玉如最觉得痛快不过，首先把公婆一种压迫的力量躲开了。

　　在会馆里布置了一天之后，诸事都妥了，玉如就对王福才道："现在我们既然争气搬出来了，就当做一番事业给人家看，我打算接一些女红来做，你也可以找一家铺子去上工。据你父母说，你的手艺不错，只要肯努力，糊口总是办得到的。"王福才道："我上工很容易，你说找女红来做，哪里有这个路子？"玉如想了一想道："我有个同院的姊妹，嫁了一个刺绣公司的经理，我若是找着了她，我就可以得着许多手工来做了。"王福才道："你这姊妹姓什么？"玉如道："她嫁的这人姓什么，我不知道，但是我到留养院去打听一下，自然就会打听出来的。"王福才道："若是我的工钱定得多，我想你就不出去找女红也罢。"玉如笑道："我明白了。你以为我出去找工作，又会有什么毛病，是吗？告诉你说，以前的事，那是你们家里逼我干的，不是我愿意如此。你想，连一个督军的大少爷，我都看不起，哪里会去找一个平常的人？你不要我出去，我就不出去，落得把家里的事，让你一个人担负。"

王福才一听她这话，心里倒吓了一跳，莫不要她把这一百块钱，都把守紧了不给我，那可糟了，便笑道："我不是那个意思，以为搬出来了，大大小小的事少不得都要你一个人去管，再要添做女红，你就太忙了。"玉如微笑道："你倒心事好，怕忙坏了我。但是到了这种情形之下，不忙一点儿怎么办呢？你实在用不着多心，把我们的骨头拿来称上一称，大概我的骨头，不会比你轻。"王福才觉得她这种话，都有事实来证明，实在也无可否认，便笑道："这几天我也让你挖苦得够了。现在我总算能争气，你还有什么看不过去的吗？"玉如道："这样就好，只要你争气争到底就是了。"王福才也想着有点儿过于多疑，像玉如这种人，能说能行，还有什么比不过自己？若是别个女子，上遍人家的当，回来还不肯说呢。如此他把过去的事来做证，绝对相信他夫人是个贤妻，绝不会有外遇，自这天起，自己出去找工作，同时，也让玉如出去找刺绣的工作。

这天下午，玉如努力她的新生命，等到王福才出去之后，也来找刺绣公司的经理。但是玉如心目中的刺绣公司，并不是怎样一个饶有资本，规模宏大的所在，不过是一个中学校教员的小家庭罢了。而所谓嫁刺绣公司经理的姊妹，便也是落霞。她到了落霞家里，恰是秋鹜上课去了，落霞一人在家，闷得厉害，拿了一叠纸，伏在临窗的一张桌上习字消遣。偶然一抬头，看见了玉如，连忙放了笔迎将出来，笑道："这样子，我们的话，你是容纳了，快进来坐吧。"

玉如走进了屋来，见临窗的桌子，干干净净，铺了花漆布，笔砚陈设得整整齐齐的，左边一瓶花，右边一杯清茶，真个像一个用功的样子，笑道："好哇！你这样的自在，让我看到，真要羡慕死了。"落霞道："这有什么可羡慕的，你所认识的字，当我的老师还有余，我又当怎样去羡慕你呢？"玉如叹了一口气道："话不是那样说，像我这种人，漫说认得几个字，就是当了女才子又怎么样？"说着话，坐在落霞原坐的地方，就翻着落霞临的字帖，看了一看。

落霞要忙着沏茶待客，已经走了，玉如一人坐在这里，闲着无聊，顺手提起笔来，就拿了桌上的空白纸，写起字来。因见帖上有如花两个字，就写了一句："可怜妾命如花薄。"只写完了这七个字，落霞便来了。顺手将这张字放在帖里，将帖一夹，关在里面。落霞并没有注意到她在这里写了字，笑道："我叫老妈子买东西去了，我要款待你，就不能陪你坐。"玉如道："我以后也许要不断地来，你何必还这样客气？你太客气，不是断着我，不好意思来吗？"但是落霞究不肯十分简慢，赶紧把桌子上笔墨，一阵卷着送走，然后用两个玻璃碟子，装了糖果和瓜子，摆在那里。玉如站起身来道："你还是这样客气，我真不好来搅乱你了。"

落霞执着玉如的手，一同坐在沙发上，便把这两天的事问了个详细。摇着头笑道："你真了不得，居然把这事办通了。我和秋鹜讨论你的事，讨论了两天之久，总是替你发愁，不知道你要怎样应付这个环境才好。不料你居然杀开一条血路，自建小家庭了。"玉如道："我这还算家庭啦，逃荒罢了。你说和江先生讨论过这事，他怎样说？对我的态度怎样？"落霞道："他也不过可惜你而已。"玉如心里一动，靠了沙发坐住，许久无言。然后点点头道："他本来是个极热心的人，这样的人，现在不可多得。"落霞想着，他并没有帮什么忙，不过劝她不要逃走罢了，这样一句话，不见得热心，更不见得就是难得的人，因笑道："这是你的客气话……"看玉如时，见她望着落霞孤鹜齐飞的那对喜联，只是出了神，说的话，她并没有听见，因之就不说，看她如何。她忽然问道："他什么时候回来？"落霞料着她是问秋鹜，便道："若是一下课就回来的话，这时候，他应该回来了。但是他若有别的事，那就说不定。不过他常说怕我一人在家里寂寞，若没有极要紧的事，他总要赶着回来的。"玉如点着头，微笑了一笑。落霞道："你们的王先生呢？"玉如冷笑了一声，接着又摇摇头，叹了一口长气。落霞见她叹气，这话就不好问了，也是默然。

在这寂寞之间，恰有一阵皮鞋踏石板声，由远而近，立刻振起了玉如的精神，突然问道："这是江先生回来了吧？"落霞笑道："大概是他。你且别作声，他忽然看见你，一定要惊异一下子的，据他说，你以后是不容易来的呢。"玉如果然如她所说，就不作声。秋鹜一脚踏进屋子，忽然哎呀了一声，接着道："冯大姐今天来了。"玉如听他的口音，又看他突然站住注视着，真有一番惊异之意，也就起身道："江先生才下课吗？大概猜不到我今天来吧？以后我得着自由了，可以常来领教了。"于是就把这几日的情形说了一说。秋鹜道："这果然可喜，一个人要创造一番世界出来，第一是要打破束缚身体和心灵的环境。"说着，就问玉如能不能多坐一会儿，若是可以多坐一会儿，就在这里吃了晚饭去。玉如道："吃饭不必，我们也用不着客气。"秋鹜觉得自己这话，或者问得冒失一点儿，不好再说什么，就远远地在对面坐下。落霞道："人家现在要管家了，哪里能够在外面久坐。"玉如笑道："多坐一会儿，倒不要紧，只要赶得上回家做饭就行了。我正有许多事要在江先生面前讨教呢。"秋鹜道："讨教二字不敢当，若是有什么事和我讨论，我很欢迎的。"玉如且不理会秋鹜说话之时的态度，先向落霞瞟了一眼，见她态度很自然，就对她道："有些事情，我也得讨教你。"落霞笑道："那是笑话了，别把话倒转来说吧。"玉如见落霞始终是实心实意的，闲谈着，就不住地把许多事来和秋鹜请教，有以后谋生活的事，也有书本子上不能懂的事，秋鹜都一一答复了。

二人谈得趣味出来，也就不知道天色快黑。落霞在一边插嘴道："大家谈得很高兴，姐姐，你就不必忙着回去做饭了，就在我这里吃饭吧。"有了这一句话，把玉如提醒，才匆匆地告辞回去。秋鹜对于玉如这种人，虽觉得可惜，然而因为有以前那一段故事，却不敢十分露骨表示，一来怕自己夫人不高兴，二来也怕玉如要避嫌，所以也不说什么。

到了晚上，落霞身体有些乏，先睡觉了，秋鹜便坐在灯下看书，陪着夫人。看了几页书，想起有两封朋友的信，要回复人家，便将旁边桌上的笔砚，都移到电灯下的桌子上来。又看到习字帖里，夹了有几张信笺。就轻轻地抽了出来，以作写信之用。及至抽出来看时，浮面一张，已经写了七个行书字，乃是"可怜妾命如花薄"。这笔迹并不是落霞的，她也绝写不出如此的字句，便向床上问道："这张字——"第二个感觉跟着来，以为不问也罢。看看落霞，脸侧睡在枕上，眼睛闭着，微微地有点儿呼声，已是睡着了。于是拿了这张字，在灯下把玩了许久，心想，这是玉如写的无疑，她为什么留下这七个字呢？想了一想，也猜不出所以然，或者也是无意出之。

提起笔来，不觉在后面批了两行小注，乃是"我敬其人，我爱其人，我惜其人，我怜其人"。写完，自己笑了一笑，觉得这种批语，近于无聊。随手依旧夹在字帖里，便来写信，这张字的事，自然置之一边了。到了次日下午，在学校里上完了课，因为有点儿别的事，直到傍晚七点钟才回家。一进门，落霞便告诉他，玉如今天又来了，她写了两张字留在这里，请你看看，照她的笔路要学哪种字，请你告诉她。秋鹜听到这个消息，不免心里一跳。一看桌上摆了那本字帖，夹的信笺却不知所在了。正是：

情如柳絮沉还起，不堕泥时易逐风。

第二十八回

锦字倚斜暗藏心上语
眼波流动频负局中棋

　　却说秋鹜听说玉如来了，还留下一张字条，这分明是对自己批的那张信笺而发。自己真也多事，何必批上那几个字，这事让夫人知道了，倒怪难为情的。便强笑道："这话从何说起？我并没有对她说我会写字，她现在也没有那种闲情逸致来学字。"落霞道："你这是什么话？难道人穷了，读书写字都不成吗？你从前……"秋鹜笑着摇手道："别提从前了，我出言无状，先认下这个错。"落霞笑道："我看你总是怕提到从前的事，不知道是敷衍我呢，还是真话？若是敷衍我呢，我老早就毫不介意的了。若是真话呢，你这人未免薄情。"秋鹜笑道："你知道就不用说了，反正我二者必居其一。彼此心照吧。"

　　他这样说了，落霞倒说不出别的话来，就在书桌抽屉里，翻出玉如留下的那张字条，交给秋鹜。他看时，那字写得有半寸大小，只是随便写的一些字句，并不成文，这倒好像是随便出之，无所容心的。然而据自己猜来，她之留下字样，绝不是无意义的，总得仔细来研究一番。于是拿着字在手上，故意装出那审查字样的神气，看来看去，居然发现了。

　　原来她这张字起头，是个"你"字，便大有答复之意在内，而这个你字，比较却写得大些。这"你"字以下，"油盐柴米杨柳芙蓉"，乱写着名词，并无意义，字却是瘦小些。再看第二行，乃"是春的风明月绸缎布匹"，也是许多名词，而中间却有个不是名词之"的"字。这"的"字在第二行第二字，也写得大些，显然是有意的。再看第三行，便是"纸笔话墨砚犬马牛羊"，是第三个"话"字，不相类的。再将以上三个特异的字连续，便是"你的话"，于此可以证实，她是用纵列的字，夹在行里来表示的。由这个例子，一行一行向下推，共写八行，每行嵌一个大些的字，总合起来，乃是："你的话，我是极欢喜。"秋鹜拿着这字条，怅怅地看了许久，作声不得。

落霞问道："你看这字是好呢，还是不好呢？怎么看愣了？"秋鹜笑道："我想，天下事，就是这样不平均，像冯大姐这样可造之才，偏偏得不着一个造就的机会。许多有机会造就的，又不肯卖力，把机会白糟蹋了。"说着这话，把这张字随便丢在抽屉里，表面上，把这件事好像很不留意地抛开了。但是到了这时，他心里就增加了一种不可思议的烦闷，似乎冯玉如那个影子，便不住地在面前摆动，心想，我以为她嫁了人，不再去想她。不料她爱我的心思，依然如故，倒并不因为我娶了落霞而变更，这样一来，我大可找了她，把彼此的心事畅谈一下。我虽不能娶她，可是在我心上，总也得着一番很显明的安慰了。如此想着，就不像往日，将玉如的来去，不放在心上，希望她明日再来才好。这天晚上，等着落霞睡了，便写好了一封信，揣在身上，心想，她明天来时，我就悄悄地塞在她手上，看她再如何答复我。主意想定，便静等明天机会的来到。

次日下午，在学校里上完了课，赶忙就回家来，心里预料中，玉如已是在屋子里坐着，等候多时了。然而走进屋子里来看时，落霞一人斜靠在沙发上打瞌睡，屋子里静悄悄的。落霞听到脚步响，睁眼一看道："咦！今天怎么回来如此之早？"秋鹜道："咦！今天下午她没有来吗？"落霞道："你约了哪个到家里来？我并不知道呀！"秋鹜笑道："李少庵说了今天下午来的，也许他有别的约会，把这事忘了。他本来是忙人，不来算了，我也不去怪他。"落霞还不曾答言，只听到屋子外有人搭腔道："是说我失约了吗？"这正是玉如的声音。秋鹜先迎了出来，连说请里面坐。

玉如到了屋子里，落霞笑道："昨天那样赶着回去，误了做饭的时间没有？"玉如笑道："可不是晚了。今天我是抽空来一趟的，马上就要走。"落霞听说她是抽空来一趟，马上便要走，心想，也许是她夫妇初搬家，经济上有点儿困难，今天是来借钱了。偏是我们这一位在家，我就是可以借一点儿钱给她，然而也未免让她面子上下不去，因笑道："何必忙，既来之，则安之，就是误了一餐饭，那也不打紧。"玉如道："前天你笑我文绉绉的，现在你呢？"落霞道："我也不过平常听到别人说得多，偶然学会的罢了。"玉如道："你现在可以好好地念点儿书了，你现在念的是些什么呢？"落霞便把所念的书告诉了她。她于是很自在的，将书中的故事，举出来两三样，慢慢地谈着。落霞心想，这真怪，她说了是抽空来的，要赶着回去，当然有很急的事，然而她来了之后，并不说有什么要紧的事，只是闲谈着，难道还是抽了空，跑到这里来闲谈的不成？只是她自己不说出来，总不便于去问她，就敷衍着闲谈。

　　秋鹜本来极欢迎玉如来的，但是玉如来了之后，自己若要陪着坐在一处谈话，很怕有了什么痕迹，若要避开，又非心之所愿，便拿了几张报，坐在外面屋子里看。外面屋子一把靠椅，正向着里屋的房门，因之看报之间，听到里面说话，常是有意无意的，向里面看一看，然后好像对她们所说，有什么见解似的，微微一笑。玉如在里面说着话，常向外边看了来，但是却不肯说一句昨天写字请教的事。玉如不肯说，秋鹜不知道她什么命意，更说不得，身上藏的那封信呢，里面更是有许多露骨的表示，这如何能让她看见？自己盘算了一天一晚的心事，到此自然完全取消。至于玉如的心事怎样，自己却不能去预测，不过在她那样屡次向外面看出来的眼神上推测，似乎她很有一番踌躇莫决的意思含在里面。自己当了夫人的面，就是无故去敷衍两句，都有点儿心虚，又不能把自己已经知道她踌躇的意思，冒昧表示出来，只好等她向外面一看的时候，自己也向她看一看。而这种一看的神情，又都含有一点儿虚怯的意味，所以那时间，至多也不过一秒钟二秒钟。秋鹜手上虽然拿着一张报，不住地看着，却是报上所说的是些什么，自己丝毫未曾加以注意。

　　后来落霞将玉如拉到窗下桌子上去写个什么，秋鹜的脑筋，方印象到报纸上，偶然看到一条新闻，却是一月以前，就发生了的事情，不觉得一笑，报馆里先生心不在焉，把消息翻版了。再看下去，又有两条，也是一月以前便有的事，怎么今天报上，专登翻版的消息？莫不是自己拿了一张旧报来了？仔细一看，谁说不是呢？这是前一个月又十二天的报了。哈哈一笑，便将报一叠，扔在一边。

落霞问道："你一个人在外面屋子里，怎么会笑起来了？"秋鹜道："报上登着两段笑话太有意思，所以我笑了。"落霞道："什么好笑的事情，说给我听听看。"秋鹜想了一想，笑道："客在这里，别说笑话，晚上再告诉你吧。"落霞见他不说，也不追问，她和玉如在屋子里谈了一阵闲话，玉如看看窗子外天色渐黑，便起身告辞。落霞心想，她不是抽了空来的吗？怎么什么也不说呢？因一面送她出来，一面问道："你新搬家，两口子也许忙不过来，有什么要我们效劳的没有？"玉如听她这话，也就很明白她的意思，因笑道："不瞒你说，那个陆大爷送我的二百块钱，我存了一百元到邮政局去，手上还剩有几十块钱零用，现在还用不着告帮。我一天来一趟，不用得送了。你若这样客气，下次我就不来。"落霞觉得她这话也很有理，果然就不再送，只站在院子里。

　　秋鹜由屋子里走出来道："虽然用不着送，车子总是要雇的，我来给你雇车吧。"说着话，他已跟在后面走出来。这真可奇怪，落霞要送，玉如说是客气，秋鹜送出来还带给她雇车，她就不觉得怎样不敢当了。秋鹜一直送到了大门外，她回头见没有人了，才红着脸问道："我昨天留下的一张字……"秋鹜道："是，我看见了，你的字很不错。"玉如顿了一顿道："你没有把那张字仔细地看看吗？"秋鹜道："仔细看过了，我已经很明白你的意思，我有——"但是这一句话，不曾说完，远远地又看见落霞来了，秋鹜只得把这句话忍了回去，眼望着玉如雇车走了。可是他心里已完全明白，玉如今天这一来，完全是为着要得自己一个回信，可惜这一封信不曾递了出去。然而料着她明天必要来的，把这封信再修改几句，还说热烈一点儿似乎也不要紧，固然我已不能娶她，就是不娶她，能将我爱她的目的完全达到，也是一件快事了。秋鹜有了这种思想，把要避嫌的意思，就渐渐抛开。

　　晚上灯下无事，和夫人谈着闲话，慢慢地谈到了玉如，却笑问道："你看她和姓王的，能不能和合到老？"落霞道："这难说，但是我希望她不再出什么问题。"秋鹜道："这个年头，离婚也不算一件什么事，你为什么希望她不出问题？"落霞道："因为她纵然离了婚，凭着她这种环境恐怕也找不到什么好人。"秋鹜道："那也不见得，设若她离了婚的话，我愿帮她的忙。"落霞望了秋鹜笑道："原来你没有好心眼，你还想讨她呢。那也好，我可以让她的，把我安顿到一个庙里做姑子去吧。"

秋鹜伸了一个懒腰，人在椅子上，向后靠着，微笑道："你也别走啊，学着古人娥皇女英的故事，不好吗？"落霞道："什么叫娥皇女英的故事？我不懂。"秋鹜于是把这段故事，解释给落霞听了。落霞正色道："你真这样办，我是无所谓，你不怕王家和你打官司？"秋鹜笑道："你这人太死心眼儿，我不过说一句笑话，我叫她离了婚来跟着我，那也不成话。"落霞道："可不是？不但社会上会议论你，就是自问良心，也有些说不过去。"秋鹜笑道："你的话太严重了，我又不想害死姓王的，有什么良心上过不去呢？"落霞道："拆散人家的婚姻，也不是好事啊！"秋鹜笑道："说着，你又认起真来，我难道真去拆散她的婚姻？"落霞鼻子一哼，微笑道："那话难说，男子们都是见一个爱一个的。"秋鹜心想，这件事千万不可再议论下去了，便笑道："不要提这种无聊的话了，让人家听见倒要说我们在暗中算计人家。你是这样疑心，以后倒要请她少来为妙。"落霞笑道："那可是胡说，你固然不会对人家存什么心眼，就是玉如姐她为人也很有骨子的，你不看她这一回对陆家的事，手段就很高明吗？我和她都是六亲无靠的人，常常来往，彼此也安慰一点儿，为什么不往来呢？"秋鹜笑道："你倒不喝这一碗陈醋，其实我和她是有点儿情根的。"落霞笑道："别提了，这话真传到人家耳朵里去了，可叫人家怪难为情的。"秋鹜也就不能再说下去，一个哈哈，把事揭过去了。

到了次日，是个礼拜日，秋鹜并不曾出门，吃过了午饭，落霞道："教了六天书，今天也应该出去找一点儿娱乐才好。"秋鹜道："你说什么娱乐好呢？无论什么，我都感不到兴趣。"落霞道："我出院以后，还不曾上过一次公园，我们同到公园里去走走，好吗？"秋鹜皱着眉毛道："我精神不大好，你一个人去吧。"落霞道："我一个人到公园里去有什么意思？你既然精神不大好，我就在家里陪着你吧。"秋鹜笑道："我倒不用得陪，不要为了我扫了你的游兴。你想出去，你只管去。"落霞道："公园里的人良莠不齐，我一个人去有点儿怕。"秋鹜笑着说了她一声无用，不便再催他夫人去，端了一张藤椅，在院子里阴凉地方闲躺着，眼睛可专注着门外有没有客来。

不多一会儿，只听得一阵皮鞋声，在前面正院里响着过来。秋鹜连忙向上一站，站起来一看，这并不是别人，正是玉如来了。她今天换了白的短褂子，褂子上罩了一件蓝嵌肩，下面黑的短裙子，露出一大截腿来，这更是显得她有一份活泼的精神，而且这又和初见她一样，脸上搽了一些胭脂了。她先笑道："今天礼拜，怎么在家里闲坐着？"秋鹜笑道："知道有贵客来，在家里候着大驾呢。"玉如道："妹子不在家吗？"秋鹜道："在家在家，请里面坐吧。"落霞迎了出来，抢上前握着手，向她浑身上下望了一望，笑道："今天又打算到哪里去？穿得如此漂亮。"玉如脸一红道："这也不算漂亮啊，我不过把新做的一件衣服，穿着试试罢了。"落霞道："你怎么疑心我不在家？"玉如道："我听到你屋子里一点儿声音没有，以为你不在家呢。你不在家，我又白跑来一趟了。"落霞道："你来得正好，我想到公园里去玩，又没有个伴，你陪我一路去，好吗？"玉如沉吟了一会儿道："不行，我还有事呢，改一天，我再来约你吧。"落霞两次要走，都找不着人陪伴，未免大扫兴，这也就不愿再提这件事了，因道："那么，你多陪我坐一会儿。"玉如道："多坐一会儿也可以，我们找个什么消遣的。"

落霞道："下象棋吧。从前在院里，我们几乎是天天下，现在好久不来了。"秋鹜由外面笑了进来道："好极，你们下棋，我来观战。"说着，他就找出棋盘，放到桌上，索性连棋子也给她们摆好。自己先端了一个方凳子，在正面坐着，正是让她二人好坐在两对面。落霞无所容心，早坐下来了。玉如先望了秋鹜一眼，然后将椅子随手向里拉了一拉，便坐下了。落霞先笑道："还是照老规矩，你让我一个车，再不然，让一匹马和两个卒。"玉如笑道："我的棋也许退步，暂不要让吧。"落霞道："你从前让我一只车，我还大败而特败呢，你连车都不让我，我怎能是你的对手？"玉如道："输了就输了吧，这又不输洋钱钞票的。"秋鹜也赞成玉如的主张，便道："先何妨试一试对子呢？"落霞见他两人都是如此主张，也就只好依从

205

他们。

落霞是个性子急躁的人，总觉得那左右两个卒，挡住了马头，家里的棋子，不好杀出去，因此不问三七二十一，就支左右两边的两个卒。玉如见她支了卒，也跟着支卒，两个卒都让落霞攻去了。落霞两个卒过了河，自己家里的子，一齐活动，好不快活。玉如两个马头，都让人家的卒压了，好容易，牺牲了个中卒，才出来一匹马，但是无论如何，已成不可收拾的局面了。还是落霞笑道："你这种棋，还要下吗？"玉如伸手将棋子一阵乱扰，也笑道："再来再来。"二人重整局面再来，落霞下的是个当头炮，玉如记起先一盘棋，全副精神，都在卒上，起相之后，即抢着上卒，人家一炮翻过来，去当心卒，马上一个将军。以后无论如何，也只能守不能攻。落霞笑道："你怎么回事？今天的棋，这样不行。"玉如道："我也不明白呢，大概是你的棋长进了吧。"

玉如说着话，眼睛可向秋鹜看了一看，原来她的腿，被秋鹜的腿压着有好久的时候了。同时，一缩脚，自己的鞋子好像是被秋鹜的鞋子踏了一下，嘴角一动，微微有点儿笑意。她一低头看桌子下面，手趁空一伸，由桌子角边塞到秋鹜怀里来。秋鹜眼睛向怀里一看，见她手上，捏有一张字条，心里一动，连忙接住。停了一停，慢慢地走到屋子外面，连忙将那字条一看，上面写的是："今天下午六时，公园水池边，山下小亭中相见。"秋鹜心里这一种愉快，简直不可言喻，几乎要跳起来，才可把这种愉快，压上一压，当时且镇静着自己的精神，缓缓地走回屋子来，一个人自言自语地道："怎么约的几个人，一个也不来？今天不见面，我们这事，我怕要耽误了，我得出去一趟才好。"落霞道："你不是不大舒服吗？就在家里休息休息吧。"秋鹜道："不行，我得走，误了事，不是玩的。"一面说，一面就穿长衫，戴了帽子，对玉如笑道："改天见吧。"玉如望着他，在那眼神里，自然有一种默默相知之意，于是秋鹜很高兴走了。

秋鹜一走，玉如更没有心思下棋，只说要回家去，忙着回家。落霞道："秋鹜走了，我一个人在家里很寂寞的，你陪我一陪，不好吗？"玉如皱了眉道："你要知道我的困难。我若不回家去，误了那人吃饭，他不依的。那么，我稍微得着的一点儿自由，又要剥夺了。"落霞听她的话，说得如此可怜，就不便勉强她，握着她的手，一路送到大门口来，还怕她不肯坐车回去，给她雇好了车，给了车钱，等她坐车去远了，才替她微叹一口气。然而玉如坐车出了胡同口，却对车夫说改到公园去了。正是：

　　世间多少怜人者，却为人欺正可怜。

第二十九回

小会名园幽林藏密影
穷居客馆深夜落啼痕

却说玉如中途易辙，一车到了公园，一直便向水池边山亭子上来。隔了水池，远远便望到秋鹜一人在山下石路上徘徊，似乎等得有点儿烦闷了。不过自己到了这时间，好像心里也有些不安，要一直就走上前去，又有点儿不好意思，因之放缓了脚步，慢慢地走着。但是秋鹜一人在那里徘徊，似乎已经出了神了，对面有人走来，他并不曾去注意。玉如走几步，又向对面看看，看了看人家，又走几步，一直走到通对岸的小桥头上，秋鹜还不曾向这边看过来，这就不好意思再上前了，就轻轻咳嗽了两声，低着头看水里的荷花。

秋鹜偶然一抬头，见是她来了，便笑着迎上前道："现在还不到六点钟呢，我猜不到你来得这样子快。"玉如红了脸，站在桥上不动，强笑道："是吗？好在都来了，迟早没关系。"她说毕，扶了石桥上的一方太湖石，更是向水里注视着。秋鹜道："何必在这里站着，我们到来今雨轩找个茶座……"玉如连忙摇头道："不必吧，我就要回去的。"秋鹜道："那里后面，也有几个很僻静的座位，我们到那里坐坐如何？"玉如不作声，只是对水池里望着。秋鹜道："去吧，我也有不少的话要和你说呢。"玉如虽然不作声，已是掉转身来，站在石桥的一边。刚好是有一阵晚风吹来，将玉如的衣裙吹动，天上的晚霞一片鲜红的颜色，照着水里通亮，桥上的人影子映到水里，水纹一动，更是掩映生姿，飘飘欲仙。秋鹜看她那意思，虽不曾明说跟了去，可是也移动了身子，有要走的势子。因道："我在前面引路吧。"其实，这公园里的路也不会迷误到哪里去，用不着引导，秋鹜这一句话，是不便催人家走，借题发挥罢了。

玉如见他走了，果然也就跟在后面走，前后离有两三尺路，若是在第三者看去，说他们是一道的，固然很像，说他们不是一道的，也未尝不可以。他二人在路上并不说话，到了来今雨轩，秋鹜引着她到了后面柏树下茶座上来，这里靠了社稷坛的红墙，去人行路很远。柏树头上的一线斜阳，已经没有了，有那一阵阵的晚风，由前面的花架吹过来，还带着一点儿清香，空地里正好坐着乘凉。玉如先将一把椅子一拖，拖到桌子的外面，将背向了人行路，对里坐着。秋鹜坐在上手，先吩咐茶房泡上茶来，斟了一杯，放到玉如面前，只见她手里捧着茶杯，却是抖颤个不了，只看那杯子里的茶，不住地晃动，可知道她手颤动得很厉害了。她喝了一口茶，连忙将杯子放下。她手上原拿了一柄小小的白骨扇子，始终也不曾见她展开扇过一下，这时却把两手拿了，展开又收拢，收拢又展开，就是如此不停地闹着。眼睛也注视在扇子上，不曾顾到别的。

秋鹜是她约来的，她没有什么表示，自己又怎可以胡说？于是先喝两杯茶，看她如何说。然而喝过两杯茶之后，她还是默然。终不能就这样默默相对的了事，只得先道："冯大姐现在比较的自由了，不知道有要我帮忙的事没有？"玉如这才收了扇子，先叹了一口气，望了秋鹜道："今天是我约你来的，但是现在我又很后悔，你和我落霞妹子感情很好，我不该有这种举动的。我并没有什么事要你帮忙，不过——"她又不说了，再去展弄着扇子。秋鹜道："你有什么心事你只管说，虽然是事由天定，然而人力也可以回天。"秋鹜说了这话时，将茶杯子按了一按，表示他心中所想到的那一种毅力。

玉如左手拿了扇子，右手按着胸口，皱了眉道："我自信平常是很镇静的，可是我一见着你，总是心慌意乱，也不解什么缘故？我心里头确是有千言万语想对你说，然而到了现在，我竟不知说哪一句是好了。"秋鹜道："这也不但是你，大家都有这个感想的，这不是我多事，从前不该收藏你那一张相片。"玉如道："你刚才说一句事由天定，我倒有些相信，好像专门生我这一个人，为你二位撮合姻缘的。你想，不是我那相片不会引起你的注意，没有你注意，我们院长拿去的那张相片，恐怕也引不了你到留养院来。你既到留养院来了，我就脱身事外了。"秋鹜道："这件事我真二十四分抱歉，落霞也和我一样，但是我仔细想了一想，未尝没有补救的法子！"玉如靠了椅子背，头俯视到怀里，停了一停道："补救……补救的法子？唉！算了，今天我没有什么可谈的了。你说我妹子谈到了我，她是怎样的谈法呢？"秋鹜见她如此问，就将落霞所告诉他的，在可能的范围以内的，完全告诉了她。所不曾说的，就是玉如抱着相片子接吻和哭的那一段罢了。

这一段话，说了很久的时间，不觉天色渐渐昏黑，茶房便来问要不要吃一些点心，秋鹜说是不必吃点心，就开两客西餐来，玉如倒没有说不吃，只微皱着眉道："我心里很乱，大概什么东西也吃不下去。"秋鹜道："回去也是赶饭不及了，还是先吃一点儿吧。"玉如默然，也不推辞。到了吃饭的时候，天色已经十分黑了，花架边的电灯，斜照到这里来，见玉如脸上，已经有了一点儿喜容。她笑道："我生平吃西餐，这是第二次。"秋鹜道："这话或者不假，第一次大概是未入院以前，有好几年了。"玉如道："不！不过几天罢了。"秋鹜道："我知道了，大概是在陆宅吃的。"玉如道："不对，我不是告诉过你们，那个陆大爷半道上劫着我去吃西餐吗？"秋鹜道："哦！原来是这一次，你觉得那一次比这一次怎么样呢？"玉如微笑，却没有立刻答复出来。

茶房过来了，问要不要喝一点儿酒，秋鹜道："不要喝酒，喝两杯汽水吧。"于是茶房倒了两杯汽水，放在二人面前。秋鹜拿了杯子一仰脖子，就喝了大半杯。玉如端了杯子，只微微呷了一口，便道："我怕喝凉的，我分点儿给你吧。"于是将自己杯子里的汽水，注到秋鹜杯子里来。秋鹜道："你若是不喝，尽管留着，我一人包喝了。"玉如笑道："人生是难说的，我不料上次吃西餐的时候，和这次吃西餐的时候，我的环境完全变化过来了。"秋鹜也笑道："你这人忠厚的时候是十二分忠厚，调皮的时候又十二分的调皮。那个陆大爷让你戏耍得也够了，现在不知道他还做什么感想？但是我为人很笨，你总不会戏耍我吧？"玉如手上正拿了刀叉切盘子里的炸鳜鱼，连忙将刀叉向桌上一放，正色向着秋鹜道："难道你到今日还不明白我的心事？"秋鹜道："我自然是明白的，不过我为了你，形诸梦寐了多少年，现在我们认识了，认识得感情很好了，你就不想个法子来安慰我吗？"玉如道："我怎样能够安慰你呢？你也可以知足了，你还有个患难之交陪着你，可是我呢？"秋鹜道："自然！我也可以想法子安慰你。"玉如道："安慰我吗……"只说了这四个字，她又拿起刀叉来吃菜。吃过了两盘菜之后，她看到自己那半杯汽水，不曾动着，秋鹜的那杯汽水，已经没有了。她就把自己那杯汽水，送到秋鹜面前，笑道："别嫌我喝残了，这里还有大半杯呢。"秋鹜接着，向着她做两口喝完了。玉如点了一点头微笑。

将饭吃完了，玉如抬头看了一看天，只见青隐隐的老柏树梢上，露着满天的星斗，也不知道到了什么时候了。因对秋鹜道："我该回去了吧？"秋鹜道："难得有这样一个约会，何必不多坐一会儿？我想你回家之后，不见得比在这里痛快。"玉如微叹了一口气。秋鹜道："不必烦恼了，今天且尽一时之乐。我们也不必老在这里坐着，在公园里散散步吧。"玉如道："我陪你走走，但是我只能再耽搁一点钟的。"秋鹜见她如此说着，就会了饭账，和她一路在树林子里便道上走起来。

两人谈着话，不觉自然并肩走着，走到了公园的后方，深深暗暗的老树林下，前方就是一道石栏，临着紫禁城的御河，出水的荷叶，在天的星光下，水的星光上，彼此颤巍巍地摇撼，也像那树林内的情侣，互相倚傍。秋鹜和玉如走到这树林内，玉如步子放慢了，有点儿迟疑不想进去，秋鹜就挽了她一只手臂，携着她前进。这石栏杆边，面着御河，放了无数的露椅，这是办事者给予夜游人一种最大的便利。当时秋鹜看到有一张空的露椅，便挽了玉如一同坐下去。这个日子已是月之下弦，天上已经没有了月亮，加上这苍老的柏树，高拂云霄，星光哪里照得下来。树林子外的人行路上，虽然也有电灯，然而电灯光由那里穿过苍碧的树林子里来，那光也就很暗淡了。加之这树林子里的露椅，恰又是背了灯光设下的，所以由外面看里面，也只能遥见人影而已。至于树林子里的游人，有情侣的，自和情侣谈话，无情侣的，对于人影双双，细语喁喁，觉得现代公园所万不能免的事情，也就不去过问。所以度着爱情生活的人，无论是艳情，哀情，苦情，公园总是他们一个好环境，尤其是这幽林月暗的时候。

这时秋鹜和玉如，他们并不是超人，当然也不能例外，因之玉如所约只耽搁一个钟头的预约，事实上是超过了两个钟头还不曾走出树林子来。及至走出树林子来时，玉如的态度就变了，紧紧地贴着秋鹜，让他挽住了一只手，一步一步儿地在人行道上走着。玉如笑道："现在你该放我回去了吧？你要我安慰你，我安慰你也只能到这种程度为止了。"秋鹜笑道："我以为这还是初步呢，你倒以为是止境了吗？"玉如笑道："难道你也像其余的男子一样，是得一步进一步的？"秋鹜叹了一口气道："这或者是我的错误，但是我当日领娶你的时候……"玉如道："不要谈过去的事了，刚刚心里痛快一点儿，又要自找烦恼。我们分别了吧，大家不要回去得太晚了。"秋鹜道："我是不要紧，回去再晚一点儿，落霞也不问我的，只是你——"玉如道："你既知道我不能回去得太晚了，就让我走吧。"于是二人走出公园，各雇了人力车回家。

玉如坐在车上，回想到刚才在公园中露椅上的事，不觉抬起一只手来，连连抚摸着自己的嘴唇，心想，一个女子对于自己的身份，应不应该失却于朋友？不过以江秋鹜而论，本是自己的丈夫，自己让给别人了。设若我不把他让给别人，岂止如此而止？那么，这也是不为过分的。如此想着，又掏出手绢来，只管擦着自己的嘴唇。她在车上沉沉地想着，已不知自己在什么地方，仿佛还是公园中露椅上紧挨着情人呢。车夫忽然停住了车子，问道："小姐，到了没有？这条胡同都穿过来了。"玉如在车上一看，已经由会馆门口走过来十几家人家了，便答应着到了，让车夫放下车子来。车钱已是由秋鹜给了，一个人匆匆地走回家去。

到了会馆里，只见自己窗子上亮着灯，王福才蹲在檐下洗刷锅碗。他一见玉如，板着脸道："你怎么这时候才回来？我又没有地方去找你。"玉如见他脱了赤膊，头上大汗向下淋着，便觉得他有点儿粗野，因道："你找我做什么？我也是不得已呀！"说着，走进屋来，只见桌上留着半碗王瓜炒青椒丝，一大碗白饭，都用纱布盖着，这大概是丈夫留着自己吃的。

王福才也跟了进来问道："你吃过饭没有？"玉如道："吃过了，我已见了那个经理，他待我很好，他说不用我做手工，叫我和他太太补习一点儿功课，每个月送我十五块钱薪水。"王福才道："事倒

212

不错，恐怕不长久。"玉如道："人心就如此不足，刚刚有了一点儿机会，又怕不长久了。"王福才笑道："无论哪个人也希望饭碗稳当一些，何况是我抛家出来的人呢。叫你补习功课，自然是天天要去的了，但不知每天什么时候去？"玉如道："这个也没有定，等我明天再去商量商量。"

王福才走上前，握了玉如的手，笑嘻嘻地道："这样一来，我们也可快活一点儿了。"玉如板着脸，将手使劲一摔道："会馆里人多，请你放尊重些。"王福才笑道："你又生气了。夫妻们就不尊重些，旁人看到似乎也不要紧。"玉如道："这是哪个说的这种不通的话？我没有看见哪个住家过日子的人，要整天嘻嘻哈哈的。"王福才碰了这样一个钉子，自然是十分难为情，便道："我也不过一时高兴，哪里又整天嘻嘻哈哈过？我知道你总瞧不起我是个裁缝，对不对？"玉如道："话是随便你说，但是你要我做成一个下流人，来让你取乐开心，那可办不到。"说毕，板着脸脱了裙子，换了皮鞋，端了一把小藤椅，到院子里去乘凉。

王福才虽见玉如生了气，然而看她清秀的脸子、苗条的身材，纵然生气，也是很有意思，不忍和她拌嘴，因走到她身边，低声道："我话说错了，你不要生气，但是你还没有吃晚饭呢，就饿着生气吗？我给你去买个咸鸭蛋来，你就用开水泡一碗吃吧？"玉如气愤愤地说道："你有耳朵没有？我不告诉你吃过了吗？"立刻将身子一扭。王福才又碰了一个钉子，不好意思再问了，只好也端了一把椅子来乘凉。他们这会馆里，房子多，院子多，住的人各在各院子里乘凉，彼此不相涉。王福才是个工人，会馆里除了在政界候差事的便是学生，人家也不愿和他来往。因之他夫妻缩在正屋旁一个小院子里，也很少去问人家的事。

这小院子里有棵年老的榆树，虽然将整个院子遮住了，然而这树的叶子，是稀落得很，依然在树枝空当中，露出断片的青天和零落的星光来。王福才抬头望了天道："我不料今年夏天，会在这里乘凉。一个人总是料不到自己将来的。"玉如尽他一人去说，并不作声。他又对天上道："牛郎呀，织女呀，你们夫妻和睦，在天上偏隔着一道天河，世上不和气的呢，又天天在一处。"玉如道："你是说我吗？怎么样？你打算天天不在一处吗？"王福才道："我说着玩玩，也不要紧呀。我和你说话，你不理我。我自己和我自己说话，你也不许我吗？"玉如道："我又不是小孩子，你用话影射着我说，我难道也不知道？"王福才道："实在一句话，我很愿和你和睦，你可不愿和我和睦，我有什么法子呢？"玉如道："我——"只说了一个我字，无可说的了，便顿住了。她不说什么，王福才也不说什么，于是彼此默然地坐在这星光之下。

不多大一会儿，陡然刮起两阵西风，那老榆树吹得沙沙作响，看那树外的天色，已变成了一片黑，这风也就一阵紧似一阵，分明是暴雨来了。王福才道："我又禁不住要说话，雨要到了，快进屋去吧。"玉如只当没有听到一般，依然坐着。王福才知道玉如成心和他闹别扭，越叫越不进来的。若要她进来，还是不作声的好。这时，风吹得窗户屋门，一齐咚咚作响，接上噼噼卜卜，瓦上雨点作响。玉如听王福才不再叫她，还不动。哗啦一声，一阵大雨下来了。玉如这才回到屋子里，身上已经有好些雨点打湿了。王福才本想和玉如再说几句，一想明天早上，还有几块钱要用，不得不俯就一点儿，先到床上睡觉去了。屋外的雨，正如倾盆倒水样地下着，自然暑气全消，就是桌上那盏煤油玻璃罩灯，火焰有点儿摇摇不定，屋子里更充满着凉意，久而久之，也就睡着了。

玉如坐在一张方凳上，呆呆地听着雨，也不去理会王福才。直至他打起呼声来，才回过头向床上看了一看。雨过去了，似乎夜也深了，只觉两只腿上，慢慢有一阵凉气袭了上来。暑天夜凉，也极容易招致睡魔，自己正待解衣就寝，一见自己两条板凳、几块木板搭的床，较之秋鹜家中那张白漆铁床，真有天渊之别。自己本是个睡铁床的人，结果，却是来睡铺板，不由人不懊丧。秋鹜对我说，他还有补救的法子，不知道怎样补救，让我和姓王的离婚去嫁他吗？我拼了一死，未尝不能和姓王的离婚，只是他对于落霞，执着什么态度呢？难道要我去做他的如夫人吗？这未免令我难堪了。若是他也把落霞离去，叫落霞怎么办？为了我让她做个下堂之妇，何如让她老住在院里做个失婚之女呢？我成全了她的婚姻，接着我又破坏她的婚姻，好比在水里救起人来，复又把她推下去，我这算什么意思？我既不能破坏她的婚姻，我和她的丈夫又谈什么爱情？人家都以为我很有骨干的，可是今天我在公园里，和我救命恩人的丈夫，做出那一度甜蜜的谈话，我是应当的吗？越想越惭愧，对着一盏昏暗的油灯，映出那模糊的影子，心想，这影子若是个人，看见我今晚的行动，恐怕要笑死了。再想到落霞雇车送自己回家，王福才劝自己吃晚饭，而自己还充着干净人，是谁对不住谁呢？一阵心酸，蒙着脸，伏在桌上哭起来了。正是：

岂无欲海回头者，只是中流立脚难。

第三十回

进退两无因徘徊践约
笑啼都不是委屈承欢

却说玉如想到悔恨交加，忽然失声哭将起来。她哭的声音，虽然不大，但是这样夜深，万籁均寂，这种呜咽不断的声音，只是有起无止地哭着，当然也容易让人听见。王福才睡得迷糊之际，被这声音惊醒，一个翻身，猛然坐将起来，问道："咦！你还生着气吗？天气这样凉，你还穿的是件洋纱的裤子，若是凉着生了病，你不能去教书，我要在家里服侍你也不能去上工，那可糟了。"玉如连忙止住了哭，就将墙钉上挂的冷毛巾，擦了一擦眼睛，把泪痕揩去，复又坐下来。王福才道："你究竟为了什么，生这样大的气？我已经认了错了，你还不肯算事吗？"玉如道："我生什么气，我一个人坐在这里，想到了我自己的事情，非常的可怜，所以哭起来了，这与你有什么相干？"

福才听她说不是生气，是想着可怜，这就没有办法了。不能让她吃好的，穿好的，找些好玩的去玩，徒然拿些空话去安慰她，不但不能安慰她，恐怕会惹得她更要讨厌，因之也就默然坐在床上，望了她。玉如并不作声，将一只手放在桌沿上，撑住了自己的头就是这样，当着睡觉。王福才将两只脚伸下床，一阵乱探索着鞋子，低声道："你若不愿意和我同在床上睡，我就下床来，把两条板凳拼拢来睡一晚。"玉如道："你睡你的，我坐我的，请你不要管我的闲事。"王福才听她的口气，并不是拒绝他下床来，也不是赞成他下床来，本想上前来拉着她上床，先在院子里已经碰了一个钉子了，难道还去再碰她一个钉子不成？于是在床沿上呆坐了一阵，也就睡了。玉如又坐了半小时之久，见王福才睡着了，煤油灯头，缓缓地向下挫，看看那玻璃油壶子里的煤油，燃得干到了底，只剩十分深浅了。

看这样子，不必多大一会儿，灯也就会灭的，趁着灯还亮着，也就赶快和衣上床睡去。

次日早上，睡得正甜，忽然觉得嘴唇上有一种感触，睁眼一看，见她丈夫正两手撑在枕头上，脸对着她的脸笑。玉如下死劲地两手将他一推，忽然坐了起来了，瞪着眼向王福才道："我睡得好好的，你把我惊醒来做什么？"一面说着，一面就踏着鞋下床来。王福才算是碰到第三个钉子了，坐在床上，半天作声不得。

玉如对着一面破镜子，理了一理头发，自到屋檐下去笼炉子的火。将火笼好了，进房来时，只见王福才抹了一脸胰子泡，拿了一柄剃头刀，拿着破镜子刮脸。玉如并不理会，自去烧茶水。王福才早是打了一盆凉水，将半块香胰子，把脸擦了又擦。洗完了脸，就用玉如的生发油，重重地在头发上搽抹了一阵，梳得溜光。然后换了一套干净裰裤，戴上眼镜，斯斯文文地坐在屋子里。玉如看了他那样子，觉得既是可笑，又是可怜。心想，难道你修饰得油头滑脑，我就愿意你了吗？偷看了他两眼，也不作声。

王福才见夫人脸上的颜色，已经慢慢和缓了，料着可以开口说话，便道："你早上吃些什么呢？昨天我已经支了一块钱工钱，我去买菜吧。"玉如因他说的是好话，也就很和缓地答道："你不要去上工吗？"王福才道："我买了菜再去不迟，现还只六点多钟呢。今天同事还邀了一个会，三块钱一脚，我也答应来一脚了，你看这事怎么样？"玉如本想问一句，你哪里有钱上会？不用提，这下面一句，就是他要借钱了。于是鼻子里随便哼着一声，算是答话了，却没有什么表示。王福才也更不要她表示什么，马上就穿起一件白洋纱长衫，出门去了。

不多大一会儿工夫，他手上哆里哆嗦，提了许多东西回来。也有肉，也有小鱼，也有菜，笑嘻嘻地提了进来。玉如道："今天家里请客吗？你怎么买上许多东西？"王福才道："花钱并不多，我搬家以后，都用的是你的，自己还没有花过一个钱，我应该请请你。再说，你又找着一个很好的事了，我也该给你道喜。"玉如心想，原因绝不能是这样的简单，他既是这样说了，只好这样地相信他，也就不追问了。

王福才将菜放好了，便匆匆忙忙地去上工，到了十二点钟，回来吃午饭。玉如就把他买回来的菜，都一齐做好，端到桌子上来。吃饭的时候，索性问王福才，要不要打几个子的酒？王福才笑道："当真这还算是我请你吗？"玉如道："不算请我，你何以突然鱼肉两荤都闹起来？"王福才道："我算是我自己请我自己吧。"玉如见越问他的话，他越是糊涂乱答，心里想着，没有读过书的人，就是这样笨，连好话哄人都不会。

　　将一餐饭吃完了，王福才将挂在墙钉上的湿手巾头，拖着擦了一擦嘴，便道："我要赶快到店里去了，店里打会，还等着我去呢。"玉如不作声，只管收碗。王福才抽了一根烟卷，又道："我要到店里去了，他们打会的人，大概都到齐了。"玉如还是不作声。他一直把这一根烟卷抽完了，在屋檐下踱来踱去地走着几步，才笑道："我又要说一句不通的话了。你借给我三块钱，让我去上这脚会，下个月我若是把会标得了，我全放着你那里。"玉如道："你是把二十七块钱的好处，来勾引我这三十块钱，对不对？"王福才道："那是笑话了，我怎能生这个坏心眼？你若是爱钱，三百三千也得着了，哪把三十块钱的会钱，看在眼里？得了，你让我出去装一个面子。我要不是昨天已经答应了人家，今天我也不这样着急。"说着，笑嘻嘻地，向玉如连作了两个揖下去。玉如心想，三块钱的事，何至于就作揖呢？既是他肯这样下身份，若是再不答应，有点儿对不住人了。只得走到屋子里去，掏出三块现洋来，放在桌子上，说出了四个字："你拿去吧。"王福才接了这三块钱，又向玉如拱了拱手，十分地高兴走了。

　　玉如一人坐在屋子里，心想，我们这一位，太没有出息了。只要能得着钱，无论钱多钱少，都是好的。只看他那一种情形，拿着钱在手上，就不同了，这岂是有一点儿丈夫气人做的事，若和江秋鹜一比，真有天渊之别了。他和我约了今天下午四点，在公园里再相会，我若是去了，也许今天又谈到很晚回来，这样下去，感情自然是一天比一天浓厚。然而只管浓厚，真个办到各人离婚结婚，未免遭社会上的唾骂，我还是离开他吧。对于这个姓王的，我还无所谓，我若再从落霞手上把她的丈夫夺过来，我良心上未免过不去。

一人坐着，不住地思前想后，觉得是去也不对，不去也不对，混一混，抬头看看院子里的榆树影子，已经有点儿歪斜，已是下午的天气了。照说，昨晚和秋鹜约得千真万确，今天应该去的。若是要去，这时候就该修饰修饰，免得弄成一个管家婆婆的样子去见人。但是自己想了半天的主意，打算不去的了，怎么到了最后还是决定去呢？究竟也不知道是几点钟了，且到院邻家里去看看钟点，希望把这钟点过了也好。然而走到隔壁院子里一看，原来却是两点钟，四点钟的约会，这时候去，正是绰有余裕。回到屋子里，于是先梳了梳头，接着打一盆水洗把脸，然后对着镜子，稍微敷上了一层雪花膏，接着又涂了一层薄薄的胭脂，然后再扑上一道香粉。修饰好了脸子，又换了衣服，对着镜子一照，自己觉得如此去会秋鹜，女为悦己者容，很对得住他了。若以落霞的姿色而论，未必有我如此好看吧？有了这样久的工夫，大概三点钟了。他说了三点钟就下课，下课之后，一直就上公园，也许这个时候，他已经到了公园里了。一人坐着看看镜子，又低了头想想，看到自己指甲长得很长，坐着也是怪无聊地，就找了一把剪刀剪着指甲，来消磨这半个钟头。

　　当她剪着指甲的时候，心想，昨天同坐在树林子的时候，我曾告诉他，那种热烈的表示只可一而不可再的，以后见面，希望他不要那样。他并没有说什么只是笑着，分明是不能容纳我的话。但是我也不知道什么缘故，他抚着我的手，理着我的头发，我都觉得不妥，但是我总没有那种勇气，说是你不必如此。由此看来，可见今天再见面，他或者照昨天的样待我，我也是照昨天的样待他的，设若再进一步，这就涉及我的贞操问题了。对于姓王的为人，可爱不可爱，是一个问题，我自己能不能保守自己的贞操，又是一个问题。若是我并不能嫁他，我只管和他纠缠下去，无论如何是瞒不了人的，等到秘密公开了，我怎么办？

　　想到了这里，不觉心中跳将起来，自己用手按着自己的胸口，极力抑止着自己，心里叫着，不去了吧。去了对不住姓王的不要紧，对不住自己不要紧，对不住情同手足的救命恩人落霞，那是良心做裁判官，极端不许可的一件事。踌躇了许久，觉得自己是觉悟了，便将两只手来解新衣的纽扣。

当她回转身来，首先看见的，便是王福才的生活工具，一把尺，一把大剪刀，放在小桌上，同时，自己在秋鹜那里借来的几本言情小说，也放在小桌上。自己的东西，和丈夫的东西，互相对映一下，实在不相称得很。王福才不但不知道书上怎样言情，连他王福才三个大字，也不能完全认清，这样的人和自己理想中体贴温存的目标，相距太远了，自己为什么还死守着他呢？谈到落霞，我曾撮合了她和秋鹜成婚，这牺牲是如何的伟大？她正式得着丈夫，我和她丈夫恋爱，这也不怎样对不住，我已经约了秋鹜了，怎好不去？他有了妻，我嫁了人，他对我还是以前那样不改，这种人我不能陡然就将他撇下。况且到公园里去，首先是我约会的，我不能戏耍我心中所爱的人。去去去！公园去，不要让他久在那里等候了。于是不解纽扣了，穿上了皮鞋，重新对镜子拢了拢头发，将香粉扑了一扑面，马上锁了房门，雇着人力车，一直到公园去了。她以为是来晚了，其实，刚到四点钟，秋鹜也是才到呢。

这一天二人会面之后，觉得比昨天还要无拘束些，二人又在公园里吃过饭，直到下午十点钟的光景，玉如才回了家。王福才并不像昨晚那样留着菜饭，已经安然地躺在院子里破藤椅上乘凉，他似乎已经知道玉如是会吃了晚饭回来的了。玉如也觉得天天如此之晚回来，未免有点儿说不过去，便一人自言自语道：“从明天起，这时间可以定准了，总是十二点钟以后去，五六点钟回来，我总可以赶回来做饭的。”王福才听到她说，便道：“那不要紧，我回来得早一点儿，我也可以做饭的，你只管去教书吧。今天下午，小张飞在路上碰到了我，说是爸和妈都望我们回去，我因为你有了事，我也上了工，我没有答应。”玉如也不能说什么，只微笑了一笑。

王福才见她在屋子里，也就跟着进来，看到桌上放的那两本言情小说，便问道：“这就是你教的功课吗？”玉如不觉扑哧一笑，王福才道：“你笑我不配说功课两个字吗？”玉如道：“笑话了，功课两个字，又不是谕旨上的字眼，有什么配不配说，我是笑你老是这样地追着我。”王福才听了她这句话，笑着把脸直伸到玉如面前来，左手握住了玉如一只手，右手拍了她的肩膀，笑道：“老实一句话，我实在爱你长得好看，我若是有一碗饭吃的话，我就什么事也不干，专门坐在家里陪着你。"

玉如甩开他的手，向后退了一步，皱着眉道："你就是这样没出息，说出来的话也没有志气。一个男子汉只要有了饭吃，就应该看守着一个妇人的吗？我以为一个男子要自己做出一番事业来，让我认识的女子，都想着非嫁我不可，那才是有志气。"王福才摇摇头道："那如何能够？我认不到三个大字的人，什么也不懂，做得出什么大事业来？"玉如鼻子里哼着，冷笑了一声。王福才明知道她这一声冷笑是瞧不起自己，可是自己力量真不够，那又有什么法子？便笑道："我虽然是个无用的男人，可是你是个有用的女人，让你认识的男人……"连忙抬起手来，在头上打了五个爆栗，笑骂道："我这话说得太岂有此理，我怎么不分男女乱说呢？待一会儿，我和你赔礼，你觉得怎么样？"说时，耸着自己的肩膀，笑了一笑，眼睛也就斜望着玉如。

玉如只当不知道什么，坐在一边小凳子上，闷闷不乐的样子。过了一会子就问道："我们家里，一点儿开水都没有吗？"王福才道："我给你留下一壶凉茶了，你为什么还要喝开水？"玉如道："你不知道，我已经头痛了一天了，今天下午，身上更是有些发烧，我买了一包丸药，要用开水吞下去。"王福才笑道："我不提什么，你也就不害病。"玉如一瞪眼道："我还用得着在你面前装病吗？我要做什么事，都是自由的，不能受人家的管束，你觉得我不对，不要我也就完了。"王福才道："你要自由，别人不能管你，好！明天我再搬回家去，自然有人管你。我因为爱你，遇事都由着你，你倒以为我怕你，就在我面前调皮起来。"玉如听到王福才说要搬回去，心想，这种人他是没有骨干的，说得出来也许就做得出来，一味和他强硬，大概是强硬不过去的，便默然坐着，好久不曾作声。

王福才道："你说实话，是骗我不是，你真病了吗？"玉如道："我自然是真病了，你不信，摸摸我的手掌心，看我是发烧不是？"说着，站了起来，将手伸到王福才面前，问道："你摸摸看，是发烧不是？"王福才见她伸着手过来，果然摸了一摸，但他哪里又知道发烧不发烧，只握着玉如的手时，便觉自己浑身也发烧了，点点头道："果然有点儿发烧，你先睡吧，我给你烧一壶开水去。"玉如连连摇手道："不用了，我好好地休息一会子，也就行了。你要乘凉，可以请到外面院子里去，我要先睡了。"王福才见她的脸色，已是很平和了，这就不愿再和她执拗，在外面乘了一小时以上的凉，才回房安歇。

到了次日，玉如睡着，又觉嘴唇有什么接触，明知是王福才侵犯着，但是不敢像昨日那样一推了，只是闭着眼睛，将脸偏到一边去。听到王福才下床出房门去了，才睁开眼睛来看，在枕上先叹了一口气，然后坐起来，脚悬在床下，半天也不踏着鞋子。过了一会儿，只见王福才两手漆黑，进来笑道："你还躺一会儿吧。只要你稍微将就我一点儿，无论替你做什么我都愿意。今天早上让我来给你笼炉子烧水吧。"玉如皱了眉，将手拍了一拍额头，也没有作声。王福才笑道："你就躺着吧，炉子已经笼好了。"说着，又抢上前一步，走到床前，对玉如笑着低声道："水开了，我给你卧两个鸡蛋吃，好吗？"玉如道："住家过日子，哪客气得许多。但是我问你一句话，你准不搬回家去吗？"王福才道："我们本来是图着自由才搬出来的，只要你跟我和和气气，不让我难受，我自然愿和你住在会馆里，难道我不愿做老大，要做老二吗？你想，夫妻无非都是这样的，但是你总不大爱理我。"玉如道："你不要絮絮叨叨了，以后我由着你就是了。不过你也让我自由一点儿，有时回来晚些，你不要怪我，我的意思，一来是要贴补些家用，二来也是想挣几个钱在手上，好随时添补衣服。"王福才道："这个何消你说得，你这样一个有志气的人，督军的大少爷有钱有势，你还把他看成一堆狗屎，难道还能疑心你别的吗？像你这种穷也穷个干净的女人，一万里头，也挑不出来一个……"玉如皱着眉笑道："不要啰唆了，让我起床吧。"王福才很高兴，将茶水预备好了，这才出会馆上工去。

玉如等他走了，一人是万分地无聊，随手拿起一本言情小说来看。这小说上，正说的是一个美貌的少妇，为了债务嫁了一个志趣不同的男子，她眼见自己的情人和别的女子谈恋爱去了。玉如觉得书上的话，一大半说着自己，而且书上的女子，还不见得有自己这种痛苦，由自己的委屈承欢，想到王福才那种无聊的安慰，觉得还不如破了情面，大闹一场，比较痛快，然而自己的环境，哪里许可这样闹呢？将书抛到一边，于是又垂下泪来。正是：

漫道新欢承昨夜，泪珠犹自背人流。

第三十一回

衣履隔夫妻突沾恶疾
闺房来姊妹渐布疑云

却说王福才走后，玉如又一人伤感起来。但是这种伤感，只是片刻的事，等她吃过了午饭，便筹备着去赴秋鹜的公园约会了。秋鹜到了今日，已是和玉如做了三次的心腹之谈，慢慢地就商量到久远的问题上面来了。九点钟以后，秋鹜和玉如又坐在树林下的露椅上，已是谈过四个钟头的话了。

玉如道："我们逐日这样谈话，又消磨时间，又耗费金钱，不是办法，以后我们没有什么要紧的话要谈时，我们就彼此通信吧。"秋鹜道："若是据你这样说，我们一个月不见面，也没关系，要说的话，三天都说完了，还有什么要紧的呢？但是我要和你见面，目的不是有什么商量，只是我非看见你，心里好像有一件事没有办一般。"说着，两手捧了玉如一只手，在鼻子尖上嗅了一嗅。

玉如笑道："你不要又放纵起来，我觉得我们这样缠绵，是向着堕落的路上走。"秋鹜道："我也知道是不妙，但是为了你，我就堕落下去，我也愿意的。"玉如道："真的吗？那我很为你不取，你想你的前程多么远大，自己又有了爱妻了，为了一个败柳残花的女子堕落下去，未免不值。"秋鹜道："值不值这个问题，不是一定的，我看得值，牺牲了性命也死而瞑目。我看了不值，就让我多说一句话我也不愿意。"玉如道："好！就算你看得很值，我问你，怎样对付你那个六亲无靠，有救命之恩的爱妻？"

这一句话，问得秋鹜有五分钟以上，答复不出来，最后叹了一口气道："就为的是她，若不是为她，在昨天我就要强迫你和我逃走了。"玉如道："既然如此，还有什么可说的？我们从今以后，把形式上的爱移到精神上去，做个好朋友吧。她，我也觉得很可怜的。"

秋鹜道："我们三人一齐同逃，你看如何？"玉如听了这话，也是停顿了五分钟以上，才答复出一句话道："那么，我算你家一个什么人呢？"秋鹜又默然了，许久才道："若是你同意我这个办法，我回去和她商量商量，看她怎么样？"玉如道："你千万别忙说，设若她不同意，把我们的秘密都让她知道了，我还有什么脸见她？就是你，也会在她面前大大地丧失信用。依我说，这不是一件可以孟浪从事的事情，你得有八九分的把握才可以去办。"秋鹜道："你顾虑的也是，但是我想她对你也很好的，纵然不同意，也不至于有很坏的表示。"玉如沉吟着道："那很难说，总之，你见机行事就是了。现在我不能再谈了，要回去了，我家里那个也未见得能放心我呢。"秋鹜道："坐一坐吧，明天我们不见面了。"玉如本来觉得一回家，就如坐针毡一般，能在公园里多坐一会儿，心里比较地舒服一点儿，也就不走。

约莫又坐了半点钟，玉如道："现在还不该走吗？若不走，回去他真有些不信了，哪个教家庭课的人，教到夜深回去的？"秋鹜道："好在你以后并不如此，你就说是东家请你看了电影，一次回去晚一点儿，也不要紧吧？"玉如道："就是那样子说，现在也到了回去的时候了。"秋鹜道："再耽搁十几分钟，我们在园子里转一个圈圈吧。"于是挽了玉如一只手，在公园里同步起来。平常在公园里要兜一个圈子，觉得很长的时间，但是两个人说着话走起路来，就不觉得长，一会儿工夫，就把圈子兜完了。依着秋鹜，想要她还走一个圈子，玉如怕回去太晚，无论如何不肯，大家就散了。秋鹜坐在车上想着，今天回去要撒个什么谎呢？不能三天的晚上，都是会朋友会晚了呀。若说看电影逛公园，娱乐的事为什么不带着新夫人一路呢？有了，我就说是在朋友家里吃坏了东西肚子痛，在朋友家里睡了一觉，所以回来晚了。这样说着，她就不会怪我的了。主意这样想定了，藏着暗笑回家去。

但是到家以后，却出于意料以外，他一进院子门，就听到一种病人呻吟之声，心想，心理作用罢了，我想装病，果然就有病的现象，及至走到屋子里才知不是幻象，落霞真的在屋子里面哼呢。赶忙走进卧室，只见落霞躺在床上，脸烧得如喝醉了酒一般，将一床白线毯子，盖在身上。床面前方几上，放着茶壶茶杯和丸药纸包，这样子，病了不是一两个钟头了。她见秋鹜走进屋子来，皱了眉望着他道："你怎……么……这时候……才回来呢？"她说的话，声音极细，而且吐字不相连续。秋鹜一路上筹备撒谎的话，到这时一个字也说不出来了，连忙伏在床沿上，用手抚着她的额头，只觉极是烫手，顿脚道："我下午出校的时候，忘记由家里打一个转身。"说到这里，王妈在外面屋子答言道："先生，你这时候才回来。太太三点钟就不舒服起，打了好几遍电话，说是你回来了。幸亏房东看着不过意，送了丸药来了，又在这儿陪了太太坐着许久，要不然我真忙不过来。"

秋鹜听说，心里更是不安，便道："这个样子，病势来得不轻，好像猩红热，这不是玩的，我送你上医院去吧。"落霞摇了一摇头。秋鹜道："为什么不去？"落霞道："夜深了，医院里去挂特别号，花钱多。"秋鹜见她舍不得花钱，心里更是不安，连忙跑到胡同口上，在汽车行叫了一辆汽车，复又转身跑回来，打算叫落霞起床，一走进房，只见她已经靠着床坐起来，却用一条大手绢将鼻子和嘴一齐套上，秋鹜要上前扶她，她连连用手挥着，以目示意，不让他近身。秋鹜明白她的意思，因道："不见得就是猩红热，你何必这样怕？就算是猩红热，难道一沾着就传染过来了吗？"落霞只管摇着手，身子向后退，那意思就是不让秋鹜挨着。秋鹜心想，你还是知其一不知其二，你就不让我挨着你的身体，这屋子里的东西和你身上的衣物，样样可以传染的。不过这句话只能搁在心里，若是对她说明，她更要不知如何是好了。当时汽车已到，因道："你走得动吗？不要我搀你上车吗？"落霞也不说什么，好像这屋子里藏着恶魔一般，三脚两步就踏着走出屋去。秋鹜急忙在后面跟了出来时，她在院子里，已向前面栽了一个跟头。伏在地上，爬不起来。秋鹜看了，老大不忍，便两手抄着将她捧上车去。落霞跌了这一跤，人已经有些迷糊了。秋鹜虽然和她同车坐着，她也不大明白。

一路到了济安医院，秋鹜首先下车去挂号。这医院是德国人开的，平常的号金已是六元，晚上加急乃是二十元，秋鹜虽然有些力不胜任，所幸外国人倒是一分钱一分货，看病很认真。当时将落霞先送到急症病室里去诊察，诊察了三十分钟，大夫将秋鹜拉到一边，告诉他说："这的确是猩红热，幸而来院医治得早，还不要紧，若是挨到明天，就不敢说这话了。"秋鹜听了，心里连跳了几下，因道："那无法了，请大夫费心点儿吧。"大夫看秋鹜是个知识界的人，便对他道："虽然如此，这种病总是危险成分居多的，病人当然是住院，而且要住传染病室，家里人来看病人，得经我们大夫许可，防备传染。而且你府上，我劝阁下也要消毒。"他们在室外说话，偏是落霞都听见了。她在屋子里哼着，叫秋鹜去说话。

秋鹜一进来，她就让他站着，因道："大夫的话你得听，我原来也不知道这猩红热怎么厉害，从前我有一个街坊，只去看了一次病人，就传染着死了。你得听大夫的话，不然我就不诊。你想，你是在学校里当先生的人，你若是把病传染到学生身上去了，那该多大的罪过？"秋鹜原是不肯留她一人在医院里的，她最后两句话归到了责任问题上去，只好勉强答应了。

当时到交费处，将一个礼拜的医药费先交了，办事人给了他一张收据，另外又是一张志愿书。这志愿书，是铅印的，上载立志愿书人某某，今因病人由济安医院医治，入院以后，听凭医生取任何治法，如病势非人力所可挽救，发生意外，医院不负责任，立书人或代笔人签字。这本来是种刻板文章，哪个进医院来，也是这样一套。但是秋鹜看到听凭医生取任何治法，和发生意外，那两句话时，心里禁不住又跳起来，眼睛内似乎也有一种奇异的感触，要把两眶眼泪，完全挤出来而已。自己极力地忍住，将精神定了一定，才在空处，将自己的名字填上了。最后，在代笔人签字的地方，签了一个字，这也不懂什么缘故，医院里的笔和自己平常用的笔大不相同，拿到手上却会不听指挥，只管抖颤起来，用尽了气力才写成江秋鹜三个字。

将志愿书填了，这就要遵守着医院的规则，走到刚才诊治急症的病室门口，只见落霞躺在一张推床上，由那屋子里推将出来，转送到传染室屋子里去。落霞看到秋鹜站在一边，和他微微点了一点头。秋鹜道："你安心……"只说了这三个字，这推床已转过屋角去了。秋鹜心里这一种难过，觉得这个可怜的女子刚刚吃几天饱饭，又害这种恶病，竟呆住了。那大夫看他是教育界的人，叫他今晚不要回去，另在一间病室里住，不算他的钱，明天检查一番，和他一路回去消毒。秋鹜也觉和大群青年接近的人，宁可稳当一点儿，当晚打发汽车走了，就住在医院里。

次日起来，便和医生打听落霞的病状，问不危险吗？但是做医生的人，不到有十二分把握的时候，他绝不能肯定说病人无事的，只答应了大概不要紧而已。秋鹜心里拴着一个大疙瘩，当时就要求大夫，要去看看。大夫问："病者是你太太吗？"答："是的。"问："结婚多久了？"答："不到一个月。"大夫微笑了一笑，用手指点着秋鹜道："虽然爱情浓厚，性命也要紧的呀。"于是他就吩咐一个看护，带了秋鹜到传染病室去。这病室里什么东西都有防毒的准备，看护妇让秋鹜进了房，便用手一拦，不让他上前。落霞一见秋鹜进来，连忙一个翻身向里，哼着道："我叫你不要来，你偏要来。"秋鹜道："我不来，能放心吗？你替我想想。"落霞又一个翻身翻转来道："设若你传染了我的病，你想我又当怎样？"将手连挥两挥道："你去吧，你去吧，你多多托重大夫就是了。"秋鹜见她极不愿意自己在这里，勉强站着，也是无益，只好退出去。当时请大夫检查了，所幸无病，又请大夫到家里去消了毒。忙了大半天，总算把事情办清，到了下午，身体异常疲倦，就睡了觉了。

一觉醒来，已是五点钟，睁眼一看，只见窗户外的太阳，已经只剩了白粉墙上一线，想起要到医院里去看落霞去，连忙向外屋走，一掀门帘，只见玉如坐在自己写字的桌子上，正翻着一本书看。揉了一揉眼睛笑问道："你几时来的，怎么不通知我一声？"玉如笑道："我听到你家的王妈说，你昨晚辛苦了，今天应该好好地休息，所以我不曾来惊动你。妹子不在家，你会感到遇事都不方便，我来伺候你吧。"说着，马上就拿了秋鹜的脸盆漱口盂，给他去舀水。秋鹜连说不敢当，但是要拦阻时，已来不及了。王妈捧着盆，跟了玉如后面走来，玉如手上，还不肯空着，依然捧了一只漱口盂子。秋鹜抢上前一步，将漱口盂子接了，因笑道："你是客，怎样来替我做事？"玉如见王妈已经走了，便笑道："我是客吗？你把这几天对我所说的话，都忘记了吧？"秋鹜道："那怎样能忘记，只是现在还没有到那一步，我不能不客气呢。"

　　秋鹜说着话，自去洗脸，玉如便倒了一杯温热的茶，由外面屋子，送到秋鹜的卧室里面来。秋鹜看到，心里觉有一万分感激，说不出来。正在这时，忽听到院子里有一个妇人叫道："大妹子在家吗？我找了好几条胡同，才把你找着呢。"秋鹜连忙在玻璃窗子里向外一看，见一个老妇人和一个中年妇人，站在院子里，那老妇人手上还提着一个小手巾包。秋鹜先还愣住了，不知道是谁？停了两分钟，才想起那个年老的是冯姥姥，从前和落霞共过街坊的，怎么就忘了呢？哦了一声，从屋子里迎了出来，便笑道："老太太，请进来坐吧，好久不见，我几乎不认得了。"

　　冯姥姥蹲了一蹲，先问着江先生好，然后回头对那中年妇人道："这就是你妹夫，你瞧多么好？"那中年妇人也蹲了一蹲，问着你好。秋鹜心想，这可怪了，我哪里有这一门子亲？冯姥姥似乎也了解秋鹜不明白，便道："这是小二他妈。"秋鹜不解小二是何人？也不解他妈是何人？冯姥姥既然如此介绍，也就只好如此承认，引她们到屋子里坐下，王妈就来倒茶。秋鹜道："二位今天来得不巧，她害了很重的病，到医院里去了。"冯姥姥道："什么病呢？哪一天到医院里去的？"秋鹜道："是昨天半夜里去的，害的那个病，你们北京人，叫作出红疹子。"小二妈哟了一声道："妈！那可不是闹着玩的，在哪个医院里呢？我们瞧瞧去吧？"秋鹜道："在济安医院，她是传染病，不让人看的。"小二妈对冯姥姥道："妈，医院，就是请洋鬼子诊病的那个地方吧？"秋鹜这才明白她是冯姥姥的儿媳妇，听她说到洋鬼子，不觉笑了起来。小二妈道："估量着多少天能够回来呢？"秋鹜一想，这种人能和她谈什么病理？便道："大概有个七八天也就回来了。"冯姥姥听他如此说，看了看她自己提的手巾包，便道："既是七八天后，就可以回来，咱们七八天以后，再来看她吧。这东西咱们也就带回去了。"小二妈笑道："别呀！我知道第二回还来不来呢？到了大妹子家里，我得瞧瞧大妹子的新房呀！"她说得快，也就做得快，马上走近前，将门帘子一掀，伸头进去看着。

　　秋鹜因玉如在屋子里，若把她引出来，少不得又要加上一份解释，所以让玉如坐在屋子里，并不请她出来。这时小二妈径行走了进去，可不能再含糊了，只得叫道："冯大姐，请出来，我给你介绍介绍吧。"玉如在秋鹜屋子里坐着，本出于无心，但是等人要进房去，秋鹜才介绍，这倒成了有心藏躲似的了。不过人已进来了，再躲不得了，只好和小二妈点个头，跟着也就走了出来。秋鹜就对冯姥姥道："这是落霞的干姐，她们俩，非常要好的，今天她也是来看她妹妹，倒不知道她妹妹害病了。"冯姥姥听说，一看冯玉如的长相比落霞还要好，而且两腮上现着两道红晕，便对着人家笑了一笑。秋鹜心慌意乱之间，没有介绍冯姥姥小二妈。玉如也是一味故作镇静，忘了去问人家。小二妈道："妈！我们走吧，过日再来看大妹子的病得了。"于是她二人不再多说话，走了出来，秋鹜因人家是初来，也就送到大门口。

冯姥姥回转身问道："江先生，七八天之后，她准回来的吗？"秋鹜道："大概回来了。"冯姥姥说了再见，便有点儿不高兴的样子走了。秋鹜走回来，玉如连忙就问是什么人？秋鹜就把她和落霞的关系说了，因道："她们虽然缺乏智识一点儿，但是心直口快，也可以说是个好人。"玉如以为她们是偶然做客来的，虽然在秋鹜屋子里出来，碰到有点儿尴尬，然而也就是这一回事，走了也就算了。因道："现在不过六点钟，医院里还许人出入的，你带我去看看妹子，好不好？"秋鹜道："你就不必客气了，连我去看她，她都不愿我进房呢，何况是你？我现在回家来很寂寞，你可以天天到我家来。你来了，我自然会告诉你消息的。"玉如一想，自己既是天天要来，今天暂不到医院去也好，就问道："你要不要吃了晚饭再走呢？我到厨房里去，替你做菜吧？"秋鹜道："大热的天要你动炉灶，我不敢当。"玉如道："咱们不能说什么敢当不敢当，我在家里，哪天不做饭？我在这里不是和在家里一样吗？"玉如说着，便到秋鹜屋子来洗手，秋鹜笑着进来，只说对不住。恰好这时候，王妈要进来问晚饭弄什么菜，听到二人在屋里有笑语之声，不便进来，就退回去了。这一下子，接着便布下了两道疑云，秋鹜和玉如，还都不曾留心哩。正是：

冷眼看穿犹不悟，从来迷死局中人。

第三十二回

入幕兴谣暗疑不速客
挥毫明志立写绝交书

　　却说玉如打算和秋鹜做饭，秋鹜不敢当，无如玉如一番热心，不是客气话可以拦阻回去的，她依然一定要和秋鹜做饭。秋鹜觉得盛情不可却，也只好答应了。玉如笑嘻嘻地将袖子卷起了一小截，将落霞平常围的白布围襟，向胸前一围，就到厨房里去了。秋鹜想着，无论如何和玉如的感情好，她也不是自己家里人，若要她去做饭，自己安然坐着受用，心里有点儿说不过去，因之自己也就跑到厨房里去，进进出出，只管陪着说话。加上他急于要去看落霞的病，也不愿玉如把做饭的时间占长了，所以心里越急，到厨房里来的次数越多。玉如只当他是客气，哪里知道他在着急呢？好容易挨到七点钟，才把这餐饭做出来。同玉如一块吃过了饭，就和她一路出门。玉如自回家去，秋鹜却上医院里来。

　　落霞大烧热了一天，这时候是刚刚睡着。秋鹜向大夫问了问病状，据说情况良好，没有变化，大概可望无危险。秋鹜候着落霞醒来，安慰了几句才回去。从此他每天都到医院里来两次，同时，玉如也按日到秋鹜家里去，有一个星期之久。玉如曾到医院来看过落霞两次，但是这两次，都是与秋鹜一路来的。

　　一个星期过去，落霞的病，已经好了十之七八，落霞人清楚过来，才知道在这医院里，每日要耗费十四五块钱。秋鹜每月教书收入，不过七八十块钱，在医院里住五天，就要牺牲他一个月的收入。结婚未久，一笔结婚费，已是累得他如今未曾还清，再加上这一笔特大的医药费，恐怕秋鹜有点儿支持不了。大夫说，猩红热过了一个星期，就没有事了。现在是一个星期多，总算快好了，何必再住在医院里？如此一想，她和秋鹜商量，非出院不可。秋鹜问了问大夫可否出院，大夫知道他的经济力有限，便说可以出院，如没有变化，叫病人以后每隔一日来一次也就是了。秋鹜得了大夫的同意，就将汽车接落霞回家来。

回家以后，落霞见屋子收拾得很清楚，秋鹜换洗的衣服，也都不曾积压一件，心里很安慰，觉得这王妈很会做事。到了下午，玉如来看她，却提了一包干净衣服来，正是秋鹜的。她说："今天一早洗的，干了就送来。"落霞仔细一问，才知道玉如天天到这里来，和自己代尽妻职，心里非常地过不去。落霞已经回了家，又有玉如陪着，秋鹜便正式上课教书，一下午不曾回来。

玉如陪着落霞坐在屋子里，说着闲话。落霞躺在床上，也就不感到寂寞。落霞因问玉如，自己在医院里，姐姐来了多少次了？玉如本想老实告诉她天天来的，转念一想，却不知秋鹜怎样对她说的？秋鹜的意思，是不必表示出来的。因之含笑道："来过几次也不要紧，咱们姊妹俩，还敢分彼此吗？从前我们还说过，一辈子都不分开哩，现在我帮你几天忙，那算什么？"落霞笑道："我果然有这种话，但是那不过是当姑娘的时候，一种傻想罢了。你想，女子有了丈夫，有了家庭，彼此怎样能到一处？"玉如笑道："怎么不能？你家不是要找个老妈子吗？我也要找工作的，我就在你家里，当个老妈子吧。"落霞也笑道："好！就是那样办，我可不给工钱，三个月后，我也到你家里去当老妈子。"玉如道："笑话是笑话，心上话是心上话。实在说，我真喜欢你这个家庭，设若你家里有安插我的位子，无论什么事，我都愿干。"说到这里，望着落霞一眼，脸就红了，接着道："倘若你家有个孩子就好了，我可以做个家庭教师。"落霞笑道："不要胡扯了。"玉如本是带着说笑话的神气，笑话是有个适可而止时候的，落霞既不愿说，自然也就不便说下去。当天她等秋鹜回来，方才回家去。

又过了两天，落霞的病已大好，已经下床来，躺在沙发上。那个冯姥姥带着她的儿媳小二妈，又来看落霞了。她走进房来，见落霞已坐起来，她将上次曾经提来，又提回去的手巾包，放在桌上，先哎呀了一声，然后笑道："大妹子，你可大好了。"小二妈道："我娘儿俩前两三天就要来，你小侄儿小二又病了，昨天才好，今天

232

我们就来了。"落霞站了起来了一会儿，复又坐下道："我一点儿精神都没有，恕我不能讲礼了。"冯姥姥道："你坐着吧，我们又不算外人，还讲什么虚套？"落霞叫了两声王妈倒茶，偏是病后力气小，叫着没有人听见。

小二妈道："你别客气，我们来看着了你，心里就舒服多了。你不是还有个干姊妹在你家里吗？哪里去了？"落霞道："我家里就是两口子，哪还有什么人呢？"小二妈原坐在落霞对面，就望着冯姥姥道："你瞧怎么样？我猜得不错不是？"冯姥姥笑道："你的嘴真快，知道这是怎么回事，你别瞎说。"这小二妈一句话，本来问得突兀，落霞其初未曾领悟到。现在她婆媳一打哑谜，忽然省悟，莫非她们说的是玉如，便笑道："我倒是有个干姊妹，也常到我这里来，可是并不在我家里住。"小二妈道："是她吗？瓜子脸儿，白白的皮肉，水眼睛，她真漂亮。"

落霞道："是她，你们在什么地方看见的？"冯姥姥道："那天来看你，你上医院里去了，我就见着了她。"小二妈道："要不然，我们还看不见她呢。我们来的时候，你们江先生和她都在屋子里，也不知道叽咕些什么？后来我们一进来，江先生陪着我们在外面屋子里坐，不让进来。后来是我要看看你的屋子，你屋子里就走出来了这样一个小美人儿。大妹子，干柴烈火好煮饭，干哥干妹好做亲，这可不是胡闹的。"冯姥姥瞪了她一眼道："你怎么回事？不管说得说不得，一块儿都说上。"落霞对于玉如，本是毫无用心的，听了冯姥姥婆媳的话，未免有点儿疑心，玉如既是在我屋子里碰到了冯姥姥，怎么秋鹜不曾对我说过？

这时，正好王妈知道客到，送了开水进来沏茶。沏过了茶，落霞等她将一杯茶送到自己面前的时候，便问道："我病的那几天，王家少奶奶天天来的吗？"王妈将鼻子哼着答应一声，马上就走了。落霞看了这情形，越发是疑惑，当了冯姥姥的面，却也不便追究，只是说着闲话。冯姥姥将那毛巾包，解将开来，拿出十个硬面饽饽，放在桌子上，笑道："这是东城一家有名的饽饽铺里买的，你沏上一壶好茶，慢慢地嚼着，又脆又甜，有个意思。上次我就带来了，你不在家，我留给你们江先生，恐怕他也不肯吃，所以我就带回去了。

233

你留着吧，我们得回去了，改天再来看你。天菩萨保佑，你身体好了就好了。"落霞道："难得来的，来了怎不坐一会儿去?"小二妈道："孩子他爸爸在家里看着呢，久了，他可要着急了。我们刚才说的话，你可别对江先生说，要不然，说咱们从来也不来，来了就搬是非。"落霞心里，正自疑惑着这个问题，她们越这样说，落霞心里越不好过，竟不知道要怎样回答了。

她们婆媳俩去了以后，落霞将王妈叫到屋子里来道："王少奶奶天天帮着你，你也不说一声，我不知道，谢都没有谢人家一句，心里怎样过得去?"王妈见落霞并不以这事为怪，便道："我本来想说的，我看见江先生都没有提一个字，我怕不好说。"落霞道："他有他的用意，他怕我心疼人家，所以不说。其实，我们又不是胞姊妹，总应该告诉我，也好让我和人家客气几句。"王妈笑道："我要知道你是这一番意思，我早就说了。王少奶奶待咱们先生真不错，她说在这里也和在她家里一样。"落霞道："怎么会说起这一句话?"王妈道："就是你进医院的第二天，我听到王少奶奶在这屋子里和江先生说的，我没敢进来。"落霞道："哦! 第二天她就来了，人家热心帮忙，真不错。"王妈道："真是热心呀! 她来的时候咱们江先生还睡着，她就坐在一边等着，足等了三个多钟头，江先生才醒过来。她真比你待江先生还贴心。"说时，斜视着落霞一笑。

落霞道："你不要说笑话，倒埋没了人家的好意。"王妈道："真的，她马上就拿了脸盆给江先生打水洗脸。"落霞道："那个时候，你在哪里?"王妈道："我在厨房里，王少奶奶在屋子里看书。她做饭，江先生怪心疼的，也跟到厨房去。"落霞道："那就是了，我自会谢谢王少奶奶，你也不必在江先生面前提。"王妈哪知道她有什么用意，说是不必提，就不必提了。

这天傍晚，秋鹜回来了，见落霞一人坐在屋子里，笑道："好了好了，你完全好了，这回病把我真急了一个够。今天玉如来了吗?"落霞微笑道："你怎么叫她的名字? 太不客气一点儿。"秋鹜笑道："十天没有见你的笑容了，不料这一句话倒引你一笑。但是现在男女是平等的，男朋友彼此可以互叫名字，那么，男子对女朋友叫名字，似乎也可以。而且我当她的面，总是叫冯大姐呢。"说着，和落霞坐在一处，牵着她的手臂看了一看，因道："瘦成这种样子，可不知道哪一天还原了。"落霞笑道："设若我这回死了，你怎么样？你要说实话，不许说什么自杀出家那些欺骗女子的话。"秋鹜道："除了这个，我还有什么可说的呢？我只是伤心罢了。"落霞道："我们的感情不算坏，伤心当然是伤心的。你这第二次结婚，在什么时候呢？"秋鹜道："你这话，问得有点儿奇怪。你想，设若你有什么不好，我伤心极了，在周年半载之内，也许不会想到这上去。就是想到这上去，也要有个对手方。至于现在，幸而没有出事，根本上就不容我有这种思想，我怎能答复你这个问题？"落霞笑着摇了一摇头道："不见得吧？有个现成的候补人在这里呢！"秋鹜笑着问了一个字："谁？"落霞道："还有谁？就是以前你的爱人，你的未婚妻，现在，你的大姨子，好朋友。"秋鹜笑道："这可是你说的，别说我对不住你姐姐。"他嘴里这样说着，脸可就红了起来。

落霞执着他的手问道："你说对不对？她自然是二十四分爱你的，你呢？也未必不爱她。"秋鹜道："你忘了她是一个大奶奶吗？"落霞道："我没忘呀。大奶奶不要紧，她不会离婚吗？你别把我当小孩子，我早知道你们感情极好了，可就只碍着一个我。"秋鹜道："你这话，可有点儿委屈我。我虽有点儿爱她，说是把你抛下，我绝对没有这种意思。天地间总是有些缺憾的，我和她交个朋友，你和她做个姊妹，那也不坏呀。"落霞道："不错！我知道你是不能将我抛下的。但是你确有这个意思，想把她也弄到手。而且你怕她离婚不容易办，打算三个人一同逃走呢。你这种办法，你以为很对的，但是你想做了这种事，瞒得住人吗？瞒不住人，将来怎么在社会上立足。对内而言，姊妹感情无论怎样的好，到了那个时候，我就退让一步，做你的小，她那一份聪明，我这一份杂毛脾气，能说不闹别扭吗？"

秋鹜被落霞这一顿批评，说得哑口无言，坐着只低了头。落霞见他不作声，更觉猜中了他的心病，因道："我不是不容她，实在是我太爱你，我不愿意有人把你分了去。"说着，一个翻身，伏在秋鹜身上，大哭起来。秋鹜将手抚着她的头道："你原谅我，我自己制服不住我自己，落在她的情网里。现在我觉悟了，从今日起，和她断绝来往，这情感也就自然淡了。你若是不相信，我当着你的面写一封信给她，等她来了，请你交给她。"落霞拭着眼泪道："我并不拒绝她和你接近，只是青年男女，彼此有了感情，总不容易不动心的。况且她的意思，屡次表示，犯不着和一个不识字的人守贞操，将来一出了事，怎么办？"秋鹜道："你说得是，我就来写信。你病刚好，千万不要伤心。"说着，马上就把桌上备好的纸笔，文不加点地写了一封信。将信一口气写完，就交到落霞手上请她看。落霞见他如此决绝，心里倒很欢喜。看那信上写道：

玉如姐惠鉴：

我们的结合，玄之又玄，本是很奇怪的。当落霞到了我家后，我本来认为我们的事，告了一个段落。不料一月以来，重新相会，感情也一天比一天浓厚，这真是想不到的事，也可见造化弄人，真说不定啦。但是，晚了，而且是我们自己愿意把机会失掉，自己办到这样不可收拾的，也不必去悔，也不必去恨，老实说一句，我们真把感情浓厚起来，未免多此一举呢？你想，彼此结婚以前都极力疏远，另找各人的百年伴侣，结婚以后倒反相亲爱起来，然则何必从前不演那一幕戏哩？你说过，我们应当感谢落霞的，既感谢人家，就不应再欺骗她。你想，我们近来的行动，不是极端地欺骗她吗？就退一步想，不算欺骗她，然而我们三人，真演一出私奔的臭剧，一齐犯着刑法，受着良心的裁判，大家不能在社会上出头，不能见亲戚，不能见朋友，那又有什么趣味？古人说，哀莫大于心死，做一个心死的结合，也太没有趣吧？既是这一着不能办，我们彼此纠缠着，有一天理智完全让感情蹂躏个干净，那就不定会出什么事情。我自知绝不是圣人，做不到鲁男子柳下惠的地步，而且你的姿色，你的心灵，又无处无时不在引动我，我们万一糊涂了一下子，我更是负不起始乱终弃的罪名。与其对不住你在后，不如对不住你在前了。就是落

236

霞，她十分爱你，到了那个时候，她也难免有点儿妒忌心。唯其是妒忌，她才是真爱我。你呢？又当如何呢？那时候，你们可共生死的姊妹感情，说不定也会破裂。本来，爱情是不许第三者来分去的，站在哪一方面看，妒忌竞争，这都是卫护爱情的正道呀。然而我们本来可以无事的了，何必兴风作浪，来自讨烦恼呢？所以我想了又想，只有我们彼此离开，不再见面，一切的幻想自无由而生，一切罪恶也就加不到我们头上来。早就预备做朋友了，我们就预备做一个精神上的朋友吧。从接到这封信起，你就不必再到舍下来，这一封信，也请你把它烧了，免得再种下什么祸根。你是个聪明绝顶，有作为的女子，绝不能不谅解我的。再见吧。恭祝前途幸福！

秋 上

　　落霞将信从头至尾看了一遍，点头道："你措辞很好，就是这样吧。"秋鹜笑道："这信上曾牵涉到你，你看有什么不妥的句子吗？"落霞道："就是你说我将来会妒忌的，我有些不赞同，但是也不必改了。我果然是不妒忌，我又何必追你写这一封信？"秋鹜道："这不是你迫我写的，是我自己愿意写的。但是我倒赞成女子妒忌呢。"落霞道："这个无讨论之必要，我问你，这封信，你怎样地交给她？"秋鹜道："自然是由你交给她。"落霞道："我不能交给她，若是由我手上交给她，显见得是为我而发，你是被动的了。"秋鹜道："邮政局里寄去，是不妥的。除非叫王妈把这信送到她家里去。"落霞道："那也不妥，若是王妈去的，她也知道我是参与这个计划的了。"秋鹜见她设想如此，虽然避嫌有点儿过分，但是自己设身处地，也觉好友变成情敌，也是一件不容易解决的事情，便道："既是如此，她会馆里有电话的，到学校里我打一个电话给她，约她在一个地方会面，我亲自把信交给她吧。"落霞沉吟了一会子道："也除非如此。可是谈话的时间，不要长才好。"说着，她又笑了。

　　秋鹜觉得她口里虽不承认妒忌，心里妒忌得十分厉害。若不敷衍她，也许把她的病加重起来，笑道："那自然。我交着信到她手上，她若看了，我在她当面是很不好相处的。明天上午，到学校里去，上午我就将信交给她。"落霞笑道："你一点儿不踌躇吗?"秋鹜道："干干脆脆，我就是这样办，还有什么踌躇? 要不然，这信还是让你交给她。"落霞笑道："你不要以为我是过分担忧，实在为的是爱你呀!"秋鹜实在也不容再说别的了，对他夫人的话完全接受。到了次日，他就带着信上学校去。落霞也不知道什么缘故，好像心里又去了一种病，中午多喝了一碗粥。正是：

岂有灵方医妒忌，除非情爱属专人。

第三十三回

一纸露真情惊心坠地
双珠志别恨割席还家

却说秋鹜拿了这封信到学校去以后，比昨天那决绝的勇气，就差多了。心想，我这封信交给玉如，自然是万分对得住落霞，落霞可以也就不必再为难了。但是玉如接到这封信，要作什么感想哩？她不会痛哭流涕吗？她不会自杀吗？我且打个电话，约她当面先谈一谈，看她的意思如何？若是她的意思还活动，我就把这信交给她。若是她的态度像以前一样，我这封信，就不能交给她了。于是和玉如通了一个电话，约着一点钟在公园里相会。电话打过以后，秋鹜又想着，纵然是她的意思很活动，这信也不可交给她，我不过对她说，以后不到我家里去，也就完了。她那样聪明的人，叫她不要去，岂有不明白之理？如此想着，按时到公园里来。他和玉如，已经在公园里坐熟了，白天总在来今雨轩后面，是一方葡萄架右。晚上便是御河栏杆边。

秋鹜在茶座上约莫等了二十分钟，玉如就笑嘻嘻地来了。她笑道："你夫人病好了，你心里落下一块石头，可以开开心了。我天天到你家去的事，她已经知道了吗？她怎样表示呢？"秋鹜笑道："自然是很感谢你。"玉如微笑道："不见得吧？她希望你对她用情专一的，不许人家分润一点儿的呢。"秋鹜道："她这心事你又何从知道？"玉如道："我探过她的口气了，我就是在你家做老妈子，她都不肯的。"玉如说完了这句，就顿了一顿，眉尖微微皱起来，斟了一杯茶，端起来要喝。但是刚刚碰了嘴唇，她又放下来，似乎她已有什么心事，不专属眼前的东西了。

秋鹜见她含情脉脉，幽怨若不自胜，也很替她可怜，那一封信，固然是交不出来，就是预备说的话，现在也一齐打回去了。还是玉如先问道："你今天约我有什么话说吗？"秋鹜道："没有要紧的事，不过要和你谈谈而已。我想我们有什么话，还是约会着到公园里来说吧。"玉如点点头道："我也很赞成，以后没有你夫人特别地邀我，我也不到府上去了。女子们都是醋心重的……"说着，她望着秋鹜微笑，秋鹜因她自己已说了不去，正中下怀，自己难于出口的，这就不必说了。因笑道："不是她醋不醋的问题。男子们总是疑心大的，你天天出来，虽然说是教家庭课，始终藏头露尾，不十分公开，究竟不大妥当。"说着，也望了玉如微笑。

玉如脸色一怔道："我的事吗？不要紧，就算他把我弄去吃周年半载官司，出来之后，我倒自由了。反正我不会连累你的。"秋鹜道："你为什么时时刻刻都下了牺牲决心？"玉如将杯子里的茶，泼了一小圆块在桌上，用一个食指，将水迹移动，画着圈圈，一个一个地连锁起来，半晌，低头轻轻地吐出来一句道："都为的是你呀！"秋鹜听了这话，心里震动着一下，作声不得。玉如突然站起来道："以后你有事打电话给我吧，上午由九点到十一点，下午由一点到五点，你都可以随便打电话。"秋鹜道："你就要走吗？"玉如道："我今天家里有两个裁缝店伙计要来，他们是劝我搬回去的，我得先回家等着。"秋鹜见她有事，也不敢留，她匆匆地就走了。秋鹜想到她既约了不到我家去，我倒落得做好人，但是落霞的意思，也要告诉她一点儿，省得彼此不碰头，那么，我还是写一封信给她吧。一人在公园里坐着发了一会子闷，自回家去。

到了家里，一进房，落霞靠在软椅上坐着，首先问的一句话，便问信交给她了吗？这个她字，无疑的是指着玉如。秋鹜道："交给她了。"落霞不觉喜上眉梢，露齿一笑道："你心里很难过的吧？"秋鹜道："我有什么难过？我要难过，也不写这封信了。不但我不和她来往，所有世上的女子，以后我都不和她来往了。"落霞道："呀！那为什么？"睁着眼望了秋鹜。秋鹜道："这话你有什么不懂？我是为了你呀！"说着，握住了落霞一只手。落霞到此，已十二分地相信秋鹜，也站了起来，将头靠在秋鹜怀里，笑道："我真对你不住！但是你说了，女子妒忌丈夫和别个女子好，那是实在爱她丈夫。而且为了你的前途，也觉得是不能和她再纠缠的。"说着，将头在秋鹜怀里擦了几擦。秋鹜道："你的意思，我早明白了。"落霞道："由这种试验看来，你实在是爱我，你待我太好了。"秋鹜觉得她年纪轻的人，究竟容易信人的话。莫怪于男子们总是欺骗女子，实在女子太愿意受欺骗了。因道："这也是我应有的态度，也不算太好。"口里如此说着，心里觉得对这个年轻的爱妻，有点儿对她不住。因之当晚在家里陪着落霞，不曾出门。落霞也是极其欢喜，病体虽还十分衰弱，精神可就好极了。

过了两日，秋鹜上课去以后，落霞也能拿着小说看。不料只看了几页书，却有一种惊人的事发现，原来是玉如来了。落霞心想，莫非她看了那信，要和秋鹜来讲理？这事情可糟了。但是看她的颜色，却是极为平和，倒也猜不透她是何用意。自己极力镇静着，还是照往常一样款待她。玉如也是问病之外，只像往常一样，说了一些闲话。

落霞既不能问她是否收到秋鹜一封信，却也急于要知道她对秋鹜的态度如何。因此说话之时，不断地提到秋鹜。玉如听到也坦然无事，不像有什么感触，似乎她并没有知道这一封信的事了。落霞笑道："你自己也有一份家，为了我的病，常常把你累了来，我很不过意。"玉如笑道："我也不知道什么原因，有三天不到你这儿来，我心里就像有一件什么事没有办一样，你说怪不怪？其实，来了之后，也没什么了不得，不过说几句闲话而已。"落霞对她这话，也没有什么回答，只是微笑而已。

玉如坐了一会儿，实在也无话可说，就回家去了。这一下子，可把落霞疑惑够了。既是前天将信交给她，拒绝她以后再来，她无论如何，不会今天又来。就是来，也不能脸上一点儿表示没有。这样看来，也许秋鹜没有将信交给她吧？一人在家里，越想越疑惑，记得那天他穿西装出去的，后来因为天气热，匆匆忙忙，换了汗衫，以后就没有穿过西服了。他大意得很的，西服里面常是放着信札稿件的，且去看看，那封信发了没有？于是在西服几个袋内，都搜寻了一遍。一搜搜到裤子后面那个方袋里，果然有封信，拿出来看时，信封上没有写字，抽出信笺看时，可不是写给玉如的那封信吗？光是这封信也不要紧，在那封信之外，别有一张学校里的信笺，行书带草地写着。落霞仔细辨认出来，那信是：

　　吾人之事，尽为落霞所知，因其病后，不能有所感触，
万不获已，于霞当面，从权书此，忍痛一时，并非割爱，
若情天不老，人力可为，或终有如愿之一日也。谅之谅之！

秋又及

　　落霞看了这封信，立刻心中乱跳，拿了信在椅子上坐了下去，移动不得。仔细将信的文意揣摩着，觉得秋鹜的一颗心，还完全在玉如身上。自己十二分地信托秋鹜，竟是错了主意了。秋鹜以前虽认得玉如，本来已经断绝关系了，都是自己不好，又把玉如引到家里来，让他两个人有了接近的机会，纵然他们感情好了，又怪谁呢？原来他们是情人，因为环境逼迫，暂时割断，现在有了可接近的机会，为什么不去恢复爱情？秋鹜为了我，牺牲了他的爱人，我总算战胜了玉如。若是连玉如都不许他见面，我自然是过于一点儿。然而他们见着面以后，又不肯老实的，这叫我怎么办呢？前前后后想了一遍，若隐忍在心里，怕会出毛病。若不隐忍和秋鹜交涉起来，又怕伤了夫妻的和气。归结一句话，总是没有办法。于是就伏在椅子上，大大地哭了一顿。哭了许久，病后的人哪支持得住，连着椅子和人一齐倒在地板上，落霞就晕过去了。这时，王妈正在厨房里和她烧洗澡水，她虽是在屋子里躺下了，并没有知道。

　　过了一会儿，恰好是玉如记起有一只钱袋，放在落霞屋里书架上，忘了带走，虽然钱不要紧，袋里有王福才几张衣服尺寸单子，不能搁下的，就重走回来拿。一进房内之后，只见落霞手上拿了一卷信纸，倒在地上，便哎呀大叫了一声。喊道："王妈！快来快来！你们太太不好了。"王妈跑了进来，见落霞躺在地板上，玉如也坐在地板上，用手抱了她头，只管乱叫妹妹。王妈走到房里时，落霞哼了一声，两只眼角上，坠出两道泪痕。王妈道："嘻！她的身体，还没有复原，我就请她多躺一两天，她又不肯听，现在可摔着了。"说着话，两人就把落霞抬上床去。玉如赶着倒了一杯温热的茶，慢慢向她嘴里灌下，有了五分钟的工夫，落霞慢慢喘过气来了。

玉如觉得没有多大危险了，这才将地上的那一叠信纸拿起来，从头看了下去。先看了那张短的，还不十分明了，及至将原信一看，这才恍然大悟，原来她这一摔，还是为了自己的事。怪不得秋鹜前天将我约了去，又并无什么话可说，原来是这一封信，不曾交给我。拿着信发了一会儿呆，王妈已到房东家里去借电话，找秋鹜去了。看落霞时，睡梦里眼泪纷纷滚下，兀自哽咽着。玉如摇着她的手臂，伏着身子，对了她的耳朵，轻轻喊道："妹妹！这是我的不是，但是我并不知道他有信给我，我若是知道，无论如何，我也不来了。今天我到这里来，我实在是来看你的病，并不是来找他呀！我虽然爱他，我并没有那种坏心事，叫他把你抛开。你既是疑心我，我不来了。我已经把他让给了你，我决计不能在你手上再把他抢了回去，我说牺牲就牺牲，牺牲到底的……"说到这里，她也禁不住眼泪，呜呜咽咽哭将起来了。落霞现在已十分清醒了，听玉如带说带哭得十分伤心，也替玉如可怜，陪着她哭。王妈早由外面走进来，见玉如对落霞那样抱歉，又哭得那样的伤心，也掀起一角围襟，靠了门站定，只管揉眼睛。

　　秋鹜在学校里接着电话，吓了一大跳，赶快坐了车子，就跑了回来。走到家中院子里，先听到屋子里一片哭声，心想，莫非是不好了。在外面便喊着道："怎么样了？怎么样了？"及至抢步到了屋子里，见落霞和玉如四只手互相搂抱着，只是恸哭。王妈站在一边，她当主人没有进来一样，也哭。秋鹜发愣站住着，不知道说什么是好了。还是玉如看到秋鹜走进来，连忙走开，取了手巾架上的手巾，先擦了一把脸。对王妈道："你去打一脸盆水来，先让你太太洗一把脸吧。"王妈打水去了，玉如便将信拿着，交给秋鹜道："你写了信，怎样不交给我呢？"秋鹜并不知道她和落霞是怎样说的，这信是怎样拿的，玉如突然问了这一句话，叫他怎样地答复？因之依旧发了愣站着，将话答不出来。

　　王妈将洗脸水打来了，玉如亲自拧着手巾，和落霞擦了一把脸，然后又倒了一杯温热的茶给落霞喝。秋鹜见大概没有事了，便问落霞道："好好的你怎么会摔着了？"落霞还不曾答话，玉如便代答道："这就不能不归罪你那一封信了，我先是不知道我绝对不能来的，所以我虽然对你说了，以后我不来，但是我今天一想，大妹子的病究竟没有完全还原，我若是就这样抛了不顾，未免有点儿不对，所以我又来了。我来了之后，倒说得好好的，我到了半路上，想起扔了钱袋，重新回来，就见她拿了信躺在地板上，人都晕过去了。这当然是我们的不是，现在当了妹子的面，我们立个誓，我们以后断绝来往。"说着，面对面地向秋鸳立着，挺了胸脯子，将右手横着，凭空一割，一句话正待要说，落霞一个翻身，由床上跳了起来，向两人中间一站，用手握了玉如的手道："别这样，别这样，姐姐，你不和他交朋友，还要和我交朋友哩，你为什么下这个决心？"秋鸳被她俩这一阵做作，都吓呆了，望着玉如，一步一步向后地退着，退得无可退了，才站定了脚。

落霞晕而复苏，本来气力不够，现在凭空又跳起来，向后一坐，没有坐着，便倒跌在地板上。所幸玉如拉着她两只手，没有让她躺下，只是坐在地板上而已。秋鸳走上前，一把将她抱着，送到床上去。落霞侧过脸来，望着秋鸳和玉如，不住地喘气。玉如坐在床边，默然一会儿，又垂下泪来，握了落霞的手道："你一直到现在，对我的心肠，还是没有改变，这样看来，我对你真要惭愧死了。从此以后，我一定把这儿女私情一齐看淡，今生今世不作此想了。"她说别的什么话，落霞都可安慰她，唯有说到爱情这一层，可无法去安慰，难道还叫她和秋鸳重温旧好不成？因此也捏住了她一只手，紧紧地握着。秋鸳靠了桌子斜坐着，用左手撑住了头，右手伸了一个食指，不知不觉的，只管在桌上写着"如之奈何"四个字。屋子里二十分钟前，那样大闹，现在却是静悄悄的，一点儿什么声音都没有了。

玉如突然站了起来，对落霞道："大妹子，我回去了，再见吧。"说着，站起身来，将湿手巾擦了一把脸，拿了书架子上的钱袋到手，一掀门帘子就要走。秋鸳不能作声，右手那个食指，依然在桌上写着"如之奈何"四个字。连头也不抬起来看一看。落霞躺在床上，伸起一只手来，只管向玉如乱招。玉如回头一看，不容置之不理，因复身回来，问落霞道："你还有什么话可说的吗？"落霞只管招招手，让她走到床前，才握住了她一只手道："你能原谅我吗？"玉如点了点头，说道："那是当……然……"落霞道："虽然……但是我们依然是好姊妹，好朋友呀！"玉如又点了点头道："那是当……然……"落霞将手向秋鹜招了一招，又点点头。秋鹜这才走过来，问道："你有什么话对我说的吗？"落霞道："我们都把话说明了，希望你不要把事再放在心里，你替我送一送，把大姐送到大门口去。"玉如道："不必送了，再会吧！"

　　这一下子，她不再踌躇了，说话时，已经走出了房间，向院子里走着。秋鹜站在床面前，也不知道怎样是好。落霞连连将手向外挥了两挥道："你去你去。"秋鹜也觉猛然想出一件什么事来似的，抢着跑出来，一直到大门外，已见玉如走到胡同口上了。因叫道："冯大姐！冯大姐！"玉如站住了脚，回转头来望着，并不答话。秋鹜皱了眉走上前道："我也是没法，希望你别伤心。"玉如不作声，点点头。秋鹜道："一切都是我的不是，设若我前天将信交给你了……"玉如道："那以前的话，还提它做什么？"秋鹜除了这一句话，没什么可说的了，将皮鞋拨着地上的碎石子，聚拢到一处。让它聚拢着，复又拨开来。他两手挽在背后，只是低头看着。玉如明知道他心里万分委屈，万分难过，便道："大妹子还躺在床上哩，你别在这里老站着。"秋鹜道："好吧，我不送了，你安心回去吧。"玉如微笑着，说了一声再见，转身便走，秋鹜也道了一声再会，跟着送了两步，复又止住。止住了，又上前几步，不知不觉，也出了胡同口。

　　玉如走得很远了，猛然一回头，看见秋鹜追了来，便站住了脚，回过来向他点了一点头。秋鹜见她相招，便迎上前去。玉如见他来，对他望了一望，却向旁边一条弯曲冷静的胡同里走。转了几个弯，玉如就站住了，笑了一笑道："我始终没有送过你什么东西，现在送你一点儿吧。"说毕，转过身去，对了人家的墙，她却伸手到衣襟里面去，使劲扯了两下。她一回转身来，手上托着两粒红色的假珠扣子，微笑道："我浑身上下，没有一样是自己的东西，这个是缝在汗衫上的，我带着日子不少，也可算是我贴肉的物件了，送给你做了纪念吧。"秋鹜一伸手，她放到他手心里，他觉得那珠扣还是温热的，便道："我很谢谢你，足见你对我不外。但是你突然送我纪念东西，以后我们不见面了？"玉如道："那是当……然……"只说到这里，正好有辆人力车，拉了过来，玉如叫住车子，马上坐了上去，点头道："请回吧。"那车子便疾驰而去。她头也不回了。正是：

桃花流水渺然去，油壁香车不再逢。

第三十四回

引类过娼门邪言共诱
探踪到寒舍热泪同倾

却说玉如含着一包眼泪，坐车回来，到家以后就躺下了。王福才比她稍晚一点儿回来，见她精神很疲倦，便问道："你是怎么样了？不要是又中暑了吧？"玉如满肚皮愁恨，哪有心和他说话，他既说是有病，乐得承认着，以免他再来纠缠，就随便哼着答应了一声。王福才笑道："你上了许多天的课了，我还不知道你东家的大门是朝东还是朝西，明天带我去见见你东家，好不好？我多认识一个朋友，也多有一个人帮忙的。"玉如道："有什么拜访的？我今天已经辞了这事情了。"王福才道："那为什么？你怕多了钱咬手吗？"玉如道："我身体不大好，今天不愿说话，你要问是什么缘由，明天我再告诉你吧。"王福才见她话都不愿说，以为她是真有病了，那也只好由她。

玉如这一睡，一直睡到晚上九点钟，还不曾起床。好在这一程子，玉如都是不做晚饭的，预先拿出三毛钱，存在王福才手上，让他到小馆子里去吃。王福才也觉到小馆子里去，比较吃得舒服些，也希望她天天不做饭。当玉如睡觉的时候，王福才已经到外面去吃过了一餐，回来之后，见玉如连玻璃灯罩也不曾擦，眼圈儿红红的，脸色黄黄的，用一只手撑住了头，斜靠了桌子坐着。

王福才道："你为什么又哭了？现在我对着你，是百依百顺啦。"玉如只用眼睛望了他一望，并不作声。王福才道："你不理我也罢，我要出去了，你还给一块钱我用吧。"玉如道："我问你，这三四天，你每天晚上都出去，每天出去都和我要一块钱，你是干什么去了？"王福才歪了脖子笑道："我不是对你说过，是请朋友吗？早几天，你不也是闹到很晚回来吗？我就一句也没问过你。你是认得字的，我们讲一讲平等，你也不能问我。"玉如冷笑道："我才不爱管你的闲事哩，不问就不问，你十天不回来，也好！"王福才道："十天不回来，你敢情好，省得看见我这讨厌的东西了。可是今天你得给我一块钱。"玉如道："天天给你一块钱，我没有那种能耐。你不要以为前几天，你一说我就给，现在成了规矩了。你要知道，前几天我拿出钱来，是为着你真去交朋友，拿去混场面。现在我看你是胡花去，漫说我不能这样常拿下去，就是能够，我也不拿。"王福才依然歪了脖子向着她笑，接上一举右手到眼角边，和她行个军礼，笑道："就是再给今天一回，明天就不给了。"玉如道："不能给，你的今天，是没有完的。"王福才笑道："就算我的今天没有完，你手上大概也不过剩下四五十块钱，花光了，我也就不会要了。"玉如道："我还留着我自己花呢，为什么要让你花光？"说着，换了一只手撑住头，脸偏过去，不向着王福才了。

王福才冷笑道："我也明白了。前几天你天天要出去，怕我捣乱，所以天天给我钱。现在说辞职不干，大概是不出去了，所以就不给钱。这样看起来，你说是教书，有点儿靠不住，还不定干了什么事呢？要不然，你不教五十块钱一个月，不能一天给我一块钱呀！可是在人家家里教书，我没听到说有这样阔的。这件事，我得调查调查。"玉如冷笑道："你拿这话一吓我，我连忙就拿出钱来了。你吓吧，反正我不会有枪毙的罪。"王福才道："呀！你好了几天，又和我闹起别扭来了。今天我有约会，我还要出去，明天我再和你算账。"玉如对于他这话，也不以为意，依然是冷笑一声，报复了他。

王福才匆匆走出会馆门，大门口两个同事，荀朴生、朱老四由电灯杆下，早笑嘻嘻迎上前道："拿到了钱没有？还是一块？"王福才道："不行，今天她和我闹着别扭，不肯给我。"朱老四道："既是没有钱，老六那里去不去呢？"王福才道："自然是要去才好。不过我身上只有四毛钱，连开盘子，还差二毛哩。"荀朴生道："她对你那样上劲，你好意思不去吗？你还约着过两天和人家捧场呢？你差二毛钱，我还可以借给你。"王福才道："这种穷茶围，打得什么意思？我不去了。"但是口里虽如此说，脚步可就陪了他们向前走。

朱老四道："你没有娶媳妇儿的时候，老六就和你很好，你还说要讨她呢。现在有了好媳妇，就随便了。"王福才一顿脚道："我没钱，我有钱一定还要讨老六的。我家里这个贱货，她以为她认识几个字，就瞧不起我。我自从把她娶回来之后，她一共没有和我笑过十回。她就是个天仙，又有什么意思？老实说，初娶她的时候，我实在爱她，现在我简直恨她了。不过我要花她的钱，我不能不敷衍她一点儿。"苟朴生道："她手边下有多少钱哩？"王福才道："谁知道呀？我等她出门了，家里哪里没有翻到？找不出她的钱放在什么地方。"朱老四笑着一拍大腿道："你说到这个，我倒知道一点儿。你可别疑心，以为你媳妇儿告诉了我。"苟朴生道："你配？老王这样漂亮，她还看不上眼呢。"王福才道："别瞎扯，你说，你怎样知道？"朱老四道："昨天下午，我到你家里去找你，我以为你在家呢，一直就冲进你屋子里去。在外边屋子里，我看见你媳妇伸手到一条破褥子里掏什么。她在里边屋子里一看见我，好像很惊慌，连忙把那条破褥子叠起来，一回头，地下可就落下一张五块的钞票。我就猜是把钱放在那里头。"王福才道："真的吗？你撒谎……"朱老四道："我撒谎是你孙子。"王福才道："怪不得了，她把这条破褥子垫了箱子底，敢情是当了保险箱。钱不在那里头便罢，钱若是在那里头，我要偷她一个溜光。"朱老四笑道："现在我送了一套财喜给你，你该请我们喝个边了。"王福才道："好！我们到老六那里去，钱到手，我再大请。"于是和苟朴生又借了几毛钱，一路向石头胡同来。

到了一家二等茶室门口，三人都放着笑容向里走，院子里的跑厅，早大声叫着红桃六姑娘。一间厢房，门帘子一掀，跳出一个十八九岁的妓女，一伸手，左手执着朱老四的袖子，右手取下苟朴生的草帽，就将人向屋子里拉。到了屋子里，替王福才取下帽子，就替他解长衣的纽扣，然后将他向床上一推，他坐下了，一屁股就坐在他大腿上，将手挽了王福才的脖子道："昨天说给我买的东西哩？"王福才笑道："不就是一双丝袜子吗？我今天忘了带来。"红桃将他一推，噘着嘴站起来道："我知道你变了心了。从前你没有讨老婆的时候，我不问你要东西，你还常常送衣料给我。现在呢，连一双袜子都不肯了。"王福才只是笑，朱苟二人，却替他解释，说是的确买了，忘了带来，明天再送来也不迟。红桃这才有了笑容，周旋一顿茶烟。

她回头看到王福才横躺在床上，于是乎她也就躺下来，二人头并头睡下，她就向着王福才耳朵说道："前天你答应我捧场的事怎么样？现在到了日子了。"王福才道："那不含糊，我既然答应了你，我自然要办到。"红桃听了，就将自己纽扣上挂的两朵白兰花，取了下来，给王福才挂在汗衫上。笑道："瞧你这一头的汗。"于是在身上掏出一方花纱手绢，给他擦了一擦汗。又道："也不知你忙些什么？出门来，手绢也忘着。"说着，就把这方手绢，塞在王福才裤带上。朱老四由椅子上跳了起来道："你两个人办些什么交涉？说给我们听听。"红桃拍着床席笑道："来呀！也来躺躺。"朱老四道："这样热死人的天，我们挤着干什么？"红桃见他们不过来，就起来坐在朱老四腿上，斜着眼珠望了荀朴生微笑。

这红桃是一张胖胖的圆脸，皮肤也很白。虽是中等身材，但是她穿着挖领短袖子的粉红纱褂子，把她的上身大半露出，真个合了一句时髦话，富于肉感，因之把这三位斯文工友，都吸引住了。笑笑闹闹，不觉坐了一个钟头。这二等妓院，来往的人非常多，红桃已经有两班客人，坐在别人屋子里，现在还让王福才坐着，真是天字第一号面子了。等着红桃走了，朱老四笑道："我们走吧，你今天不能给六毛，应当给一块。"王福才皱了眉道："我哪有钱？"朱老四听说，却慷慨起来，马上在身上掏出一块现洋，当的一声，丢在桌上。

红桃进房来，见桌上丢下了钱，知道他们要走了，倒正中下怀，拿了王福才的长衫，提着领子，让他穿上。笑道："你若是不赶别一家的话，你腾一腾屋子，到别个房间里去坐一会儿，也可以的。"王福才听她的话，口说是挽留，其实是催送，本待说一句笑话，看到人家伸出豆腐也似的手臂出来，替自己系纽扣，总算十二分巴结，又不忍怎样说她，也就含着笑，鼻子里哼着一声了事。红桃见他有点儿不高兴，于是两手抱了他的脖子，在他脸上乱吻乱嗅一阵，闹得他有气也生不出来，这才放手。他和朱荀二人走了出来，笑道："老四，在路上我先说没钱，你不理会。刚才我并没有和你要钱，你

250

倒垫出一块钱来，你要我还不要我还？"朱老四笑道："你这人说话，有点儿不问良心。你想，人家那样伺候你，你多开心。反过来一比，你若是对你新媳妇要这样，恐怕她要赏你两个大耳巴子吧？"王福才笑道："你胡说八道，怎么拿窑姐儿和我媳妇打比？"朱老四道："怎么不能打比？我不讨媳妇就罢了。我要讨媳妇，就得让我开心。若是叫我去恭维她，干脆，我不会一个人过日子吗？我为什么养活着她，反要受她的管呢？"

王福才听了不作声，心中倒觉他的话为然。从前在父母一处，虽然受玉如的气，她还碍着三分面子。如今搬到会馆里来住，她就不肯和和气气说一句话，都是十分勉强的样子，我就挖了心给她吃，她也嫌血腥气。朱老四道："怎么不说话了？我得罪了你吗？"王福才道："你哪里得罪了我，我想你的话是对的。我没钱，我若有钱，要大大地嫖他妈的一顿。"朱老四笑道："你怎么没钱？你把那条破棉褥子拿到手，你就有了钱了。"王福才一拍朱老四的肩膀道："对！我把家抄得翻转来，也要抄几个钱来用，身上还有几毛钱，再去找一个人吧。"于是三个人又走进一家茶室，找第二个妓女去了。他们一直把身上的钱花光，王福才这才回家。

到了家的时候，已是晚上两点钟，玉如心里正是不好过，身上疲倦，已经睡得很熟了。王福才也不去惊动她，自去料理自己的事。到了次日，玉如越觉得身上疲倦，头昏昏沉沉的，有些爬不起来，因之索性在床上躺着。王福才将冷水洗把脸，茶也不喝，竟自走了。玉如睡到中午，勉强起来，虽然身上不见有什么痛苦，但是心里像火烧一般，兀自焦躁不宁起来。熬过了一天，一直到晚上，点了灯来，王福才仍旧不见回来。玉如心想，你不回来很好，我就怕你不肯和我翻脸呢。这一晚过了，王福才依然未归，玉如虽然身体疲倦，心里倒坦然些。

第二日中午，因觉心中发热，就在胡同口上，买了一大碗小米粥回来，放在桌上凉着。一只手撑了头，只管望着那碗小米粥。正在这样出神之际，听到会馆长班，在院子里道："就是这屋子里，现时在家呢。"玉如想是找王福才的，也不去理会，依然坐着。及至那人走进来，却大为诧异，原来是落霞。哟了一声，连忙站起来，握着她的手道："你的身体还没有大好，怎么倒出来了？"落霞道："我早就要来看看你的，迟到今天，也不能再迟了。"她说话时一看这两间屋子，陈设是极为简陋，一张破桌子上，就放了一只粗碗，盛着小米粥，不觉想起以前在留养院同甘苦的日子，心中一阵酸楚，几乎要掉下泪来，因道："我是来看看你的，安慰安慰你的，你不用张罗。坐一会子，我就走的。你们王掌柜呢？"

玉如当她说话时，看看自己屋檐下一个白泥炉子，只盛了一炉子煤渣，一只小瓦缸，瓦缸底上，剩了几瓢冷水，客不叫张罗，也就不必虚谦了，因道："对不住，你到我这种寒家来了，我只有把一点儿诚心待你罢了。"落霞见她脸上清瘦了许多，虽然人更现得楚楚可怜，但是她一双眼睛里，满带着忧愁的神气，便道："我不来，也不知道你心里难过，我们家那一位，也是这样。"玉如听到落霞又提到了秋鹜，心里就不以为然，因道："妹妹！你还有什么不放心的吗？前天我已在你当面，斩钉截铁地说了，彼此断绝往来了。你家壁上，挂了一张风尘三侠的图，你说过，不容易找虬髯公那样的人。我想虬髯公，不一定要男的吧？这段故事，我倒知道一点儿。那个虬髯公，因为知道天下是人家的了，大事已定，也不必去胡扒胡挣，他就把天下让了人家，家产送了别人，于是乎隐姓埋名藏起来。事情大小不同，性质是一样。爱情这件事，我命里注定无份，我何必去破坏人家现成的天下？妹妹！你放心。过两天，我就搬开这里了，你丈夫就是要找我，他也找我不着了。"

落霞在家中想了一肚子的话，预备见着玉如，婉转说出来。不料一言未出，玉如就放爆竹似的，说了这一大通，所预备的话，竟是一句也不用说了。因道："姐姐，你有点儿误会，我今天来看你，一来是看你态度怎样，二来是看你家境怎样，并不是做侦探来了。我就算吃醋，我这段婚姻，是你让给我的，我有什么不明白？况且我们是性命相依的朋友，我还能再三再四逼你吗？我已经和秋鹜商量着，这西山脚下的小学堂，缺少一个教员，想把你荐了去，在那地方，风景很好，正合你的脾胃。"玉如点点头道："多谢你公母俩费心。这是谁出的主意呢？"落霞道："是他出的主意。因为他总觉对你不住。"玉如微笑道："这个法子很好哇，这是要办我充军的罪呀！在北京城里住着，总怕我藕断丝连地找他呢。"落霞忽然双泪向下一落道："姐姐，你疑心我下这种毒手吗？我一片血心，都想是大家好哇！"玉如见她一哭，也哭了起来，拭着泪道："妹妹，我不怪你，我只怪我自己下贱，胡乱地讲恋爱，我现在决计回头了。你的心事我明白，他的心事，我也明白的。老实告诉你，我打算搬回家去住了，用不着找事糊口了。"落霞拭泪道："我知道我也有点儿不对，但是你若疑心我把你充军充出城去，我有点儿委屈。"玉如止住了泪，倒安慰了落霞一顿，落霞也不知道用什么话来答复人家才好，谈了两个钟头，只得忍着一腔子眼泪回家去了。

玉如一人忽然叹了一口气，把那碗冷粥喝了，将自己的一副破旧笔砚摊在桌上，撕了两页日记本子上的纸，立刻就写起信来。那信道：

秋鸳仁哥落霞义妹双鉴：

　　我真是个不祥的妖物，除了自己惹出许多是非而外，还带累你夫妻不安，你们就不对我有什么表示，我不知道我自己应该怎样吗？我箱子里还有一百多元的私产，凭我这点儿能力，拿去做川资，我相信总能找点儿出路。我现在决定了主意，明天就走，走的地方，暂不相告，但是不到上海去。因为到上海去，女子卖人肉的机会太多，我的意志不坚定，我怕走这条危途的。你们的姻缘，一半是人力，一半是天意，千万好好地合作，不要辜负我一番下井救人，成全你们的意思。心慌意乱，来不及多写。另外血书一幅，留着纪念。

薄命人冯玉如敬上

写完了，自己打开箱子，找出一尺白竹布，平平地铺在桌面上，用砚台茶壶压着两角，然后找出一把小剪刀，将自己右手的中指头划破，一刻指上血如泉涌，就用指头在白布上写起四行字。字写完了，将指头包上，然后将信和白布一齐包着。记得箱子里还有几个信封，是预备和秋鸳通信用的，就到箱子里翻去。

253

这一翻不打紧，不由她不魂飞天外，箱子底的破褥子撕了一条大缝，拿出一看，自己存的现洋钞票、存款折子，完全不见了。为了邮局储金，自己私刻了一个木戳，做印鉴的，也不见了。玉如拿着破褥子，发了一会子呆，想着前天晚睡的时候，钥匙放在枕头下，一时不曾留意，准是王福才偷了去了。好哇！他倒下这样的毒手，我走不成了。但是我走不成，就这样算了不成？怪不得他几天不回家来，原来是拿我的钱胡花去了。我正愁着你没有和我翻脸。既是翻了脸，那就更好，这样看来，我还是听落霞的话，到乡下教书去吧。于是她顷刻之间，思想又变过来了。正是：

未到岸前休放舵，风波防备不时来。

第三十五回

朋友互欺当场来间谍
翁姑同拜舍命做情俘

却说玉如的思想，经了这一番事变之后，她又不打算逃走了。将箱子依旧关了，回头看了桌上那封信和血书，本想废了，转念一想，这也是个纪念，何必废了，于是折叠着，揣在身上。心想，款子丢了，虽然不能回头，但是我也不能够就置之不问，不然，他以为我丢了钱不在乎，更不怕惹事了。这几天常见朱老四来邀他，他干了些什么事，朱老四不能摆脱干系，且找着朱老四问问。这朱老四就住在隔壁一条胡同里，大概这时回来吃午饭了，且去看看。于是略微拢了一拢头发，换了一件长衣，就到朱老四家来。

恰好是朱老四由家里向外走，一脚踏出了大门，看见玉如，身子就向后一缩。玉如在外面叫道："朱四哥，你不用躲了，我已经看见了。"朱老四只得走出来，笑着向玉如拱手道："我并不是躲你，我想起了一样东西要进去拿。请进去坐吧。妈呀，王家嫂子来了，你出来吧。"玉如道："不用客气了。我问你，这两天福才哪里去了？"朱老四道："大嫂，我也是好几天没有看见呀，哪里知道哩？"玉如道："你不能不知道呀！你是他的好朋友，天天在一处的。而且就是他没回家的那晚，他对我说，是出来找你的。"朱老四道："他真有这话吗？前晚我倒是碰到他的，可是我并不知道他没有回家。我给你去找找他看，回头我给你一个信。"说毕，拱拱手就走开了。玉如叫着道："你别忙，我还有话和你说。"但是朱老四绝对不敢理会，头也不回，就出了巷口。他出了巷口，毫不踌躇，就向一家三等澡堂来。

这澡堂子里，差不多都是下等社会人来光顾。一个大院子，搭了高大的凉棚，凉棚下面，地上水淋淋的，摆了长桌子长板凳。许

255

多赤条条的客人，坐在那里，有唱戏的，有说笑话的，也有躺在板凳上的。旁边一张木板梯子，通到一幢旧式的木楼。朱老四走上楼，四面纸窗洞开，横七竖八摆着许多木炕。张张炕上，都躺着有人。直找到避风的所在一张炕上，才见王福才横躺在那里，仰着身子，一根纱未挂，只肚脐眼上掩了一条干毛巾，眼睛闭着，呼呼大睡。朱老四走上前，将他一阵乱推。王福才揉着眼睛，连问干吗？睁眼看了看，翻个身又待睡去。朱老四也坐在炕上，低着声音道："别只管舒服了，你媳妇在找你呢。刚才找到我家里去了，这事准要弄大，你得想个法子。"王福才这才一头爬着坐起来道："你怎样对她说的？"朱老四道："当然说是不晓得。"王福才道："那就行了，难道她还能找到窑子里去不成？刚才和老李通了个电话，约了六点钟在太平居吃饭。"朱老四道："我劝你省点儿事吧。我们做手艺的人，和他可攀交不上。打个茶围，花个块儿八毛的，没有什么。你又吃又喝又要钱，你那一百多块钱，够几天花的？"王福才笑道："无论怎样，咱们也不会输给他，昨天咱们随便动手，就赢了上十块，他一点儿也不知道。再来就赢他的，怕什么？"

朱老四还要劝他时，苟朴生和他们新认识的那个朋友老李上楼来了。老李笑道："昨天晚上，你辛苦了吧？一个澡洗到这时候呢？"王福才笑道："昨天多谢你捧场，偏是你输了，我真不过意。"老李笑道："要钱总有个输赢，要不起就别来。再说，我今天还要请你哥儿仨，给我的翠喜捧场呢。"王福才道："那是一定。不过我们三人，只能来两脚。我们朱伙计今晚有事。"老李道："行！我们家二掌柜，今天也答应来一脚呢。"王福才想，据老李说，他是地毯行手艺，那么，他的二掌柜，一定是个很有钱的了。便笑道："生熟朋友各两位，那就好极了。说起来，咱们还是初交，捧场虽是好玩，我们总得敦一敦牌品。"朱老四听到他说这话，就瞟了他一眼。老李倒没有留意，催着王福才穿了衣服，大家就到先农坛树林子里去喝了一顿茶，直到太阳偏西，老李又请到太平居去吃饭。

王福才总疑惑他是个有钱的老实工人，大家都是做手艺的，玩玩也没有什么关系，所以也就放开胆量来吃。在太平居只坐了一会儿，老李说的二掌柜也来了，看去不过三十岁上下，倒是身体很强健的人。因有老李的介绍，对于王朱荀三人，也十分客气。大家说笑着吃喝，不觉闹到八点有余，然后大家一阵风似的，又闹到窑子里。先到王福才的姑娘那里，坐了一会子，然后再到老李的姑娘翠喜那里去。

那翠喜倒是纯粹北方的土产，上身穿了对襟绿绸短褂子，下面黑裤。一双小脚，偏又露出一大截水红丝袜筒子，穿着四寸大的黑皮鞋，一扭一扭。她头上梳了一大把辫子，抹了一脸的胭脂粉，真还看不出她是丑是美。她一见老李，知道是捧场来了。跑出房来，一把就拦腰抱住，拖进房去。大家跟着到了屋子里，也没有什么陈设，除了一张土炕之外，便是半旧的几张桌椅。王福才将朱老四拉到身边，对着他的耳朵道："凭着这个样子的人，就要我们来捧她，有点儿不值吧？咱们若是不赢几个钱回去，那才是冤哩。"朱老四也不好说什么，只是跟着微笑。

老李拍着翠喜道："我们是来捧场的，干脆，自己先说明了。快搬桌子打牌，我们趁早乐一乐，乐完了好回家睡觉去。"翠喜扭着身子道："你总只记得睡觉，晚了也不要紧，我们这炕虽不好，可有人陪着，不比家里好吗？"说着，瞟了老李一眼。于是满屋子人哈哈大笑，拍了掌叫好。屋子里的跟妈，早叫进来一个跑厅，抬了桌椅，放下麻雀牌，除了朱老四，他们四人就打起牌来。拈风的结果，王福才和荀朴生坐了上下手，翠喜却不住地在四人身后看牌，带敬着茶烟。

那二掌柜果然是个掌柜，只管和翠喜调笑，桌上打的是些什么牌，他全不在乎。只打两圈，就输了好几块。那老李的牌，也打得极坏，必定要把手上的牌理清楚了，才能发出牌来，王福才一看这情形，更放开手段来打牌，因之不是他和，就是荀朴生和。老李和二掌柜，牌打得不好罢了，竟是两人都不和一牌。四圈牌快要打完，他们每人就要输七八块钱，幺半的麻雀，不为少了。有一牌荀朴生有了两副筒子下地，王福才却拆了一嵌八筒，让他和三番。

在这个时候，翠喜正由他身后倒茶过去，王福才把牌一覆，正待要向桌子中间一推，二掌柜却突然立起来，将手按住了王福才的牌，瞪着眼道："你别忙，你这个牌，打得很别扭，我得瞧瞧。"王福才脸一红道："瞧什么？他又不是三副筒子下地，我也用不着包。"二掌柜见他不让瞧，更是要瞧得厉害，早是抢了几张牌在手，翻过来看着，冷笑道："好哇，你还给我来这一手呢！"立刻将脸一变，大声喝道："你知道我干什么的？你以为我真是二掌柜吗？瞎了你的狗眼，老子是陆督军的马弁，大江大海都漂过了，今天会在阴沟里翻了船？"王福才总是做贼的心虚，不知道怎样分辩才好，一句话说不出。

　　还是朱老四机灵些，便作揖和二掌柜说不是。说我们捧场，无非是取乐，你老哥既说打得不对，叫他把赢的钱拿出来就完了。二掌柜一瞪眼，还没有说话。老李就在一边摇手道："朱四哥，这没有你的什么事。姓王的不说个清楚明白，可是一场官司。"二掌柜跳着脚大叫道："老李，你交的好朋友，干出这种事来，和做贼有什么分别？"王福才道："你可得把话说明白，就算我打错一张牌，你也不能说我是贼。"二掌柜抓了一把牌，哗啦一声，劈面向王福才砸来道："我骂了你做贼，又怎样？"

　　只这一声，就有好几个穿制服的巡查队拥了进门，看着二掌柜和老李，先问是什么事？老李将大概情形说了，有一个穿黄制服的，好像是个小首领，他就对王福才道："你是干什么的？"王福才道："我是做成衣手艺的。我家还开了铺子叫王发记，很有名的。"他道："那就不对了。你一个做成衣手艺的人，每月能挣多少钱？这几天我们有弟兄们跟着你，见你是吃喝嫖赌，无所不为，你哪里来的这些钱？东城前天抢了一家银号，你有点儿嫌疑。看你这样子，绝不是好人。"于是喝了一声道："把他带了去。"说着，就有几个人走上前要动手。

　　老李摇手道："别忙别忙，我们要钱是小事。你别把他当匪类办，要了他的小八字，我们也造孽。我们输了算输了，不闹了。"那首领便问道："你是干什么的？"老李顿了一顿道："我是开汽车行的。"他又问二掌柜道："你是干什么的？"二掌柜道："我……我……我是铁路上的工人。"那人眼睛一瞪道："你们全胡说，你刚才在屋子里大声嚷着，是陆督军的马弁，怎么又是工人了？反正都不是好人，先带归队去再说。来！捆上！"于是这些巡查队，一拥而上，将身上带的绳子，掏了出来，将四个打牌的，一齐绑上，王福才哭着只叫老总，连说"我是好人"，身上乱扭。一个巡查兵，啪的一声，在他脸上打了一个耳刮子，骂道："你是好人？好人会在二等窑子里耍钱骗人！"也不容分说，将他拥出窑子门，上巡查队去了。

这里把个朱老四吓愣了，一句话也说不出来，真也是怪事，五个人只带四个走，活该漏网了。这时醒悟过来，赶忙就向王裁缝家去报信，说是在大路上，看见王福才让巡查队绑去了。王裁缝自从儿子搬出去了，虽然有些恨他，却也有些想他，现在听到说他让巡查队绑去了，一定是做了非法的事，所幸自己还认得两个探兵，连夜找着人家去打听消息，一面叫人把玉如找回家来，问是什么缘由。玉如也不必再隐瞒，就说王福才把自己的钱偷去了，三天没有回家，在外面做了什么事可不知道。王高氏坐在屋子里，只管儿啊儿啊地哭，王裁缝抓耳挠腮，在屋子里跑来跑去，只管叹气。

约有一个钟头，王裁缝托的两个探兵回来了。他们每人一件灰布大褂，每人一顶黑纱瓜皮小帽，每人一把大白折扇，而且都瘦成了一张雷公脸，一进门就抱拳和王裁缝拱手。其中一个会说话的宋仁清先道："你少掌柜没什么，就是交友不慎，和匪人在一处闹，那匪人胆子不小，还冒充陆督军家里的马弁。听说陆大爷很生气，打了电话到队里，叫重办呢。"又一个叫包园仿的道："提到陆大爷，我倒想起一件事，王掌柜不是和陆宅做过活的吗？你何不自己出马，求求陆大爷去呢？只要有陆大爷一个电话，人就放出来了。"说着话时，两个探兵却不住地望了玉如。玉如看了这种情形，已十分明了，只低了头，不说什么。两个探兵又劝了王裁缝一阵，说是这事要赶快进行，若是等今晚过了堂，成了定案，放人就麻烦了。说毕，微笑着而去。

王裁缝脸上急得变成了紫色，马上就向陆宅去求救，不多大一会儿，他却跑了回来，一进门，不管好歹，走到玉如面前，双膝向下一落，扑咚扑咚，磕了三个响头。玉如吓得向后退了两步，连道："老人家！有话你只管说，这样做什么？"王裁缝跪着地上道："孩子！你不答应我的话，我不能起来。"玉如道："你不说出原委来，叫我怎样答应？"王裁缝道："你是聪明人，有什么不知道的？只因为我们这下等人家，不应该有你这样好看的女人。有了你这样的人，已经是嫌着力量保护不过来，偏是我又要你出去招是生非，而今惹下灭门之祸来了。千不该！万不该！是我不该让你到陆宅去。那陆大爷爱上了你，又不敢硬抢了你去。抢了你去，又知道你和他少奶奶很要好，瞒不过来，左弯右转，想出了一条计，把抢犯大罪，套在我儿子头上，可又叫人来让我去求他。我刚才见了他，他说明了，他在维新饭店开着房间等你，到了明天早上，准把福才放出来。以后你常去找他，可别上他公馆去，他准给我一千块钱，做遮羞钱，这钱我不要，只要你肯救我的孩子，这钱就送给你，请你答应吧。你不答应，我就跪着不起来。"高氏先见王裁缝跪在儿媳面前，也不知道什么事，现在听了他所说的这一套话，心里大为明白，也跑了出来，跪在玉如面前。

玉如向后退着，退得靠住了壁子，望着这二老呆了一呆，只好也跪下，便道："你们请起，有话慢慢来说。他是二位老人家的儿子，也是我的丈夫，我要救他，比二老还要急些。"王裁缝道："慢慢商量也不要紧，但是我就跪在地下等你的回话得了。"说着，又向玉如磕了一个头。玉如道："你二位叫我去会姓陆的，你知道姓陆的找我去，是什么意思吗？"王裁缝道："我怎么不知道？可是为了救他的性命，就管不得许多了。"说着话，他已流下泪来。玉如一拍手道："好吧，你二位老人家请起来，我答应去就是了。"王裁缝道："你肯去就好，他们送我来的汽车，还在外面等着，你就坐了汽车去吧。"他夫妇俩站起，搀着玉如，不住地只说些安慰和感谢的话。

高氏舀了一盆水，让她洗脸，又拿了梳子给她梳头发。玉如执着高氏的手道："我要去了，现在我和你说两句临别的话。我这一回去，尽我的力量去应付姓陆的，万一应付不了，那可没法子，我只好找着他，和你们多弄几个钱，你去再讨一房儿媳妇吧。我没有脸回来，我就不回来了。但是你放心，无论如何，我总把你儿子先弄回来。在你儿子没有放出来以前，让我上刀山也干。这回事虽然是他自作孽，我也不能不负些责任。你还有什么可说的没有？若是没有什么可说的，我就走了。"王裁缝和高氏先是磕头下跪，说了一阵，到了现在他们反觉没有什么可说的了，只是望了玉如叹气。

260

玉如也叹了一口气道:"高明些的话,我也不和你们这种人说,我去了。"说毕,头也不回,出门上汽车而去。这汽车夫看到是个女子上汽车,心里就很明白,更不待吩咐,一直就开到旅馆来。玉如在汽车上,就看到陆伯清站在旅馆门口,直迎到汽车边,伸手来开汽车门,玉如一下汽车,他就笑道:"我接着王裁缝的电话,知道你来了。王裁缝在我家里一口答应我让你来,所以我就先在这里等你。"玉如也只有默然听着,跟了他进旅馆去。

陆伯清在二层楼上,开了一间最大的房间,连茶和干点心都预备好了,放在桌上。玉如一进门,他就随手将房门一关。玉如坐在沙发上,点着头向他冷笑一声道:"你这条妙计,是看戏学来的呢,还是在鼓儿词上得来的呢?现在我算逃不出你的手了,你关着的我家一个人,可以放他了。"陆伯清笑了一笑,在身上取出银烟盒子,慢慢地取了烟卷放在嘴里,慢慢地在身上取出自来火盒,一抬腿坐在小圆桌上,吸了一口烟。关上自来火盒,在手上抛了一抛,然后揣进口袋去。他表示着得意的状态,两个手指夹着烟卷,指点着玉如笑道:"我用的这条计,固然让你识破了,但是一计不成,我还有二计。我知道你不喜欢小王裁缝,小裁缝死了,你倒得其所哉!但是我不把小裁缝送进了圈套,光抓你那个爱人也是无用,因为你不敢露面救他呢。你以为我不知道吗?天天和你在公园里相会的那个人是谁?"

玉如听了此话,心里倒吃了一惊,便道:"你这人心太狠一点儿,把他也要害一下吗?"陆伯清道:"我害他干什么?可是我不能不拿他来挟制你。你现在虽然救你丈夫来了,我知道你心眼儿多,不定用什么法子来对付我。可是我预备了第二着棋,你要为难,我就把江秋鹜抓着送警察厅,说他和匪人的家小有来往,他不死也要脱层皮。"玉如用牙齿咬着嘴唇皮,鼻子里哼了一声,点着头道:"你好狠!但是你怎么连他的姓名都打听出来了?"陆伯清哈哈一笑道:"姑娘!你别看小了我,我要动你的手,在公园里树林子里,十回也抓住你了。可是那样一来,扫了你的面子,我也不愿意呀!老实告诉你吧,自从你搬到会馆去以后,我派了两个探兵看着你呢。你不知道吧?哈哈!你反正是不忠于你丈夫的了,我虽比不上姓江的，比你丈夫总好些，你嫁不了姓江的，何不嫁我呢？嫁我是做小，嫁姓江的不见是做大呀！"玉如听了他这一番话，心里凉了半截，心想，幸而不曾和秋鹜做什么非法的事，要不然，就害了他了。从前在家里，还想用一个规矩女子的面孔，和陆伯清讲一讲理，如今是不行的了。万一他把秋鹜也害一下，人家这牺牲就大了。越想越怕，越怕越没有办法。于是她伏在沙发上呜呜咽咽哭将起来。正是：

鹦鹉能言终被缚，几多儿女误聪明。

第三十六回

百日困魔城怕看满月
一联留血泪惨失飞鸿

大凡女子对于一件事，落到无可如何的时候，就要红脸生气。连红脸生气都没有办法，那么，最后的五分钟，就是一哭了之。只要是女子，由深闺弱息，以致时代英雄，都不会例外。这也并不是什么缺点，大概由于天赋如此。而且最后这种办法，也常常可以得着胜利。就是陆伯清对于女子取决然手段的，这时看见玉如大哭，也不能像她进门时那样轻视的态度。他将烟卷丢了，走到沙发身后，低着头低着声音道："你觉得有什么委屈吗？老实说，从前我一见你，不过喜欢你长得好看，自从我和你认识之后，我才知道你是个精明强干的人，实在可爱！我爱极了你了。因为我爱你，所以我对于你，还是用尽了手段，把你弄来当面说一说，要不然，我早把你骗了来了。"

玉如也不理他，总是哭。哭了一阵，偶然抬头一看，见楼窗开着，楼窗外正是一片洋槐树林，槐林里有几盏大电灯，映着那密密层层的树叶，灯光都有些绿色，正是槐树最茂盛的时代。树头上一轮圆月，亮晶晶地照着人。玉如想着，这楼窗和树枝是同高的，那么，我由窗子里向外一跳，跳得跌死了，这一层困难也就完全解决了。

陆伯清见她望着窗子，似乎明白了她的用意似的，连忙向窗子边一跳，将窗子关将起来，笑道："你可别和我来这一手。"玉如坐着，已无话可说，只是垂泪。伯清笑道："我这人说话，是不失信的，我当你的面打电话，让巡查队明早放你丈夫，你看怎样？"说着，就当了玉如的面在屋子里打电话。打完了，笑着对玉如道："你若是不信我的话，你可以在明天早上，亲自打个电话回家，看人放了没放？你公公已经对我说了，有钱讨得着儿媳妇，只要我给他一些钱，他就把你送给我。我不含糊，一口气就给他两千。你猜他说什么？他说叫我这两千块钱暗下给他，别告诉人。另外明给他一千块钱，儿子要也好，儿媳要也好。他家都卖你了，你还和他家混在一处做什么？"玉如听说，也觉生气，但是不肯说出来。她虽不说，陆伯清可就殷勤侍候，说个不歇。

到了次日早上，玉如和王裁缝通电话，果然王福才放回来了。王裁缝还说，不在北京做手艺了，不久就要回南去，劝玉如不必惦记了。玉如挂上电话，又哭了一顿。这日晚上，有两个听差一样的人，到旅馆来见陆伯清，见屋子里有个女子，便和陆伯清请安道："给你道喜！"陆伯清和他们丢了一个眼色，微笑道："辛苦你两人一趟了，下午我回家之后，自然有赏。"两人听说，道了谢，笑着走了。玉如道："这就是和你行那条妙计的那个人吧？"伯清笑着，没有说什么。玉如道："事到于今，还瞒我做什么？那个尖脸，不就是你家里的听差李升吗？那一个冒充你家马弁的那个人，大概是真马弁吧？"伯清笑道："算你聪明，全猜着了。"玉如叹了一口气，一阵伤感，又垂下泪来。伯清虽百般地安慰，玉如纵然止住了眼泪不流，也没有一丝的笑容。

自这日起，她心里就像刀挖着一般痛，身上只是一点儿精神没有，慢慢地就染了病。陆伯清早就派了一个男仆一个女仆伺候着她，用不着动一步脚。就是临着墙外的那一扇楼窗，陆伯清也吩咐旅馆里将它钉上了百叶。原来这旅馆，正有陆伯清的大股份，也无疑是他家里一样。不过他对玉如虽这样特别保护，可是玉如并不受用，病症慢慢地沉重起来。陆伯清找了个大夫来看看，大夫说："屋子里空气太坏，病人又缺少运动，极宜改良环境。"大夫去后，陆伯清才让打开那窗户。玉如立刻眼前一亮。

这时正是夕阳将下的时候，太阳照着窗外一片树林，觉得那高大的槐树梢上，有了几根枯枝，树叶子也有四分之一是焦黄的了。走到窗子口，向外一看，看看那树林子里，正有一个网球场，成对青年男女都在那里打网球，周围有许多人看。人丛中似乎有秋鹜和落霞在内，又是一阵心酸，垂下泪来。这天晚上，病格外加重，身上发着烧热，第二天索性卧床不起。陆伯清嫌在旅馆里治病麻烦，就把玉如送到医院去医治。在医院里治了许久，已好十之八九，才重接到旅馆里来。

这日玉如经过槐树林，只见满地下都是落叶，树上的枯枝，比从前加上了许多，那枝上的槐荚，也变着苍黑色了。不知不觉，在愁病中混过了许多日子。一到旅馆里的屋子里，玉如便默然无语地躺着，到了晚上，在楼窗子上，又看到槐树头上那一轮圆月，依然亮晶晶地照着人。月亮是一样，槐树不同了，人也不同了，玉如突然站起来，向窗子边就跑。陆伯清坐在一边，心中叫声不好，正待向前来拦阻她。然而她已奔到了窗户边，两手摸了窗扇，要拦也拦不及了。伯清心里乱跳，眼睁睁地又是个坠楼的绿珠。但是玉如两手摸着窗扇，人并不跳出去，啪的一声，将窗户向里关着，用背抵住了窗户，人向下一蹲，便坐在楼板上。

陆伯清这才回过一口气，连忙跑过来问道："你这是做什么？吓了我一跳。"玉如道："这窗户外的月亮，好像对我发笑似的，我不好意思见它了。"伯清道："这样说，你对这个屋子，是有很大的感触，明天我送你到城外去静养几时吧？"玉如道："那就好极了，我着实地感谢你，设若你能让我到乡下去静养，比送我到医院里去吃药好多了。"陆伯清从地上把玉如扶起来坐着，亲自倒了一杯茶，送到玉如手上。玉如站了起来，接着茶杯道："我谢谢你。"陆伯清道："怎么你今天这样和我客气起来，向来你是正眼也不看我一看的啊！"玉如道："你现在打算开笼放鸟了，我怎样不要谢谢你呢？"陆伯清叹了一口气道："我花了许多钱，费了许多心，你对我还是一点儿意思没有呀！"玉如道："你又何必要我有什么意思呢？反正我这人握在你手掌心里，你也就可以自豪了。"陆伯清听她说着这话，虽然没有笑容，但是她也不像以前说话就生气，或者给她一些自由，她也就可以回心转意了。

到了次日，陆伯清果然和玉如拣了一箱子东西，将汽车送她到温泉疗养院去。这温泉地方，既然风景很好，而且还有温泉可以洗澡，住的疗养院，又一切是城市中的陈设，无论病与不病，在这里休养，是极适宜的了。陆伯清是不能离开家庭的，因之第一天陪着玉如在疗养院，第二天依然回城去，玉如在疗养院，仅仅一个女仆跟着，倒也清闲自在。

有一天，午饭之后，天气十分好，太阳高高地照着大地，一点儿风都没有。这疗养院四周的树木，挂着半黄半绿的树叶，映着平地外一塘野水，秋色是十分浓厚。院西一角山脚，由远方伸来，高出了这树林的树梢，大有画意。玉如让女仆搬了一张睡椅，放在高廊下，对了远处一塘清水躺着，眼光清亮起来，心里的烦闷，也就解除不少。

正在这里看得有点儿意思，却见门外一男一女，并肩而来。玉如芳心里正想着，这一男一女这样地亲密，恐怕是爱人，不是夫妻，夫妻是不会如此甜蜜的。正如此地想着，那二人越走越近，仔细一看，不是别人，正是秋鹜夫妇。玉如这一见，心里吓得乱跳，脖子上原蒙了一条绿色蒙头纱，赶忙展了开来，连头带脸盖得完完全全。这绿纱叠了两层盖着，恰是看见人，人家看不见她。她心里还有点儿信不过去，把脸侧到一边，让人看不着。

就在这时，秋鹜和落霞竟是毫不踌躇的，一直走上台阶，到这长廊上来。这长廊上，距离着玉如不远的地方，设有一副桌椅，他二人竟在那里坐下了。秋鹜先笑道："这虽是个乡村小学，校长一个月有六七十块钱的薪水，你又可以教几点钟书，足够我们家用的了。况且房子是学校的，一切用费都比城里省俭，我决计来就这个职了。"落霞道："虽然如此，你过惯了城市生活，立刻改了乡村生活，怕你闷得慌吧？"秋鹜道："这温泉大路上，天天有长途汽车进城，我要闷起来，星期六下午进城，星期日下午回来，也可以不时去玩一天的。而且这旧校长既有一番诚意要让给我，我至少也要干一年才对。趁这个机会，在乡下少人事耽误的时候，多看一些书，那不好吗？"落霞道："你真下了这个决心，我也赞成的。不过你说了这些原因，还不是真原因。你的真原因，大概是要避开冯玉如。"秋鹜叹了一口气道："我也不能瞒你，这也是我要到乡下来的原因之一。其实，她要听你的劝告，她到西山去教书，那多么好哇！"二人说到这里，只见廊上睡着一个病女人在睡椅上，用蒙头纱盖了头脸，乱咳嗽一阵。落霞看了一看，也没留意，便道："她实在是我一个好朋

266

友，我也极愿帮她的忙，扶她找个职业去独立。但是她总以为丢了家庭跟着我们跑，才称心合意。她那样聪明的人，怎么想出这条笨计，第一是毁了你，第二是毁了她自己，第三才说到我呢。万一事情不妥，公开出来，大家怎样去结束？"秋鹜道："原来是因为你的话对的，所以这个办法，我不敢和她往下谈。"

正说到这里，一个本院办事的人走上前来道："这位是江先生吗？刚才同村小学校长送了信来，说请你二位在这里休息一晚，明天进城。我们这里六号病室是空的，就请二位在那里歇吧。"秋鹜向落霞笑道："我也想洗个温泉澡，在这里住一晚也好，你看如何？"落霞道："我反正是没事，当然是赞成的。"于是二人跟着办事人一路去看屋子，走过五号病室的时候，见门上挂着一个牌子上写了陆柳棉。秋鹜低声道："隔壁好像住的是位女士，何以叫这样一个可怜的名字？这柳棉是个轻薄漂泊的东西呀！"落霞笑道："这又晃动了你肚子里的墨水瓶，你也太喜欢研究闲事了。"说着话走进屋来，见设着两张小铁床，分左右两边对摆，中间隔了一个蒙铁纱的窗户，由窗户里，可以看到外面园子里的野塘秋树。秋鹜笑道："这里很好，我们无忧无虑地休息一天吧。"那个办事员见他已合意，就叫院役来伺候。秋鹜和落霞，首先各洗了一个温泉澡。

用过了晚饭，二人又在院外小步，虽然没有月亮，抬头看着满天的星斗，除了有山的一方而外，其余各方的星光，由高而低，直连沉沉的大地，依然看出野阔天低来。那乱草里的虫子，和着水塘里的青蛙，叫得乱成一片。落霞是没有乡居过的，觉得很有意思，散步了许久，方才回房。经过各卧室，旅客休息了的很多，只有第五号房，电灯还大亮，不过却是人声寂然。

秋鹜到了屋子里，展着被褥道："都睡了，我们别谈话，免得惊动别人。"于是二人各不言语，沉沉地睡了。睡意蒙眬的时候，秋鹜忽然让一阵大声震醒。听那声音，只在半空中喧闹，其初还以为是草里水里的虫声，仔细一听，乃是一阵掀天大雨，突然降下来。铁纱窗里的两扇玻璃窗，原已关好了的，外面电光一闪，却已开了一扇。所幸风不是向窗子里吹的，就也没有刮了雨点进来。秋鹜摸索了一阵，找不着电灯的机关，只得趁着电光一闪，把那扇窗子关了。

听听对面床上，落霞微微打着呼声，睡得正甜。也不去惊动她，依然睡了。但是雨声由上而下，打着树上，草面，水里，如潮涌一般。加之那雷声一个跟着一个，响个不了，人就睡不着。许久，落霞也醒了，听着秋鸳辗转有声，问道："你也醒了吗？好大雨，明天我们回去得了吗？"秋鸳道："多休息一天，在乡下看看雨景也好。"二人黑暗中说着话，过了许久才睡去，因为这些时的耽误，重新睡去，都睡得很熟。

及至醒来，已天明很久，窗外的雨，兀自像棉线一般，由上向下落。落霞睁着眼，头向着窗外看雨，忽见枕头边，却多了一个小布包袱。自己以为是秋鸳的，随手捡过来，很不在意地打开一看。这一看不由她不惊异起来，里面共有三件东西，是一个小布卷，一封信，一张铅笔写的日记书页。那书页上，写了很大的字，是落霞妹鉴，落霞就光看那书页。上面写的是：

自从别后，王福才偷我的存款，出去嫖赌，让陆家马弁听差勾引，用计引来军警，认为有抢案嫌疑，带入巡查队。陆伯清暗派人通知王裁缝，要我前去以身赎人。我因王氏二老下跪哀求，在旅馆中见陆。王福才次日放出，我倒丧失了自由。我本想一死相拼，陆伯清早已调查我与秋鸳恋爱，用言语恐吓，说我不从，就逮捕秋鸳。秋鸳从前为革命工作，乃系军阀眼中之钉，万不能与军阀之子结仇，所以我为了你夫妇忍痛随他，既无感情，也无名义。数月以来，为人监视，想通一消息不得。不料今日在此相会，痛快不可言喻。听你二人谈话，并知你二人依旧爱我，秋鸳爱我以情，妹爱我以德，人生有一知己，死而无憾。我有两个知己，死更可瞑目。冯玉如三字，早已在人世消灭，从今以后，冯玉如此人，也当消灭，早死早干净，不必为我担心。但是，我没有什么罪恶，假使我有什么罪恶，是社会逼我做的，你们可以原谅吧？在此事未发生以前，我写好一信和血书一张，寄你二人，本打算逃走。幸而未成，否则，侦探跟随于后，恐怕要连累二人。妹反对效娥皇女英故事，实有高见，不然，我们三人早在车站被捕了。那时的信和血书，我贴肉保存，总无机会寄来。天缘未尽，今日相聚，因之一齐送来，以见姊对你二人，亦实在相爱也。我虽在此院，明早就走，陆家有耳目跟随，相见亦不必招呼，免出事故。纸尽力尽，不能畅言，祝你二人白头到老！

玉如伏枕上言

　　落霞看毕，不由哇的一声叫了起来。秋鹜忙问是什么事？落霞手里拿着信。抖颤着道："信……信……信。"秋鹜因她说不清楚，也就接过来看。看完了这铅笔写的，接着把那封信和血书都看了，望了落霞，呆着一会儿，再看那铁纱窗，破了一个窟窿，信一定是由那里抛进来的了，因向隔壁指了一指，低声道："她就住在隔壁，我们昨在走廊上看见的那个病人，一定就是她了。"落霞一面穿着长衣，一面下床道："是的，一定是的，我去看她去。"秋鹜一把抓住她的手道："你去看什么，她不是招呼我们不要去吗？"落霞道："我一个女子去会一个女子，有什么关系？"使劲甩脱秋鹜的手，就向隔壁跑，见门是虚掩的，就敲着门，轻轻喊了两声玉如姐。并没有人答应。将门推着向里伸头一望，并没有人，床上的被褥和桌上的药水瓶罐，都凌乱着。

　　落霞叫起来道："玉如！姐姐！她走了。"说着，就向外跑。秋鹜听了她叫，也跟了出来。这时雨又下着大了起来，抬头一看，天几乎压着树顶，满院子树木，被雨点打得泼沙似的响着。落霞站在廊下，惨然对秋鹜道："我们睡死了，不曾见她一面……"却听到外院有汽车机件声。一个院役走过来，落霞问道："这是长途汽车到了？"院役道："不是，是陆少奶奶自家的汽车，昨天送东西来的，不料她忽然要坐车回去。这大的雨，怎么走呢？"落霞听说，跳出走廊，向雨地里就跑。那凹地下的水，像小池塘一般，落霞踏着水花乱飞，只向前跑。秋鹜大骇，也只得跟了出来。

　　二人经过一所花园，望到大门口时，一辆汽车，由敞地上正冲出门去。落霞放着大嗓子叫道："玉如姐！慢走慢走！"两只手伸到雨中乱晃乱招。雨声既大，车子又开得快，哪里听见？落霞发了狂似的，口里喊着，手上招着，只管向前追，秋鸳又在后面追着她。追到道口，只见一条人行大道，留下两道车辙在泥里，直拖到极远的地方去。再向远看，村庄树木，都让白汽弥漫的雨雾罩住了。再远些，只有白汽，没有村庄树木，仿佛到了天尽头了。远远望见一个黑点，驰入烟雾中，那就是汽车了。落霞站在水泥地里，身子一歪，滚了下去，秋鸳抢着上前，把她抱回疗养院里，她才哇的一声哭了。疗养院人问是什么缘故？秋鸳只好说她有神经病，人家也就信了。所幸二人带有衣服，洗澡换衣，忙了半天，天也就放晴，下午就坐了长途汽车回家。

回家以后，二人都伤心了两天，那血书却用玻璃框子配着，放在屋子里陈设着。上面写的是：

落霞与孤鸳齐飞
秋水共长天一色

上款是"秋鸳落霞二友百年偕老"，下款是"玉如血书敬祝"。秋鸳用楷书写了一行小字道："即日起改名为'孤鸳'，纪念玉如好友。"他们的朋友看到，没有不认为是一件奇谈的。但是打听玉如的下落时，辗转向陆家去打听，大家所知道的，陆伯清只有一个少奶奶，现在和她祖母婆婆同居，是陆伯清从幼聘的。最近陆伯清虽曾秘密娶个外室，只是这个女子，多愁多病，始终不曾正式成家。后来送到温泉去疗养，却没有在城里再见过。秋鸳心想，那天是亲眼见她坐自用汽车回城的，怎么不能再见？但是无论如何打听，只能知道于此而止，人海茫茫，大家都未免遗憾千古了。正是：

读者眼中泪，作者笔头血。
死生亦大矣，佛云不可说！

图书在版编目（CIP）数据

落霞孤鹜／张恨水著. — 北京：中国文史出版
社，2018.3

（民国通俗小说典藏文库·张恨水卷）

ISBN 978-7-5034-9933-3

Ⅰ.①落… Ⅱ.①张… Ⅲ.①章回小说-中国-现代

Ⅳ.①I246.4

中国版本图书馆 CIP 数据核字（2017）第 326964 号

责任编辑：卢祥秋

整　　理：澎　湃

出版发行：**中国文史出版社**

网　　址：http://www.chinawenshi.net

社　　址：北京市西城区太平桥大街 23 号　邮编：100811

电　　话：010-66173572　66168268　66192736（发行部）

传　　真：010-66192703

印　　装：廊坊市海涛印刷有限公司

经　　销：全国新华书店

开　　本：720×1020　1/16

印　　张：18.25　　字数：278 千字

版　　次：2018 年 3 月第 1 版

印　　次：2018 年 3 月第 1 次印刷

定　　价：53.80